LA PRINCESSE DES GLACES

DU MÊME AUTEUR

La Princesse des glaces, Actes Sud, 2008.
Le Prédicateur, Actes Sud, 2009.
Le Tailleur de pierre, Actes Sud, 2009.
L'Oiseau de mauvais augure, Actes Sud, 2010.
L'Enfant allemand, Actes Sud, 2011.
Cyanure, Actes Sud, 2011.
Super-Charlie, Actes Sud Junior, 2012.

Titre original :
Isprinsessan
Editeur original :
Bokförlaget Forum, Stockholm
© Camilla Läckberg, 2004
Publié avec l'accord de Nordin Agency, AB Suède

© ACTES SUD, 2008
pour la traduction française
ISBN 978-2-330-00656-3

CAMILLA LÄCKBERG

LA PRINCESSE DES GLACES

roman traduit du suédois
par Lena Grumbach et Marc de Gouvenain

BABEL NOIR

à Wille

1

La maison était abandonnée et vide. Le froid pénétrait le moindre recoin. Une fine pellicule de glace s'était formée dans la baignoire. La peau de la femme avait commencé à prendre une teinte légèrement bleutée.

C'est vrai, elle ressemblait à une princesse, là dans la baignoire. Une princesse des glaces.

Le sol sur lequel il était assis était glacial, mais le froid lui importait peu. Il tendit la main et la toucha.

Le sang sur les poignets s'était coagulé depuis long-temps.

Jamais son amour pour elle n'avait été plus fort. Il caressa son bras, comme s'il caressait l'âme qui désor-mais avait déserté le corps.

Il ne se retourna pas en partant. Il ne s'agissait pas d'un adieu, mais d'un au revoir.

Eilert Berg n'était pas un homme heureux. Il respirait avec difficulté, de petites bouffées blanches sortaient de sa bouche, mais la santé n'était pas ce qu'il considérait comme son plus grand problème.

Svea avait été si belle dans sa jeunesse et il avait eu du mal à patienter avant de pouvoir convoler en justes noces avec elle. Elle avait à l'époque l'air si douce, aimable et un peu timide. Sa véritable nature s'était révélée après une trop courte période de fantaisie juvénile. Depuis près de cinquante ans maintenant, c'était elle qui portait la culotte, et avec fermeté. Mais Eilert avait un secret. Pour la première fois il entrevoyait une possibilité d'un peu de liberté à l'automne de sa vie, et il entendait ne pas la rater.

Il avait travaillé dur comme pêcheur toute sa vie, et ses revenus avaient tout juste suffi à faire vivre Svea et les enfants. Désormais ils ne disposaient que de leurs maigres retraites. Sans économies, il n'avait pu envisager aller s'installer ailleurs, seul, pour refaire sa vie. Puis cette opportunité s'était présentée comme un don du ciel et elle était d'une simplicité enfantine. Si des gens avaient envie de payer des sommes indécentes pour une heure de travail par semaine, c'était leur problème.

Il n'irait pas s'en plaindre. En un an seulement, les billets dans la boîte en bois derrière le tas de compost avaient fini par former une liasse impressionnante et d'ici peu il aurait assez d'argent pour pouvoir s'échapper vers des cieux plus cléments.

Il s'arrêta pour reprendre son souffle dans le dernier raidillon et frotta ses mains percluses. L'Espagne, ou la Grèce peut-être, dégèlerait le froid qu'il sentait l'emplir. Eilert pensait avoir encore au moins dix ans devant lui avant que son heure ne sonne, et il avait l'intention de les utiliser au mieux. Pas question de les passer à la maison en compagnie de bobonne.

La promenade matinale quotidienne avait été son seul moment de tranquillité et lui avait permis en outre de faire un peu d'exercice dont il avait bien besoin. Il suivait toujours le même chemin et ceux qui connaissaient ses habitudes sortaient souvent pour bavarder un moment. Il avait particulièrement apprécié les discussions avec la jolie fille dans la maison tout en haut de la montée à côté de l'école de Håkenbacken. Elle n'y venait que le week-end, toujours seule, mais se donnait le temps de parler de la pluie et du beau temps. Mlle Alexandra s'intéressait au Fjällbacka d'autrefois, et ça, c'était un chapitre qu'Eilert aimait bien discuter. Et mignonne aussi, la demoiselle. Ça, c'était quelque chose qu'il appréciait encore, même à son âge. Oh, bien sûr, certaines rumeurs avaient couru sur cette fille, mais si on commençait à écouter ce que disaient les bonnes femmes, on ne ferait bientôt plus que ça.

Un an auparavant, elle lui avait demandé s'il pouvait envisager de jeter un coup d'œil à sa maison les vendredis matin, puisque de toute façon il passait devant.

C'était une vieille maison et la chaudière, tout comme la tuyauterie, étaient peu fiables, et elle n'avait pas très envie d'arriver dans une maison glaciale pour le week-end. Elle lui donnerait une clé, juste pour entrer et vérifier que tout était en ordre. Il y avait eu pas mal de cambriolages dans le secteur, et il devait aussi contrôler les fenêtres et les portes.

Ce n'était pas une mission spécialement pesante et une fois par mois il trouvait une enveloppe portant son nom dans la boîte aux lettres de la maison, avec une somme d'argent royale à ses yeux. De plus, il trouvait agréable de se sentir utile. Pas facile de rester oisif après avoir travaillé toute une vie.

La grille était de travers et grinça quand il l'ouvrit côté jardin. La neige n'était pas déblayée et il envisagea de demander à l'un des garçons de venir lui donner un coup de main. Ce n'était pas un boulot pour une femme.

Il sortit maladroitement la clé et prit garde à ne pas la faire tomber dans la neige profonde. S'il était obligé de se mettre à genoux il ne pourrait plus se relever. L'escalier couvert de glace était traître, et la rampe lui fut utile. Eilert était sur le point de glisser la clé dans la serrure quand il vit que la porte était entrouverte. Etonné, il l'ouvrit et entra dans le vestibule.

— Ohé, y a quelqu'un ?

Elle était peut-être déjà arrivée ? Pas de réponse. Il vit sa propre haleine sortir de sa bouche et se rendit soudain compte que la maison était glaciale. Brusquement, il ne sut plus quoi faire. Quelque chose n'allait pas, vraiment pas, et quelque chose lui dit qu'il ne s'agissait pas simplement d'une chaudière défectueuse.

Il passa dans les pièces. Tout semblait intact. Un ordre impeccable y régnait, comme d'habitude. La vidéo et la télé étaient à leur place. Après avoir inspecté le rez-de-chaussée, Eilert monta les marches vers l'étage. L'escalier était raide et il dut s'agripper à la main courante. Arrivé en haut, il entra d'abord dans la chambre. Une chambre très féminine, très chic et aussi bien tenue que le reste de la maison. Le lit était fait et il y avait une valise posée au pied, qui semblait ne pas avoir été défaite. Il se sentit brusquement un peu bête. Elle était peut-être arrivée plus tôt que prévu, avait découvert que la chaudière ne marchait pas et était sortie trouver quelqu'un pour la réparer. Pourtant il ne croyait pas lui-même à cette explication. Quelque chose n'allait pas. Il le sentait dans les articulations, comme parfois il pouvait sentir l'approche d'une tempête. Il poursuivit lentement sa progression dans la maison. La pièce suivante était des combles aménagés, avec toit mansardé et poutres apparentes. Deux canapés se faisaient face de part et d'autre d'une cheminée. Quelques magazines étaient éparpillés sur la table basse mais sinon, tout était à sa place. Il retourna au rez-de-chaussée. Là non plus, rien ne semblait dérangé. Ni la cuisine ni le séjour avaient l'air différent des autres jours. La seule pièce qui restait était la salle de bains. Quelque chose le fit hésiter avant de pousser la porte. Tout était toujours calme et silencieux. Il resta indécis un instant, comprit qu'il était ridicule et ouvrit résolument la porte.

Quelques secondes plus tard, il se rua sur la porte d'entrée aussi vite que son âge le lui permettait. Au dernier moment, il se rappela que les marches étaient glissantes et attrapa la rampe à temps pour ne pas dégringoler dans l'escalier, la tête la première. Il progressa tant bien que mal dans la neige couvrant l'allée du jardin et pesta contre la grille récalcitrante. Une fois sur le trottoir, il s'arrêta, désemparé. Il vit, un peu plus bas dans la rue, quelqu'un qui s'approchait d'un bon pas et reconnut bientôt Erica, la fille de Tore. Il lui cria de s'arrêter.

Elle était fatiguée. Fatiguée à en mourir. Erica Falck arrêta son ordinateur et alla dans la cuisine remplir sa tasse de café. Elle se sentait harcelée de tous les côtés. L'éditeur voulait un premier jet du livre pour août et elle venait à peine de s'y mettre. Le livre sur Selma Lagerlöf – le cinquième dans sa série de biographies des femmes écrivains suédoises – aurait dû devenir le meilleur, mais l'inspiration lui manquait complètement. Il y avait maintenant plus d'un mois que ses parents étaient décédés, mais le chagrin était aussi vif aujourd'hui que lorsqu'on lui avait appris la nouvelle. Faire le tri dans leur maison s'était révélé plus fastidieux que ce qu'elle avait cru. Tout réveillait des souvenirs. Il lui fallait plusieurs heures pour remplir un seul carton, chaque objet étant bourré d'images d'une vie qui tantôt semblait terriblement proche et tantôt très, très lointaine. Enfin, ça prendrait le temps qu'il faudrait. Pour l'instant, l'appartement à Stockholm était loué, et elle se disait qu'elle pouvait tout aussi bien rester ici à Fjällbacka dans sa maison natale pour écrire. La villa était située un peu à l'écart, à Sälvik, et c'était un environnement calme et serein.

Erica s'installa sur la véranda et regarda l'archipel. Cette vue lui coupait toujours le souffle. Chaque saison apportait sa mise en scène spectaculaire et cette journée proposait un soleil éblouissant jetant des cascades étincelantes de lumière sur la glace épaisse qui recouvrait l'eau. Son père aurait adoré un jour comme celui-ci.

Sa gorge se noua et l'air de la maison lui parut soudain difficile à respirer. Elle décida d'aller faire une promenade. Le thermomètre indiquait moins quinze degrés et elle mit plusieurs couches de vêtements. Elle sentit le froid quand même en sortant de la maison, mais elle n'eut pas à marcher longtemps avant que son allure soutenue l'ait réchauffée.

Un calme libérateur régnait autour d'elle. Personne d'autre n'était de sortie. Le seul bruit qu'elle percevait était sa propre respiration. Le contraste avec les mois d'été était frappant. Alors, la localité était en ébullition et Erica préférait rester à l'écart de Fjällbacka. Même si elle savait très bien que la survie du village dépendait du tourisme, elle n'arrivait pas à se défaire du sentiment que, chaque été, ils étaient envahis par un nuage de sauterelles géant. Un monstre à plusieurs têtes qui lentement, année après année, engloutissait le vieux port de pêche en achetant les maisons au bord de l'eau pour en faire un village fantôme neuf mois sur douze.

La pêche avait été le gagne-pain de Fjällbacka pendant des siècles. Le milieu austère et la lutte perpétuelle pour survivre, où tout dépendait de l'afflux de harengs, avaient façonné un peuple rude et fort. Depuis que Fjällbacka était devenu pittoresque et avait commencé à attirer les touristes aux portefeuilles débordants, alors que la pêche perdait de son importance comme source de revenus, Erica avait l'impression de voir la nuque des autochtones se courber de plus en plus. Les jeunes partaient ailleurs et les vieux rêvaient des temps révolus. Elle-même faisait partie de ceux qui avaient choisi de partir.

Elle força encore le pas et tourna à gauche vers le raidillon de l'école de Håkenbacken. Quand Erica approcha du sommet, elle entendit Eilert Berg crier quelque chose qu'elle n'arriva pas vraiment à déchiffrer. Il agitait les bras et vint vers elle.

— Elle est morte.

Eilert respirait vite, par petits coups brefs et un vilain bruit piaillant montait de sa poitrine.

— Du calme, Eilert, qu'est-ce qu'il se passe ?

— Elle est morte, à l'intérieur.

Il indiquait la grande maison bleu ciel en bois au bout de la montée tout en implorant Erica des yeux.

Il lui fallut un moment pour enregistrer ce qu'il disait, mais une fois que les mots eurent fait leur chemin, elle poussa la grille rebelle et avança péniblement dans la neige jusqu'à la porte d'entrée. Eilert ne l'avait pas refermée et Erica entra prudemment, peu sûre de ce qu'elle allait voir. Pour une raison ou une autre, elle n'eut pas l'idée de demander.

Eilert la suivit silencieusement et indiqua sans un mot la salle de bains du rez-de-chaussée. Erica ne se pressa pas, elle se retourna et interrogea Eilert du regard. Il était pâle et sa voix fut frêle quand il dit :

— Là-dedans.

Erica n'était pas entrée dans cette maison depuis une éternité, mais elle l'avait bien connue autrefois et elle savait où se trouvait la salle de bains. L'air froid la fit frissonner, malgré ses vêtements chauds. Elle poussa

16

lentement la porte de la salle de bains qui s'ouvrait vers l'intérieur et entra.

Elle n'aurait su dire à quoi elle s'était attendue compte tenu des informations succinctes d'Eilert, mais rien ne l'avait préparée au sang. La salle de bains était entièrement carrelée de blanc et l'effet du sang dans la baignoire et tout autour fut d'autant plus grand. Une brève seconde elle trouva le contraste beau, avant de réaliser que c'était un être humain réel qui se trouvait dans la baignoire.

Malgré les teintes blanc et bleu peu naturelles du corps, Erica la reconnut immédiatement. C'était Alexandra Wijkner, Carlgren de son nom de jeune fille, la fille de la famille propriétaire de la maison dans laquelle Erica venait d'entrer. Tout au long de leur enfance, elles avaient été les meilleures copines, mais cela semblait une autre vie maintenant. La femme dans la baignoire lui apparaissait comme une étrangère.

Les yeux du cadavre étaient fermés, acte charitable, mais les lèvres scintillaient d'un bleu vif. Une fine croûte de glace couvrait le torse et dissimulait entièrement le bas du corps. Le bras droit, mou et strié de sang, pendait sur le bord de la baignoire et les doigts trempaient dans la flaque de sang coagulé par terre. Une lame de rasoir était posée sur le bord de la baignoire. L'autre bras était visible seulement au-dessus du coude, le reste étant caché sous la croûte de glace. Les genoux aussi émergeaient de la surface gelée. Les longs cheveux blonds d'Alex étaient répandus tel un éventail à la tête de la baignoire, mais ils avaient l'air friable et gelé.

Erica la regarda longuement. Elle frissonna, autant à cause du froid que de la solitude émanant de cette scène macabre. Elle recula lentement hors de la salle de bains.

Ensuite, tout s'était passé comme dans un brouillard. Elle avait appelé le médecin de garde sur son portable et attendu avec Eilert que le médecin et l'ambulance arrivent. Elle se rendit compte qu'elle était en état de choc, elle reconnaissait les signes pour les avoir ressentis quand on l'avait avertie pour ses parents, et elle se versa un grand cognac dès qu'elle fut de retour chez elle. Peut-être pas exactement ce que le docteur aurait prescrit, mais au moins ses mains arrêtèrent de trembler.

Voir Alex l'avait replongée dans son enfance. Leur belle amitié remontait à plus de vingt-cinq ans, mais bien que beaucoup de gens aient défilé dans sa vie entre-temps, Alex était toujours proche de son cœur. A l'époque, elles étaient enfants. Adultes, elles avaient été des étrangères l'une pour l'autre. Pourtant Erica avait du mal à se faire à l'idée qu'Alex se soit suicidée, ce qui était pourtant l'interprétation évidente de ce qu'elle avait vu. L'Alexandra qu'elle avait connue était une personne vivante et sereine. Une belle femme, sûre d'elle et dotée d'un rayonnement qui faisait se retourner les gens sur son passage. D'après ce qu'Erica avait entendu, et comme elle s'y était attendue, la vie avait été douce pour Alex. Elle tenait une galerie d'art à Göteborg, elle était mariée à un bel homme à qui tout réussissait et elle habitait sur la presqu'île de Särö une maison qui avait tout d'un manoir. Pourtant, manifestement, tout n'avait pas dû être parfait.

Elle sentit qu'elle avait besoin de se changer les idées et composa le numéro de sa sœur.

— Tu dormais ?

— C'est une blague ? Adrian m'a réveillée à trois heures ce matin et quand il a fini par s'endormir vers six heures, c'est Emma qui s'est réveillée et qui voulait jouer.

— Et Lucas, il ne pouvait pas se lever pour une fois ?

Silence glacial à l'autre bout du fil et Erica se mordit la langue.

— Il a une réunion importante aujourd'hui et il faut qu'il soit en forme. La situation à son boulot est assez perturbée en ce moment, la boîte se trouve à un stade stratégique vraiment critique.

La voix d'Anna grimpait et Erica y discerna une note d'hystérie. Lucas avait toujours une bonne excuse et Anna venait probablement de le citer mot pour mot. Quand ce n'était pas une réunion importante, c'était le stress dû à toutes les décisions fondamentales qu'il devait prendre, ou ses nerfs qui lâchaient parce que la tension était éprouvante pour un homme d'affaires aussi performant que lui. Toute la responsabilité des enfants incombait ainsi à Anna. Mère d'une fille exubérante de trois ans et d'un bébé de quatre mois, Anna paraissait dix ans de plus que ses trente quand elles s'étaient vues à l'enterrement de leurs parents.

— Honey, don't touch that.

— Sérieusement, tu ne trouves pas que tu devrais commencer à parler suédois avec Emma ?

— Lucas est d'avis qu'on doit parler anglais à la maison. Il dit que, de toute façon, on sera de retour à Londres avant qu'elle commence l'école.

Erica en avait marre d'entendre les : "Lucas est d'avis que, Lucas dit que, Lucas estime que…". Pour elle, son beau-frère était l'exemple type d'un enfoiré de première.

Anna avait rencontré le courtier Lucas Maxwell, de dix ans son aîné, quand elle était fille au pair à Londres et elle avait immédiatement succombé à la cour en règle qu'il lui avait faite. Elle avait abandonné tous ses projets d'entrer à l'université et avait consacré sa vie à être la parfaite épouse de représentation. Le problème était que Lucas n'était jamais satisfait, et Anna, qui pourtant agissait selon son humeur depuis qu'elle était enfant, avait totalement effacé sa propre personnalité au fil des années passées avec Lucas. Jusqu'à l'arrivée des enfants, Erica avait encore espéré qu'elle retrouverait son bon sens, quitterait Lucas et commencerait à vivre sa propre vie, mais une fois qu'Emma, puis Adrian étaient nés, elle avait été obligée d'admettre que ce beau-frère était malheureusement destiné à rester.

— D'accord, oublions Lucas et sa conception de l'éducation des enfants. Et ces petits chéris à leur tata, qu'est-ce qu'ils ont fait comme catastrophe depuis la dernière fois ?

— Oh, rien de bien différent, tu sais… Emma a eu une crise de folie hier et a eu le temps de découper des vêtements qui valaient une petite fortune avant que je m'en aperçoive, et Adrian a passé trois jours à vomir ou pleurer sans arrêt.

— J'ai l'impression que tu aurais besoin d'un petit changement d'air. Tu ne pourrais pas laisser les enfants et venir ici une semaine ? J'aimerais qu'on voie deux ou trois trucs ensemble. Il faudrait qu'on trie tous leurs papiers et ces choses-là.

— Oui, c'est vrai, avec Lucas on s'est dit qu'il faudrait aborder ça avec toi.

Comme toujours quand elle était obligée de se lancer dans quelque chose de désagréable, la voix d'Anna se mit à trembler. Erica fut instantanément sur ses gardes. Ce "on" n'augurait rien de bon. Dès que Lucas était de la partie, c'était en général à son avantage et au détriment de tous les autres protagonistes.

Erica attendit qu'Anna poursuive.

— Lucas et moi, on pense retourner à Londres dès qu'il aura établi plus solidement la filiale suédoise et on n'a pas exactement envie de nous encombrer d'une maison ici. Toi non plus, tu n'as pas vraiment intérêt à garder une grande maison à la campagne, je veux dire, tu n'as pas de famille, ni…

Le silence fut compact.

— Qu'est-ce que tu essaies de me dire ?

Erica tortilla une mèche de ses cheveux bouclés autour de l'index, une habitude qu'elle avait depuis son enfance quand elle se sentait nerveuse.

— Eh bien… Lucas trouve qu'on devrait vendre la maison. On n'a pas les moyens de continuer à l'entretenir. En plus, on voudrait acheter une maison à Kensington à notre retour et même si Lucas gagne correctement sa vie, l'argent de la vente ferait toute la différence. Je veux dire, des maisons sur la côte ouest avec cette situation se vendent à plusieurs millions. Les Allemands sont tous à la recherche d'air marin et d'une vue sur la mer.

Anna poursuivit son argumentation, mais Erica en avait assez entendu et raccrocha doucement au milieu d'une phrase. Elle qui avait pensé se changer les idées, elle était servie.

Elle avait toujours été plus une mère qu'une grande sœur pour Anna. Depuis qu'elles étaient gamines, elle l'avait protégée et surveillée. Anna avait été une véritable enfant de la nature, un feu follet agissant selon ses impulsions sans réfléchir aux conséquences. Un bon nombre de fois, Erica avait dû la sortir de situations délicates. Cette spontanéité et cette joie de vivre, Lucas les avait détruites chez sa sœur. Et c'était surtout cela qu'Erica ne pourrait jamais lui pardonner.

Le lendemain matin, ce qu'elle avait vécu la veille lui parut irréel. Erica avait dormi d'un sommeil profond, sans rêver, mais elle avait l'impression d'avoir passé une nuit blanche. Elle était tellement fatiguée que tout son corps lui faisait mal. Son ventre criait famine, mais après un rapide coup d'œil dans le frigo, elle réalisa qu'un saut à l'épicerie d'Eva s'imposait avant qu'elle puisse se remplir l'estomac.

Le village était désert. Sur la place Ingrid Bergman, aucune trace du commerce qui bouillonnait pendant les mois d'été. La visibilité était bonne, sans brume, et Erica distinguait jusqu'au promontoire de l'île de Valön, qui se dessinait sur l'horizon et qui avec Kråkholmen formait une étroite ouverture donnant sur l'archipel.

Elle ne rencontra quelqu'un qu'après avoir grimpé un bon bout de la montée de Galärbacken. Une personne qu'elle aurait préféré ne pas voir et elle chercha instinctivement à se défiler.

— Bonjour.

La voix d'Elna Persson avait tout du gazouillis déplacé.

— Tiens, mais c'est notre petite écrivain qui profite du soleil du matin ?

Erica gémit intérieurement.

— Oui, j'ai des courses à faire chez Eva.

— Ma pauvre petite, tu dois être totalement anéantie après ce que tu as vécu hier, c'était terrible.

Le double menton trembla d'excitation et Erica trouva à Elna un air de pigeon bien gras. Son manteau de laine verdâtre lui couvrait le corps des épaules jusqu'aux pieds et donnait l'impression d'une seule masse informe. Elle serrait convulsivement son sac à main. Sur sa tête, un chapeau ridiculement petit et disproportionné en feutre et lui aussi d'une teinte vert mousse indéfinissable semblait prêt à basculer. Ses yeux en billes bien à l'abri dans une couche de graisse exhortaient Erica à dire quelque chose, à commenter l'affirmation.

— C'est vrai, ça n'a pas été très agréable.

Elna hocha la tête avec compassion.

— Oui, je suis tombée sur Mme Rosengren et elle m'a raconté qu'elle passait en voiture quand elle t'a vue devant la villa des Carlgren avec une ambulance et on a tout de suite compris que quelque chose d'affreux était arrivé. Et ensuite dans l'après-midi, j'ai appelé le docteur Jacobsson, oui, pour autre chose, ça n'avait rien à voir, et il m'a appris ce qui s'était passé, quelle tragédie ! Sans entrer dans les détails, évidemment. Les médecins doivent respecter le secret professionnel, et il n'y a rien à dire contre ça.

Elle hocha la tête d'un air entendu pour montrer à quel point elle n'avait rien à reprocher au secret professionnel du docteur Jacobsson.

— Elle était si jeune. On peut quand même se demander les raisons de tout ça. Personnellement, j'ai toujours trouvé qu'elle paraissait terriblement tendue. Je connais Birgit, sa maman, depuis longtemps, c'est quelqu'un qui a toujours eu les nerfs à fleur de peau et ces choses-là, c'est héréditaire, tout le monde le sait. Elle est devenue très arrogante, Birgit je veux dire, quand Karl-Erik a obtenu ce poste de directeur à Göteborg. Brusquement, Fjällbacka n'était plus assez bien pour eux. C'est la grande ville qu'il leur fallait. Mais je te le dis, l'argent n'a jamais fait le bonheur. Si la petite avait pu grandir ici au lieu d'être déracinée comme ça en ville, rien de tout ça ne serait arrivé. Je crois même qu'ils avaient envoyé la pauvre fille dans une école en Suisse et on sait bien comment ça se passe dans ces endroits-là. Eh oui, ça vous laisse des traces pour la vie. Avant qu'ils partent d'ici, elle était la plus joyeuse des petites filles, gaie comme un pinson et courageuse. Tiens, quand vous étiez petites, vous jouiez ensemble, non ? Moi, je dis toujours qu'on…

Elna poursuivit son monologue et Erica, n'entrevoyant aucune fin à cette torture, commença fébrilement à chercher une raison de s'arracher à la conversation qui prenait maintenant une sale tournure. Quand Elna fit une pause pour reprendre son souffle, Erica saisit l'occasion.

— J'ai été très contente de bavarder avec toi, mais il faut que j'y aille maintenant. Il y a pas mal de choses à faire, tu comprends.

Elle prit son expression la plus pathétique en espérant pouvoir aiguiller Elna sur cette voie secondaire séduisante.

— Oui, évidemment, ma chérie. Où ai-je la tête ? Ça doit être terriblement difficile pour toi, juste après ce drame dans ta famille. Pardonne à une pauvre vieille de ne plus avoir toute sa tête.

A ce stade, Elna était presque émue aux larmes par ses propres paroles, et Erica hocha simplement la tête avec dignité et marmonna un bref au revoir. Avec un soupir de soulagement, elle continua sa promenade jusqu'au magasin d'Eva en priant pour ne pas rencontrer une autre curieuse de cet acabit.

La chance n'était pas avec elle. Elle fut sans pitié mise sur le gril par un certain nombre d'habitants de Fjällbacka et n'osa respirer normalement que lorsque sa maison fut de nouveau en vue. Elle avait cependant retenu un des commentaires. Les parents d'Alex étaient arrivés à Fjällbacka tard la veille au soir et logeaient chez la sœur de Birgit.

Erica posa ses sacs de provisions sur la table de la cuisine et commença à ranger ses achats. Malgré toutes ses bonnes intentions, les sacs n'étaient pas aussi remplis de choses raisonnables qu'elle l'avait voulu en entrant dans le magasin. Mais si elle ne pouvait pas s'offrir quelques gourmandises un jour comme aujourd'hui, quand pourrait-elle le faire ? Comme sur un signal, son ventre se mit à gargouiller et elle disposa sur une assiette deux petits pains à la cannelle équivalant à douze points rouges des Weight Watchers et s'installa pour les grignoter avec une tasse de café.

C'était bon de se trouver là devant la fenêtre, à regarder la vue familière, mais elle ne s'était toujours pas habituée au calme dans la maison. Certes, il lui était déjà arrivé de se trouver seule ici, mais ce n'était pas pareil. Avant, il y avait eu une présence, la certitude que quelqu'un pouvait franchir la porte à tout moment. Maintenant, on aurait dit que l'âme de la maison avait disparu.

Sur le rebord de la fenêtre, la pipe de papa attendait d'être bourrée. L'odeur s'attardait encore dans la cuisine, mais Erica avait l'impression qu'elle s'atténuait de jour en jour.

Elle avait toujours adoré l'odeur de pipe. Quand elle était petite, elle s'était souvent blottie sur les genoux de son père et avait posé la tête contre sa poitrine en fermant les yeux. La fumée de la pipe était incrustée dans tous les vêtements de son père et cette odeur avait représenté la sécurité pour la gamine qu'elle était.

La relation d'Erica avec sa mère avait été infiniment plus compliquée. Elle ne se rappelait pas un seul instant dans son enfance et sa jeunesse où elle avait reçu de sa mère le moindre témoignage de tendresse, un câlin, un bisou, un mot de consolation. Elsy Falck avait été une femme dure et implacable qui maintenait un ordre impeccable dans sa maison mais qui ne se permettait jamais de se réjouir de quoi que ce soit dans la vie. Elle était profondément croyante et comme dans tant d'autres petits villages côtiers du Bohuslän, elle avait grandi dans une atmosphère où régnaient encore les préceptes rigides du pasteur Schartau. Toute petite déjà, elle avait appris que la vie devait être une longue souffrance, la récompense viendrait dans la vie après celle-ci. Erica s'était souvent demandée ce que son père, avec sa jovialité et son esprit porté sur l'humour, avait vu en Elsy et, adolescente, elle lui avait lancé cette question dans un moment de colère. Il ne s'était pas fâché. S'était seulement assis et lui avait entouré les épaules de son bras. Puis il avait dit qu'elle ne devait pas juger si durement sa mère. Certaines personnes ont plus de mal que d'autres à afficher leurs sentiments, avait-il expliqué en caressant ses joues encore rouges de colère. Elle ne l'avait pas écouté ce jour-là, et elle était toujours persuadée qu'il avait seulement essayé de jeter un voile sur ce qui paraissait évident à Erica : sa mère ne l'avait jamais aimée et ça, il lui faudrait le trimballer dans ses bagages pour le restant de sa vie.

Erica décida de suivre une impulsion et d'aller rendre visite aux parents d'Alexandra. Perdre un parent était difficile, mais cela suivait tout de même une sorte d'ordre naturel. Perdre un enfant devait être terrifiant. De plus, elle et Alexandra avaient un jour été aussi proches que deux meilleures copines peuvent l'être. Certes, cela datait de près de vingt-cinq ans, mais une grande partie de ses bons souvenirs d'enfance était intimement liée à Alex et sa famille.

La maison paraissait abandonnée. La tante et l'oncle d'Alexandra habitaient dans Tallgatan, à mi-chemin entre le centre de Fjällbacka et le camping de Sälvik. Ici, les maisons étaient implantées en hauteur et les jardins avec leurs pelouses descendaient en pente raide vers la route qui longeait la côte. L'entrée était située à l'arrière de la maison, et Erica hésita avant d'appuyer sur la sonnette. Le signal résonna puis fit place à un silence total. Il n'y avait pas un bruit de l'autre côté de la porte à l'intérieur et elle était sur le point de s'en aller lorsque celle-ci s'ouvrit lentement.

— Oui ?

— Bonjour, je suis Erica Falck. C'est moi qui…

Elle laissa le reste de la phrase en suspens. Elle se sentit ridicule de se présenter si cérémonieusement. La tante d'Alex, Ulla Persson, savait très bien qui elle était. La mère d'Erica et Ulla avaient été actives au foyer de l'église pendant de nombreuses années et, le dimanche, Ulla était parfois passée chez eux boire un café.

Elle s'écarta et fit entrer Erica dans le vestibule. Pas une seule lampe n'était allumée dans la maison. La nuit n'allait tomber que dans plusieurs heures, mais l'obscurité de l'après-midi d'hiver commençait à s'installer et l'ombre l'emportait. D'une pièce donnant sur le vestibule parvenaient des sanglots étouffés. Erica retira ses chaussures et son manteau. Elle se surprit à bouger en silence et avec précaution, mais l'ambiance de la maison n'autorisait rien d'autre. Ulla alla dans la cuisine et laissa Erica continuer seule dans la pièce. Quand elle fit son entrée dans le séjour, les pleurs cessèrent. Dans un canapé placé devant une énorme baie vitrée, Birgit et Karl-Erik Carlgren étaient assis, étroitement enlacés. Tous deux avaient le visage mouillé et strié de larmes et Erica eut l'impression de faire intrusion dans une sphère extrêmement privée, de pénétrer dans un lieu où elle n'aurait peut-être pas dû venir. Mais il était trop tard pour changer d'avis maintenant.

Lentement elle alla s'asseoir dans l'autre canapé en face d'eux et croisa les mains sur ses genoux. Personne n'avait dit un mot depuis qu'elle était entrée dans la pièce.

— Elle était comment ?

Tout d'abord, Erica eut du mal à saisir les paroles de Birgit. Sa voix était fluette comme celle d'un enfant. Elle ne sut pas quoi répondre.

— Seule, fut le mot qui finalement sortit et elle regretta presque immédiatement.

— Je ne voulais pas… La phrase s'éteignit et fut aspirée par le silence.

— Elle ne s'est pas suicidée !

La voix de Birgit fut tout à coup forte et assurée. Karl-Erik serra la main de sa femme et hocha la tête. Ils virent probablement l'expression sceptique d'Erica, car Birgit répéta encore une fois :

— Elle ne s'est pas suicidée ! Je la connais mieux que quiconque et je sais qu'elle n'aurait jamais pu faire ça. Elle n'aurait jamais eu le courage de le faire ! Toi aussi tu dois le savoir. Tu la connaissais aussi.

Elle se redressa un peu plus à chaque syllabe qu'elle prononçait et Erica vit une étincelle s'allumer dans ses yeux. Birgit ouvrit et ferma spasmodiquement les mains, plusieurs fois, et fixa Erica droit dans les yeux jusqu'à ce qu'une des deux soit obligée de détourner le regard. Ce fut Erica qui céda la première. Elle regarda autour d'elle dans le séjour. Tout pour ne pas avoir à contempler la douleur de la mère d'Alexandra.

La pièce était douillette, mais trop décorée au goût d'Erica. Les rideaux artistiquement arrangés avec de larges volants étaient du même tissu fleuri que les coussins sur les canapés. Une collection de saladiers en bois tourné de fabrication artisanale entourés de rubans brodés au point de croix partageaient l'espace avec des chiens en faïence aux yeux éternellement humides. Ce qui sauvait la pièce était l'immense baie vitrée, qui donnait sur un panorama envoûtant. Erica aurait voulu pouvoir suspendre l'instant et continuer à regarder par la fenêtre au lieu d'être aspirée par le deuil de ces gens. Elle tourna de nouveau le regard vers le couple Carlgren.

— Birgit, je n'en sais rien. Nous étions amies, Alexandra et moi, mais ça remonte à vingt-cinq ans. En fait je ne sais pas comment elle était. Parfois on ne connaît pas les gens aussi bien qu'on le croit…

Erica entendit elle-même la platitude de ses propos qui rebondissaient entre les murs. Ce fut alors que Karl-Erik prit la parole. Il se dégagea des mains de Birgit et se pencha en avant comme s'il voulait s'assurer qu'Erica ne manquerait pas un mot de ce qu'il avait l'intention de dire.

— Je sais que nous donnons l'impression de vouloir nier ce qui s'est passé, et que nous ne paraissons pas très maîtres de nous-même en ce moment, mais même si pour une raison ou une autre Alex s'était suicidée elle n'aurait jamais, et je le répète, jamais, procédé ainsi ! Souviens-toi comme elle a toujours eu une peur panique du sang. La moindre coupure, et elle était hystérique jusqu'à ce qu'on lui mette un pansement. Elle s'est même quelquefois évanouie à la vue du sang. C'est pourquoi je suis totalement convaincu qu'elle aurait plutôt choisi des somnifères. Il me paraît totalement impossible qu'Alex ait pu prendre une lame de rasoir et se taillader les poignets l'un après l'autre. Ce que dit ma femme est vrai, Alex était délicate. Ce n'était pas une personne courageuse. Il faut être doté d'une force intérieure pour se résoudre à mettre fin à ses jours. Elle ne possédait pas cette force-là.

Sa voix avait un ton obstiné et si Erica y percevait le souhait profond de deux êtres désespérés, elle ne put s'empêcher de ressentir un doute. En y réfléchissant, quelque chose lui avait paru anormal quand la veille au matin elle était entrée dans la salle de bains. Bien sûr, découvrir un cadavre n'a jamais rien de normal, mais il y avait eu quelque chose dans l'atmosphère de la pièce qui ne collait pas. Une présence, une ombre. Elle n'aurait su le décrire plus précisément. Elle pensait toujours que quelque chose avait poussé Alexandra Wijkner au suicide, mais elle ne put nier que l'insistance du couple Carlgren avait fait vibrer une corde en elle.

Elle fut tout à coup frappée par la ressemblance entre l'Alex adulte et sa mère. Birgit Carlgren était petite et mince, avec les mêmes cheveux blonds que sa fille, mais au lieu de les porter longs comme Alex, elle avait une coupe au carré chic. Aujourd'hui elle était vêtue entièrement de noir et malgré son deuil elle semblait consciente de l'effet du contraste entre le clair et le sombre. De petits mouvements révélaient sa frivolité. Une main qui passait lentement sur les cheveux, un col qu'elle remit en place. Erica se rappela la véritable caverne d'Ali Baba qu'avait représentée sa penderie pour des filles de huit ans avides de déguisement, et à cette époque, la boîte à bijoux avait reflété leur image du paradis sur terre.

A côté d'elle, son mari avait l'air très banal. Non pas qu'il ne soit pas attirant, mais il était simplement insignifiant. Il avait un visage ovale gravé de fines ridules et l'implantation des cheveux avait reculé bien au-delà du front. Karl-Erik aussi était vêtu entièrement de noir, mais contrairement à sa femme, cela le rendait encore plus fade. Erica sentit qu'elle devait partir maintenant. Elle se demanda ce qu'elle avait réellement cherché en venant les voir.

Elle se leva, et les Carlgren firent de même. Birgit exhorta son mari du regard pour qu'il dise quelque chose. Apparemment quelque chose qu'ils avaient discuté avant qu'Erica arrive.

— Nous aimerions que tu écrives une nécrologie d'Alex. Pour que ce soit publié dans *Bohusläningen*. Sur sa vie, ses rêves – et sur sa mort. Que sa vie et ce qu'elle était soient mis en avant – ça serait un énorme réconfort pour Birgit et moi.

— Mais vous ne préférez pas quelque chose dans *Göteborgs-Posten* ? Je veux dire, elle habitait à Göteborg ? Et vous aussi, d'ailleurs.

— Fjällbacka a toujours été et sera toujours notre chez nous. Et c'était valable pour Alex aussi. Commence à en parler avec son mari, Henrik. Nous en avons discuté avec lui et il se tient à ta disposition. Tous tes frais seront pris en charge, bien sûr.

Sur ce, ils estimaient apparemment la discussion terminée. Sans avoir réellement accepté la mission, Erica se retrouva sur le perron avec le numéro de téléphone et l'adresse de Henrik Wijkner à la main. Elle n'était pas chaude du tout pour endosser cette responsabilité, mais si elle était vraiment honnête avec elle-même, une idée avait commencé à germer dans la tête de l'écrivain. Erica l'écartait et se sentait mal à l'aise, mais la pensée était tenace. Le sujet d'un livre vraiment personnel qu'elle cherchait depuis longtemps était là. L'histoire du parcours d'un être vers l'accomplissement de son destin. Les raisons qui avaient poussé une femme jeune, belle et particulièrement privilégiée à choisir la mort. Sans nommer Alex, évidemment, mais un récit basé sur tout ce qu'elle pourrait trouver sur le chemin menant Alex vers la mort. Erica avait publié quatre livres jusque-là, mais tous étaient des biographies de femmes écrivains. Le courage de créer ses propres histoires ne lui était pas encore venu, mais elle savait qu'elle portait des livres en elle, impatients d'être posés sur papier. L'événement allait peut-être lui donner l'allant et l'inspiration qu'elle avait attendus. Le fait qu'elle ait connu Alex ne serait qu'un avantage.

L'idée embarrassait la femme qu'elle était, mais l'écrivain en elle exultait.

Le pinceau traçait de larges traits de rouge sur la toile. Il peignait depuis l'aube et, pour la première fois en plusieurs heures, il recula de quelques pas pour regarder son œuvre. Un profane n'y aurait vu que de grands aplats de rouge, d'orange et de jaune, irrégulièrement distribués sur la grande toile. Pour lui, c'était l'humiliation et la résignation exprimées avec les teintes de la passion.

Il peignait toujours avec les mêmes couleurs. Son passé hurlait, moqueur, depuis la toile et il se remit à peindre de plus en plus frénétiquement.

Au bout d'une heure encore, il estima avoir mérité la première bière de la matinée. Il prit la canette à portée de sa main et ignora le fait qu'il s'en était servi comme cendrier à un moment la veille au soir. Des fragments de cendre mouillée se déposèrent sur ses lèvres, mais il continua à boire goulûment la bière éventée et jeta la canette par terre une fois la dernière goutte avalée.

Son slip, qui était son seul vêtement, était jaune sur le devant, de bière ou d'urine séchée. Plus probablement d'un mélange des deux. Ses cheveux gras pendaient sur ses épaules et sa poitrine était pâle et creuse. L'image globale d'Anders Nilsson était celle d'une épave, mais le tableau sur son chevalet révélait un talent qui contrastait fortement avec la déchéance de l'artiste.

Il s'effondra par terre et s'adossa au mur en face du tableau. A côté de lui, il y avait une canette intacte et il jouit du petit pop quand il l'ouvrit. Les couleurs hurlaient agressivement et lui rappelaient qu'il avait passé la plus grande partie de sa vie à oublier. Pourquoi bordel fallait-il qu'elle aille tout détruire maintenant ? Pourquoi ne pouvait-elle pas simplement laisser tomber ? Cette sale pute égoïste qui ne pensait qu'à elle-même. Fraîche et innocente comme une foutue princesse. Mais il savait très bien ce qu'il y avait sous la surface. Ils étaient issus du même moule, tous les deux. Des années de tourments communs les avaient formés et soudés et voilà tout à coup qu'elle s'imaginait pouvoir changer l'ordre des choses, en souveraine.

— Merde !

Il hurla et lança la canette encore à moitié pleine droit sur le tableau. La toile ne se déchira pas, ce qui l'énerva encore davantage, elle gondola seulement un peu et la canette tomba par terre. Le liquide aspergea la peinture et du rouge, de l'orange et du jaune commencèrent à couler et à se mélanger en de nouvelles nuances. Il contempla le résultat avec satisfaction.

Il n'avait toujours pas dessoûlé depuis la beuverie de la veille qui avait duré vingt-quatre heures, et la bière fit rapidement son effet malgré une tolérance élevée à l'alcool après de nombreuses années d'entraînement soutenu. Lentement il se laissa glisser dans le brouillard familier, les narines pleines de l'odeur de vieux vomi.

Elle avait sa propre clé de l'appartement. Dans l'entrée, elle s'essuya méticuleusement les pieds, sachant pourtant que c'était totalement inutile. C'était plus propre dehors que dedans. Elle posa les sacs de provisions et suspendit soigneusement son manteau sur un cintre. Inutile d'appeler. A cette heure-ci, il s'était probablement déjà éteint.

La cuisine était située à gauche de l'entrée et dans un désordre tout aussi désolant que d'habitude. De la vaisselle vieille de plusieurs semaines était empilée, pas seulement dans l'évier mais sur les chaises et la table et même par terre. Des mégots, des canettes de bière et des bouteilles vides partout.

Elle ouvrit le réfrigérateur pour ranger la nourriture et constata qu'elle tombait vraiment à pic. Le frigo était vide. Un moment plus tard, elle l'avait rempli et elle resta immobile quelques secondes pour rassembler ses forces.

L'unique pièce de l'appartement faisait office de séjour et de chambre à la fois. C'était elle qui avait pris soin d'y transporter les quelques meubles qui s'y trouvaient, mais sa contribution se résumait à très peu de choses et la pièce était surtout dominée par le grand chevalet devant la fenêtre. Dans un coin, il y avait un matelas élimé posé directement sur le sol. Elle n'avait jamais eu les moyens de lui acheter un vrai lit.

Au début elle avait essayé de l'aider à se tenir propre et à maintenir son appartement en bon état. Elle essuyait, ramassait, lavait ses vêtements et bien souvent lui-même aussi. C'était à l'époque où elle espérait encore que tout allait s'arranger. Que tout allait s'envoler avec le vent, comme par miracle. Cela faisait de nombreuses années maintenant. Quelque part en route, elle avait abandonné. Maintenant elle se contentait de veiller à ce qu'il ait de quoi manger.

Elle espérait avoir encore longtemps la force. La culpabilité pesait lourdement sur ses épaules et sa poitrine. Parfois, à genoux en train de nettoyer ses vomissures, elle avait eu l'impression un bref instant d'avoir payé sa dette. A présent elle la portait avec résignation.

Elle le regarda, affalé contre le mur. Une épave puante, mais avec un talent inouï dissimulé sous la surface crasseuse. Souvent, elle s'était demandé comment auraient tourné les choses si elle avait fait un autre choix ce jour-là. Chaque jour pendant vingt-cinq ans elle s'était demandé comment la vie aurait été si elle avait agi différemment. Vingt-cinq ans, ça en fait du temps pour ruminer.

Parfois, elle le laissait par terre en partant. Pas aujourd'hui. Le froid du dehors pénétrait l'appartement et elle sentit le sol glacé à travers son mince collant. Elle tira sur un de ses bras qui pendait inerte le long de son flanc. Il ne réagit pas. Agrippant son poignet à deux mains, elle le traîna vers le matelas. Elle essaya de le hisser dessus et frissonna un peu quand ses mains rencontrèrent la chair molle de sa taille. Après s'être escrimée un moment, elle réussit à rouler la plus grande partie de son corps sur le matelas et, faute de couverture, elle alla dans l'entrée chercher sa veste qu'elle étala sur lui. L'effort la fit haleter et elle s'assit. Sans la force dans les bras que de nombreuses années de ménage lui avaient fournie, jamais elle n'aurait réussi tout ça à son âge. Son inquiétude, c'était ce qui allait se passer le jour où elle n'aurait plus la force physique.

Il était étendu là, une mèche de cheveux grasse lui barrant le visage et elle l'écarta tendrement avec l'index. Ni pour lui ni pour elle, la vie n'avait tourné comme elle l'avait imaginée, mais elle allait consacrer le restant de ses jours à conserver le peu qu'il leur restait.

Les gens détournaient le regard quand elle les croisait dans la rue, mais pas suffisamment vite pour qu'elle ne voie pas la pitié. Anders était connu comme le loup blanc dans le village et il était un membre permanent de la fine équipe locale. Il lui arrivait de parcourir les rues sur des jambes rendues instables par l'ivresse en lançant des invectives à tous ceux qu'il rencontrait. A lui l'aversion, à elle la sympathie. En réalité, ça aurait dû être le contraire. C'était elle qu'ils devraient détester et Anders qui méritait la sympathie. C'était sa faiblesse à elle qui avait façonné la vie d'Anders. Mais plus jamais elle ne serait faible.

Elle resta plusieurs heures à lui caresser le front. Par moments, il remuait dans son coma éthylique, mais se calmait à son contact. Devant la fenêtre, la vie se poursuivait comme d'habitude, mais dans la pièce, le temps s'était arrêté.

Le lundi arriva avec une température positive et de lourds nuages de pluie. Erica était toujours une conductrice prudente, mais cette fois elle ralentit encore davantage pour avoir de la marge en cas de dérapage. La conduite n'était pas son fort, mais elle préférait la solitude dans une voiture à la foule dans le train express.

Quand elle tourna à droite pour entrer sur l'autoroute, l'état de la chaussée s'améliora et elle osa accélérer un peu. Elle devait rencontrer Henrik Wijkner à midi, mais elle était partie tôt de Fjällbacka et avait tout son temps pour se rendre à Göteborg.

Pour la première fois depuis qu'elle avait vu Alex dans la salle de bains glaciale, elle pensa à la conversation avec Anna. Elle avait toujours du mal à imaginer qu'Anna pousse réellement à la vente de la maison. C'était malgré tout leur maison natale et leurs parents auraient été au désespoir s'ils l'avaient su. Rien n'était impossible cependant quand Lucas était dans le coup. C'était parce qu'elle savait très bien à quel point il pouvait être dénué de scrupules qu'elle se mettait à réfléchir à l'éventualité d'une vente. Il était déjà tombé bien bas, mais là, il atteignait carrément le fond.

Cela dit, avant de commencer à s'inquiéter pour la maison, elle allait se renseigner sur sa situation d'un point de vue juridique. Elle refusait de se laisser abattre par la dernière combine de Lucas avant d'avoir pris cette précaution. Pour l'instant, elle devait se concentrer sur l'entretien à venir avec le mari d'Alex.

Henrik Wijkner lui avait paru sympathique au téléphone et il était informé de la raison de son appel. Bien sûr qu'elle pouvait venir et poser des questions sur Alexandra, puisque pour ses parents une belle nécrologie paraissait si importante.

Elle était assez excitée à l'idée de voir à quoi ressemblait l'endroit où avait vécu Alex, même si la confrontation avec quelqu'un en deuil ne l'enthousiasmait pas spécialement. La rencontre avec les parents d'Alex lui avait fendu le cœur. En tant qu'écrivain, elle préférait contempler la réalité à distance. L'étudier d'en haut, avec précision et recul. En même temps, c'était l'occasion d'avoir un premier aperçu de l'adulte qu'Alex était devenue.

Erica et Alex avaient été inséparables dès le premier jour d'école. Erica avait été immensément fière d'avoir été choisie comme amie par Alex, cette fille qui agissait comme un aimant sur tous ceux qui l'approchaient. Tout le monde voulait être avec Alex, qui elle-même ne se rendait absolument pas compte de sa popularité. Sa réserve indiquait une assurance assez inhabituelle chez un enfant, Erica l'avait compris une fois adulte. Pourtant elle était ouverte et généreuse et ne donnait aucune impression de timidité. C'était elle qui avait choisi Erica comme amie. D'elle-même, Erica n'aurait jamais osé approcher Alex. Elles étaient restées inséparables jusqu'à la dernière année avant qu'Alex déménage et disparaisse pour de bon. Car Alex avait progressivement commencé à se retirer et Erica passait des heures seule dans sa chambre à pleurer leur amitié. Puis un jour où elle avait sonné chez Alex, personne n'était venu ouvrir. Vingt-cinq ans plus tard, Erica pouvait encore ressentir exactement la douleur qu'elle avait éprouvée en réalisant qu'Alex avait déménagé sans la prévenir et sans lui dire au revoir. Elle ne savait toujours pas ce qui s'était passé, mais à la manière des enfants, elle s'était attribué toute la responsabilité et avait tout bonnement supposé qu'Alex s'était lassée d'elle.

Erica s'orienta avec une certaine difficulté à travers Göteborg pour prendre la direction de Särö. Elle connaissait bien la ville pour y avoir fait quatre ans d'études, mais à cette époque-là elle n'avait pas de voiture, si bien que le plan de l'agglomération était resté pour elle une énigme. Si elle avait pu rouler sur les pistes cyclables, elle aurait certainement trouvé son chemin plus facilement. Göteborg était le cauchemar d'un conducteur peu assuré, une ville bourrée de sens uniques, de ronds-points encombrés et résonnant des avertissements stressants de tramways qui surgissaient de toute part. De plus, il lui semblait que toutes les directions menaient à Hisingen. Si elle se trompait, à tous les coups elle allait se retrouver dans ce faubourg industriel.

Mais les indications que lui avait données Henrik étaient claires et elle réussit à éviter Hisingen.

La maison dépassa toutes ses prévisions. Une immense villa blanche des années vingt ou trente, avec vue sur la mer et une petite gloriette, promesse de douces soirées d'été. Le jardin qui se trouvait caché sous une épaisse couche de neige était bien agencé et exigeait, du fait seul de son étendue, les soins dévoués d'un jardinier compétent.

Elle remonta une allée bordée de saules et franchit une haute grille en fer forgé pour entrer dans la cour gravillonnée devant la maison.

Un escalier en pierre menait à une porte en chêne massif. Il n'y avait pas de sonnette mais un beau heurtoir en métal. La porte s'ouvrit immédiatement. Elle s'était presque attendue à être reçue par une bonne en tablier blanc et bonnet, mais c'était un homme qui l'accueillit et elle comprit tout de suite qu'il devait être Henrik Wijkner. Il était beau, presque trop, et Erica se félicita d'avoir consacré un peu d'efforts à sa tenue avant de partir.

Elle entra dans un vestibule immense qu'elle estima rapidement plus grand que son appartement à Stockholm.

— Erica Falck.

— Henrik Wijkner. On s'est croisé l'été dernier si mes souvenirs sont bons. Dans ce café sur la place Ingrid Bergman.

— Le Ponton. Mais oui, c'est vrai. J'ai l'impression que ça fait une éternité. Surtout avec l'hiver qu'on a.

Henrik murmura poliment une réponse. Il l'aida à se débarrasser de son manteau, puis indiqua de la main un salon qui communiquait avec le vestibule. Elle s'assit avec prudence sur un canapé que, compte tenu de ses connaissances limitées en meuble de style, elle se contenta de classer ancien et probablement très coûteux, et elle accepta la proposition d'un café. Tandis que Henrik le préparait et qu'ils échangeaient d'autres points de vue sur le temps lamentable, elle l'observa à la dérobée et constata qu'il n'avait pas l'air spécialement affligé, mais Erica savait que cela ne signifiait pas forcément quelque chose. Chacun exprime son chagrin comme il peut.

Il était vêtu de façon décontractée d'un pantalon Chinos impeccablement repassé et d'une chemise Ralph Lauren bleue. Il avait des cheveux châtain sombre, presque noirs et une coupe élégante sans paraître trop étudiée. Ses yeux bruns lui donnaient un air presque méditerranéen. Pour sa part, elle préférait les hommes beaucoup plus nature mais elle ne put s'empêcher d'être sensible au charme de cet homme comme sorti tout droit d'un magazine de mode. Henrik et Alex avaient dû former un couple d'une beauté frappante.

— Quelle magnifique maison vous avez !

— Merci. Je suis la quatrième génération Wijkner à l'habiter. Mon arrière-grand-père l'a fait construire au début du siècle dernier et elle est restée la propriété de la famille depuis. Si ces murs pouvaient parler…

Il balaya avec la main autour de la pièce et sourit à Erica.

— Oui, ça doit être merveilleux d'être entouré ainsi de toute son histoire familiale.

— Oui et non. Cela implique une lourde responsabilité aussi. La voie indiquée par les ancêtres et tout ça.

Il rit doucement et Erica ne lui trouva pas l'air spécialement écrasé par la responsabilité. Pour sa part, elle se sentait totalement déplacée dans cette pièce élégante et luttait en vain pour trouver une façon confortable d'être assise dans le canapé superbe certes, mais spartiate. Pour finir, elle s'assit sur le bord et sirota doucement le café servi dans de petites tasses à moka. Elle sentit son petit doigt sursauter, mais elle résista à la tentation. Ces tasses étaient comme faites pour lever le petit doigt en l'air, mais elle soupçonna que cela ferait plus parodique que mondain. Elle lutta avec elle-même un instant devant les gâteaux sur le plat de service et perdit le duel en s'emparant d'une épaisse tranche de quatre-quarts. A vue de nez, dix points rouges.

— Alex adorait cette maison.

Erica avait réfléchi à la manière d'aborder la véritable raison de sa visite ici et elle fut reconnaissante à Henrik d'être celui qui commençait à parler d'Alex.

— Combien de temps avez-vous habité ici ensemble ?

— Aussi longtemps que nous avons été mariés, quinze ans. Nous nous sommes rencontrés à Paris pendant nos études. Elle étudiait l'histoire de l'art et j'essayais d'acquérir suffisamment de connaissances dans le monde de l'économie pour être capable de gérer l'empire familial à peu près comme il faut.

Erica doutait fort que Henrik Wijkner fasse jamais quoi que ce soit à peu près.

— Immédiatement après notre mariage, nous sommes rentrés en Suède pour emménager dans cette maison. Mes parents étaient décédés tous les deux et la maison avait été laissée à l'abandon quelques années pendant mon séjour à l'étranger, mais Alex s'est immédiatement mise à la rénover. Elle voulait que tout soit parfait. Chaque détail, chaque papier peint, chaque meuble et tapis, tout est en grande partie des originaux qui sont ici depuis la construction de la maison et qui ont été restaurés pour retrouver leur aspect d'origine, ou alors ce sont des objets qu'Alex a achetés. Elle se rendait chez je ne sais combien d'antiquaires pour trouver exactement les mêmes choses qu'à l'époque de mon arrière-grand-père. Elle s'aidait d'un tas de vieilles photos et le résultat est fantastique. En même temps, elle travaillait dur pour démarrer sa galerie et je me demande toujours comment elle avait le temps de tout faire.

— Comment la décririez-vous, en tant que personne ?

Henrik prit le temps de réfléchir à la question.

— Belle, calme, perfectionniste jusqu'au bout des doigts. Elle pouvait sans doute paraître arrogante aux yeux de gens qui ne la connaissaient pas, mais c'était plutôt parce qu'elle ne laissait pas facilement les gens l'approcher. Alex était de ceux qu'on n'obtient qu'après avoir combattu.

Erica voyait très bien ce qu'il voulait dire. Le charme réservé d'Alex avait eu pour résultat, dès son enfance, qu'elle se faisait traiter d'orgueilleuse souvent par les mêmes filles qui s'étaient pratiquement bagarrées pour être assises à côté d'elle.

— Vous pourriez m'en dire un peu plus ?

Elle tenait à entendre le point de vue de Henrik.

Il regarda par la fenêtre et, pour la première fois depuis qu'elle était entrée dans la maison des Wijkner, elle eut l'impression d'apercevoir un sentiment sous le masque du charmeur.

— Elle suivait toujours son propre chemin. Elle n'avait aucun égard pour les autres. Pas par méchanceté, il n'y avait pas une once de méchanceté chez Alex, mais par nécessité. Le plus important pour mon épouse était de ne pas être blessée. Tout le reste, tous les autres sentiments devaient céder la place à ce but-là. Mais le problème est que si tu ne laisses personne approcher du mur par crainte que ce soit un ennemi, tu laisses aussi les amis de l'autre côté.

Il se tut. Puis il la regarda.

— Elle m'a parlé de toi.

Erica ne put pas cacher son étonnement. Vu la façon dont leur amitié avait pris fin, Erica s'était dit qu'Alex lui avait tourné le dos pour ne plus jamais penser à elle.

— Je me souviens particulièrement d'une chose qu'elle a dite. C'est que tu étais la dernière vraie amie qu'elle avait. "La dernière amitié pure." Ce sont exactement ses paroles. Une façon étrange de s'exprimer, ai-je pensé, mais elle n'a rien dit de plus et à ce stade je savais que ça ne servait à rien de la questionner. Voilà pourquoi je te raconte des choses sur Alex que je n'ai jamais confiées à personne. Quelque chose me dit que malgré toutes ces années passées, tu avais une place à part dans le cœur de ma femme.

— Tu l'aimais ?

— Par-dessus tout. Alexandra était toute ma vie. Tout ce que j'ai fait, tout ce que j'ai dit, tout a tourné autour d'elle. L'ironie, c'est qu'elle ne s'en est jamais rendu compte. Si seulement elle m'avait laissé entrer, elle ne serait pas morte aujourd'hui. La réponse se trouvait en permanence devant son nez, mais elle n'osait pas chercher. La lâcheté et le courage formaient un curieux mélange chez ma femme.

— Birgit et Karl-Erik ne pensent pas qu'elle se soit suicidée.

— Oui, je sais. Pour eux, c'est évident que moi non plus je ne le crois pas, mais pour être honnête, je ne sais pas ce que je crois. J'ai vécu quinze ans avec elle, mais je ne l'ai jamais connue.

Sa voix était toujours sèche et objective, et à en juger par son ton, il aurait tout aussi bien pu commenter la météo, mais Erica comprit que sa première impression de Henrik n'aurait pu être plus erronée. L'étendue de sa douleur était énorme. Simplement il ne l'affichait pas devant tout le monde comme Birgit et Karl-Erik Carl-gren. Ses propres expériences faisaient instinctivement comprendre à Erica qu'il ne souffrait pas seulement parce que sa femme était morte mais parce qu'il avait perdu à tout jamais la possibilité de l'amener à l'aimer autant que lui l'avait aimée. Un sentiment qu'elle connaissait bien.

— De quoi avait-elle peur ?

— C'est une question que je me suis posée des milliers de fois. Je n'en sais rien. Dès que j'essayais de lui parler, elle fermait une porte que je n'ai jamais réussi à ouvrir. C'était comme si elle détenait un secret qu'elle ne pouvait partager avec personne. Ça semble étrange ? Mais comme je ne sais pas quel fardeau elle portait, je ne peux pas non plus dire si elle était capable de se suicider.

— Quels rapports entretenait-elle avec ses parents et sa sœur ?

— Eh bien, comment les décrire ?

Il réfléchit encore longuement avant de répondre.

— Tendus. Comme s'ils se tournaient autour sur la pointe des pieds. La seule qui disait ce qu'elle avait vraiment sur le cœur était sa petite sœur, Julia, et d'une manière générale c'est une jeune femme assez bizarre. On avait toujours l'impression qu'un tout autre dialogue se déroulait derrière ce qui était dit à haute voix. Je ne sais pas trop comment expliquer ça. C'était comme si la discussion était codée et que quelqu'un avait oublié de me fournir la clé.

— Qu'est-ce que tu entends par bizarre en parlant de Julia ?

— Tu le sais sans doute, Birgit a eu Julia assez tard dans sa vie. Elle avait déjà largement dépassé la quarantaine et ce n'était pas planifié. Si bien que Julia a toujours été en quelque sorte le coucou dans le nid. Il n'a pas dû être très facile non plus d'avoir une sœur comme Alex. Julia n'était pas une enfant jolie, que l'âge n'a pas rendue plus attirante, d'ailleurs, et tu sais à quoi ressemblait Alex. Birgit et Karl-Erik ont toujours focalisé énormément sur Alex, et Julia était tout simplement oubliée. Sa manière de gérer cela a été de se replier sur elle-même. Mais je l'aime bien. Il y a quelque chose sous la surface butée. J'espère seulement que quelqu'un se donnera la peine de l'atteindre.

— Comment a-t-elle réagi à la mort d'Alex ? Comment était leur relation ?

— Je pense qu'il vaut mieux que tu demandes ça à Birgit et Karl-Erik. Ça fait plus de six mois que je n'ai pas vu Julia. Elle fait des études à Umeå pour devenir prof et elle n'aime pas s'en éloigner. Elle n'est même pas rentrée pour Noël cette année. Pour ce qui concerne sa relation avec Alex, Julia a toujours adoré sa grande sœur. Alex était déjà partie en pension à la naissance de Julia, elle n'était donc pas souvent à la maison, mais ensuite quand nous y venions, Julia la suivait comme un chiot. Alex ne s'en formalisait pas et la laissait faire. Parfois elle pouvait s'irriter contre Julia et la rembarrer, mais en général elle l'ignorait tout bonnement.

Erica sentit que l'entretien tirait sur sa fin. Pendant les pauses, le silence avait été total dans la grande maison et elle se dit que, malgré son lustre, la maison devait maintenant sembler bien vide à Henrik Wijkner.

Erica se leva et tendit la main. Il la prit entre les deux siennes, la tint quelques secondes, la lâcha et précéda Erica jusqu'à la porte d'entrée.

— Je pensais aller à la galerie jeter un coup d'œil, dit Erica.

— Oui, c'est une bonne idée. Elle en était terriblement fière. Elle l'a construite à partir de rien, avec une amie de ses années d'étudiante à Paris, Francine Bijoux. Oui, bon, maintenant elle s'appelle Sandberg. On se voyait pas mal en privé, même si nos rencontres se sont espacées depuis qu'elle et son mari ont eu les enfants. Francine est sûrement à la galerie, je lui passe un coup de fil pour expliquer qui tu es, comme ça je pense qu'elle te parlera sans problème d'Alex.

Henrik ouvrit la porte à Erica et, avec un dernier merci, elle tourna le dos au mari d'Alex et se dirigea vers la voiture.

A l'instant même où elle descendit de la voiture, le déluge se déclencha. La galerie était située dans Chalmersgatan, parallèle à Avenyn, mais après avoir tourné pendant une demi-heure, elle se résigna à garer la voiture à Heden. En réalité, ce n'était pas si loin que ça, mais sous la pluie torrentielle ça paraissait dix kilomètres. De plus, le parking coûtait douze couronnes de l'heure, et Erica sentit son humeur baisser. Elle n'avait bien sûr pas emporté de parapluie, et elle savait que ses cheveux bouclés ressembleraient bientôt à une permanente maison ratée.

Elle traversa rapidement Avenyn en esquivant de justesse le tramway qui filait bringuebalant en direction de Mölndal. Après avoir dépassé l'école des Beaux-Arts de Valand, où elle avait passé plus d'une soirée déchaînée quand elle était étudiante, elle tourna à gauche dans Chalmersgatan.

La galerie *Abstrakt* se trouvait à gauche, avec de grandes vitrines donnant sur la rue. Une cloche tinta quand elle entra et elle vit que le local était bien plus spacieux que ce qu'il paraissait de l'extérieur. Les murs et le plafond étaient peints en blanc, ce qui contribuait à mettre en valeur les œuvres d'art accrochées aux murs.

Au fond du local, elle vit une femme qui indéniablement devait être d'origine française. Il émanait d'elle une élégance ostentatoire quand avec force mouvements des mains elle décrivait un tableau à un client.

— J'arrive, faites comme chez vous en attendant.

Son accent français était charmant.

Erica la prit au mot et fit le tour de la pièce pour regarder les œuvres, les mains nouées dans le dos. Comme le nom de la galerie le laissait entendre, tous les tableaux étaient de facture abstraite. Des cubes, des carrés, des cercles et des figures étranges. Erica inclina la tête et plissa les yeux pour essayer de saisir ce que l'artiste pouvait voir mais qui lui échappait totalement. Eh non, toujours rien que des cubes et des carrés qu'à ses yeux un enfant de cinq ans aurait pu faire. Il lui restait à accepter que cela se situât au-delà de son horizon.

Elle se tenait devant une toile rouge immense avec des parties jaunes irrégulièrement réparties quand elle entendit Francine s'approcher d'elle sur des talons qui crépitaient contre le sol dallé noir et blanc.

— N'est-ce pas qu'il est magnifique ?

— Oui, bien sûr, c'est beau. Mais pour être tout à fait sincère, je n'y connais rien, en art. J'aime bien les tournesols de Van Gogh, mais c'est à peu près toute l'étendue de mes connaissances.

Francine sourit.

— Tu dois être Erica. Henri vient de m'appeler pour dire que tu étais en route.

Elle tendit une main au poignet fin et avant de la saisir Erica essuya vivement la sienne, encore mouillée par la pluie.

La femme devant elle était petite et frêle et avait cet air élégant qui semble être l'exclusivité des Françaises. Avec son mètre soixante-quinze sans chaussures, Erica se sentit comme une géante en comparaison.

Francine avait des cheveux aile de corbeau coiffés en arrière avec un chignon sur la nuque, et elle portait un tailleur noir près du corps. Elle avait sans doute choisi le noir à cause de la mort de son amie et collègue, elle paraissait plus une femme à s'habiller en rouge dramatique, voire en jaune. Son maquillage était léger et parfaitement appliqué, mais il ne réussissait pas à dissimuler la bordure rouge révélatrice autour des yeux. Erica espéra que son propre mascara n'avait pas coulé. Espoir vain, probablement.

— Je me suis dit qu'on pourrait prendre un café en parlant. C'est très calme aujourd'hui. Viens par là.

Elle montra le chemin à Erica jusqu'à une petite pièce derrière la galerie, équipée avec réfrigérateur, four à micro-ondes et cafetière électrique. La table était petite avec de la place pour deux chaises seulement. Erica s'assit et Francine lui servit bientôt une tasse de café brûlant. Son ventre protesta contre davantage de café après les tasses qu'elle avait bues chez Henrik, mais l'expérience de nombreuses interviews réalisées pour obtenir le matériau de base pour ses livres lui avait appris que, pour une étrange raison, les gens parlaient mieux avec une tasse de café à la main.

— Si j'ai bien compris Henri, les parents d'Alex t'ont demandé d'écrire une nécrologie.

— Oui, j'ai seulement croisé Alex très brièvement ces vingt-cinq dernières années, et j'essaie d'en savoir plus sur elle en tant qu'individu avant de commencer à écrire.

— Tu es journaliste ?

— Non, je suis écrivain. J'écris des biographies. Je m'y attelle uniquement parce que Birgit et Karl-Erik me l'ont demandé. De plus, c'est moi qui ai trouvé Alex dans la salle de bains, enfin presque en tout cas, et il me semble que j'ai besoin d'écrire cet article pour avoir une autre image d'elle, une image vivante. Ça te paraît bizarre ?

— Non, pas du tout. Je trouve que c'est fantastique que tu te donnes toute cette peine pour les parents d'Alex – et pour Alex.

Francine se pencha par-dessus la table et posa une main aux ongles parfaitement faits sur celle d'Erica.

Erica sentit une rougeur chaude envahir ses joues et essaya de ne pas penser au brouillon du livre sur lequel elle avait travaillé presque toute la journée de la veille. Francine poursuivit :

— Henri m'a demandé aussi de répondre à tes questions avec la plus grande sincérité possible.

Elle parlait un excellent suédois. Les r roulaient doucement et elle employait la version française de Henrik, Henri.

— Vous vous êtes rencontrées à Paris, toi et Alex ?

— Oui, on étudiait l'histoire de l'art ensemble. On s'est trouvées dès le premier jour. Elle avait l'air perdu et je me sentais perdue. Le reste c'est de l'histoire connue, comme on dit.

— Ça fait combien de temps que vous vous connais-siez ?

— Voyons voir, Henri et Alex ont fêté leurs quinze ans de mariage l'automne dernier, alors ça doit faire… dix-sept ans. Et ça en fait quinze qu'on fait tourner cette galerie ensemble.

Elle se tut et à la grande surprise d'Erica elle alluma une cigarette. Pour une raison ou une autre, elle n'avait pas imaginé que Francine pouvait fumer. La main tremblait légèrement en l'allumant et elle inspira pro-fondément la fumée sans cesser de regarder Erica.

— Tu ne t'es pas demandée où elle était passée ? Elle était probablement morte depuis une semaine quand on l'a trouvée.

Erica pensa soudain qu'elle n'avait pas eu l'idée de demander cela à Henrik.

— Je sais que ça va paraître bizarre, mais non, je ne me suis rien demandé. Alex… Elle hésita. Alex n'en fai-sait toujours qu'à sa tête. Ça pouvait être extrêmement frustrant, mais je me suis habituée avec le temps, je suppose. Ce n'était pas la première fois qu'elle s'absen-tait quelques jours pour ensuite ressurgir comme si de rien n'était. Elle s'est généreusement occupée seule de la galerie pendant mes congés de maternité, ça équilibre les comptes. Tu sais, j'ai l'impression que c'est ce qui va se passer maintenant aussi. Qu'elle va simplement ap-paraître à la porte. Sauf que cette fois-ci ça ne sera pas le cas.

Une larme menaçait de déborder dans le coin de l'œil.

— Non. Erica se concentra sur sa tasse et laissa discrètement Francine s'essuyer les yeux. Comment réagissait Henrik quand Alex s'éclipsait ?

— Tu l'as rencontré. Alex ne pouvait rien faire de mal à ses yeux. Henri a passé les quinze dernières années à l'adorer. Pauvre Henri.

— Pourquoi pauvre ?

— Alex ne l'aimait pas. Tôt ou tard, il aurait été obligé d'admettre.

La première cigarette était finie, elle en alluma une autre.

— Vous deviez vous connaître incroyablement bien après tant d'années ?

— Je ne pense pas que quelqu'un ait connu Alex. Mais j'ai dû la connaître mieux que Henri. Il a toujours refusé d'enlever ses lunettes roses.

— Henrik a laissé entendre au cours de notre entretien que tout au long de leur mariage il a eu l'impression qu'Alex lui dissimulait quelque chose. Tu sais si c'est vrai, et dans ce cas de quoi il peut s'agir ?

— Là, pour une fois, il a été clairvoyant. J'ai peut-être sous-estimé Henri. Elle haussa un sourcil à la courbe parfaite. A la première question la réponse est oui, j'ai toujours senti qu'elle portait un bagage plus que pesant. A la deuxième question, elle est malheureusement non, je n'ai pas la moindre idée de ce que ça peut être. Malgré notre longue amitié, il existait un point où Alex signalait jusqu'ici oui, mais pas plus loin. Je l'ai accepté, contrairement à Henri. C'est une chose qui tôt ou tard l'aurait brisé. Et de plus, je sais que cela était imminent.

— Pourquoi ?

Francine hésita.

— Il y aura une autopsie, n'est-ce pas ?

La question prit Erica par surprise.

— Oui, comme toujours quand il y a eu suicide. Pourquoi tu demandes ça ?

— Pour être sûre que ce que je vais te raconter sera de toute façon dévoilé. Ma conscience ne me pèsera pas autant alors.

Elle écrasa soigneusement sa cigarette. Erica retint sa respiration en attendant la suite, mais Francine prenait tout son temps pour en allumer une troisième. Ses doigts ne portaient pas les taches jaunes révélatrices des fumeurs, et Erica se dit qu'elle ne devait probablement pas toujours enchaîner ainsi les cigarettes.

— Tu sais sans doute qu'Alex allait à Fjällbacka plus souvent qu'avant depuis plus de six mois ?

— Oui, le tamtam fonctionne bien dans les petits villages. Selon les ragots locaux elle venait à Fjällbacka plus ou moins tous les week-ends. Seule.

— Seule est un élément à modifier.

Francine hésita de nouveau, et Erica fut obligée de réprimer son envie de se pencher sur la table et de la secouer pour lui faire dire ce qu'elle détenait. Son intérêt était définitivement éveillé.

— Elle y avait rencontré quelqu'un. Un homme. Bon, ce n'était pas la première fois qu'Alex avait une aventure, mais je ne sais pas pourquoi, j'ai eu l'impression que ceci c'était différent. Pour la première fois depuis qu'on se connaissait, elle paraissait presque satisfaite. De plus, je sais qu'elle n'a pas pu se suicider. Elle a été assassinée, il n'y a aucun doute là-dessus.

— Comment peux-tu en être si sûre ? Même Henrik n'a pu dire s'il la pensait capable de se tuer.

— Parce qu'elle était enceinte.

La réponse sidéra Erica.

— Henrik était au courant ?

— Je n'en sais rien. Quoi qu'il en soit, l'enfant n'est pas de lui. Ils n'ont pas vécu ensemble de cette façon-là depuis de nombreuses années. Et à l'époque où ils le faisaient, Alex refusait d'avoir des enfants avec Henri. Malgré toutes ses supplications. Non, c'est forcément le nouvel homme dans sa vie qui est le père de l'enfant – qui qu'il soit.

— Elle ne t'a pas dit qui c'était ?

— Non. Tu le sais déjà, Alex était très chiche de confidences. Je dois reconnaître que j'ai été très étonnée quand elle m'a parlé de l'enfant, mais c'est aussi une des raisons pour lesquelles je suis totalement certaine qu'elle n'a pas mis fin à ses jours. Elle débordait littéralement de bonheur et était incapable de le garder pour elle. Elle aimait cet enfant et n'aurait jamais rien fait qui pouvait lui nuire, encore moins le tuer. Pour la première fois, j'ai vu à quoi ressemblait une Alex éprouvant de la joie de vivre. Je crois que je l'aurais beaucoup, beaucoup aimée.

Le ton de sa voix était triste.

— Tu sais, j'avais aussi le sentiment qu'elle voulait d'une manière ou d'une autre régler les comptes avec son passé. Je ne sais pas quoi, ni de quelle façon, mais quelques petits commentaires livrés par-ci par-là m'ont donné cette impression.

La porte de la galerie s'ouvrit et elles entendirent quelqu'un taper des pieds sur le paillasson pour débarrasser ses chaussures de la neige mouillée. Francine se leva.

— Un client. Il faut que j'y aille. J'espère avoir été utile.

— Oh oui, je vous suis vraiment reconnaissante à toi et Henrik d'avoir été aussi ouverts. Ça m'a bien servi.

Francine l'accompagna à la porte après avoir assuré le client qu'elle était à lui dans un instant. Devant une toile énorme avec un carré blanc sur un fond bleu elles s'arrêtèrent et se serrèrent la main.

— Par pure curiosité, combien est-ce qu'il faut payer pour un tableau comme celui-ci ? Cinq mille, dix mille ?

Francine sourit.

— Plutôt cinquante mille.

Erica siffla.

— Ben, tu vois. L'art et les vins fins. Deux domaines qui sont de véritables mystères pour moi.

— Et moi, je suis incapable de faire une liste de courses. On a tous nos spécialités.

Elles rirent et Erica serra son manteau encore mouillé plus près du corps et partit affronter la pluie.

La pluie avait transformé la neige en gadoue et elle conduisit un peu en dessous de la vitesse autorisée pour avoir une marge de sécurité. Après avoir gaspillé près d'une demi-heure à essayer de sortir de Hisingen où elle s'était quand même fourvoyée, elle approchait maintenant d'Uddevalla. Elle quitta l'E6 au centre commercial Torp au nord d'Uddevalla et s'engagea dans un McDrive. Elle engloutit vite fait un cheeseburger en restant assise dans la voiture sur le parking et fut bientôt de retour sur l'autoroute. Sans cesse, ses pensées revenaient aux entretiens qu'elle avait eus avec Henrik et Francine. Ce qu'ils lui avaient raconté donnait l'image d'une personne qui s'était retranchée dans une forteresse.

Ce qui titillait le plus sa curiosité était la question du père de l'enfant d'Alex. Francine excluait Henrik, mais personne ne peut être tout à fait sûr de ce qui se passe dans la chambre à coucher des autres, et Erica comptait encore cela comme une possibilité. Sinon, restait à savoir si le père était l'homme que, d'après Francine, Alex rencontrait à Fjällbacka tous les week-ends, ou bien si elle avait eu une liaison à Göteborg.

Erica avait l'impression qu'Alex avait vécu dans une sorte d'existence parallèle avec ceux qui comptaient dans sa vie. Elle n'en faisait qu'à sa tête, sans égard pour ses proches et surtout pour Henrik. Erica devinait que Francine avait du mal à comprendre comment Henrik pouvait accepter un mariage à ces conditions, elle pensait carrément que Francine le méprisait à cause de cela. Pour sa part, Erica comprenait parfaitement le fonctionnement des mécanismes de ce genre. Depuis de nombreuses années, elle contemplait le couple Anna et Lucas.

Anna était incapable de modifier sa vie et cela déprimait terriblement Erica, sans doute parce qu'elle se demandait si elle n'était pas une des causes de ce manque d'amour-propre d'Anna. Erica avait cinq ans à la naissance d'Anna. Dès le premier instant où elle avait vu sa petite sœur elle l'avait protégée de la réalité qu'elle endurait elle-même comme une plaie invisible. Anna n'aurait jamais à se sentir seule et repoussée du fait de l'absence d'amour de leur mère. Erica fournissait à la louche les câlins et les mots tendres qu'Anna ne recevait pas de sa mère. Avec une vigilance toute maternelle, elle veillait sur sa petite sœur.

Anna était une enfant facile à aimer. Elle était totalement insouciante des aspects sombres de la vie et vivait chaque instant dans l'immédiateté. Erica, qui était en avance sur son âge et qui se tracassait volontiers, était fascinée par l'énergie avec laquelle Anna adorait chaque minute de la vie. Elle prenait avec tranquillité les sollicitudes d'Erica, mais elle avait rarement la patience de se blottir sur ses genoux et de se faire câliner plus qu'un petit instant. En grandissant, elle était devenue une adolescente déchaînée qui faisait exactement tout ce qui lui passait par la tête, une enfant insouciante et égocentrique. Dans des instants de clairvoyance, Erica devait reconnaître qu'elle avait probablement trop gâté et protégé Anna, beaucoup trop. Mais elle avait seulement voulu lui fournir ce qu'elle-même n'avait jamais reçu.

Quand Anna avait rencontré Lucas, elle était une proie facile. Elle avait été charmée par la surface, sans voir les nuances sombres en dessous. Lentement, lentement, il avait brisé sa joie de vivre et sa confiance en elle en jouant sur sa vanité. Maintenant elle se retrouvait à Stockholm tel un joli oiseau en cage dans les quartiers chics d'Östermalm et n'avait pas elle-même la force de reconnaître son erreur. Tous les jours, Erica espérait qu'Anna tendrait la main de son propre gré pour lui demander de l'aide. Jusque-là, Erica ne pouvait faire qu'attendre et être disponible. De son côté, elle n'avait pas un grand succès dans ses relations. Elle traînait un chapelet de fréquentations et de promesses derrière elle. La plupart du temps, c'était elle qui était à l'origine des ruptures. Quelque chose déraillait quand elle arrivait à un certain stade d'une relation. Une sensation de panique tellement forte qu'elle avait du mal à respirer et qui lui faisait prendre ses cliques et ses claques et s'en aller sans regarder en arrière. Pourtant, et c'était paradoxal, aussi loin que remontaient ses souvenirs, Erica avait toujours eu envie de fonder une famille et d'avoir des enfants, sauf que maintenant elle avait trente-cinq ans et que les années filaient.

Et merde ! Elle avait réussi à refouler la pensée de Lucas toute la journée, maintenant elle avait des fourmis dans la peau et elle savait qu'elle serait obligée de se renseigner sur la précarité exacte de sa situation. Elle était beaucoup trop fatiguée pour s'y attaquer maintenant. Ça pourrait attendre demain. Elle ressentit un besoin urgent de se détendre pour le restant de la journée, sans penser ni à Lucas ni à Alexandra Wijkner.

Elle fit un numéro mémorisé sur son portable.

— Salut, c'est Erica. Vous êtes là ce soir ? Je pensais faire un saut.

Dan rit chaleureusement.

— Si on est là ? Tu ne sais pas quel jour on est ?

Le silence choqué qui suivit à l'autre bout du fil était compact. Erica réfléchit à fond mais n'arriva pas à se rappeler quoi que ce soit qui rendrait ce soir si particulier. Pas un jour de fête, l'anniversaire de personne, Dan et Pernilla s'étaient mariés en été, donc pas d'anniversaire de mariage.

— Non, je ne vois vraiment pas. Dis-moi.

Un lourd soupir résonna dans le téléphone et fit comprendre à Erica que le grand événement était lié au sport. Dan était fana de sport, et Erica savait que cela occasionnait parfois une certaine friction entre lui et sa femme Pernilla. Pour sa part, elle avait trouvé un moyen de lui faire payer toutes les soirées qu'elle avait dû passer devant un quelconque événement sportif absurde à la télé à l'époque où ils étaient ensemble. Dan était un supporter de Djurgården, du coup Erica avait endossé le rôle de fan d'AIK. En fait, elle éprouvait le plus profond désintérêt pour le sport en général et le hockey sur glace en particulier, et c'était justement ce qui semblait irriter Dan le plus. Là où il pétait carrément les plombs, c'était quand AIK perdait et qu'elle ne manifestait pas la moindre émotion.

— C'est la Suède contre la Biélorussie !

Il devina le point d'interrogation et poussa un nouveau soupir.

— Les JO, Erica, les JO. Est-ce que tu as conscience qu'un événement de ce genre est en train de se dérouler…

— Ah bon, tu veux dire le match. Bien sûr que je suis au courant. Je croyais que tu parlais d'une soirée particulière en dehors de ça.

Elle prit un ton exagéré indiquant nettement qu'elle ignorait totalement qu'il y avait un match ce soir et que ça la faisait sourire de savoir que Dan s'arrachait les cheveux en entendant un tel blasphème. Le sport, pour lui, n'était pas un sujet de plaisanterie.

— Bon, allez, je viens regarder le match avec toi, comme ça je verrai Salming quand il écrasera la défense russe…

— Salming ! Tu sais combien d'années ça fait qu'il a arrêté ? Tu plaisantes, c'est ça ? Dis-moi que tu plaisantes.

— Oui, Dan, je plaisante. Je ne suis pas arriérée à ce point quand même. Je vais applaudir Sundin, si ça te va mieux. Pas mal comme mec, d'ailleurs, tu trouves pas ?

60

Troisième soupir. Cette fois-ci devant le blasphème d'oser juger un tel géant du monde du hockey dans des termes autres que purement sportifs.

— Oui, t'as qu'à venir. Mais tu ne me rejoueras pas l'autre fois ! Pas de bavardage pendant le match, pas de commentaires pour dire que les joueurs sont sexy avec leurs jambières et surtout pas de questions pour savoir s'ils portent uniquement un suspensoir ou bien s'ils ont un slip par-dessus. Compris ?

Erica réprima son rire et dit d'une voix grave :

— Je le jure, parole de scout, Dan.

Il grogna.

— Tu n'as jamais été scout.

— Non, justement.

Puis elle appuya sur le bouton rouge de son téléphone portable.

Dan et Pernilla habitaient l'un des pavillons mitoyens assez récents à Falkeliden. Les maisons s'alignaient en rangées droites, grimpaient le long de Rabekullen, tellement semblables qu'on pouvait à peine les distinguer l'une de l'autre. C'était un lotissement recherché par les familles avec enfants, surtout parce qu'il n'y avait pas la moindre vue sur la mer et qu'ainsi il n'avait pas atteint les prix vertigineux des quartiers plus proches de la côte.

La soirée était bien trop froide pour une marche à pied, et la voiture protesta vivement quand elle la força dans la montée modérément sablée. Ce fut avec soulagement qu'elle s'engagea dans la rue de Dan et Pernilla.

Erica appuya sur la sonnette, provoquant instantanément un piétinement tumultueux de petits pieds à l'intérieur et dans la seconde qui suivit, la porte d'entrée fut ouverte par une petite fille en chemise de nuit, Lisen, la cadette de Dan et Pernilla. Malou, celle du milieu, bouillonnait d'indignation devant l'injustice que Lisen ait ouvert la porte à Erica, et la dispute ne cessa que lorsque la voix ferme de Pernilla parvint de la cuisine. Belinda, la fille aînée, avait treize ans, et Erica l'avait vue en passant près du kiosque à hot dogs d'Acke, entourée de quelques ados aux mentons duveteux. En voilà une qui n'allait pas tarder à donner des soucis à ses parents.

Les filles ayant reçu chacune son bisou, elles disparurent aussi vite qu'elles étaient arrivées et laissèrent Erica se débarrasser tranquillement de ses vêtements.

Pernilla était en train de préparer le repas dans la cuisine, les joues roses et munie d'un tablier annonçant "embrassez la cuisinière" en grosses lettres. Elle semblait être à un stade critique de sa préparation et agita une main distraite en direction d'Erica avant de retourner à ses casseroles et ses poêles fumantes et crépitantes. Erica continua vers le séjour, où elle savait qu'elle trouverait Dan, vautré sur le canapé, les pieds sur la table basse en verre et la télécommande vissée dans la main droite.

— Salut ! Je vois que l'homme se prélasse pendant que bobonne s'escrime dans la cuisine.

— Saluuut ! Oui, tu sais, il suffit de montrer clairement qui est le chef et de gouverner sa maisonnée d'une main ferme pour mettre la plupart des femmes au pas.

Son sourire chaud venait contredire ses paroles et Erica savait que si quelqu'un gouvernait dans la maison des Karlsson, ce n'était en tout cas pas Dan.

Elle lui fit une bise rapide et s'installa ensuite au fond du canapé en cuir noir, et monta, elle aussi, les pieds sur la table, comme si elle était chez elle. Ils regardèrent un moment les infos sur la quatre, dans un silence agréable et Erica se demanda, et pas pour la première fois, si c'était ainsi qu'elle et Dan auraient vécu dans une vie commune.

Dan avait été son premier grand amour et petit ami. Ils étaient sortis ensemble pendant les trois années de lycée, inséparables. Mais leurs attentes de la vie n'étaient pas les mêmes. Dan voulait rester à Fjällbacka et être pêcheur comme son père et son grand-père avant lui, alors qu'Erica était impatiente de quitter la petite ville portuaire. Elle avait toujours eu l'impression d'y étouffer et, pour elle, l'avenir se trouvait ailleurs.

Ils avaient essayé de continuer leur relation avec Dan à Fjällbacka et Erica à Göteborg, mais leurs vies prenaient des directions totalement opposées et, après une rupture douloureuse, ils avaient lentement réussi à construire une amitié qui, presque quinze ans plus tard, était solide et sincère.

Pernilla était arrivée dans la vie de Dan comme une étreinte chaude et consolatrice quand il était encore en train d'essayer de s'habituer à l'idée qu'Erica et lui n'avaient aucun avenir ensemble. Elle était là quand il en avait eu le plus besoin et elle l'idolâtrait d'une façon qui comblait une partie du vide qu'Erica avait laissé. Pour Erica, ça avait été cruel de le voir avec une autre, mais elle avait fini par comprendre que cela devait forcément avoir lieu, tôt ou tard. La vie continuait.

Maintenant, Dan et Pernilla avaient trois filles et Erica se disait qu'au fil des ans ils avaient construit un tendre amour de tous les jours, même si parfois elle avait l'impression que Dan ne tenait pas en place.

Au début, cela n'avait pas non plus été sans friction pour Erica et Dan de continuer à être amis. Pernilla avait jalousement surveillé Dan et elle avait considéré Erica avec la plus grande méfiance. Lentement mais sûrement Erica avait réussi à convaincre Pernilla qu'elle ne cherchait pas à lui prendre son mari et même si elles n'étaient jamais devenues de véritables copines, elles avaient une relation détendue et cordiale. En partie parce que les filles adoraient manifestement Erica. Elle était même la marraine de Lisen.

— A table !

Ils se levèrent de leur position à moitié allongée et passèrent dans la cuisine où Pernilla avait posé une marmite fumante sur la table. La table n'était mise qu'avec deux assiettes et Dan leva un sourcil interrogateur.

— J'ai déjà mangé avec les enfants. A vous maintenant, moi, je vais les mettre au lit.

Erica eut honte d'avoir laissé Pernilla se donner toute cette peine pour elle, mais Dan haussa seulement les épaules et commença à se servir une énorme portion de ce qui se révéla être une succulente matelote.

— Comment tu vas ? Ça fait des semaines qu'on ne t'a pas vue.

Le ton était soucieux plus qu'accusateur, mais Erica sentit quand même une pointe de mauvaise conscience de ne pas avoir donné de ses nouvelles ces derniers temps. Simplement, elle avait eu tant de choses à l'esprit.

— Ben, ça commence à aller mieux. Mais maintenant j'ai l'impression qu'on va se disputer pour la maison, dit Erica.

— Quoi ? Dan leva, surpris, les yeux de son assiette. Aussi bien toi qu'Anna, vous adorez cette maison et en général vous n'avez pas de problèmes pour vous mettre d'accord.

— Nous, non. Tu oublies que Lucas y est mêlé aussi. Il flaire l'argent et n'entend pas louper une telle occase. Il n'a jamais pris en compte l'avis d'Anna et je ne vois pas pourquoi ce serait différent cette fois-ci.

— Merde alors, si je pouvais le coincer, celui-là, par une nuit bien sombre, il ferait moins le malin.

Il asséna son poing sur la table et Erica ne doutait pas une seconde qu'il serait capable de flanquer une bonne correction à Lucas s'il voulait. Il était solidement bâti depuis son adolescence et le dur boulot de pêcheur en mer avait continué à modeler son corps, mais une douceur dans ses yeux venait contrecarrer la première impression de dureté. A la connaissance d'Erica, jamais il n'avait levé la main sur un être vivant.

— Je ne devrais pas trop en parler encore, je ne sais pas exactement quelle est ma situation. J'appelle Marianne demain, ma copine avocate, pour voir dans quelle mesure je pourrais empêcher la vente, mais j'aimerais mieux ne pas y penser ce soir. Et puis aussi, j'ai vécu certaines choses dernièrement qui rendent les méditations sur mes biens terrestres assez mesquines.

— Oui, j'ai entendu ce qui s'est passé. Il se tut. Qu'est-ce que ça t'a fait de voir quelqu'un dans cet état-là ?

Erica réfléchit à ce qu'elle devait répondre.

— Triste et terrifiant à la fois. J'espère que je n'aurai plus jamais à vivre une chose pareille.

Elle parla de l'article qu'elle était en train d'écrire et des entretiens qu'elle avait eus avec le mari d'Alexandra et avec sa collègue. Dan écouta en silence.

— Ce que je ne comprends pas, c'est pourquoi elle se fermait aux personnes les plus importantes de sa vie. Tu aurais dû voir son mari, il l'idolâtrait. Mais j'imagine que c'est comme ça pour la plupart des gens. Ils sourient et ont l'air heureux alors qu'en réalité ils trimballent des tonnes de soucis.

Dan l'interrompit brusquement.

— Hé, le match commence dans deux secondes et je crois que je préfère le hockey sur glace à ton exposé de psychologie.

— Tu ne risques rien. En plus j'ai apporté un livre, si jamais le match est chiant.

Une lueur assassine s'alluma dans les yeux de Dan avant qu'il aperçoive l'air taquin d'Erica.

Ils arrivèrent dans le séjour pile à temps pour le lâcher du palet.

Marianne répondit à la première sonnerie.

— Marianne Svan.

— Salut, c'est Erica.

— Salut, ça fait un bail. Je suis contente de t'entendre. Comment tu vas ? J'ai beaucoup pensé à toi.

A nouveau Erica s'aperçut qu'elle n'avait peut-être pas très bien soigné ses amis ces derniers temps. Elle avait conscience qu'ils s'étaient inquiétés pour elle, mais ce dernier mois elle avait à peine eu le courage de contacter Anna. Elle savait qu'ils comprenaient.

Marianne était une amie depuis l'université. Elles avaient étudié la littérature ensemble, mais après quatre ans, Marianne s'était aperçue que sa mission dans la vie n'était pas de devenir bibliothécaire, et elle changea de cap pour devenir avocate. Couronnée de succès qui plus est, et aujourd'hui elle était associée d'un des plus grands et des plus respectés cabinets d'avocats de Göteborg, ce qui était un record pour son jeune âge.

— Je te remercie, vu les circonstances ça peut aller. Je commence à voir le bout du tunnel, mais c'est vrai qu'il y a encore du boulot.

Marianne n'avait jamais aimé le bavardage inutile et avec son intuition infaillible elle entendit que ce n'était pas non plus ce que recherchait Erica.

— Alors que puis-je faire pour toi, Erica ? Je sens qu'il y a quelque chose, alors n'essaie pas de me baratiner.

— Oui, j'ai vraiment honte de ne pas donner signe de vie pendant si longtemps, et ensuite quand je t'appelle, c'est parce que j'ai besoin de ton aide.

— Arrête tes conneries ! En quoi je peux t'aider ? Il y a des problèmes avec la succession ?

— Oui, c'est le moins qu'on puisse dire.

Assise à la table de la cuisine Erica tripotait la lettre arrivée avec le courrier du matin.

— Anna, ou plus exactement Lucas, veut vendre la maison de Fjällbacka.

— Quoi ?! Le calme habituel de Marianne vola en éclats. Il se prend pour qui, celui-là ! Vous adorez cette maison !

Erica sentit soudainement quelque chose basculer en elle et elle fondit en larmes. Marianne se calma immédiatement et laissa l'empathie filer vers Erica via le téléphone.

— Comment tu vas, réellement ? Tu veux que je vienne ? Je peux être chez toi ce soir.

Les larmes coulaient encore plus drues, mais après quelques sanglots, Erica se calma suffisamment pour pouvoir s'essuyer les yeux.

— C'est supergentil de ta part, mais tout va bien. Vraiment. C'est simplement que ça s'est accumulé ces derniers temps. Ça m'a déchirée de trier les papiers de maman et papa, et puis j'ai pris du retard dans le bouquin et j'ai l'éditeur qui n'arrête pas de me relancer et puis ce truc de la maison et pour couronner le tout, j'ai trouvé ma meilleure copine d'enfance morte vendredi dernier.

Le rire se mit à pétiller en elle et, toujours avec des larmes aux coins des yeux, elle se mit à rire hystériquement. Il lui fallut un moment pour se calmer.

— Tu as dit morte, ou j'ai mal entendu ?

— Je crains que tu aies très bien entendu. Je suis désolée, ça doit paraître horrible que je rie. C'est juste que ça fait un peu trop, tout ça. C'était ma meilleure copine de quand j'étais petite. Alexandra Wijkner, elle s'est suicidée dans la baignoire de la maison familiale à Fjällbacka. Oui, tu la connais peut-être, d'ailleurs ! Elle et son mari, Henrik Wijkner, fréquentaient le beau monde à Göteborg, et c'est des gens comme ça que tu côtoies désormais, non ?

Elle sourit et elle sut que Marianne faisait de même à l'autre bout du fil. Quand elles étaient jeunes étudiantes, Marianne habitait Majorna et luttait pour les droits de la classe ouvrière mais toutes deux savaient qu'au fil des ans elle avait été obligée d'adopter un autre ton pour se fondre dans les milieux qu'impliquait automatiquement le travail dans un cabinet d'avocats distingué. Aujourd'hui c'étaient tailleurs BCBG avec chemisiers à lavallière en soie et cocktail-parties à Örgryte qui prévalaient, mais Erica savait que chez Marianne il n'était question que d'une mince couche de vernis sur un esprit rebelle.

— Henrik Wijkner. Oui, je vois qui c'est, on a même quelques amis communs, mais le hasard a fait que nous ne nous sommes jamais rencontrés. Redoutable homme d'affaires, à ce qu'on dit. Le genre à licencier cent personnes au petit-déjeuner sans que cela affecte son appétit. Sa femme tenait une boutique je crois ?

— Une galerie. De l'art abstrait.

Le commentaire de Marianne sur Henrik la troublait. Erica s'était toujours considérée comme quelqu'un qui sait bien juger les gens et, pour elle, il n'avait absolument pas semblé être l'exemple type d'un redoutable homme d'affaires.

Elle laissa le sujet Alex et entama la véritable raison de son appel.

— J'ai reçu une lettre aujourd'hui. De l'avocat de Lucas. Ils réclament ma présence à une réunion à Stockholm vendredi concernant la vente de la maison de maman et papa et moi je suis totalement nulle pour tout ce qui est juridique. Quels sont mes droits ? Est-ce que j'en ai, d'ailleurs ? Est-ce que Lucas peut réellement faire ça ?

Elle sentit sa lèvre inférieure recommencer à trembler, et elle respira à fond pour se calmer. Devant la fenêtre de la cuisine, la glace sur la baie étincelait de nouveau après le redoux de ces derniers jours, qui avait été suivi d'une température négative pendant la nuit.

Elle vit un moineau atterrir sur le rebord de la fenêtre et se dit qu'il faudrait qu'elle achète une boule de graisse pour les oiseaux. Le moineau bougea la tête avec curiosité et tapota doucement du bec sur la vitre. Après avoir constaté que cela n'apportait rien de mangeable en échange, il s'envola.

— Comme tu le sais, je suis avocate fiscale, pas avocate en droit familial, alors je ne peux pas te répondre comme ça, de but en blanc. Mais voilà ce qu'on va faire. Je vérifie avec un des experts du cabinet, et je te rappelle dans la journée. Tu n'es pas seule, Erica. Je vais t'aider avec cette histoire, je te le promets.

C'était bon d'entendre les propos rassurants de Marianne et, après avoir raccroché, l'existence parut plus lumineuse à Erica, même si elle n'était pas plus avisée maintenant qu'avant le coup de fil.

Tout à coup, elle ne tint plus en place. Elle se força à se réatteler à la biographie, mais elle eut du mal. Il lui restait plus de la moitié du livre à écrire, et l'éditeur commençait à se montrer impatient de ne pas avoir reçu un premier jet. Après avoir ajouté près de deux pages A4, elle lut ce qu'elle avait écrit, décida que ça ne valait rien et effaça plusieurs heures de travail. Tout ce qu'elle ressentait pour cette biographie, c'était de l'ennui, et sa joie de travailler avait disparu depuis belle lurette. A la place, elle termina l'article sur Alexandra et le mit dans une enveloppe adressée à *Bohusläningen*. Ensuite, l'heure était venue d'appeler Dan pour remuer un peu le couteau dans la plaie morale quasi mortelle que semblait lui avoir causé la perte spectaculaire de la Suède la veille au soir.

Le commissaire Mellberg tapotait son gros ventre avec satisfaction et songeait à faire un petit somme. De toute façon, il n'y avait pas grand-chose en cours et il n'accordait pas beaucoup d'importance au peu qu'il y avait.

Il décida qu'il serait bon de fermer les yeux un moment pour digérer tranquillement son solide déjeuner, mais il eut à peine le temps de baisser les paupières qu'un coup déterminé frappé à la porte annonça qu'Annika Jansson, la secrétaire du poste, voulait lui parler.

— Qu'est-ce qu'il y a, bordel de merde ? Tu ne vois pas que je suis occupé ?

Essayant de corroborer son affirmation, il farfouilla au hasard parmi les papiers qui s'empilaient sur son bureau, avec pour résultat qu'il renversa une tasse de café. Le café inonda tous les papiers et il prit ce qu'il avait à portée de main pour essuyer, en l'occurrence sa chemise qui voyait rarement l'intérieur de son pantalon.

— Putain ! C'est bien ma veine d'être le patron d'un endroit pareil ! Et si tu apprenais à montrer un peu de respect pour ton supérieur et frappais avant d'entrer.

Elle ne se donna même pas la peine d'expliquer que c'était exactement ce qu'elle avait fait. Avisée par l'âge et l'expérience, elle attendit simplement que le pire soit passé.

— Je suppose que tu me veux quelque chose, siffla Mellberg.

La voix d'Annika était mesurée.

— L'unité médico-légale de Göteborg te cherche. Plus précisément le médecin légiste Tord Pedersen. Tu peux le joindre à ce numéro.

Elle tendit un bout de papier avec le numéro soigneusement noté.

— Il a dit pourquoi ?

La curiosité lui chatouilla l'estomac. On n'était pas souvent sollicité par les médecins légistes dans ce trou perdu. Peut-être serait-ce l'occasion pour la police de faire un peu de boulot intelligent pour une fois.

Il agita une main distraite pour congédier Annika et coinça le combiné du téléphone entre son double menton et l'épaule avant de composer, tout excité, le numéro noté.

Annika sortit vivement à reculons de la pièce et referma énergiquement la porte derrière elle. Elle s'installa devant son propre bureau et maudit, comme tant de fois auparavant, la décision qui avait muté Mellberg dans ce petit commissariat de Tanumshede. Selon les rumeurs qui circulaient au poste, il s'était rendu impossible à Göteborg en maltraitant dans les règles un réfugié détenu sous sa responsabilité. Ce n'était apparemment pas le seul faux pas qu'il avait commis, mais le plus gros. Ses supérieurs en avaient eu assez. L'enquête interne n'avait rien pu prouver, mais on avait peur de ce que Mellberg pouvait commettre comme autres bêtises et il fut muté d'office dans cette ville tranquille, où chacun des douze mille habitants, pour la plupart respectueux des lois, lui rappelait en permanence son humiliation. Ses anciens chefs à Göteborg se disaient qu'il ne pourrait pas y causer de gros dégâts, un jugement qui jusqu'à présent s'était révélé juste. D'un autre côté, il n'y avait rien fait de très utile non plus.

Annika avait bien aimé son travail jusque-là, mais avec Mellberg comme chef, les beaux jours étaient derrière. Ne se contentant pas d'être grossier, ce type-là se voyait comme un don de Dieu aux femmes, et Annika était la première à en faire les frais. Allusions équivoques, pincements de fesses et commentaires douteux n'étaient qu'une infime partie de ce qu'elle devait endurer désormais sur son lieu de travail. Ce qu'elle tenait pour la particularité la plus répugnante du bonhomme était cependant l'épouvantable coiffure qu'il avait adoptée pour dissimuler son crâne dégarni. Il laissait ses cheveux pousser sur les côtés à une longueur que ses subalternes ne pouvaient que supposer et ensuite il les entortillait sur le dessus du crâne en une création qui avait tout d'un nid de corbeau abandonné.

Elle frissonna à l'idée de ses cheveux à l'état libre, tout en étant heureusement assurée de ne jamais avoir à contempler ça.

Elle se demanda ce que pouvait bien leur vouloir la médico-légale. Bah, elle le saurait en temps voulu. Le commissariat n'était pas très grand et toute information d'un certain intérêt s'y répandait en moins d'une heure.

Bertil Mellberg écoutait la sonnerie tout en admirant la sortie d'Annika.

Vraiment canon, cette femme-là. Ferme et jolie, et pourtant rondelette là où ça s'impose. De longs cheveux blonds, poitrine impertinente et des fesses rebondies. Dommage qu'elle porte toujours ses éternelles jupes longues avec de grandes chemises. Il devrait peut-être lui glisser qu'il préférerait la voir habillée un peu plus sexy. En tant que patron, il pouvait bien se permettre quelques remarques sur la tenue vestimentaire du personnel. Trente-sept ans, il le savait après avoir vérifié dans son fichier. Un peu plus de vingt ans de moins que lui, exactement ce qu'il préférait. Il laissait les vieilles aux autres. Lui était homme à s'occuper de poulettes plus jeunes. Mûr, expérimenté et pourvu de rondeurs seyantes, et qu'il vienne celui qui dirait que ses cheveux s'étaient raréfiés avec les années ! Il tâta doucement le haut de sa tête. Mais oui, ses cheveux étaient bien en place.

— Tord Pedersen.

— Oui, bonjour. Ici le commissaire Bertil Mellberg, du commissariat de Tanumshede. Vous avez cherché à me joindre.

— Oui, c'est exact. C'est au sujet du décès que j'ai reçu de chez vous. Une femme nommée Alexandra Wijkner. Tout indiquait un suicide.

— Ouiii.

La réponse s'étirait. L'intérêt de Mellberg était définitivement éveillé.

— Je l'ai autopsiée hier et en aucun cas il ne peut s'agir d'un suicide, c'est totalement exclu. Elle a été tuée.

— Oh, putain merde !

Dans son excitation, Mellberg renversa de nouveau la tasse de café, et le peu qui y restait coulait maintenant sur le bureau. La chemise fut encore mise à contribution et eut droit à une nouvelle série de taches.

— Comment vous pouvez le savoir ? Je veux dire, quelles preuves vous avez que c'est un meurtre ?

— Je peux vous faxer le compte rendu d'autopsie tout de suite, mais je doute que ça vous avance à grand-chose. En revanche, je peux vous faire un résumé des trouvailles les plus importantes. Attendez une seconde que je trouve mes lunettes, dit Pedersen.

Mellberg l'entendit parcourir le texte en marmottant, il piaffait d'impatience d'apprendre les détails.

— Alors, voyons voir. Femme, trente-cinq ans, bonne condition physique. Mais ça, vous le savez déjà. Elle était morte depuis une semaine environ, mais malgré ça le corps était en très bon état, principalement du fait de la température basse qui régnait dans la pièce où elle se trouvait. La glace qui entourait la partie inférieure du corps a également contribué à le conserver. Profondes coupures aux artères des deux poignets, faites avec une lame de rasoir retrouvée sur les lieux. C'est là que j'ai commencé à me poser des questions. Les deux plaies étaient tracées exactement pareil avec la même profondeur, ce qui est très inhabituel, j'irais même jusqu'à dire impossible lors d'un suicide. Vous comprenez, comme nous sommes soit droitiers, soit gauchers, les coupures sur le bras gauche par exemple, pour un droitier, sont beaucoup plus rectilignes et nettes que la plaie sur le bras droit, où la personne est obligée de se servir de la "mauvaise" main, pour ainsi dire. J'ai alors examiné les doigts des deux mains et c'est ainsi que mon soupçon a été confirmé. Le tranchant d'une lame de rasoir est tel que, dans la plupart des cas, il laisse de microscopiques coupures quand on l'utilise. Alexandra Wijkner n'en avait aucune. Cela aussi indique que c'est quelqu'un d'autre qui lui a infligé ces blessures, probablement dans l'intention de simuler un suicide.

Pedersen fit une pause avant de reprendre.

— La question que je me suis posée ensuite était de savoir comment une personne peut arriver à faire cela sans que la victime résiste. La réponse a été donnée par le rapport de toxicologie. La victime avait des restes d'un puissant somnifère dans le sang.

— Et ça prouve quoi ? Elle peut bien avoir pris un somnifère elle-même ?

— Bien sûr, ça aurait pu être ça. Mais la science moderne a heureusement fourni à la médecine légale certains outils et méthodes dont on ne saurait se passer. L'un de ces outils est que nous savons aujourd'hui calculer exactement le temps de dissolution des différents médicaments et même des poisons. Nous avons fait plusieurs tests sur le sang de la victime et chaque fois le résultat a été le même ; Alexandra Wijkner n'a en aucun cas pu se taillader les veines elle-même, puisque quand l'hémorragie a arrêté son cœur, elle devait déjà être sans connaissance depuis un bon moment. Je ne peux malheureusement pas vous fournir des indications exactes de temps, la science n'en est pas encore là, mais il n'y a pas le moindre doute qu'il s'agit d'un meurtre. J'espère vraiment que vous saurez gérer ça. J'imagine que ce n'est pas tous les jours que vous avez des meurtres dans votre secteur ?

La voix de Pedersen exprimait un certain doute que Mellberg interpréta immédiatement comme une critique personnelle.

— Oui, vous avez raison, nous n'avons pas une grande expérience des meurtres ici à Tanumshede. Heureusement je ne suis ici que temporairement. Normalement je travaille à la police de Göteborg, et j'ai une solide expérience qui va nous permettre de gérer sans problème une enquête criminelle. Ce sera une véritable chance pour les agents de la cambrousse d'assister à un vrai bon boulot de police, alors attendez-vous à voir ce cas résolu dans très peu de temps. Vous pouvez me croire sur parole.

Sur cette déclaration pompeuse, Mellberg estima qu'il avait clairement établi au docteur Pedersen que celui-ci n'avait pas affaire à un blanc-bec. Les médecins avaient toujours tendance à en rajouter des tonnes. La contribution de Pedersen était en tout cas terminée, à présent c'était à un pro de prendre la relève.

— Oh, j'ai failli oublier. Le médecin légiste était resté abasourdi devant l'autosuffisance qui émanait du policier et avait presque oublié de lui faire part de deux autres trouvailles qu'il estimait importantes : Alexandra Wijkner était enceinte de trois mois et elle a déjà mis au monde un enfant. Je ne sais pas si cela signifie quelque chose pour votre enquête, mais mieux vaut trop d'informations que trop peu, n'est-ce pas ? dit Pedersen.

Pour toute réponse, Mellberg ne fit que souffler quelque chose de flou et après quelques phrases de congé convenues, ils mirent fin à la conversation. Pedersen avec un sentiment de doute quant à la compétence qui serait mise en œuvre pour pourchasser un meurtrier et Mellberg ragaillardi et chaud d'un zèle renouvelé. Un premier examen de la salle de bains avait été fait juste après la découverte du corps, mais maintenant il allait veiller à ce que toute la maison d'Alexandra Wijkner soit passée au peigne fin.

2

Il prit doucement une mèche de ses cheveux et la réchauffa entre ses doigts. De petits cristaux de glace fondirent et mouillèrent ses paumes. Doucement il lécha l'eau.

Il appuya la joue contre le bord de la baignoire et sentit le froid mordre sa peau. Elle était si belle. Flottant ainsi, sur la couche de glace.

Le lien entre eux était toujours là. Rien n'avait changé. Rien n'était différent. Deux êtres de la même espèce.

Il eut du mal à retourner la main pour ensuite placer leurs paumes l'une contre l'autre. Il entremêla ses doigts aux siens. Le sang était sec et figé, et de petits fragments vinrent se coller sur sa peau.

Le temps n'avait jamais eu d'importance quand il était avec elle. Les années, les jours ou les semaines finissaient par former une bouillasse informe où la seule chose qui comptait était ceci. Sa main à elle contre sa main à lui. Voilà pourquoi la trahison était si douloureuse. Elle avait rendu son importance au temps. Par conséquent le sang ne coulerait plus jamais chaud dans ses poignets.

Avant de partir, il força doucement la main à reprendre sa position initiale.

Il ne se retourna pas.

Réveillée d'un profond sommeil dépourvu de rêves, Erica n'arriva tout d'abord pas à identifier le son. Quand elle comprit qu'il s'agissait du téléphone, un bon nombre de sonneries avaient déjà durement retenti et elle bondit du lit pour répondre.

— Erica Falck. Sa voix ne fut qu'un coassement et elle posa vite la main sur le combiné pour se racler la gorge et essayer de se faire une voix moins enrouée.

— Oh pardon, je t'ai réveillée ? Je suis vraiment désolé.

— Non, non, j'étais réveillée. La réponse vint spontanément mais Erica entendit bien à quel point elle était peu crédible. On devait comprendre sans mal qu'elle était à peine éveillée.

— Bon, je suis désolé quand même. C'est Henrik Wijkner à l'appareil. Il se trouve que je viens d'avoir un appel de Birgit qui m'a demandé de te contacter. Elle a reçu un coup de fil ce matin d'un commissaire particulièrement désagréable du poste de police de Tanumshede. Il lui a plus ou moins intimé l'ordre, sans spécialement prendre de gants, de se présenter au poste. Apparemment ma présence était souhaitée aussi. Il n'a pas voulu dire de quoi il s'agissait, mais on s'en doute un peu. Birgit est dans tous ses états et comme ni Karl-Erik ni Julia ne sont à Fjällbacka en ce moment, pour diverses raisons, je voulais savoir si tu peux me rendre le service de passer la voir. Sa sœur et son beau-frère sont au boulot, et elle se retrouve seule chez eux. Il me faut quelques heures pour arriver et je ne veux pas qu'elle reste seule si longtemps. Je sais que je te demande beaucoup et qu'on ne se connaît pas spécialement, mais je n'ai personne d'autre vers qui me tourner.

— Bien sûr, je vais passer la voir. Ce n'est pas un problème. Il faut simplement que je m'habille, ensuite je peux être chez elle en un quart d'heure.

— Super. Je t'en serai éternellement reconnaissant. Vraiment. Birgit n'a jamais été très solide, et je préfère que quelqu'un veille sur elle jusqu'à mon arrivée. Je l'appelle pour dire que tu es en route. J'arriverai un peu après midi, je pense, on se parlera plus à ce moment-là. Encore une fois – merci.

Les yeux encore embués de sommeil, Erica se précipita dans la salle de bains pour une toilette de chat. Elle enfila les vêtements qu'elle avait portés la veille et après un rapide coup de brosse et une touche de mascara, elle était au volant de sa voiture en moins de dix minutes. Il ne lui en fallut pas plus de cinq pour aller de Sälvik à Tallgatan, si bien que pratiquement un quart d'heure à la seconde près après l'appel de Henrik elle sonna à la porte.

Birgit avait l'air d'avoir perdu plusieurs kilos depuis la dernière fois où Erica l'avait vue quelques jours auparavant et elle flottait dans ses vêtements. Cette fois-ci, elles ne s'installèrent pas dans le séjour, Birgit la guida vers la cuisine.

— Merci d'être venue. L'angoisse me met hors de moi et j'ai senti que je ne supporterais pas de rester ici toute seule à ruminer jusqu'à l'arrivée de Henrik.

— Il m'a dit que tu as reçu un coup de fil de la police de Tanumshede ?

— Oui, ce matin à huit heures, un commissaire Mellberg m'a appelée pour dire que moi, Karl-Erik et Henrik étions attendus à son bureau dans les plus brefs délais. J'ai expliqué que Karl-Erik avait été obligé de s'absenter pour ses affaires, mais qu'il serait de retour demain et j'ai demandé si on pouvait venir alors. Non recevable, ce sont ses mots, mais en attendant il se contenterait de moi et Henrik. Un homme d'une insolence incroyable, et j'ai évidemment tout de suite appelé Henrik qui m'a dit qu'il viendrait au plus vite. Je pense que j'ai dû paraître un peu paniquée, c'est pour ça que Henrik a proposé de t'appeler pour voir si tu pouvais venir me tenir compagnie. J'espère seulement que tu ne nous trouves pas trop casse-pieds. J'imagine que tu ne tiens pas à être davantage mêlée à notre tragédie, mais je ne savais pas vers qui me tourner. Sans compter qu'autrefois tu allais et venais chez nous comme quelqu'un de la maison, alors j'ai pensé que tu pouvais peut-être…

— Oublie tout ça. Ça me fait plaisir de vous donner un coup de main. Est-ce que ce Mellberg a dit de quoi il s'agissait ?

— Non, il n'a pas voulu dire quoi que ce soit. Mais je m'en doute un peu. J'avais bien dit qu'elle ne s'était pas suicidée. Je l'avais bien dit, non ?

Erica posa impulsivement sa main sur celle de Birgit.

— Je t'en prie, Birgit, ne tire pas de conclusion trop vite. Il se peut que tu aies raison, mais avant d'en être sûre, il vaut mieux ne pas spéculer.

De longues heures s'écoulèrent alors à la table de la cuisine. La conversation s'éteignit au bout d'un court moment et la seule chose qu'on entendait dans le silence était le tic-tac de l'horloge. Erica dessina des cercles avec l'index autour des motifs de la nappe en toile cirée brillante. Birgit était aussi soigneusement habillée et maquillée que la dernière fois qu'Erica l'avait rencontrée, mais elle avait aussi quelque chose d'indéfinissable, une fatigue, une usure, comme une photographie dont les contours s'étaient estompés. La perte de poids ne lui allait pas, à elle qui était déjà à la limite de la maigreur, de nouvelles rides étaient apparues autour de ses yeux et de sa bouche. Elle serrait si fort sa tasse de café que ses mains en blanchissaient. Si la longue attente était pénible pour Erica, elle devait être insupportable pour Birgit.

— Je ne comprends pas qui aurait voulu tuer Alex ? Elle n'avait pas d'ennemis. Elle vivait une vie tout ce qu'il y a d'ordinaire avec Henrik. Ses mots sonnaient comme des coups de feu dans le silence prolongé.

— Nous ne savons pas encore de quoi il retourne. Ça ne sert à rien de spéculer avant de savoir ce que la police a à nous dire, répéta encore une fois Erica. Elle interpréta l'absence de réponse comme un acquiescement silencieux.

Peu avant midi, Henrik s'engagea dans le petit parking en face de la maison. Elles le virent par la fenêtre de la cuisine et se levèrent avec soulagement pour aller enfiler leurs manteaux. Quand il sonna à la porte, elles étaient prêtes à partir. Birgit et Henrik se firent la bise à la française puis Erica y eut droit. Elle n'était pas habituée à ces manières et craignit de paraître maladroite en commençant par le mauvais côté. Elle s'en tira sans problème et profita pendant une seconde de l'odeur masculine d'après-rasage de Henrik.

— Tu viens avec nous, j'espère ?

Erica avait déjà à moitié rejoint sa voiture.

— Ben, je ne sais pas si ça…

— Je l'apprécierais, vraiment.

Erica croisa le regard de Henrik au-dessus de la tête de Birgit et avec un soupir étouffé elle s'installa sur la banquette arrière de sa BMW. La journée allait être longue.

Rejoindre Tanumshede ne leur prit que vingt minutes. Ils bavardèrent de la pluie et du beau temps et de l'exode rural. De tout sauf de la raison de leur visite imminente au commissariat.

Erica se demandait ce qu'elle faisait là. N'avait-elle pas assez de ses propres problèmes pour maintenant se retrouver mêlée à un meurtre, si tel était le cas ? Cela signifierait aussi que son idée de livre s'écroulait comme un château de cartes. Elle avait déjà eu le temps d'esquisser un premier jet et il ne lui restait plus qu'à mettre ces pages à la poubelle. Bon, côté positif, ça l'obligerait à se concentrer sur la biographie. Cela dit, avec quelques modifications, ça fonctionnerait peut-être. C'était même peut-être mieux. L'aspect criminel pourrait se révéler un véritable atout.

Elle prit subitement conscience de ce qu'elle était en train de penser. Alex n'était pas un personnage de livre inventé qu'elle pouvait tourner et pétrir à sa guise.

Elle était une personne réelle qui avait été aimée par des personnes réelles. Elle-même avait aimé Alex. Erica observa Henrik dans le rétroviseur. Il avait l'air aussi impassible qu'avant, alors que dans un petit moment il allait peut-être apprendre que sa femme avait été assassinée. La plupart des meurtres étaient commis par quelqu'un de la famille de la victime, c'était ça, non ? De nouveau, elle eut honte de ses pensées. Elle mobilisa toute sa volonté pour s'éloigner de ce genre d'idées, et vit avec soulagement qu'ils étaient enfin arrivés. Tout ce qu'elle voulait maintenant, c'était que ceci se termine rapidement pour qu'elle puisse reprendre ses propres soucis, somme toute assez ordinaires en comparaison.

Les piles de papiers avaient atteint des hauteurs impressionnantes sur le bureau. Etonnant qu'une petite commune de la taille de Tanumshede puisse générer autant de déclarations de crimes et délits. Des broutilles pour la plupart, certes, mais chaque plainte devait être instruite et voilà pourquoi il se retrouvait maintenant devant du boulot administratif digne d'une bureaucratie de l'Est. Ça aurait pu très bien se passer si Mellberg avait fait sa part au lieu de rester posé sur son gros cul à ne rien foutre toute la journée. Patrik Hedström soupira. Du coup, il était obligé de se farcir en plus le boulot de son chef. Sans une certaine dose d'humour il n'aurait pas survécu longtemps ici, mais ces derniers temps il avait franchement commencé à se demander si c'était vraiment ça le sens de la vie.

Le grand événement du jour ferait une coupure bienvenue dans la routine. Mellberg lui avait demandé d'être présent durant l'entretien avec la mère et le mari de la femme trouvée assassinée à Fjällbacka. Il voyait bien la tragédie que c'était, et il connaissait la famille de la victime, mais il se passait si rarement des choses excitantes dans son métier qu'il ne put s'empêcher de sentir tout son corps pétiller d'impatience.

A l'école de police, on les avait entraînés à des situations d'interrogatoire, mais jusque-là il n'avait pu vérifier ses talents en la matière que pour des vols de vélos et des coups et blessures. Patrik regarda l'heure. Il était temps de rejoindre le bureau de Mellberg, où aurait lieu l'entretien. D'un point de vue purement technique, il ne s'agissait pas d'un interrogatoire, pas encore, mais la réunion était néanmoins importante. Il avait entendu dire que la mère ne cessait de soutenir que sa fille n'avait pas pu se suicider, et il était curieux d'apprendre ce qui motivait cette affirmation, confirmée maintenant par l'autopsie.

Il rassembla son bloc-notes, un stylo et une tasse de café et s'engagea dans le couloir. Comme il avait les mains pleines, il dut se servir des coudes et des pieds pour ouvrir la porte et c'est pourquoi il ne la vit qu'une fois qu'il eut déposé ses affaires et qu'il se fut retourné. Une fraction de seconde, son cœur s'arrêta de battre. Il avait dix ans à nouveau et essayait de lui tirer les tresses. La seconde d'après, il en avait quinze et essayait de la convaincre de monter derrière lui sur sa mob pour aller faire un tour. Il en avait vingt et abandonnait l'espoir quand elle partait vivre à Göteborg. Après un rapide calcul de tête, il se dit que cela devait faire six ans qu'il ne l'avait pas vue. Elle n'avait pas changé. Toujours grande et plantureuse. Ses cheveux tombant en boucles jusqu'aux épaules avec différentes nuances réunies en un ton chaud. Dès l'enfance Erica avait été coquette et il constatait qu'elle attachait toujours une grande importance aux détails de son apparence. Son visage s'éclaircit, tout étonné, quand elle le vit, mais comme Mellberg l'exhortait du regard à s'asseoir, il se contenta de mimer un salut silencieux.

C'était un petit groupe aux dents serrées qu'il avait devant lui. La mère d'Alexandra Wijkner était petite et mince, avec trop de bijoux en or massif pour son goût. Sa mise en plis était parfaite et elle était très bien habillée, mais elle avait l'air usé avec des zones sombres sous les yeux. Son gendre ne révélait aucun signe de deuil. Patrik jeta un coup d'œil à ses notes sur le curriculum de ces gens. Henrik Wijkner, entrepreneur prospère à Göteborg, détenteur d'une fortune considérable en ligne directe sur plusieurs générations. Ça se voyait. Pas seulement à la qualité manifestement coûteuse de ses vêtements ou à l'odeur d'after-shave exclusif qui flottait dans la pièce, c'était quelque chose de plus indéfinissable. Une certitude évidente de son droit à une place en vue dans ce monde, résultat de ne jamais avoir eu à manquer de privilèges dans la vie. Patrik le percevait quelque peu tendu, mais il pouvait aussi sentir que Henrik estimait avoir le contrôle permanent de la situation.

Mellberg débordait sur son bureau. Il avait vaguement glissé la chemise dans son pantalon, mais les taches de café s'étalaient un peu partout sur le motif bariolé du tissu. Tout en étudiant avec un silence ostensible chacun des participants, il arrangea avec la main droite ses cheveux qui avaient glissé un peu trop sur la tempe.

Patrik essaya de ne pas regarder Erica et se concentra sur la chemise tachée de son chef.

— Bien. Vous comprenez sans doute pourquoi je vous ai fait venir. Mellberg fit une longue pause oratoire. Je suis donc le commissaire Bertil Mellberg, chef du commissariat de Tanumshede, et voici Patrik Hedström, qui va m'assister tout au long de cette enquête.

Du menton, il indiqua Patrik, assis un peu à l'écart du demi-cercle qu'avaient formé Erica, Henrik et Birgit devant le bureau de Mellberg.

— Enquête ? C'est donc qu'elle a été assassinée !

Birgit se pencha en avant et Henrik étendit vivement un bras protecteur autour de ses épaules.

— Oui, nous avons constaté que votre fille n'a pas pu se tuer elle-même. Le rapport du médecin légiste nous permet d'exclure totalement le suicide. Je ne peux évidemment pas entrer dans les détails de l'enquête, mais la raison principale de notre certitude sur ce point est qu'à l'heure où ses poignets ont été tailladés, elle n'a pas pu être consciente. Nous avons trouvé une grande quantité de somnifères dans son sang et profitant du moment où elle était inconsciente, un individu, ou plusieurs, a rempli la baignoire et lui a ensuite tailladé les veines avec une lame de rasoir pour faire croire à un suicide.

Les rideaux étaient tirés dans le bureau pour se protéger des rayons du soleil de midi. L'atmosphère y était à double tranchant. Le deuil était nuancé par la joie manifeste de Birgit qu'Alex ne se soit pas suicidée.

— Vous savez qui a pu faire ça ?

Birgit avait sorti un petit mouchoir brodé de son sac à main et s'essuya doucement le coin de l'œil pour ne pas abîmer son maquillage.

Mellberg croisa les mains sur son ventre imposant et darda les yeux sur l'assemblée. Il se racla la gorge avec autorité.

— Vous pouvez peut-être me le dire.

— Nous ? La surprise de Henrik paraissait sincère. Comment voulez-vous que nous le sachions ? C'est forcément l'œuvre d'un dément. Alexandra n'avait pas d'ennemis.

— C'est votre opinion, oui.

Patrik eut l'impression qu'un instant une ombre passa sur le visage du mari d'Alexandra. La seconde d'après, Henrik était redevenu le même homme, aussi calme et maître de lui qu'avant.

Patrik avait toujours nourri un scepticisme pertinent envers des hommes comme Henrik Wijkner. Ces hommes qui étaient nés coiffés. Qui avaient tout sans avoir à lever le petit doigt. Certes, il semblait sympathique, mais sous la surface Patrik devinait des courants indiquant une personnalité plus complexe. Un manque de scrupules perçait sous les traits avenants et il s'interrogeait sur l'absence totale de surprise sur le visage de Henrik lorsque Mellberg avait révélé qu'Alexandra avait été tuée. Envisager une hypothèse est une chose, mais l'entendre annoncée comme un fait en est une autre. Il avait au moins appris ça pendant ses dix années dans la police.

— Sommes-nous suspects ?

Birgit eut l'air aussi stupéfaite que si le commissaire s'était transformé en potiron droit devant ses yeux.

— La statistique parle un langage clair lorsqu'il s'agit de meurtre. La grande majorité des coupables sont à trouver au sein de la famille proche. Je ne dis pas que c'est le cas dans cette affaire, mais vous devez comprendre que nous devons nous en assurer. Aucune pierre ne sera laissée sans avoir été retournée, je m'en porte personnellement garant. Compte tenu de ma grande expérience des meurtres – nouvelle pause oratoire – ceci sera certainement réglé en peu de temps. Mais je vous demanderai de nous fournir un compte rendu de votre emploi du temps pour les jours proches de celui où Alexandra est probablement morte.

— Et c'est quel jour ? demanda Henrik. Birgit est la dernière à lui avoir parlé, mais ensuite aucun de nous ne l'a appelée avant le dimanche, alors ça a tout aussi bien pu se passer le samedi ? Je l'ai appelée vers neuf heures et demie le vendredi soir, c'est vrai, et elle n'a pas répondu. Cela dit, elle allait souvent faire une promenade le soir avant de se coucher, et si ça se trouve, elle était juste sortie faire un tour.

— Le médecin légiste dit qu'elle était morte depuis une semaine environ, il ne peut pas être plus précis. Nous allons évidemment contrôler vos dires concernant vos coups de téléphone, mais un des éléments dont nous disposons indique qu'elle serait morte avant neuf heures le vendredi soir. Vers six heures, c'est-à-dire probablement très peu de temps après qu'elle était arrivée à Fjällbacka, elle a appelé un certain Lars Thelander au sujet d'une chaudière qui ne fonctionnait pas. Il ne pouvait pas venir tout de suite, mais il lui avait promis d'être là avant neuf heures le même soir. Selon son témoignage, il était pile neuf heures quand il a frappé à la porte. Personne n'est venu ouvrir et après avoir attendu un moment, il est reparti. Notre hypothèse de travail est donc qu'elle est morte à un moment donné le soir de son arrivée à Fjällbacka, puisqu'il paraît invraisemblable qu'elle ait pu oublier le dépanneur, compte tenu du froid qui régnait dans la maison.

Les cheveux étaient de nouveau en train de glisser sur sa tempe gauche et Patrik vit qu'Erica avait du mal à détacher ses yeux du spectacle. Elle réprimait probablement une impulsion de se précipiter pour l'aider. Tout le monde au poste était passé par cette phase.

— A quelle heure lui avez-vous parlé ?

Mellberg posait sa question à l'attention de Birgit.

— Eh bien, je ne sais pas trop. Elle réfléchit. Après sept heures en tout cas. Vers sept heures et quart, sept heures et demie, je crois. On a parlé très brièvement, parce qu'Alex disait qu'elle avait de la visite. Birgit pâlit. Est-ce que ça pourrait être… ?

Mellberg hocha solennellement la tête.

— Pas du tout impossible, madame Carlgren, pas du tout impossible. Mais c'est notre boulot de trouver ça et je peux vous assurer que nous allons y consacrer toutes nos ressources. Dans notre travail, l'élimination des suspects est l'une des tâches les plus importantes, alors je vous prie de ne pas négliger de me faire un compte rendu de vos occupations le vendredi soir.

— Vous voulez que moi aussi je fournisse un alibi ? dit Erica.

— Je ne pense pas que ça sera nécessaire. Mais nous aimerions que vous rendiez compte de tout ce que vous avez vu quand vous étiez à l'intérieur de la maison le jour où vous l'avez trouvée. Vous pouvez tous laisser vos témoignages écrits à mon assistant Hedström.

Tous les regards se tournèrent vers Patrik et il hocha la tête pour confirmer. Ils commencèrent à se lever pour partir.

— C'est vraiment tragique. Surtout quand on pense au bébé.

Tout le monde fixa Mellberg.

— Le bébé ? Le regard de Birgit passa de Henrik à Mellberg.

— Oui, elle était enceinte de trois mois, au dire du médecin légiste. Ça ne peut quand même pas être une surprise pour vous.

Mellberg rit et adressa un clin d'œil coquin à Henrik. Patrik se sentit immensément honteux du comportement grossier de son chef.

Le visage de Henrik blêmit lentement jusqu'à prendre la teinte du marbre blanc. Erica restait comme figée. Birgit l'interrogea des yeux.

— Vous attendiez un bébé ? Pourquoi vous ne m'aviez rien dit ? Oh mon Dieu !

Birgit serra le mouchoir sur sa bouche et pleurait sans retenue et sans penser au mascara qui coulait maintenant à flots sur ses joues. Henrik l'entoura à nouveau d'un bras protecteur, mais au-dessus de la tête de Birgit, ses yeux croisèrent ceux de Patrik. Il était évident qu'il ignorait totalement qu'Alexandra avait été enceinte. A en juger par l'expression désespérée d'Erica, il était tout aussi évident qu'elle, par contre, était au courant.

— On en parlera quand on sera à la maison, Birgit. Henrik se tourna vers Patrik. Je veillerai à ce que nos témoignages écrits concernant le vendredi soir vous parviennent. Je suppose que vous allez vouloir nous entendre plus en détail une fois que vous les aurez lus ?

Patrik hocha la tête pour confirmer. Il questionna Erica en levant les sourcils.

— Henrik, j'arrive dans un instant. Je voudrais juste parler un peu avec Patrik. On se connaît depuis longtemps.

Elle s'attarda dans le couloir tandis que Henrik accompagnait Birgit à la voiture.

— Je ne m'attendais pas à te rencontrer ici. Quelle surprise, dit Patrik.

Il se balançait avec nervosité d'un pied sur l'autre.

— Oui, si j'avais réfléchi un tant soit peu, je me serais évidemment rappelée que tu travailles ici.

Tortillant les poignets de son sac à main entre ses doigts, elle le regarda, la tête légèrement inclinée sur le côté. Tous ces petits gestes étaient familiers à Patrik.

— Ça fait un bail. Je suis désolé de ne pas être venu aux obsèques. Vous vous en sortez comment, toi et Anna ?

Malgré sa taille, elle paraissait petite et il résista à l'envie de lui caresser la joue.

— Oh, disons que ça va. Anna est rentrée chez elle tout de suite après l'enterrement, et je suis seule ici depuis quelques semaines pour essayer de faire le tri dans la maison. Mais ce n'est pas évident.

— J'ai entendu dire que c'était une femme de Fjällbacka qui avait trouvé la victime, mais je ne savais pas que c'était toi. Ça a dû être horrible. En plus, vous étiez copines quand vous étiez petites.

— Oui, j'ai l'impression que c'est une vision qui me restera gravée sur la rétine. Bon, il faut que j'y aille maintenant, ils m'attendent dans la voiture. On pourrait peut-être se revoir ? Je vais rester à Fjällbacka encore un bout de temps.

Elle était déjà partie dans le couloir.

— Qu'est-ce que tu dis de venir dîner samedi soir ? Chez moi à huit heures ? Tu trouveras l'adresse dans l'annuaire.

— Super. A huit heures, samedi soir, alors, dit Erica et elle sortit à reculons.

Dès qu'elle eut disparu de sa vue, il improvisa une petite danse de sauvage dans le couloir devant ses collègues amusés. Sa joie tomba cependant un peu quand il réalisa le boulot qu'il lui faudrait pour rendre la maison présentable. Depuis que Karin l'avait quitté, il n'avait pas vraiment eu le courage de s'attaquer aux tâches ménagères.

Erica et lui se connaissaient depuis la naissance. Leurs mères avaient été meilleures copines depuis l'enfance et aussi proches que deux sœurs. Gamins, Patrik et Erica se voyaient très souvent et ce n'était pas une exagération de dire qu'elle était son premier grand amour. Pour sa part, il pensait qu'il était né amoureux d'elle. Il y avait une évidence naturelle dans ses sentiments pour Erica, et de son côté, elle avait toujours pris son admiration de chien fidèle pour acquise, sans y réfléchir. Ce ne fut que lorsqu'elle partit s'installer à Göteborg qu'il comprit que l'heure était venue d'abandonner ses rêves. Certes, il avait été amoureux d'autres femmes depuis, et quand il s'était marié avec Karin il était persuadé qu'ils allaient vieillir ensemble, mais Erica existait toujours sous forme d'une petite pensée au fond de son crâne. Parfois, des mois pouvaient passer sans qu'il pense à elle, parfois il pensait à elle plusieurs fois par jour.

La pile de papiers n'avait pas diminué par miracle pendant son absence. Avec un profond soupir il s'assit à son bureau et prit la feuille en haut de la pile. C'était un travail suffisamment monotone pour qu'il puisse en même temps réfléchir au menu du samedi. Le dessert s'imposait tout seul. Erica avait toujours adoré la glace.

Il se réveilla avec un goût infect dans la bouche. La bringue avait été carrément chaude la veille au soir. Ses potes étaient venus dans l'après-midi et ils avaient picolé jusqu'au petit matin. Un vague souvenir que la police serait venue lui rendre visite au cours de la soirée flottait quelque part dans son inconscient. Il essaya de s'asseoir, mais toute la pièce tournoya et il décida de rester couché encore un moment.

Il sentit une petite douleur sur sa main droite et la leva vers le plafond pour l'amener dans son champ de vision. Les jointures étaient très éraflées et pleines de sang coagulé. Merde, oui, il y avait du grabuge hier, c'est pour ça que les flics étaient venus. Ses souvenirs ressurgirent petit à petit. Les potes avaient commencé à parler du suicide. Un des types avait débité un tas de conneries sur Alex. Salope de la haute, putain de bourge, il avait utilisé ce genre de mots pour parler d'elle. Anders avait pété un plomb, ensuite il se rappelait seulement un brouillard rouge de colère quand il avait cogné, emporté par sa rage d'alcoolo. D'accord, lui aussi l'avait traitée de tous les noms quand sa trahison l'avait rendu dingue. Mais ce n'était pas pareil. Les autres ne la connaissaient pas. Il n'y avait que lui qui avait le droit de juger.

La sonnerie stridente du téléphone retentit. Il essaya de l'ignorer, mais décida qu'il serait moins douloureux de se lever pour répondre que de laisser ce bruit continuer à lui vriller le cerveau.

— Oui, c'est Anders. Il bafouillait terriblement.

— Salut, c'est maman. Comment tu te sens ?

— Bof, comme de la merde. Il se laissa glisser en position assise en prenant appui contre le mur. Quelle heure il est ?

— Presque quatre heures de l'après-midi. Je t'ai réveillé ?

— Non, non. Sa tête lui paraissait disproportionnée et menaçait sans arrêt de tomber entre ses genoux.

— Je suis allée faire des courses tout à l'heure. Les gens parlaient pas mal d'un truc et je voudrais que tu sois au courant. Tu m'écoutes ?

— Eh oui, je suis là.

— Apparemment, Alex ne s'est pas suicidée. Elle a été assassinée. Je voulais que tu le saches.

Silence.

— Anders, allô ? Tu as entendu ce que je viens de dire ?

— Oui, bien sûr. Qu'est-ce que t'as dit ? Alex… assassinée ?

— Oui, c'est en tout cas ce qu'on raconte dans le village. Apparemment Birgit l'a appris aujourd'hui au poste de police de Tanumshede.

— Oh merde ! Bon, maman, j'ai deux, trois trucs à faire. On se rappelle.

— Anders ? Anders ?

Il avait déjà raccroché.

Avec un effort colossal, il prit une douche et s'habilla. Après deux Panodils, il commença à se sentir redevenir humain. La bouteille de vodka dans la cuisine lui adressait des clins d'œil, mais il refusa de céder à la tentation. Il fallait à tout prix qu'il soit sobre. C'est-à-dire, dans des proportions relatives.

Le téléphone sonna encore. Il l'ignora. Au lieu de répondre, il sortit un annuaire d'un meuble dans l'entrée et il y trouva le numéro qu'il cherchait. Ses mains tremblèrent quand il le composa. Un nombre incalculable de sonneries retentirent.

— Salut, c'est Anders, dit-il quand on répondit à l'autre bout du fil... Non, putain, ne raccroche pas. Il faut qu'on se parle... Tu veux que je te dise, mon pote, t'as pas beaucoup le choix... J'arrive chez toi dans un quart d'heure. Et tu ferais mieux d'être là, je te préviens... J'en ai rien à foutre de savoir qui d'autre est à la maison, tu piges... N'oublie pas qui a le plus à perdre... Tu dis des conneries. J'y vais maintenant. J'suis là dans un quart d'heure.

Anders raccrocha. Après avoir pris quelques profondes inspirations, il enfila sa veste et sortit. Il ne se donna pas la peine de fermer à clé. Dans l'appartement, la sonnerie agaçante du téléphone se fit de nouveau entendre.

Erica était épuisée en rentrant chez elle. Le retour s'était effectué dans un silence tendu et Erica comprit que Henrik se trouvait devant un choix difficile. Devait-il dire à Birgit qu'il n'était pas le père de l'enfant d'Alex, ou devait-il se taire et espérer que la vérité ne serait pas révélée au cours de l'enquête. Erica ne l'enviait pas et elle ne savait pas comment elle-même aurait réagi dans sa situation. La vérité n'était pas toujours la meilleure issue.

Le crépuscule était déjà tombé et elle était reconnaissante à son père d'avoir fait installer un éclairage extérieur qui s'allumait automatiquement quand on approchait de la maison. Elle avait toujours eu une peur panique du noir. Quand elle était petite, elle avait cru qu'avec l'âge cela lui passerait, parce qu'un adulte n'a pas peur du noir, non ? Maintenant elle avait trente-cinq ans et elle regardait toujours sous le lit pour s'assurer que rien ne la guettait dans l'obscurité en dessous. C'était pathétique.

Une fois toutes les lumières allumées à l'intérieur, elle se versa un grand verre de vin rouge et se blottit dans le canapé en osier sur la véranda. Dehors, l'obscurité était compacte, mais elle continua quand même à regarder droit devant elle, avec des yeux qui ne voyaient rien. Elle se sentait seule. Il y avait tant de gens qui pleuraient Alex, tant de gens que sa mort affectait. Personnellement, elle n'avait plus qu'Anna maintenant. Parfois elle se demandait si elle manquerait à Anna, en imaginant qu'elle devait disparaître.

Alex et elle avaient été si proches quand elles étaient enfants. Quand Alex avait commencé à se retirer pour finalement disparaître purement et simplement du jour où ils avaient déménagé, Erica avait eu l'impression que son monde sombrait. Alex était la seule chose qu'elle avait eue qui n'appartenait qu'à elle, et, son père mis à part, la seule qui prêtait vraiment attention à elle.

Erica posa le verre de vin sur la table avec tant de brusquerie qu'elle faillit en casser le pied. Elle était beaucoup trop nerveuse pour rester en place. Il fallait qu'elle entreprenne quelque chose. Inutile de faire comme si la mort d'Alex ne l'avait pas profondément affectée. Ce qui la touchait le plus était que l'image d'Alex que lui avaient présentée la famille et les amis correspondait terriblement mal avec la personne qu'elle avait connue. Même si les gens changent sur le chemin qui mène de l'enfance vers l'âge adulte, un fond de personnalité reste malgré tout intact. Cette Alex qu'on lui avait dépeinte lui apparaissait comme une totale étrangère.

Elle se leva et remit son manteau. Les clés de voiture étaient dans sa poche et, au dernier moment, elle prit une petite torche qu'elle glissa dans l'autre poche.

La maison tout en haut de la montée semblait déserte dans le halo bleuté du réverbère. Erica se gara au parking derrière l'école. Elle ne voulait pas qu'on la voie entrer.

Les buissons du jardin lui offrirent une protection bienvenue pour progresser à pas de loup vers la véranda. Elle espéra que les habitudes n'avaient pas changé et souleva le paillasson. Le double de la clé était bien là, caché exactement au même endroit que vingt-cinq ans plus tôt. La porte grinça un peu quand elle l'ouvrit, mais il était peu probable que des voisins l'aient entendue.

Pénétrer dans l'obscurité de la maison l'effraya et, sentant qu'elle avait du mal à respirer, elle se força à prendre quelques profondes inspirations pour calmer ses nerfs. Elle se félicita d'avoir emporté la lampe de poche et pria dans sa tête pour que les piles soient pleines. Elles l'étaient. La lueur de la lampe de poche la calma un peu.

Elle laissa le cône de lumière balayer le séjour du rez-de-chaussée. Elle ne savait pas ce qu'elle cherchait réellement ici, mais elle espérait qu'aucun voisin ou passant ne vît la lumière et n'appelât la police.

La pièce était vaste et belle mais Erica nota que la déco en brun et orange des années soixante-dix dont elle se souvenait avait été remplacée par un design scandinave avec lignes pures et meubles en bouleau clair. Tout était dans un ordre parfait et donnait une impression de vide, sans un pli sur le canapé ni même un journal posé sur la table. Elle ne vit rien qui semblât mériter un examen plus approfondi.

Elle se souvint que la cuisine était située derrière le séjour. La pièce était spacieuse et l'ordre n'était dérangé que par une tasse à café dans l'évier. Erica retraversa le séjour et monta à l'étage. Elle tourna directement à droite en haut de l'escalier et entra dans la grande chambre. Erica s'en souvenait comme étant celle des parents d'Alex, mais à présent c'était manifestement la chambre d'Alex et Henrik. Elle aussi était meublée avec goût, mais elle avait une touche plus exotique avec des tissus en brun chocolat et rouge magenta et des masques africains en bois sur les murs. Elle était haute de plafond, ce qui justifiait totalement le grand lustre. Alexandra avait apparemment renoncé à la tentation d'aménager sa maison de fond en comble sur le style bord de mer, habitude courante dans les maisons des estivants. Des rideaux à motifs de coquillages et des tableaux avec les nœuds de pêcheurs, l'été, ce genre d'accessoires se vendaient comme des petits pains dans les boutiques de Fjällbacka.

Contrairement aux autres pièces qu'Erica avait visitées, la chambre paraissait habitée. De petits objets personnels étaient éparpillés un peu partout. Sur la table de chevet il y avait une paire de lunettes et un recueil de poèmes de Gustaf Fröding. Une paire de chaussettes traînait par terre et quelques pulls avaient été étalés sur le dessus-de-lit. Pour la première fois, Erica sentit qu'Alex avait vraiment habité cette maison.

Sans se presser, elle entreprit l'examen des tiroirs et des placards. Elle ne savait toujours pas ce qu'elle cherchait, et elle se dit qu'elle avait tout du voyeur quand elle fouina parmi les jolis sous-vêtements en soie d'Alex. Alors même qu'elle s'apprêtait à passer au tiroir suivant, elle toucha un bout de papier au fond.

Brusquement, elle se figea, la main sur les culottes et les soutiens-gorges bordés de dentelles. Brisant le calme de la maison, un bruit très net lui était parvenu du rez-de-chaussée. Une porte qu'on ouvrait et fermait tout doucement. Erica regarda la chambre, paniquée. Les seules cachettes possibles étaient sous le lit ou dans un des placards qui doublaient entièrement un mur de la chambre. L'angoisse du choix la paralysa un moment et elle n'arriva à bouger que lorsqu'elle entendit des pas dans l'escalier. Alors, instinctivement, elle se glissa vers le placard le plus proche. Il s'ouvrit heureusement sans grincer et elle se glissa vite parmi les vêtements et tira la porte derrière elle. Elle n'avait aucune possibilité de voir qui était entré dans la maison mais elle pouvait nettement entendre les pas s'approcher. La personne hésita un instant devant la chambre avant d'y entrer. Erica sentit tout à coup qu'elle tenait quelque chose à la main. Sans s'en rendre compte, elle avait pris le bout de papier du tiroir. Elle le glissa dans sa poche.

Elle osait à peine respirer. Son nez commençait à la chatouiller et elle essaya désespérément de le remuer pour atténuer le picotement. Elle eut de la chance, le chatouillis s'atténua.

La personne fit le tour de la chambre en remuant des affaires. Il ou elle semblait faire la même chose qu'Erica avant qu'elle ait été interrompue. Des tiroirs furent tirés et Erica comprit que ce serait bientôt au tour des placards. La panique l'envahit et fit sourdre de petites perles de sueur sur son front. Qu'allait-elle faire ? Sa seule possibilité était de se tasser aussi loin que possible derrière les vêtements. Par chance, elle était entrée dans une penderie avec plusieurs manteaux longs et elle se fit toute petite derrière et les arrangea devant elle. Avec un peu de chance, une paire de chevilles dans des chaussures par terre ne se remarquerait pas.

Il fallut manifestement un moment à la personne pour fouiller la commode. Erica respirait un air confiné et chargé d'antimites et elle espérait ardemment que le produit avait été efficace et qu'aucune bestiole ne se mettrait à ramper sur elle dans le noir. Elle espérait tout aussi ardemment que ce n'était pas l'assassin d'Alex qui se trouvait là, à seulement quelques mètres d'elle. Mais qui d'autre, sinon, avait une raison de fouiller la maison d'Alex ? pensa-t-elle, éliminant subtilement le fait qu'elle-même n'avait pas une autorisation écrite à produire.

Soudain, la porte du placard fut ouverte et Erica sentit un souffle d'air frais sur la peau exposée de ses chevilles. Elle retint sa respiration.

Pour la personne qui cherchait, le placard ne semblait pas abriter de secrets, ou de trésors, car la porte fut refermée presque immédiatement. Les autres placards furent de même ouverts et fermés très rapidement et l'instant d'après Erica entendit les pas s'éloigner et disparaître dans l'escalier. Ce ne fut qu'un bon moment après avoir entendu la porte d'entrée claquer qu'elle osa sortir, heureuse de pouvoir de nouveau respirer normalement.

La chambre était telle que lorsque Erica était arrivée. Qui qu'il fût, le visiteur avait fait attention en fouillant et n'avait laissé aucun désordre derrière lui. Erica était persuadée qu'il ne s'agissait pas d'un cambrioleur. Elle examina de plus près le placard où elle s'était cachée. En se serrant dans le fond, elle avait senti quelque chose de dur contre ses mollets. Elle repoussa les vêtements et vit qu'il s'agissait d'un tableau, rangé face au mur. Elle le sortit avec précaution avant de le retourner. La toile était absolument magnifique. Erica elle-même pouvait comprendre qu'un artiste talentueux l'avait réalisée. Le motif était une Alexandra nue, couchée sur le flanc avec la tête appuyée dans une main. L'artiste avait choisi d'utiliser exclusivement des couleurs chaudes et cela donnait au visage d'Alexandra une impression de sérénité. Erica se demanda pourquoi une si belle œuvre avait été reléguée au fond d'un placard. A en juger par le tableau, Alexandra n'avait pas à avoir honte de se montrer. Elle était tout aussi parfaite que le tableau. Erica n'arrivait pas à se défaire du sentiment qu'il avait quelque chose de familier, une impression de déjà vu. Elle était pourtant sûre de ne jamais avoir vu cette toile, alors ça devait être autre chose. Il n'y avait pas de signature dans le coin en bas à droite, et quand elle le retourna, elle ne vit que l'inscription "1999", ce qui devait correspondre à l'année où il avait été peint. Elle remit précautionneusement le tableau à sa place tout au fond du placard et referma la porte.

Elle regarda la chambre une dernière fois. Quelque chose la troublait, mais elle n'arrivait pas à mettre le doigt dessus. Un truc qui manquait, mais qu'elle n'aurait su préciser. Allez, ça lui viendrait peut-être à l'esprit plus tard. A présent, elle n'osait plus rester dans la maison. Elle sortit, remit la clé là où elle l'avait trouvée et ne se sentit rassurée que lorsqu'elle fut installée derrière le volant de sa voiture, moteur démarré. Elle avait eu sa dose de frissons pour ce soir. Un bon cognac calmerait ses nerfs et chasserait une partie de son angoisse. Qu'est-ce qui lui avait donc pris d'aller fouiner là-bas ? Sa bêtise lui donnait envie de se taper la tête.

En s'engageant sur l'accès au garage chez elle, elle vit qu'à peine une heure s'était écoulée depuis qu'elle était partie. Elle aurait juré qu'il s'était passé une éternité.

Stockholm était plus belle que jamais. Malgré cela, Erica avait l'impression qu'une mélancolie s'était installée à demeure en elle. En temps normal, elle se serait réjouie du soleil scintillant sur le bassin de Riddarfjärden quand elle le traversa sur le pont Västerbron. Pas aujourd'hui. Le rendez-vous était fixé à quatorze heures et elle n'avait cessé d'y réfléchir pendant le trajet depuis Fjällbacka pour essayer de trouver une solution, mais en vain. Marianne avait malheureusement précisé de façon très claire sa situation juridique. Si Anna et Lucas continuaient à insister pour vendre la maison, elle serait obligée de s'y conformer. Sa seule alternative était de racheter leur part au prix du marché, et avec les prix qu'atteignaient les maisons à Fjällbacka, elle ne disposait même pas d'une infime partie de la somme. Certes, elle aurait sa part lors de la vente de la maison, au moins deux millions de couronnes sans doute, mais elle se fichait de l'argent. Elle avait des nausées en pensant qu'un de ces frimeurs de Stockholmois, du simple fait qu'il se serait acheté une casquette de marin, se prendrait pour un gars de la côte ouest et se mettrait en tête de démolir la belle véranda pour installer une fenêtre panoramique à la place. Et que personne ne vienne lui dire qu'elle exagérait. Elle avait déjà été confrontée plusieurs fois à ce genre de comportement.

Elle se gara devant le cabinet d'avocats dans Runebergsgatan à Östermalm. La façade était imposante, tout en marbre et colonnade et une dernière fois elle vérifia son look dans le miroir de l'ascenseur. Elle avait soigneusement choisi sa tenue pour coller au décor. C'était la première fois qu'elle venait ici, mais elle se faisait sans mal une idée du type que Lucas consultait. Mielleusement il lui avait indiqué qu'elle pouvait évidemment venir avec son propre avocat. Erica avait préféré venir seule. Elle n'avait tout simplement pas les moyens de s'en offrir un.

Elle aurait aimé pouvoir voir Anna et les enfants un moment avant le rendez-vous. Peut-être boire un café chez eux. Le comportement d'Anna la rendait amère, mais Erica était fermement décidée à faire tout son possible pour maintenir leur relation en vie.

Anna n'était apparemment pas dans le même état d'esprit et elle avait dit que cela la bousculerait trop. Il valait mieux qu'elles se retrouvent directement chez l'avocat. Et comme Erica s'apprêtait à lui proposer qu'elles pourraient se voir après, Anna l'avait devancée, disant qu'après l'avocat, elle avait rendez-vous avec une amie. Comme par hasard ! se dit Erica. Manifestement, Anna voulait l'éviter. La question était de savoir si c'était de sa propre initiative ou si Lucas ne permettait pas à Anna de rencontrer Erica quand il était à son travail et dans l'impossibilité de les surveiller.

Tout le monde était déjà là quand elle arriva. Ils la contemplèrent avec des mines graves lorsque, un sourire contraint aux lèvres, elle tendit la main aux deux avocats de Lucas. Lucas se contenta de hocher la tête en guise de bonjour, alors qu'Anna osa un petit coucou de la main derrière son dos. Ils s'assirent.

Ce fut vite expédié. Les avocats exposèrent de façon sèche et neutre ce qu'Erica savait déjà. Anna et Lucas étaient dans leur plein droit d'exiger la vente de la maison. Si Erica avait les moyens d'acheter leur moitié au prix du marché, elle pouvait le faire. Si elle ne le pouvait pas, ou ne le voulait pas, la maison serait mise sur le marché dès qu'une évaluation du prix aurait été faite par un expert impartial.

Erica regarda Anna droit dans les yeux.

— As-tu réellement envie de faire ça ? Cette maison ne représente donc rien pour toi ? As-tu pensé à ce que diraient maman et papa s'ils savaient qu'on vend dès qu'ils ne sont plus là ? Est-ce vraiment ce que tu veux, Anna ?

Elle mit l'accent sur "tu" et vit du coin de l'œil que Lucas fronçait les sourcils.

Anna baissa les yeux et piocha quelques grains de poussière invisible sur son tailleur élégant. Ses cheveux blonds étaient lissés en arrière pour former une queue de cheval dans la nuque.

— A quoi elle va nous servir, cette maison ? Les vieilles baraques, ça représente beaucoup de boulot, et pense à tout l'argent qu'on peut en tirer. Je suis sûre que maman et papa auraient apprécié que l'une de nous ait un peu de sens pratique. Je veux dire, à quel moment on l'utiliserait ? Lucas et moi, on préférerait acheter une maison de campagne dans l'archipel de Stockholm, c'est plus près, et toi, qu'est-ce que tu ferais de cette maison, toi qui es toute seule ?

Lucas adressa une sorte de rictus à Erica tout en tapotant le dos d'Anna avec une sollicitude feinte. Elle n'avait toujours pas osé regarder Erica dans les yeux.

Une fois encore, Erica vit à quel point sa petite sœur semblait fatiguée. Elle était plus fluette que d'habitude et elle flottait dans son tailleur noir. Elle avait des cernes sombres sous les yeux et Erica eut l'impression de deviner une ombre bleuâtre sous le maquillage de la pommette droite. La rage et l'impuissance imposées par la situation l'accablèrent et elle darda les yeux sur Lucas. Il lui rendit calmement son regard. Arrivé directement du boulot, il était vêtu de son uniforme de travail, costume gris anthracite, chemise blanche immaculée et cravate gris sombre et brillante. Un homme du monde dans toute son élégance. Erica se dit que beaucoup de femmes devaient le juger attirant. Pour sa part elle lui trouvait une expression cruelle, posée tel un léger masque sur ses traits. Son visage était anguleux avec des pommettes et des mâchoires prononcées, souligné par ses cheveux toujours coiffés en arrière, libérant son front. Il n'était pas l'archétype de l'Anglais au teint rose, il tirait plutôt sur l'authentique Nordique aux cheveux blonds et aux yeux bleu glace. Sa lèvre supérieure était ourlée et charnue comme celle d'une femme, ce qui lui donnait un air alangui et décadent. Erica nota que son regard allait se perdre dans son décolleté et instinctivement elle serra son manteau autour d'elle. Il enregistra son mouvement, elle le remarqua avec agacement. Elle ne voulait pas qu'il pense qu'il avait la moindre prise sur elle.

Quand la réunion fut enfin terminée, Erica tourna simplement les talons et s'éclipsa sans s'embarrasser d'au revoir inutiles. Pour ce qui la concernait, tout avait été dit. Elle serait contactée par quelqu'un qui viendrait pour l'expertise, puis la maison serait mise en vente au plus vite. Toutes ses supplications avaient été vaines. Elle avait perdu.

Elle avait sous-loué son appartement de Vasastan à Stockholm à un sympathique couple d'étudiants qui préparaient leur thèse de doctorat, si bien qu'elle ne pouvait pas y aller. Comme elle ne se sentait pas le courage d'entamer d'emblée les cinq heures de route pour retourner à Fjällbacka, elle laissa sa voiture dans le parking à étages à Stureplan et alla s'asseoir dans le parc de Humlegården. Elle avait besoin de rassembler ses idées. Le calme de cette véritable oasis en plein Stockholm était exactement ce dont elle avait besoin pour réfléchir.

La neige était tombée sur la ville depuis peu et couvrait toujours l'herbe d'une couche blanche. A Stockholm, un jour ou deux suffisaient pour que la neige se transforme en une boue gris sale. Elle s'assit sur un des bancs publics en posant d'abord ses gants pour se protéger les fesses. Pas question de se payer une cystite, c'était bien la dernière chose dont elle avait besoin en ce moment.

Elle laissa ses pensées divaguer tout en contemplant le fourmillement de gens dans les allées gravillonnées. On était en pleine pause déjeuner. Elle avait presque oublié l'ambiance fébrile de Stockholm. Tout le monde courait sans arrêt, comme à la recherche de quelque chose qu'il n'attrapait jamais. Elle sentit monter en elle la nostalgie de Fjällbacka. Elle ne s'était pas rendu compte à quel point elle s'y était investie ces dernières semaines. Oh, bien sûr, elle avait été accaparée par un tas de choses, mais en même temps elle avait trouvé une paix intérieure qu'elle n'avait jamais vécue à Stockholm. Etre seul à Stockholm signifiait l'isolement total. A Fjällbacka, à tout prendre, on n'était jamais vraiment seul. Les gens se faisaient du souci et gardaient un œil sur leurs voisins et leurs semblables. Parfois, ils en faisaient trop, tous les ragots n'étaient pas au goût d'Erica, mais là, contemplant la foule du centre ville à l'heure de pointe, elle sentit qu'elle aurait du mal à revenir vers ce genre de vie.

Comme tant de fois déjà ces derniers temps, elle pensa à Alex. Pourquoi se rendait-elle seule à Fjällbacka tous les week-ends ? Qui y rencontrait-elle ? Et puis la grosse question à dix mille couronnes : qui était le père de l'enfant qu'elle attendait ?

Erica se souvint tout à coup du papier qu'elle avait fourré dans la poche de son manteau quand elle était dans l'obscurité du placard. Comment avait-elle pu oublier de le regarder en rentrant chez elle l'avant-veille ? Elle tâta dans sa poche droite et sortit un bout de papier froissé. Avec des doigts devenus raides sans les gants, elle le déplia et le lissa.

C'était la photocopie d'un article de *Bohusläningen*. Il n'y avait pas de date, mais à en juger par les caractères et une photo en noir et blanc, il n'était pas tout récent. La photo faisait penser aux années soixante-dix, et elle reconnut très bien l'homme sur la photo et dont le texte relatait l'histoire. Pourquoi Alex avait-elle caché cet article au fond d'un tiroir ?

Erica se leva et remit le papier dans sa poche. Elle n'obtiendrait pas de réponse dans ce parc. Il était temps de rentrer à la maison.

L'enterrement fut beau et solennel. L'église de Fjällbacka était loin d'être remplie. La plupart n'avaient pas connu Alexandra, ils étaient venus par simple curiosité. Les places de devant étaient réservées à la famille et aux amis. A part les parents d'Alex et Henrik, Erica ne reconnut que Francine. Un grand homme blond qu'Erica supposa être son mari était assis à côté d'elle. Pour le reste, les amis n'étaient pas très nombreux. Ils n'occupaient que deux rangées et confirmaient l'image qu'Erica avait d'Alex. Une femme qui avait certainement connu énormément de gens, mais qui avait très peu d'amis proches. Seuls quelques curieux étaient éparpillés par-ci par-là aux autres places dans l'église.

Erica s'était assise à la tribune d'orgue. Birgit l'avait aperçue devant l'église et lui avait bien demandé de venir s'asseoir avec eux, mais elle avait gentiment décliné l'offre. Elle se serait sentie hypocrite d'occuper une place parmi la famille et les amis. En réalité, Alex était une étrangère pour elle.

Erica se tortillait sur le banc d'église inconfortable. Tout au long de leur enfance, Anna et elle avaient été traînées à l'église d'une main ferme le dimanche. Pour un enfant, écouter des prêches interminables et des hymnes aux mélodies impossibles à retenir signifiait l'ennui le plus total. Pour se distraire, elle s'inventait des histoires. Quantités d'histoires de dragons et de princesses avaient été composées ici sans jamais finir couchées sur le papier. Ses passages à l'église s'étaient raréfiés durant son adolescence, parce que Erica avait vivement renâclé, mais les fois où elle y était quand même allée, les contes avaient été remplacés par des récits d'inspiration plus romantique. Amusant de penser qu'elle avait peut-être choisi son métier à cause de cette fréquentation obligatoire de l'église.

Erica n'avait toujours pas trouvé la foi et, pour elle, une église était un beau bâtiment nimbé de traditions, rien de plus. Les prêches de son enfance ne l'avaient pas incitée à adopter une religion. Ils tournaient souvent autour de l'enfer et du péché et ils étaient dépourvus de cette lumineuse foi en Dieu qu'elle savait exister mais qu'elle-même n'avait jamais connue. Beaucoup de choses avaient changé entre-temps. Aujourd'hui, c'était une femme qui se tenait devant l'autel, vêtue de l'habit des pasteurs, et au lieu de la damnation éternelle, elle parlait de lumière, d'espoir et d'amour. Cette vision de Dieu, Erica aurait aimé qu'on la lui ait donnée dans son enfance.

De sa place retirée en hauteur, elle vit une jeune femme à côté de Birgit à la première rangée. Birgit lui serrait convulsivement la main et appuyait par moments sa tête contre son épaule. Erica la reconnut vaguement et comprit que ça devait être Julia, la petite sœur d'Alex. Elle était trop loin pour qu'Erica puisse distinguer les traits de son visage, mais elle nota que Julia semblait se rebiffer au contact de Birgit. Julia reculait sa main chaque fois que Birgit la prenait, mais soit sa mère n'y prêtait pas attention, soit elle ne s'en rendait pas compte, vu l'état dans lequel elle se trouvait.

Le soleil filtrait par les hauts vitraux sertis de plomb. Les bancs étaient durs et inconfortables et Erica sentit le début d'une douleur sourde au bas du dos. Elle apprécia la relative brièveté de la cérémonie. Quand ce fut fini, elle resta à regarder d'en haut les gens qui sortaient lentement de l'église.

Le soleil était d'une clarté presque insupportable dans un ciel sans nuages. Les gens descendirent en procession la petite pente menant au cimetière et à la tombe fraîchement creusée où le cercueil d'Alex serait enseveli.

Avant l'enterrement de ses parents, jamais elle n'avait pensé à la difficulté de procéder à des inhumations en hiver quand le sol était gelé. Maintenant elle savait qu'on réchauffait la terre pour pouvoir la creuser. Un carré de la taille exacte pour contenir le nombre de cercueils qui y serait descendu.

Pour se rendre à l'endroit choisi pour la sépulture d'Alex, Erica passa devant la stèle de ses parents. Elle marchait en queue de procession et s'arrêta un instant devant la tombe. Un épais bourrelet de neige bordait la pierre et elle le balaya doucement. Après un dernier coup d'œil sur la pierre tombale elle se hâta de rejoindre le petit groupe de personnes qui s'étaient rassemblées un peu plus loin. Les curieux s'étaient en tout cas tenus à l'écart de l'inhumation et désormais il n'y avait que la famille et les amis. Erica avait beaucoup hésité à venir. Au dernier moment, elle avait quand même décidé d'accompagner Alex à son dernier repos.

Henrik se tenait au premier rang, les mains glissées dans les poches de son manteau. La tête inclinée. Les yeux fixés sur le cercueil qui lentement se couvrit de fleurs. Des roses rouges, surtout.

Erica se demandait si lui aussi avait regardé les gens qui étaient rassemblés autour de la tombe en se disant que le père de l'enfant se trouvait peut-être parmi eux.

Quand le cercueil fut descendu dans la tombe, Birgit poussa un long soupir de chagrin. Karl-Erik avait les dents serrées et les yeux secs. Toute sa force était mobilisée pour soutenir Birgit, tant physiquement que psychiquement. Julia se tenait un peu à l'écart d'eux. Henrik ne s'était pas trompé quand il avait décrit Julia comme le vilain petit canard de la famille. Contrairement à sa grande sœur, elle était brune, avec des mèches courtes coupées à la diable. Ses traits étaient massifs, avec des yeux profondément enfouis qui regardaient par-dessous une frange trop longue. Elle n'était pas maquillée et sa peau montrait des traces très nettes d'une sévère acné datant de son adolescence. Birgit paraissait encore plus petite et frêle que d'habitude à côté de Julia. La plus jeune de ses deux filles mesurait dix bons centimètres de plus qu'elle et son corps était lourd, large et dépourvu de formes. Fascinée, Erica contempla la série de sentiments contradictoires qui passaient en tourbillons sur le visage de Julia. La douleur et la rage se succédaient à la vitesse de l'éclair. Pas de larmes. Elle fut la seule à ne pas déposer de fleur sur le cercueil et quand la cérémonie fut finie, elle tourna rapidement le dos au trou dans la terre et commença à se diriger vers l'église.

Erica se demanda ce qu'avait pu être la relation entre les deux sœurs. Ce ne devait pas être facile de se voir continuellement comparée à Alex. De toujours tirer la plus courte paille. Le dos de Julia était peu engageant tandis que d'un pas rapide elle s'éloignait du reste du groupe, les épaules rehaussées vers les oreilles en une attitude de réserve.

Henrik rejoignit Erica.

— Il va y avoir une petite collation en souvenir d'Alex maintenant. Nous serions heureux que tu viennes.

— Ben, je ne sais pas trop, dit Erica.

— Je t'en prie, viens quand même un petit moment. Elle hésita.

— Bon. D'accord. Ça se passe où ? Chez Ulla ?

— Non, on a réfléchi en long et en large mais on a fini par décider de se retrouver dans la maison de Birgit et Karl-Erik. Malgré ce qui s'est passé, je sais qu'Alex l'adorait. Nous avons passé tant de bons moments dans cette maison, alors je ne vois pas de meilleurs endroits pour penser à elle. Mais je comprendrais que tu trouves ça un peu dur d'y retourner. Je veux dire, tu ne dois pas garder un très bon souvenir de ta dernière visite.

Erica rougit de honte en pensant à ce qui avait réellement été sa dernière visite et elle baissa les yeux.

— Je pense que ça ira.

Elle conduisait sa propre voiture et la gara de nouveau dans le parking derrière l'école de Håkenbacken.

Beaucoup de monde était venu, et elle se demanda si elle n'allait pas faire demi-tour quand même et rentrer chez elle. L'occasion lui échappa vite. Henrik arrivait pour lui prendre sa veste, il était trop tard pour changer d'avis.

Les gens se bousculaient autour du buffet où différentes tartes salées étaient servies. Erica choisit une grosse part de celle aux crevettes et se retira ensuite dans un coin de la pièce où elle pouvait manger tranquillement tout en observant le reste de l'assemblée.

L'ambiance semblait étonnamment enjouée compte tenu de la raison de la réception. Une sorte d'allégresse fébrile régnait ici et, quand elle observa autour d'elle ces gens qui n'arrêtaient pas de parler, Erica trouva que tous avaient des traits figés. Ils gardaient probablement en tête ce qui avait causé la mort d'Alex.

Le regard d'Erica fit le tour de la pièce, passant d'un visage à un autre. Birgit était assise dans un coin de canapé, tout au bord et s'essuyait les yeux avec un mouchoir. Karl-Erik se tenait derrière elle, une main maladroitement posée sur son épaule et l'autre tenant une assiette avec un bout de tarte. Henrik passait de l'un à l'autre, très mondain, serrant des mains, hochant la tête en réponse à des condoléances, annonçant que le café était servi maintenant, avec des gâteaux. Il était l'hôte parfait jusqu'au bout des ongles. Comme s'il donnait un cocktail ordinaire et non pas la réception d'enterrement de sa femme. La seule chose révélant l'effort que ceci représentait pour lui était une inspiration profonde et une brève hésitation comme s'il rassemblait ses forces avant de passer au groupe suivant.

La seule à se comporter d'une manière décalée était Julia. Elle s'était assise sur le rebord de la fenêtre dans la véranda. Un genou était remonté vers la vitre et son regard se perdait au loin au-dessus de la mer. Quiconque essayait de s'approcher d'elle avec un peu de gentillesse et des mots de sympathie devait repartir bredouille. Elle ignorait toutes les tentatives d'entrer en contact et continuait à fixer la grande étendue blanche.

Erica sentit une légère touche sur son bras, sursauta malgré elle et renversa un peu de café sur la sous-tasse.

— Excuse-moi, je ne voulais pas te faire peur.

Francine sourit.

— Non, il n'y a pas de mal. J'étais perdue dans mes pensées.

— Tu pensais à Julia ? Francine fit un signe de la tête en direction de la jeune femme à la fenêtre. J'ai vu que tu la regardais.

— Oui, je dois avouer qu'elle m'intéresse. Elle est si totalement retranchée du reste de la famille. Je n'arrive pas à savoir si elle pleure Alex ou si elle est dans une sainte colère pour une raison qui m'échappe.

— Je crois que personne n'arrive à comprendre Julia. Mais ça n'a pas dû être facile pour elle. Le vilain petit canard qui a grandi entre deux magnifiques cygnes. Toujours repoussée et ignorée. Personne n'a été franchement méchant avec elle, ce n'est pas ça, elle était seulement – pas désirée. Alex ne la mentionnait jamais à l'époque où elle était en France, par exemple. J'ai été très surprise en venant habiter en Suède de découvrir qu'Alex avait une petite sœur. Elle parlait plus de toi que de Julia. Vous avez dû avoir une relation très spéciale ?

— Je ne sais pas trop. On était des gamines. Comme tous les enfants de cet âge, on était sœurs de sang, on resterait toujours ensemble et ce genre de trucs. Mais si Alex n'avait pas déménagé, j'imagine qu'il nous serait arrivé ce qui arrive à toutes les petites filles qui grandissent et deviennent ados. On se serait bagarrées pour les mêmes petits amis, nos goûts vestimentaires auraient divergé, on se serait retrouvées à des degrés différents sur l'échelle sociale et on se serait quittées pour d'autres amies qui correspondraient mieux à la phase dans laquelle on se trouvait – ou dans laquelle on aurait voulu se trouver. Mais c'est sûr, Alex a eu une grande influence sur ma vie, même adulte. Je pense que je n'ai jamais réussi à me défaire du sentiment d'avoir été trahie. Je me suis toujours demandé si c'était moi qui avais dit ou fait quelque chose de mal. Elle s'est éloignée de plus en plus de moi et puis un jour elle a disparu. Quand on s'est revues adultes, elle était devenue une inconnue. Bizarrement, c'est comme si j'apprenais à la connaître à nouveau maintenant.

Erica pensa aux pages du livre qui s'accumulaient chez elle. Pour l'instant elle n'avait qu'un recueil d'impressions et de comptes rendus mêlés à ses pensées et réflexions personnelles. Elle ne savait même pas quelle forme elle allait donner au matériel, elle savait seulement que c'était une chose qu'elle devait absolument faire. Son instinct d'écrivain lui disait qu'elle tenait là une occasion d'écrire quelque chose de sincère, mais elle ne savait absolument pas où se situait la frontière entre ses besoins en tant qu'écrivain et son lien personnel avec Alex. La curiosité indispensable pour pouvoir rédiger quoi que ce soit la poussait aussi à chercher les réponses de l'énigme de la mort d'Alex sur un plan plus privé. Elle aurait pu choisir de laisser tomber Alex et son sort. Tourner le dos à cette triste tribu entourant Alex et se consacrer à elle-même et à ses affaires. Au lieu de quoi elle se retrouvait là dans une pièce remplie de gens qu'à vrai dire elle ne connaissait pas.

Une pensée la frappa. Elle avait failli oublier le tableau qu'elle avait découvert dans le placard d'Alex. Elle comprit brusquement pourquoi les tons chauds dans lesquels était rendu le corps nu d'Alex sur la toile lui avaient semblé si familiers. Elle se tourna vers Francine.

— Tu sais quand je t'ai rencontrée à la galerie…

— Oui ?

— Il y avait un tableau près de la porte. Une grande toile avec des couleurs chaudes, rien que du jaune, du rouge, de l'orange…

— Oui, je vois ce que tu veux dire. Qu'est-ce qu'il a ? Ne me dis pas que tu es acheteuse ? Francine sourit.

— Non, mais je me demandais – qui c'est qui l'a peint ?

— Eh bien, c'est une histoire assez lamentable. Le peintre s'appelle Anders Nilsson. Il est originaire d'ici, de Fjällbacka. C'est Alex qui l'a découvert. Un homme extrêmement talentueux. Malheureusement profondément alcoolique aussi, ce qui va probablement détruire son potentiel d'artiste. De nos jours, il ne suffit pas de déposer ses tableaux dans une galerie et d'attendre le succès. En tant que peintre, tu dois aussi savoir te vendre, te montrer aux vernissages, aller aux réceptions et correspondre au cliché de l'artiste jusqu'au bout des ongles. Anders Nilsson est une épave détruite par l'alcool qu'on ne peut pas laisser entrer dans une pièce meublée. Nous vendons de temps en temps un de ses tableaux aux clients qui savent reconnaître un talent, mais Anders ne sera jamais une étoile permanente dans le ciel artistique. Pour dire les choses de façon très crue, son potentiel sera plus grand s'il boit à en mourir. Les peintres morts ont toujours eu la cote auprès du grand public.

Erica regarda sidérée la frêle créature qui lui faisait face. Francine vit son regard et ajouta :

— Je ne voulais pas être cynique à ce point. Simplement, je suis vraiment révoltée de voir quelqu'un avec autant de talent le gaspiller pour la bouteille. Et quand je te dis que c'est tragique, je n'en suis encore qu'au prélude. Il a eu de la chance qu'Alex ait trouvé ses tableaux. Sinon, les seuls à pouvoir en jouir auraient été l'équipe d'alcoolos de Fjällbacka. Et j'ai du mal à croire qu'ils savent apprécier les subtilités de l'art.

Un morceau du puzzle venait de trouver sa place, mais Erica n'arrivait vraiment pas à voir comment il pouvait coller avec le reste du motif. Pourquoi Alex avait-elle un nu d'elle-même peint par Anders Nilsson caché dans son placard ? Une explication pouvait être qu'elle le destinait à Henrik comme cadeau, ou peut-être à son amant, et qu'Alex avait commandé le portrait à un artiste dont elle admirait le talent. Ça semblait boiteux. La sensualité et la sexualité qu'elle avait perçues dans ce tableau contredisaient une simple relation d'affaires entre deux étrangers. Un lien singulier devait exister entre Alex et Anders. D'un autre côté, Erica savait très bien qu'elle ne connaissait rien à l'art et que ses antennes pouvaient lui donner de mauvais signaux.

Un murmure se répandit dans la pièce. Cela commença dans le groupe le plus près de la porte et se propagea ensuite au reste de l'assemblée. Les yeux de tous convergèrent vers la personne tout à fait inattendue qui faisait une entrée grandiose. Lorsque Nelly Lorentz franchit la porte, les invités cessèrent de respirer tant ils furent étonnés. Erica pensa à l'article de journal qu'elle avait trouvé dans la chambre d'Alex et elle sentit tous les faits manifestement sans liens entre eux tournoyer dans sa tête sans pour autant qu'elle arrive à les raccorder.

Depuis le début des années cinquante, la survie de Fjällbacka avait été entièrement dépendante des conserveries Lorentz. Près de la moitié des habitants de la petite ville en état de travailler étaient employés par l'usine et les Lorentz y étaient considérés comme des rois. La grande bourgeoisie n'ayant par ailleurs pas trouvé un bon terreau pour s'enraciner ici, la famille Lorentz formait une classe à part. De leur balcon de l'énorme villa au sommet de la montagne, ils contemplaient Fjällbacka avec une arrogance mesurée.

L'usine avait été fondée en 1952 par Fabian Lorentz. Il était issu d'une longue génération de pêcheurs et était supposé poursuivre dans les pas de ses ancêtres. Mais la pêche rapportait de moins en moins et le jeune Fabian, aussi ambitieux qu'intelligent, n'avait pas l'intention de tirer le diable par la queue en restant pêcheur comme son père.

Il démarra la conserverie les deux mains vides et, à son décès à la fin des années soixante-dix, il laissa, outre une industrie florissante, une fortune considérable à sa femme Nelly. Contrairement à son mari, qui avait été très apprécié, Nelly Lorentz avait la réputation d'être hautaine et froide et elle ne se montrait qu'exceptionnellement en société désormais, se contentant de donner, telle une reine, des audiences à des invités triés sur le volet. D'où l'émoi quand elle franchit la porte. Voilà qui allait donner matière à des ragots pour les mois à venir.

Le silence dans la pièce était tel qu'on aurait pu entendre une épingle tomber par terre. Mme Lorentz daigna laisser Henrik la débarrasser de son manteau de fourrure, puis à son bras fit son entrée dans le séjour. Il la mena jusqu'au canapé du milieu où étaient assis Birgit et Karl-Erik, tandis qu'elle hochait légèrement la tête pour saluer certains élus parmi les invités. Quand elle se trouva devant les parents d'Alex, les conversations reprirent enfin, des propos de Café du Commerce alors que tous s'efforçaient de saisir ce qui se disait du côté du canapé.

L'une des personnes à avoir reçu son hochement de tête favorable était Erica. En tant que quasi-célébrité elle avait été jugée convenable, raison pour laquelle au moment du décès de ses parents, elle avait reçu une invitation à venir prendre le thé chez Nelly Lorentz. Elle avait poliment décliné l'invitation, prétextant ne pas s'être encore remise du choc.

Elle contempla avec curiosité Nelly qui maintenant exprimait à Birgit et à Karl-Erik ses sincères condoléances. Erica voyait mal la moindre sympathie prendre place dans son corps décharné. Elle était très maigre, avec des poignets osseux qui dépassaient du tailleur de coupe impeccable. Elle s'était probablement empêchée de manger toute sa vie pour suivre la mode et rester mince, mais sans réaliser que ce qui peut aller quand on dispose des formes naturelles de la jeunesse n'est pas aussi joli quand la vieillesse laisse son empreinte. Son visage était aigu aux traits coupants, mais étonnamment lisse et dépourvu de rides, ce qui fit supposer à Erica que le bistouri avait apporté un coup de pouce à la nature. Ses cheveux étaient son plus grand atout. Ils étaient épais et argentés, arrangés en un élégant chignon banane, mais ramenés en arrière de façon tellement serrée que la peau du front s'en trouvait légèrement remontée ce qui lui donnait une expression de surprise. Erica évaluait son âge à un peu plus de quatre-vingts ans. On disait que dans sa jeunesse elle avait été danseuse et qu'elle avait rencontré Fabian Lorentz du temps où elle appartenait au corps de ballet d'un établissement à Göteborg dans lequel aucune fille de bonne famille n'osait se montrer. Erica crut discerner dans son maintien encore très gracieux l'attitude d'une danseuse professionnelle. Selon la version officielle, elle n'avait jamais, ne serait-ce que approché un établissement de danse, elle était la fille d'un consul de Stockholm.

Après quelques minutes de conversation à voix basse, Nelly quitta les parents endeuillés et alla rejoindre Julia sur la véranda. Personne ne broncha pour indiquer à quel point on trouvait cela bizarre. Tout le monde continua à parler tout en gardant un œil sur le couple étrange.

Francine l'ayant abandonnée pour aller se mêler aux autres, Erica se trouvait de nouveau seule dans un coin, en mesure d'observer Julia et Nelly à sa guise. Pour la première fois ce jour-là, Erica vit un sourire se répandre sur le visage de Julia. Elle sauta à bas du rebord de la fenêtre et s'assit à côté de Nelly dans le canapé en rotin et elles se mirent ensuite à chuchoter ensemble, leurs têtes très proches l'une de l'autre.

Qu'est-ce qu'un couple aussi mal assorti pouvait-il bien avoir à se dire ? Erica jeta un coup d'œil du côté de Birgit. Les larmes avaient enfin cessé de ruisseler sur ses joues et elle fixait maintenant sa fille et Nelly Lorentz d'un regard terrifié. Erica se dit qu'elle ferait sans doute mieux d'accepter l'invitation de Mme Lorentz. Ce pourrait être intéressant de bavarder un peu avec elle en tête à tête.

Ce fut avec un grand soulagement qu'elle quitta la maison et put de nouveau respirer la fraîcheur de l'air hivernal.

Patrik se sentait vaguement nerveux. Cela faisait longtemps qu'il n'avait pas cuisiné pour une femme. Une femme qui de plus était loin de le laisser indifférent. Il fallait que tout soit parfait.

Il fredonna tout en éminçant un concombre pour la salade. Après bien des affres et des réflexions, il avait finalement opté pour du bœuf. Le filet était là, dans le four, bardé et bientôt à point. La sauce frémissait sur le feu et l'odeur faisait gronder son estomac.

Tout l'après-midi, il avait été sur les dents. Il n'avait pas pu quitter le boulot aussi tôt qu'il avait espéré et avait été obligé de faire le ménage à toute vitesse. Il ne s'était jamais vraiment rendu compte à quel point il avait laissé son intérieur se dégrader depuis que Karin l'avait quitté, mais le voyant tel qu'Erica allait le voir, il comprit qu'un nettoyage à fond s'imposait.

Il assumait mal d'être tombé dans le piège stéréotypé du célibataire qui vit dans le désordre complet et avec un frigo vide. Il n'avait pas tout à fait réalisé la charge de travail que Karin avait assurée chez eux, il avait pris la maison propre et bien rangée pour une évidence sans penser une seule seconde au boulot qu'il y avait derrière. Il y avait ainsi beaucoup de choses qu'il avait considérées comme allant de soi.

Quand Erica sonna à la porte, il enleva rapidement le tablier et jeta un regard dans la glace pour vérifier ses cheveux. Bien qu'il se soit donné la peine d'y passer du gel, ils étaient tout aussi indisciplinés que d'habitude.

Comme toujours, Erica était magnifique. Le froid avait teinté ses joues de rose et sa crinière bouclée tombait lourdement sur le col de sa doudoune. Il la serra légèrement dans ses bras, s'autorisa à fermer les yeux pendant une seconde pour respirer l'odeur de son parfum, puis il la fit entrer au chaud.

La table était déjà mise et ils attaquèrent l'entrée en attendant le plat principal. Patrik l'observait à la dérobée tandis qu'elle dégustait avec délectation sa moitié d'avocat aux crevettes. Rien de particulièrement sophistiqué, mais difficile à rater.

— Jamais je ne t'aurais cru capable de préparer un dîner complet avec entrée, plat et dessert, dit Erica en prenant une bouchée d'avocat.

— Non, je suppose que moi non plus je ne l'aurais pas cru. Alors – à ta santé ! Sois la bienvenue au restaurant Hedström !

Ils levèrent leur verre et goûtèrent le vin blanc frais, puis chacun se consacra à son assiette un moment dans un silence agréable.

— Ça se passe comment pour toi ?

Patrik observa Erica en douce.

— Merci, j'ai connu des semaines plus agréables.

— Comment ça se fait que tu sois venue à cette audition ? Il doit y avoir des années, une éternité je dirais, que tu n'as pas eu de contact ni avec Alex, ni avec sa famille.

— Oui, ça doit faire dans les vingt-cinq ans grosso modo. Je ne sais pas exactement. J'ai l'impression d'avoir été aspirée dans un courant dont je ne peux pas me sortir, ou peut-être que je ne le veux pas. Je crois que, pour Birgit, je suis un rappel des jours meilleurs. De plus, je suis étrangère à tout cela et c'est une très bonne raison pour fonctionner comme facteur rassurant.

Erica hésita.

— Vous avez progressé ?

— Je n'ai pas le droit de parler de l'affaire, je suis désolé.

— Oui, je comprends. Excuse-moi, je n'ai pas réfléchi.

— Aucun problème. En revanche, tu pourrais peut-être m'aider. Tu as pas mal vu la famille dernièrement, et tu les connais d'autrefois. Tu ne pourrais pas me parler un peu de l'impression qu'ils t'ont faite et de ce que tu sais sur Alex ?

Erica posa les couverts et essaya de faire le tri de ses idées dans l'ordre où elle voulait les présenter à Patrik. Elle raconta tout ce qu'elle avait appris, ainsi que ses impressions des personnes dans la vie d'Alex. Patrik écouta attentivement tout en se levant pour débarrasser l'entrée et servir le plat chaud. Par moments, il glissa une question. Il était surpris par la quantité d'informations qu'Erica avait dénichée en un temps si court. Cela, plus ce qu'il savait déjà sur Alex, fournissait maintenant à Patrik un visage et une personnalité de la femme qui jusque-là n'avait été que la victime d'un meurtre.

— Je sais que tu ne peux pas parler de l'affaire, Patrik, mais peux-tu au moins me dire si vous avez le moindre indice qui pourrait vous mener à son assassin ?

— Non, je dirais plutôt qu'on n'a pas beaucoup avancé dans l'enquête. Une ouverture, n'importe quoi, serait particulièrement bienvenue en ce moment.

Il soupira et tourna son doigt sur le bord du verre de vin. Erica hésita.

— J'ai peut-être un truc intéressant.

Elle attrapa son sac à main et commença à fouiller dedans. Elle en sortit un bout de papier plié qu'elle tendit par-dessus la table. Patrik le prit et le déplia. Il lut avec intérêt, mais haussa un sourcil interrogateur lorsqu'il eut fini.

— Quel est le rapport avec Alex ?

— C'est ce que je me demande aussi. J'ai trouvé cet article dans un tiroir de commode, caché sous les sous-vêtements d'Alex.

— Comment ça, "trouvé" ? Quand est-ce que tu as eu l'occasion d'aller fouiner dans ses tiroirs ?

Il vit qu'elle rougissait et il se demanda ce qu'elle lui dissimulait.

— Ben, j'ai fait un tour un soir à la maison, pour regarder un peu.

— T'as fait quoi ?!

— Oui, je sais. Pas la peine de me le dire. C'était vraiment stupide de ma part, mais tu me connais. J'agis d'abord, et je réfléchis ensuite. Elle continua à parler vite, pour éviter davantage de reproches. Quoi qu'il en soit, j'ai trouvé ce bout de papier dans le tiroir d'Alex et par mégarde je l'ai emporté.

Il s'abstint de demander comment on peut emporter quelque chose "par mégarde". Mieux valait ne pas savoir.

— Qu'est-ce que tu crois que ça signifie ? demanda Erica. Un article sur une disparition vieille de vingt-cinq ans. Quel lien avec Alex ?

— Tu connais l'histoire ? dit Patrik en agitant l'article.

— Si on s'en tient aux faits, pas plus que ce que dit l'article. Que Nils Lorentz, fils de Nelly et Fabian Lorentz, a disparu sans laisser de traces en janvier 1977. On n'a jamais retrouvé son corps. Par contre, il y a eu pas mal de spéculations au fil des ans. Certains pensent qu'il s'est noyé et que son corps a dérivé en mer et par conséquent n'a jamais pu être retrouvé, d'autres rumeurs disent qu'il avait détourné une grosse somme d'argent appartenant à son père et s'est ensuite enfui à l'étranger. D'après ce que j'ai entendu, Nils Lorentz n'était pas quelqu'un de particulièrement sympathique et c'est sans doute la raison pour laquelle la plupart des gens penchent pour cette dernière possibilité. C'était leur seul fils et il paraît que Nelly l'avait totalement pourri. Elle était inconsolable après sa disparition et Fabian Lorentz ne s'est jamais remis de la perte. Il est mort d'une crise cardiaque un an après. Le seul héritier de la fortune est maintenant un fils adoptif qu'ils avaient accueilli un an ou deux avant la disparition de Nils et que Nelly a légalement adopté quelques années après la mort de son mari. Bon, tout ça n'est qu'un petit échantillon des ragots locaux. Je ne comprends toujours pas en quoi ceci peut concerner Alex. Le seul lien entre les familles est que Karl-Erik travaillait dans les bureaux des conserveries Lorentz quand Alex et moi étions petites, avant qu'ils déménagent à Göteborg. Mais ça fait plus de vingt-cinq ans.

Erica se rappela soudain un autre lien. Elle raconta à Patrik l'arrivée inopinée de Nelly à la réception après l'enterrement et comment elle s'était consacrée presque exclusivement à Julia.

— Je ne comprends toujours pas le rapport avec l'article. Mais il y a quelque chose, c'est sûr. Francine, l'associée d'Alex, a laissé entendre qu'Alex voulait régler ses comptes avec le passé d'une façon ou d'une autre. Elle n'en savait pas plus que ça, mais je crois que c'est lié. Appelle cela de l'intuition féminine ou ce que tu veux, mais je sens qu'il y a un lien.

Elle avait un peu honte de ne pas avoir raconté toute la vérité à Patrik. Il y avait un autre petit morceau du puzzle, très étrange, dont elle s'abstint de lui parler. Au moins jusqu'à ce qu'elle en sache plus.

— D'accord, je ne peux pas argumenter contre l'intuition féminine. Tu veux un peu plus de vin ?

— Oui merci. Erica regarda autour d'elle dans la cuisine. C'est joli, chez toi ici. La déco, c'est toi qui t'en es occupé ?

— Non, je n'ai aucune mérite là-dedans. C'était Karin qui était spécialiste pour ça.

— Karin, oui, qu'est-ce qu'il s'est passé, au fait ?

— Ben, toujours la même histoire, tu sais. Fille rencontre chanteur d'orchestre en costume de scène tape-à-l'œil. Fille tombe amoureuse. Fille quitte mari et s'installe avec chanteur.

— C'est une blague ?

— Malheureusement pas. Non seulement elle m'a lâchement laissé tomber. Mais elle m'a quitté pour Leif Larsson, chanteur populaire et adulé de l'orchestre de danse le plus célèbre du Bohuslän, "Leffes". L'homme à la coiffure la plus tendance de toute la côte ouest. Tu vois le topo, je n'avais pas grand-chose à opposer à un homme en mocassins à pompons.

Erica le regardait avec de grands yeux. Patrik sourit.

— Oui, bon, ça c'est la version un peu exagérée, mais c'est bel et bien un truc dans ce genre-là.

— Mais c'est affreux ! Tu as dû avoir du mal à encaisser !

— J'ai pleuré sur mon sort pendant un certain temps, mais ça va, maintenant. Pas bien, mais ça va.

Erica changea de sujet.

— La nouvelle de sa grossesse m'a fait l'effet d'une bombe.

Elle dévisagea Patrik et il eut le sentiment qu'il y avait autre chose derrière sa constatation en apparence innocente.

— Oui, en tout cas il semblerait qu'elle n'ait pas informé son mari de cette bonne nouvelle.

Patrik attendit la suite en silence. Au bout d'un moment, Erica parut décidée à poursuivre dans la même voie, mais elle le fit à voix basse et lentement, toujours hésitante.

— D'après sa meilleure amie, ce n'est pas Henrik qui est le père de l'enfant.

Patrik leva un sourcil et siffla, mais ne dit toujours rien dans l'espoir d'obtenir davantage d'informations d'Erica.

— Francine m'a raconté qu'Alex avait rencontré quelqu'un ici, à Fjällbacka. Quelqu'un qu'elle venait voir tous les week-ends. D'après Francine, Alex n'avait jamais voulu avoir d'enfants avec Henrik, mais avec cet homme c'était différent. Elle se réjouissait de l'arrivée du bébé et c'est pourquoi Francine est l'une des personnes qui a le plus insisté pour dire qu'Alex ne s'était pas suicidée. Selon elle, Alex était heureuse pour la première fois de sa vie.

— Est-ce qu'elle savait qui est cet homme ?

— Non. Alex gardait pour elle ce volet de l'histoire.

— Mais comment son mari pouvait-il accepter qu'Alex aille à Fjällbacka tous les week-ends sans lui ? Et savait-il qu'elle rencontrait quelqu'un ?

Une autre goulée de vin glissa dans sa gorge et Patrik sentit ses joues commencer à chauffer. Il ne savait pas si c'était dû au vin ou à la présence d'Erica.

— Ils avaient apparemment une relation de couple assez inhabituelle. J'ai rencontré Henrik à Göteborg et j'ai eu le sentiment que leurs vies couraient sur des rails parallèles qui se rejoignaient rarement. Je serais incapable de dire ce qu'il sait ou ne sait pas, à partir du peu de temps que je l'ai rencontré. Cet homme-là a un visage de pierre et je pense que quoi qu'il sache ou qu'il ressente, il se garde bien de le montrer.

— Ce genre de personne peut parfois fonctionner comme une cocotte-minute. Ils accumulent et accumulent, et un beau jour ça finit par exploser. Tu crois que c'est ça qui a pu se passer ? Que le mari trompé a fini un jour par en avoir assez et a tué l'épouse infidèle ? tenta Patrik.

— Je ne sais pas, Patrik. Je ne sais vraiment pas. Mais j'ai l'impression qu'on a bu plus de vin que ce qui est raisonnable, j'aimerais qu'on parle plutôt de n'importe quoi d'autre que de meurtres et de morts subites.

Il fut entièrement d'accord et leva son verre à sa santé.

Ils s'installèrent dans le canapé et passèrent le reste de la soirée à bavarder de tout sauf de ça, sur un ton léger. Elle parla de sa vie, de son inquiétude pour la maison et de son chagrin d'avoir perdu ses parents. Il parla de sa colère et du sentiment d'échec après le divorce et de la frustration de se retrouver à la case départ, juste quand il avait commencé à se sentir prêt pour des enfants et une famille. A croire qu'ils allaient vieillir ensemble.

Les moments de silence aussi étaient reposants et c'était à ces moments que Patrik devait faire un effort pour ne pas se pencher en avant et l'embrasser. Il s'en abstint, et les instants passèrent.

3

Il les regarda l'emporter. Il avait envie de hurler et de se jeter sur le corps sous la couverture. La garder pour toujours.

Maintenant elle était vraiment partie. Des étrangers allaient tripoter et explorer son corps. Personne n'allait voir sa beauté de la même façon que lui.

Pour eux, elle ne serait que de la chair. Un numéro sur un papier, sans vie, sans feu.

De la main gauche, il frotta la paume de sa main droite. Hier, cette main avait caressé son bras. Il appuya la paume contre sa joue et essaya de retrouver la sensation de sa peau froide et morte.

Il ne ressentit rien. Elle était partie.

Des lumières bleues clignotaient. Des gens allaient et venaient, entraient et sortaient de la maison. Pourquoi étaient-ils si pressés ? Tout était déjà trop tard à présent.

Personne ne le vit. Il était invisible. Il avait toujours été invisible.

Ce n'était pas grave. Elle l'avait vu. Elle pouvait toujours le voir. Quand elle fixait sur lui ses yeux bleus, il se sentait vu.

Il n'en restait rien maintenant. La lutte était terminée depuis longtemps. Il restait là, dans les cendres et

les regardait emporter sa vie, recouverte par une cou-
verture jaune d'hôpital. Au bout du chemin, aucun
choix n'était possible. Il l'avait toujours su et mainte-
nant l'instant était enfin arrivé. Cet instant qu'il avait
souhaité, qu'il accueillait à bras ouverts.

Elle était partie.

Nelly avait eu l'air étonnée quand Erica l'avait appelée. Un instant Erica se demanda si elle ne s'en faisait pas toute une montagne. Mais que Nelly soit venue à la réception après l'enterrement d'Alex était quand même étonnant, non ? Et qu'elle ait parlé presque exclusivement avec Julia. D'accord, Karl-Erik avait travaillé pour Fabian Lorentz, comme cadre à la conserverie jusqu'à ce que la famille déménage à Göteborg, mais à sa connaissance, ils ne s'étaient jamais fréquentés en privé. Les Carlgren étaient loin en dessous des exigences de classe sociale de la famille Lorentz.

On la fit entrer dans un salon exquis. La vue se déployait du port jusqu'à l'horizon ouvert au-delà des îles. Un jour comme celui-ci, où le soleil se reflétait sur la glace qui recouvrait la mer, le panorama hivernal n'avait rien à envier à un paysage d'été inondé de soleil.

Elles s'installèrent dans un canapé élégant et Erica se vit proposer des petits toasts garnis servis sur un plateau d'argent. Un vrai régal, mais elle essaya de refréner sa fringale pour ne pas paraître impolie. Nelly n'en prit qu'un seul. Elle craignait sans doute d'ajouter le moindre gramme à son corps décharné.

La conversation coulait avec difficulté mais poliment. Dans les longues pauses entre les mots, on n'entendait que le tic-tac régulier d'une horloge et le bruit discret de leurs lèvres quand elles sirotaient le thé brûlant. Les sujets de conversation étaient très neutres. La jeune génération qui ne voulait plus rester à Fjällbacka. Le chômage. Cette tristesse de voir toutes les belles vieilles maisons en bois achetées par des touristes qui les transformaient en maisons de campagne. Nelly raconta un peu comment c'était autrefois, quand jeune mariée elle était arrivée à Fjällbacka. Erica écoutait attentivement. Glissait poliment une question de temps en temps.

C'était comme si elles tournaient autour du sujet qu'elles savaient toutes deux devoir aborder tôt ou tard.

Ce fut Erica qui finalement prit son courage à deux mains.

— La dernière fois qu'on s'est vues, c'était vraiment dans des circonstances très tristes.

— Oui, quelle tragédie. Elle était si jeune.

— Je ne savais pas que vous étiez proche de la famille Carlgren.

— Karl-Erik a travaillé pour nous pendant de nombreuses années et nous avons évidemment rencontré sa famille à plusieurs reprises. Ça m'a semblé la moindre des choses d'aller passer un petit moment avec eux.

Nelly baissa les yeux. Erica la vit remuer nerveusement les mains sur ses genoux.

— J'ai cru comprendre que vous connaissiez bien Julia aussi. Elle n'était pas née, me semble-t-il, quand les Carlgren habitaient à Fjällbacka ?

Rien, sinon un petit raidissement du dos et un léger mouvement de la tête n'indiquèrent que Nelly trouvait la question désagréable. Elle agita une main décorée d'or.

— Oui, je connais Julia depuis peu. Mais je trouve cette jeune femme tout à fait charmante. C'est vrai, je vois bien qu'elle n'a pas les qualités extraverties d'Alexandra, mais contrairement à elle, c'est quelqu'un dotée d'une grande volonté et d'un courage qui font que je la considère bien plus intéressante que sa godiche de sœur.

Nelly mit vivement la main devant sa bouche. Non seulement elle semblait avoir oublié un instant qu'elle parlait d'une morte, mais une fraction de seconde elle avait laissé apparaître une fissure dans sa façade. Ce qu'Erica avait vu là était de la haine pure. Comment cela se pouvait-il que Nelly Lorentz haît Alexandra, une femme qu'elle n'avait guère pu rencontrer autrement que quand elle était enfant ?

Avant que Nelly puisse atténuer sa bévue, le téléphone sonna. Ce fut avec un soulagement manifeste qu'elle s'excusa et alla répondre.

Erica saisit l'occasion de faire le tour du salon. Une belle pièce, mais impersonnelle. La main invisible d'un architecte d'intérieur planait dans les lieux. Toutes les couleurs étaient assorties et coordonnées dans le moindre détail. Erica ne put s'empêcher de comparer avec la simplicité de l'ameublement dans la maison de ses parents. Rien n'y avait été placé en fonction d'un effet calculé, mais tous les objets avaient trouvé leur place selon leur valeur au fil des décennies. Erica considérait que la beauté des objets personnels, aussi usagés soient-ils, dépassait largement ce genre d'exhibition bien astiquée. La seule chose personnelle qu'Erica pouvait voir ici était une série de portraits de famille placés sur le rebord au-dessus de la cheminée. Elle se pencha pour les observer de plus près. Ils semblaient être mis là en ordre chronologique de gauche à droite et le premier était une photo en noir et blanc d'un couple de mariés élégants. Nelly était éclatante de beauté dans un fourreau blanc qui moulait son corps, Fabian par contre semblait mal à l'aise dans son frac.

Sur la photo suivante, la famille s'était agrandie et Nelly tenait un bébé dans ses bras. Fabian à son côté paraissait toujours raide et sérieux. Ensuite, venait une longue série d'instantanés d'un enfant à des âges différents, parfois seul, parfois avec Nelly. Sur la dernière, il pouvait avoir dans les vingt-cinq ans. Nils Lorentz. Le fils disparu. Après la première photo rassemblant la famille, c'était comme si Nils et Nelly étaient les seuls membres de celle-ci. Fabian n'appréciait peut-être pas de paraître sur des photos et s'occupait plutôt de les prendre. Les tirages du fils adoptif, Jan, brillaient par leur absence.

Erica reporta son attention sur un bureau dans un coin de la pièce. Sombre, en merisier, avec de magnifiques marqueteries qu'Erica suivit du doigt. Pas la moindre babiole n'était posée dessus et il semblait ne remplir que la fonction de décorer. Elle fut tentée de regarder dans les tiroirs, mais ne savait pas combien de temps Nelly serait absente. Apparemment, le coup de fil tirait en longueur, mais elle pouvait revenir à n'importe quel moment. La corbeille à papier attira alors l'attention d'Erica. Quelques papiers froissés en boule y avaient été jetés et elle ramassa celui du dessus et le lissa avec précaution. Elle lut et son intérêt ne cessa de grandir. Encore plus interloquée qu'auparavant, elle remit le papier dans la corbeille. Rien dans cette histoire n'avait l'apparence qu'il était censé avoir.

Elle entendit un raclement de gorge derrière elle. Jan Lorentz se tenait à la porte et haussait des sourcils interrogateurs. Elle se demanda depuis combien de temps il était là.

— Erica Falck, c'est ça ?

— Oui, c'est exact. Et tu dois être Jan, le fils de Nelly ?

— Exact aussi. Enchanté. Tout le monde parle de toi ici dans le village, mais tu le sais sans doute déjà.

Il sourit largement et vint vers elle main tendue. Elle la saisit à contrecœur. Quelque chose en lui faisait se dresser le duvet sur ses bras. Il tint sa main un rien trop longtemps. Elle résista à l'impulsion de la retirer violemment.

Il semblait sortir directement d'une réunion d'affaires, en costume-cravate et un porte-documents à la main. Erica savait que c'était lui qui dirigeait l'entreprise familiale. Avec succès, qui plus est.

Il avait les cheveux coiffés en arrière et gominés, un tout petit peu trop. Ses lèvres étaient un soupçon trop charnues pour un homme, mais les yeux étaient beaux avec de longs cils sombres. S'il n'avait pas eu cette mâchoire puissante et carrée avec une profonde fente au menton, il aurait eu l'air très féminin. Ce mélange d'angles et de rondeurs lui donnait une apparence légèrement étrange, dont Erica n'aurait su dire si elle pouvait ou non plaire aux femmes. Pour sa part, elle trouvait l'homme repoussant, mais elle basait plus cette opinion sur une sensation qu'elle avait dans le ventre.

— Alors, comme ça, mère a enfin réussi à te faire venir. Tu es restée en tête de liste depuis que tu as publié ton premier livre, il faut que tu le saches.

— Ah bon… oui, si je comprends bien, c'est un peu l'événement du siècle ici. Ta mère m'a invitée à plusieurs reprises, mais ça n'a pas été possible avant aujourd'hui.

— Oui, j'ai entendu pour tes parents. Une vraie tragédie. Toutes mes condoléances.

Il arbora un sourire d'empathie, mais qui n'arrivait pas jusqu'à ses yeux.

Nelly revint dans le salon. Jan s'inclina pour embrasser sa mère et Nelly le laissa faire avec un visage affichant la plus grande indifférence.

— Je suis content pour toi qu'Erica ait enfin pu venir, mère. Ça fait un moment que tu attends ça.

— Oui, je suis très contente aussi.

Elle s'assit dans le canapé. Une grimace de douleur parcourut son visage et elle toucha son bras droit.

— Eh là, mère, ça va ? Tu as mal ? Tu veux que j'aille chercher tes cachets ?

Jan se pencha en avant et posa les mains sur les épaules de Nelly, mais Nelly s'en débarrassa d'un mouvement brusque.

— Non, ça ira. C'est l'âge qui se fait sentir, rien de plus, pas la peine d'en parler. Tu ne devrais pas être à l'usine d'ailleurs ?

— Si, je suis seulement passé chercher quelques papiers. Bien, alors je vais vous laisser tranquilles, mesdames. Ne te fatigue pas trop, mère, pense à ce que t'a dit le docteur…

Nelly ne fit que souffler par le nez pour toute réponse. Le visage de Jan montrait de la sollicitude et de l'affection qui semblaient sincères, mais Erica aurait pu jurer voir un petit sourire aux coins de ses lèvres quand il quitta la pièce et tourna la tête vers elle un bref instant.

— Ne deviens jamais vieille. Chaque année qui passe, l'idée de faire comme les Vikings autrefois et de se supprimer me semble plus sympathique. Le seul espoir qu'on ait, c'est de devenir suffisamment sénile pour s'imaginer qu'on a de nouveau vingt ans. J'aurais bien aimé vivre ça encore une fois.

Nelly eut un sourire amer.

Le sujet n'était pas très agréable. Erica ne fit que murmurer une réponse et donna ensuite une autre orientation à la conversation.

— Ça doit quand même être une grande consolation d'avoir un fils qui continue à gérer l'entreprise. Si j'ai bien compris, Jan et sa femme vivent ici avec vous.

— Une consolation. Oui, peut-être bien.

Une fraction de seconde le regard de Nelly se porta vers les photographies sur la cheminée. Elle ne dit rien de plus et Erica n'osa pas demander davantage.

— Assez parlé de moi et de mes problèmes. Tu écris quelque chose de nouveau en ce moment ? Je dois dire que j'ai adoré le dernier, celui sur Karin Boye. Tu réussis à rendre les personnages si vivants. Comment ça se fait que tu écrives exclusivement sur des femmes ?

— Oh, je crois qu'au départ c'était un hasard. Ma thèse portait sur les grands écrivains femmes suédoises, et ça m'a tellement fascinée que j'ai eu envie d'en savoir plus sur elles, qui elles étaient en tant que personnes.

J'ai commencé, vous le savez sans doute, par Anna Maria Lenngren, avant tout parce que je ne savais pas grand-chose sur elle, et depuis ça roule presque tout seul. En ce moment j'écris sur Selma Lagerlöf et ça permet quelques déclinaisons intéressantes.

— Tu n'as jamais eu envie d'écrire quelque chose de, comment dire… de non biographique ? Ta plume a une telle aisance que ce serait intéressant de lire de la fiction pure de toi.

— Bien sûr que j'ai quelques idées en ce sens, oui. Erica fit de son mieux pour ne pas paraître coupable. Mais en ce moment, j'ai suffisamment à faire avec le projet Selma Lagerlöf. Après, on verra.

Elle regarda sa montre.

— Parlant d'écriture, je crois qu'il faut que je m'en aille, maintenant. Même s'il n'y a pas de pointeuse dans mon métier, il faut garder une certaine discipline et je dois rentrer écrire ma quote-part quotidienne. Merci mille fois pour le thé – et les toasts, ils étaient délicieux.

— Mais il n'y a pas de quoi. Je suis très contente que tu sois venue.

Nelly se leva gracieusement du canapé. A présent, on ne voyait rien de ses problèmes dus à l'âge.

— Je vais t'accompagner. Autrefois, c'est Vera qui l'aurait fait, notre gouvernante, mais les temps changent. Les gouvernantes ne sont plus à la mode, et j'imagine que plus personne n'en a les moyens non plus. Oui, je l'aurais volontiers gardée, on pourrait, mais Jan refuse. Il ne veut pas d'une étrangère dans la maison, dit-il. Mais il veut bien qu'elle vienne faire le ménage une fois par semaine. Oui, ce n'est pas toujours très facile de comprendre les jeunes.

Apparemment, leur relation en était maintenant à un stade plus avancé, car quand Erica tendit la main pour dire au revoir, Nelly l'ignora et lui fit la bise sur la joue, ou en l'air, plutôt. Erica savait à présent instinctivement quelle joue il fallait présenter en premier et elle n'était pas loin de se sentir une vraie femme du monde. Voilà qu'elle était carrément à l'aise avec le beau linge.

Erica hâta le pas pour rentrer chez elle. Elle n'avait pas voulu dire à Nelly la véritable raison de son départ. Elle regarda sa montre. Deux heures moins vingt. A deux heures, un agent immobilier devait passer à la maison pour estimer sa valeur. Erica grinça des dents à l'idée de ce type qui allait circuler dans les pièces et farfouiller partout, mais elle ne pouvait guère faire autrement que laisser les choses suivre leur cours.

Elle était allée à pied chez Nelly et accéléra la cadence pour rentrer à temps. D'un autre côté, le bonhomme pouvait bien attendre un moment, pensa-t-elle et ralentit le pas. Non, pas question de se presser.

Des pensées plus agréables l'envahirent. Le dîner du samedi soir chez Patrik avait largement dépassé ses attentes. Pour Erica, il avait toujours été un petit frère gentil mais un peu agaçant, bien qu'en réalité ils aient le même âge. Elle s'était probablement attendue à ce que Patrik soit encore le même garçon taquin. Au lieu de cela, elle avait trouvé un homme mûr, chaleureux et plein d'humour. Loin d'être moche aussi, elle devait l'admettre. Elle se demanda quel délai il fallait respecter avant de lui rendre son invitation.

La montée vers le camping de Sälvik avait l'air faussement plate, mais elle était longue et traîtresse. Elle souffla lourdement en tournant à droite pour parcourir le dernier raidillon jusqu'à la maison. Quand elle arriva au sommet, elle s'arrêta net. Une grosse Mercedes était garée dans la rue et elle savait très bien qui en était le propriétaire. Pas une seconde elle n'avait imaginé que l'activité de la journée pourrait devenir plus éprouvante qu'elle ne l'était déjà. Elle s'était trompée.

— Salut Erica.

Lucas était appuyé contre la porte d'entrée, les bras croisés.

— Qu'est-ce que tu fais ici ?

— C'est comme ça que tu accueilles ton beau-frère ?

Un léger accent le trahissait, mais son suédois était irréprochable du point de vue grammatical.

Lucas écarta malicieusement les bras comme pour la serrer. Erica ignora l'invitation et vit que c'était exactement ce à quoi il s'était attendu. Elle n'avait jamais commis l'erreur de sous-estimer Lucas. Elle observait donc la plus grande précaution en sa présence. Elle avait surtout envie de flanquer une baffe sur son visage ricanant, mais elle savait qu'elle mettrait alors en branle quelque chose dont elle préférerait sans doute ne pas voir l'issue.

— Réponds à ma question, qu'est-ce que tu fais ici ?

— Si je ne me trompe pas, voyons voir… hmmm… très exactement un quart de tout cela est à moi.

Il fit un large geste de la main vers la maison, mais il aurait tout aussi bien pu indiquer le monde entier, tant était grande son assurance.

— La moitié m'appartient, l'autre moitié est à Anna. Tu n'as rien à voir avec cette maison.

— Tu n'es peut-être pas très au courant du régime de la communauté des biens, ce que je comprends, vu que tu n'as pas réussi à trouver quelqu'un d'assez débile pour se marier avec toi, mais c'est un régime vraiment bien et juste, tu sais, qui implique que les époux partagent tout. Même les parts dans des maisons en bord de mer.

Erica savait très bien que c'était le cas. L'espace d'une seconde, elle maudit ses parents de ne pas avoir eu la précaution de mettre la maison au nom de leurs filles. Ils savaient très bien quel genre d'homme était Lucas, mais ils n'avaient sans doute pas prévu qu'il leur restait si peu de temps à vivre. Personne n'aime entendre qu'il est mortel et, comme tant d'autres, ils avaient repoussé à plus tard ce genre de décision.

Elle choisit de ne pas répondre à son commentaire humiliant sur son état civil. Elle préférait rester catherinette jusqu'à sa mort plutôt que de commettre l'erreur d'épouser quelqu'un comme Lucas.

Il poursuivit :

— Je voulais être là en même temps que l'expert. Ça ne fait pas de mal de savoir en temps réel combien on pèse. Et nous voulons tous les deux que ça se passe correctement, n'est-ce pas ?

Une nouvelle fois, il afficha son rictus infernal. Erica ouvrit la porte et entra en passant devant lui. L'expert était en retard, mais elle espérait le voir surgir bientôt. Elle n'aimait pas l'idée de se trouver seule dans la maison avec Lucas.

Il la suivit. Elle se débarrassa de son manteau et commença à s'affairer dans la cuisine. La seule façon qu'elle avait de gérer la présence de Lucas était de l'ignorer. Elle l'entendit circuler dans les pièces. La tournée d'inspection ! Ce n'était que la troisième ou quatrième fois qu'il venait. La beauté de la simplicité n'était pas ce que Lucas appréciait et jamais non plus il n'avait manifesté d'intérêt pour la famille d'Anna. Leur père n'avait pas supporté son gendre et le sentiment avait été réciproque. Quand Anna et les enfants venaient les voir, ils venaient sans Lucas.

Erica n'aimait pas sa façon de fouiner dans tous les recoins. Sa manière de toucher aux meubles et aux objets de décoration. Elle dut réprimer une envie de passer derrière lui avec un chiffon pour essuyer ce qu'il avait touché. Ce fut avec soulagement qu'elle vit un homme grisonnant dans une grosse Volvo monter devant la maison. Elle se dépêcha d'aller lui ouvrir la porte. Puis elle entra dans son bureau et referma la porte. Elle ne voulait pas le regarder examiner sa maison d'enfance à la loupe et estimer son poids en pièces d'or. Ou son prix au mètre carré.

L'ordinateur était déjà allumé et sur l'écran le texte était prêt à être retravaillé. Elle s'était levée tôt, une fois n'est pas coutume, et avait pu avancer pas mal. Quatre pages dans la matinée, ajoutées à son premier jet du livre sur Alex, et maintenant il lui fallait fignoler tout ça. Elle hésitait encore beaucoup sur la forme du livre. Au début, pensant qu'Alex s'était suicidée, elle avait eu en tête d'écrire un livre qui répondrait à la question "pourquoi ?" et qui pencherait du côté documentaire. Maintenant, le matériel prenait de plus en plus la forme d'un polar, genre qui ne l'avait jamais particulièrement attirée. C'étaient les gens, les relations entre eux et leurs fonds psychologiques qui l'intéressaient, et à son goût, la plupart des polars laissaient cela de côté pour privilégier les meurtres sanglants et les frissons dans le dos. Elle détestait tout ce qui était clichés et sentait qu'elle voulait écrire quelque chose d'authentique. Quelque chose qui essaierait de décrire pourquoi une personne pouvait commettre le pire des péchés – retirer la vie d'une autre personne. Pour l'instant, elle avait tout écrit dans l'ordre chronologique en restituant avec exactitude ce qu'on lui avait dit, mêlé à ses propres observations et conclusions. Elle devrait opérer des coupes dans ce matériel. Le resserrer, pour arriver le plus près possible de la vérité. Elle n'avait pas encore voulu penser à ce que serait la réaction des proches d'Alex.

Elle regretta de ne pas avoir tout dit à Patrik concernant sa visite à la maison où Alex était morte. Elle aurait dû parler du mystérieux visiteur et du tableau qu'elle avait découvert caché dans la penderie. De son sentiment que quelque chose qui se trouvait dans la chambre à son arrivée avait disparu. Elle se voyait mal appeler après coup et reconnaître qu'elle avait d'autres éléments à fournir. Elle se promit de le lui dire si l'occasion se présentait.

Elle entendait Lucas et l'agent immobilier arpenter la maison. Ce dernier avait dû la trouver bizarre. A peine bonjour et ensuite se précipiter pour s'enfermer dans un bureau. Le pauvre homme n'était pas responsable de la situation où elle se trouvait. Elle décida de serrer les dents et de faire preuve de la bonne éducation qu'elle avait malgré tout reçue.

Quand elle les rejoignit dans le séjour, Lucas était en train de vanter en termes exubérants la lumière magnifique que laissaient entrer les grandes fenêtres à petits carreaux. Bizarre, Erica ne savait pas que les êtres qui étaient sortis de dessous une pierre pouvaient apprécier la lumière du soleil. L'image de Lucas en gros scarabée luisant rampant par terre lui passa en tête ; celui-là, elle aurait aimé pouvoir l'effacer de sa vie en l'écrasant tout bonnement sous le talon de sa botte.

— Pardonnez mon impolitesse. J'avais quelques affaires urgentes à régler.

Erica sourit largement et tendit la main à l'agent immobilier qui se présenta comme Kjell Ekh. Il l'assura qu'il n'y avait pas de mal. La vente d'une maison était une chose très personnelle et si elle savait toutes les histoires qu'il pouvait raconter à ce sujet… Le sourire d'Erica se fit encore plus large et elle se permit même de remuer coquettement les cils. Lucas l'observait avec méfiance. Elle l'ignora.

— Bon, je ne voulais pas vous interrompre, vous en étiez où ?

— Votre beau-frère était en train de me montrer ce magnifique séjour. Vraiment agréable, il faut le dire. Très beau, avec la lumière qui entre à flots par les fenêtres.

— Oui, indéniablement très beau. Dommage qu'il y ait ce courant d'air.

— Un courant d'air ?

— Oui, les fenêtres ne sont malheureusement pas très étanches et quand il y a le moindre petit vent, on a intérêt à enfiler de grosses chaussettes de laine. Mais, c'est sûr, si on installait de nouvelles fenêtres, ça changerait tout.

Lucas la regarda, furieux, mais Erica fit semblant de ne pas le voir. Elle prit M. Kjell par le bras et, s'il avait été un chien, il en aurait remué la queue d'excitation.

— Vous avez vu le rez-de-chaussée et l'étage, je suppose, alors on pourrait peut-être passer à la cave. Et ne prêtez pas attention à l'odeur de moisi. Si vous n'êtes pas allergique, ce n'est pas trop grave. J'y ai pratiquement habité à demeure et je n'en garde aucune séquelle. Les médecins sont formels, mon asthme n'a rien à voir avec les moisissures.

Sur quoi, pour couronner son discours, elle se fendit d'une quinte de toux si violente qu'elle se plia en deux. Du coin de l'œil, elle vit le visage de Lucas prendre une nuance encore plus rouge. Elle savait que son bluff serait démasqué lors d'un examen plus poussé de la maison, mais en attendant elle se consolait en asticotant Lucas.

M. Kjell eut l'air très soulagé en ressortant à l'air libre, après la démonstration très enthousiaste qu'Erica lui avait faite de tous les avantages de la cave. Lucas était resté silencieux et passif durant le reste de la visite, et avec une pointe d'inquiétude elle se demanda si elle n'avait pas poussé trop loin ses gamineries. Lui aussi savait qu'une inspection minutieuse de la maison démontrerait qu'aucun des "défauts" qu'elle avait "révélés" n'avait la moindre substance, mais elle avait essayé de le ridiculiser. C'était une chose que Lucas Maxwell ne tolérait pas. Vaguement inquiète, elle vit l'agent immobilier repartir dans sa voiture, en agitant joyeusement la main, après les avoir informés qu'un expert assermenté les contacterait pour examiner la maison de fond en comble.

Elle précéda son beau-frère dans l'entrée. La seconde d'après, elle se trouva comme collée au mur, la main de Lucas lui serrant brutalement la gorge. Son visage n'était qu'à un ou deux centimètres du sien. La rage qu'elle y vit lui permit pour la première fois de comprendre pourquoi il était si difficile à Anna de s'arracher de sa relation avec son mari. Ce qu'Erica contemplait était un homme qui ne laissait rien se mettre en travers de son chemin et elle resta sans ciller, trop effrayée pour bouger.

— Tu ne refais jamais ça, tu entends, jamais ! Personne n'a le droit de me ridiculiser comme ça impunément, alors t'as intérêt à faire vachement gaffe !

Il souffla les mots avec tant de force qu'il aspergea le visage d'Erica de salive. Elle dut résister à l'impulsion de s'essuyer le visage. Au lieu de cela, elle resta immobile telle une statue de sel, en priant intérieurement pour qu'il s'en aille, qu'il sorte de sa maison. A sa grande surprise, ce fut exactement ce qu'il fit. Il desserra la main de son cou et se retourna pour prendre la porte. Mais juste quand elle commençait à pousser un profond soupir de soulagement, il revint rapidement sur ses pas et fut près d'elle en une seule enjambée. Avant qu'Erica ait eu le temps de réagir, il empoigna solidement ses cheveux et colla ses lèvres sur les siennes. Lucas força sa langue dans sa bouche et saisit son sein d'une main si brutale qu'elle sentit l'armature de son soutien-gorge lui cisailler la peau. Arborant un large sourire, il retourna vers la porte et disparut dehors dans le froid de l'hiver. Ce fut seulement quand Erica entendit sa voiture démarrer et partir qu'elle osa bouger à nouveau. Elle se laissa glisser par terre, adossée au mur, et essuya sa bouche avec le dos de la main, dégoûtée. Son baiser avait en quelque sorte paru beaucoup plus menaçant que la main autour de son cou et elle sentit qu'elle commençait à trembler. Les bras serrés autour de ses jambes repliées, elle appuya la tête contre ses genoux et pleura. Pas pour elle, mais pour Anna.

Les lundis matin n'étaient pas un phénomène associé à des sentiments agréables dans l'univers de Patrik. En général, il ne se sentait redevenir lui-même que vers onze heures. C'est pourquoi il fut sorti d'un état de quasi-léthargie lorsque l'imposante pile de papiers atterrit sur son bureau avec un bruit sec. D'une part le réveil fut brutal, d'autre part le nombre de documents qui s'y bousculaient déjà fut d'un coup multiplié par deux, et il gémit bruyamment. Annika Jansson affichait un sourire taquin et demanda innocemment :

— Tu n'avais pas dit que tu voulais tout ce qui avait été écrit sur la famille Lorentz au fil des ans ? Là, j'ai fait un boulot brillantissime en te sortant le moindre mot qui a jamais été noté sur eux. Et qu'est-ce que j'ai en récompense ? Un profond soupir. Et si tu me faisais plutôt part de ton éternelle reconnaissance ?

Patrik sourit.

— Ce n'est pas seulement une reconnaissance éternelle que tu mérites, Annika. Si tu n'étais pas déjà mariée, je t'aurais épousée et couverte de vison et de diamants. Mais comme tu me brises le cœur et insistes pour conserver cette canaille qui est ton mari, il faudra te contenter d'un simple merci à la place. Et de mon éternelle reconnaissance, bien sûr.

Il vit, non sans étonnement, qu'il avait presque réussi à la faire rougir cette fois-ci.

— En tout cas, te voilà occupé pour un bon bout de temps. Pourquoi tu veux étudier tout ça ? Ça a quelque chose à voir avec le meurtre à Fjällbacka ?

— Aucune idée, pour tout te dire. Appelons cela de l'intuition féminine.

Annika haussa un sourcil interrogateur, mais se dit qu'elle n'arriverait probablement pas à lui en soutirer plus pour le moment. Sa curiosité était éveillée, cependant. Même à Tanumshede, tout le monde connaissait la famille Lorentz, et si d'une façon ou d'une autre ils étaient associés à un meurtre, ce serait pour le moins une sensation.

Patrik la suivit du regard quand elle passa la porte. Une femme incroyablement douée. Il espérait vraiment qu'elle tiendrait le coup sous la direction de Mellberg. Ce serait une grande perte pour le commissariat si un jour elle en avait sa claque. Il se força à se concentrer sur la pile de documents qu'Annika avait posée devant lui. Après l'avoir feuilletée rapidement, il put constater qu'il aurait besoin du reste de la journée pour lire tout ces éléments, et il se laissa aller en arrière dans son fauteuil, posa les pieds sur la table et prit le premier article.

Six heures plus tard, il massa sa nuque fatiguée et sentit ses yeux le piquer et gratter. Il avait lu les articles dans l'ordre chronologique en commençant par les coupures les plus anciennes. Une lecture fascinante. Année après année, beaucoup avait été écrit sur Fabian Lorentz et ses succès. L'écrasante majorité des articles était très positive et la roue de la fortune semblait avoir bien tourné pour Fabian. L'entreprise avait pris son essor avec une vitesse étonnante, et Fabian semblait avoir été un homme d'affaires très talentueux, pour ne pas dire génial. Le mariage avec Nelly était relaté dans les colonnes société, avec des photos montrant le beau couple en habit de cérémonie. Ensuite il y avait dans les journaux des photos de Nelly et du fils. Nelly semblait avoir inlassablement multiplié les œuvres de bienfaisance et Nils était toujours à son côté. Souvent avec une expression d'effroi et la main solidement ancrée dans celle de sa mère.

Même lorsqu'il était adolescent et qu'il aurait dû être plus réservé à l'idée d'être vu avec sa mère dans des contextes publics, il était infailliblement là à côté d'elle, maintenant avec un bras glissé sous celui de Nelly et arborant une expression de fierté que Patrik interprétait comme de la possession. Fabian apparaissait de plus en plus rarement et n'était mentionné qu'en relation avec l'annonce publique d'une grosse affaire.

Un article tranchait un peu sur les autres et attira l'attention de Patrik. *Allers* avait une double page sur Nelly, quand au début des années soixante-dix elle se chargeait d'accueillir un enfant, un garçon "au passé familial tragique", comme l'écrivait le reporter d'*Allers*. L'article montrait Nelly, maquillée et sur son trente et un, dans son salon élégant, entourant les épaules d'un garçon qui pouvait avoir dans les douze ans. Son visage était mutin et renfrogné. On aurait dit qu'il était sur le point de se secouer pour se débarrasser du bras osseux de Nelly au moment où la photo avait été prise. Nils, à l'époque un jeune homme de vingt ans, se tenait derrière sa mère et lui non plus ne souriait pas.

Raide et sérieux, en costume sombre et cheveux coiffés en arrière, il était parfaitement assorti à l'atmosphère élégante, alors que le jeune garçon avait l'air d'un oiseau étranger.

L'article était plein d'éloges pour le sacrifice et la grande contribution sociale réalisés par Nelly Lorentz en s'occupant de cet enfant. Reprenant les propos de Nelly, l'article indiquait que le garçon avait vécu une grande tragédie dans son enfance, un traumatisme qu'ils l'aidaient à surmonter. Elle exprimait son espoir que le milieu sain et plein d'affection qu'ils offraient allait faire de lui un être à part entière et bien intégré dans la société. Patrik se surprit à avoir pitié du garçon. Quelle naïveté !

Un an plus tard, les photos glamour et sensationnelles et les reportages une-visite-chez destinés à susciter l'envie des lecteurs étaient remplacés par de gros titres. *"Disparition de l'héritier de la fortune des Lorentz."* Pendant plusieurs semaines les journaux locaux claironnaient l'information qui était même jugée digne d'être reprise par *Göteborgs-Posten*. Les titres à sensation étaient accompagnés d'un florilège de spéculations plus ou moins fondées sur ce qui était arrivé au jeune Lorentz. Toutes les hypothèses pensables et impensables furent mises en avant, depuis celle annonçant qu'il avait détourné la fortune de son père et se trouvait maintenant dans un lieu inconnu à vivre dans le luxe, jusqu'à celle évoquant qu'il s'était suicidé après avoir découvert qu'en réalité il n'était pas le véritable fils de Fabian Lorentz et que celui-ci avait précisé qu'il n'avait pas l'intention de laisser un bâtard hériter de sa fortune considérable. La majeure partie de ceci n'était jamais explicitement écrite, mais suggérée dans des termes plus ou moins obscurs. Un lecteur doté de la moindre parcelle de bon sens pouvait cependant facilement lire les insinuations des journalistes entre les lignes.

Patrik se gratta le crâne. Il avait le plus grand mal à comprendre comment il allait pouvoir faire le lien entre une disparition vieille de vingt-cinq ans et le meurtre d'une femme aujourd'hui, mais il sentait très nettement que le lien existait.

Il frotta ses yeux fatigués et continua à feuilleter la pile qui tirait maintenant sur sa fin. Au bout d'un moment, en l'absence d'autres informations sur le sort de Nils, l'intérêt avait commencé à se calmer et sa disparition n'était plus mentionnée que sporadiquement. Nelly aussi figurait de moins en moins dans les colonnes people et durant les années quatre-vingt-dix elle n'était pas mentionnée une seule fois. La mort de Fabian en 1978 avait généré une longue nécrologie dans *Bohusläningen* avec les habituelles fleurs de rhétorique sur le pilier de la société, etc., et c'était la dernière fois qu'il était cité.

Le fils adoptif, Jan, en revanche, apparaissait de plus en plus dans les journaux. Après la disparition de Nils, il était devenu le seul héritier de l'entreprise familiale et à sa majorité y était entré immédiatement comme PDG. La société avait continué à prospérer sous sa direction, et c'était dorénavant lui et sa femme Lisa que les journaux mentionnaient.

Patrik s'arrêta. Un papier était tombé par terre. Il se pencha pour le ramasser et commença à lire avec grand intérêt. L'article avait plus de vingt ans, et il fournit à Patrik beaucoup d'informations intéressantes sur Jan et sa vie avant d'arriver dans la famille Lorentz. Des informations inquiétantes, mais intéressantes. Sa vie avait dû se trouver radicalement transformée après son accueil par les Lorentz. La question était de savoir si Jan avait été transformé dans la même mesure.

D'une main déterminée, Patrik rassembla la pile de papiers et l'arrangea en tapant le bord inférieur contre la table. Il réfléchit à la marche à suivre. Pour l'instant il n'avait que son intuition – et celle d'Erica – pour le guider. Il se pencha en arrière dans le fauteuil, posa les jambes sur le bureau et joignit les mains derrière la nuque. Les yeux fermés, il essaya de structurer ses pensées, d'évaluer les possibilités dont il disposait. Fermer les yeux était une erreur. Depuis le dîner de samedi, il voyait tout le temps Erica derrière ses paupières.

Il se força à les rouvrir et focalisa sur le béton vert clair déprimant du mur. L'hôtel de police datait du début des années soixante-dix, et il avait probablement été conçu par un architecte spécialisé en institutions de l'Etat avec leur penchant pour le carré, le béton et les couleurs vert sale. Patrik avait essayé d'égayer son bureau en posant quelques plantes vertes devant la fenêtre et en accrochant quelques reproductions encadrées sur les murs. Sur son bureau il y avait eu une photo de Karin à l'époque où ils étaient encore mariés et, bien que le bureau ait été épousseté bon nombre de fois depuis, il avait l'impression de pouvoir encore voir l'empreinte de son emplacement. Par défi, il posa dessus le pot à crayons et se remit à cogiter sur ce qu'il devait conclure des éléments qu'il venait d'examiner.

En fait, il n'y avait que deux façons d'agir. La première serait de suivre cette piste tout seul, ce qui signifierait de le faire hors de ses heures de bureau, puisque Mellberg s'arrangeait toujours pour qu'il ait une charge de travail qui le forçait à courir comme un dératé toute la journée. Pour être honnête, il n'aurait pas dû lire les articles pendant son temps de travail, mais il l'avait fait quand même dans un accès de rébellion aigu. Il le payerait en heures sup incontournables le soir. Il était très modérément attiré par l'idée de consacrer le peu de temps libre dont il disposait à faire le boulot de Mellberg, si bien que la deuxième façon d'agir méritait d'être tentée.

S'il allait voir Mellberg et lui présentait subtilement l'affaire, on l'autoriserait peut-être à mener les investigations dans cette direction pendant son temps de travail. La vanité de Mellberg était son plus grand point faible et s'il savait le caresser dans le sens du poil, Patrik arriverait peut-être à obtenir son aval. Il était conscient que le commissaire voyait le cas Alex Wijkner comme un billet de retour assuré pour la brigade de Göteborg. Mais même si, à en croire toutes les rumeurs qu'il avait entendues, Patrik pensait que ces ponts-là étaient brûlés en ce qui concernait Mellberg, il devait essayer d'en tirer profit à ses propres fins. S'il arrivait à exagérer un peu le lien avec la famille Lorentz, peut-être laisser entendre que Jan serait le père de l'enfant d'Alex, il aurait peut-être une chance d'entraîner Mellberg sur sa piste. Pas vraiment éthique, il l'admettait, mais il sentait tout au fond de son estomac que dans la pile devant lui il y avait un lien avec la mort d'Alex.

D'un seul mouvement balayant, il descendit les pieds du bureau et repoussa le fauteuil si violemment que celui-ci continua tout seul sur ses roues et alla cogner le mur. Patrik emporta tous les papiers et se rendit à l'autre bout du couloir qui avait tout d'un bunker. Avant d'avoir eu le temps de regretter, il frappa un coup fort sur la porte de Mellberg et eut l'impression d'entendre un "Entrez".

Comme toujours, il fut étonné de voir comment un homme qui ne faisait absolument rien pouvait accumuler une telle quantité de documents. Mellberg avait de la paperasse sur toutes les surfaces libres autour de lui. Sur le rebord de la fenêtre, sur toutes les chaises et surtout sur le bureau, les dossiers s'empilaient, recouverts d'une couche de poussière. Les étagères derrière le commissaire ployaient sous le poids des classeurs et Patrik se demandait depuis quand ces documents n'avaient pas vu la lumière du jour. Mellberg était au téléphone, mais fit signe à Patrik d'entrer. Interloqué, Patrik se demanda ce qui se passait. Mellberg étincelait comme une guirlande de Noël et un grand sourire était collé sur sa figure. Heureusement que les oreilles étaient là pour l'arrêter, pensa Patrik, sinon le sourire aurait fait le tour de sa tête.

Les réponses de Mellberg au téléphone étaient laconiques.

— Oui… Bien sûr… Pas du tout… Oui, pas de problème… Vous avez très bien fait… Mais non… Oui, un grand merci alors, madame, je promets de vous rappeler pour vous tenir au courant.

Il raccrocha triomphalement en lançant le combiné sur son support, ce qui fit sursauter Patrik sur sa chaise.

— Et voilà le travail !

Mellberg rayonnait de satisfaction, un vrai père Noël. Patrik se rendit compte que c'était la première fois qu'il voyait ses dents. Elles étaient étonnamment blanches et régulières. Presque un peu trop parfaites.

Mellberg le regarda, plein d'attente, et Patrik comprit qu'il était censé demander ce qui se passait. Il le fit docilement, mais il ne s'était pas attendu à la réponse qu'il reçut.

— Je le tiens ! Je tiens l'assassin d'Alexandra Wijkner !

Mellberg était tellement excité qu'il ne remarquait pas que son arrangement capillaire avait glissé sur une oreille. Pour une fois, Patrik ne fut pas pris d'envie de pouffer en le voyant. Il passa sur le fait qu'en utilisant le pronom "je", le commissaire n'avait apparemment pas l'intention de partager une gloire éventuelle avec ses collaborateurs, et en se penchant en avant, les coudes sur ses genoux, il demanda avec gravité :

— Qu'est-ce que tu dis ? On a eu une percée dans l'affaire ? C'était qui au téléphone ?

Mellberg leva la main pour arrêter l'avalanche de questions, puis il se laissa aller en arrière dans le fauteuil et croisa les mains sur son ventre. Il tenait là un bonbon qu'il avait l'intention de sucer pendant longtemps.

— Eh bien, tu vois Patrik. Quand on est dans ce métier depuis aussi longtemps que moi, on sait que les percées, ce n'est pas une chose qui vous tombe dessus, c'est une chose qui se mérite. En combinant ma longue expérience et ma compétence, et en ajoutant beaucoup de travail, il y a maintenant une percée dans les investigations, oui. Une certaine Dagmar Petrén vient de

159

m'appeler pour me faire part de certaines observations intéressantes qu'elle avait faites juste avant qu'on trouve le corps. Oui, j'irais même jusqu'à dire des observations *significatives* qui vont nous permettre de coffrer un dangereux assassin.

L'impatience démangeait Patrik comme une crise d'urticaire, mais l'expérience lui avait montré qu'il fallait laisser Mellberg parler. Il finirait par arriver au gîte du lièvre. Patrik espérait seulement que cela se passerait avant son départ à la retraite.

— Oui, je me souviens d'une affaire que nous avions à Göteborg, à l'automne 1967…

Patrik soupira intérieurement et se prépara à une longue attente.

Elle trouva Dan là où elle s'était attendue à le trouver. Aussi aisément que s'il s'était agi de balles de coton, il déplaçait du matériel à bord du bateau. De gros rouleaux de cordage, des sacs marins et d'énormes pare-battages. Erica aimait bien l'observer en action. Avec son pull, son bonnet et ses gants tricotés maison, et de la vapeur blanche sortant de sa bouche à chaque respiration, il s'intégrait totalement au tableau derrière lui. Le soleil était haut dans le ciel et miroitait sur la neige accumulée sur le pont. Le silence tout autour était assourdissant. Dan travaillait avec efficacité et détermination et Erica vit qu'il adorait chaque minute. Il était dans son élément. Le bateau, la mer, les îles à l'arrière-plan. Elle savait qu'il voyait intérieurement la glace entamer sa débâcle et le *Veronica* cingler vers l'horizon toutes voiles gonflées. L'hiver n'était qu'une seule longue attente. Depuis toujours, l'hiver était difficile pour les habitants de la côte. Jadis, si l'été avait été bon, on mettait en saumure suffisamment de harengs pour survivre en hiver. Sinon il fallait trouver des astuces. Comme tant d'autres pêcheurs, Dan ne pouvait pas vivre uniquement de sa pêche, moyennant quoi il avait suivi des cours du soir et travaillait maintenant comme professeur suppléant de suédois au collège de Tanumshede quelques jours par semaine. Erica était sûre qu'il était un bon professeur, mais son cœur se trouvait ici et pas dans la salle de classe.

Il était complètement absorbé par le travail à bord et elle s'était approchée si discrètement qu'elle avait pu l'observer à loisir avant qu'il se rende compte qu'elle était là sur le quai. Erica ne put s'empêcher de le comparer à Patrik. Physiquement, ils étaient l'opposé l'un de l'autre. Les cheveux de Dan étaient si blonds que pendant les mois d'été ils devenaient presque blancs. Les cheveux châtains de Patrik avaient la même nuance que ses yeux. Dan était musclé et Patrik plus du genre dégingandé. Mais en matière de comportement, ils auraient pu être frères. Les mêmes manières calmes et douces, le même humour tranquille qui se manifestait toujours aux moments appropriés. Jamais auparavant elle n'avait remarqué à quel point leurs personnalités se ressemblaient. D'une certaine façon, elle s'en réjouit. Depuis Dan, elle n'avait jamais été vraiment heureuse dans une relation, mais il lui fallait aussi admettre que durant toutes ces années elle avait cherché des relations, ou s'y était retrouvée par hasard, avec un tout autre type d'hommes. "Immatures", avait remarqué Anna. "Tu essaies d'éduquer des garçons, au lieu de te trouver un homme adulte, alors ne t'étonne pas si tes relations ne fonctionnent jamais", avait dit Marianne. Et c'était peut-être vrai. Mais les années filaient à toute vitesse, et elle devait reconnaître qu'elle commençait à ressentir une certaine panique. La mort de ses parents lui avait aussi fait comprendre d'une façon brutale ce qui manquait dans sa vie. Depuis le samedi soir, ses pensées à ce sujet l'avaient naturellement menée vers Patrik Hedström. La voix de Dan vint interrompre ses réflexions.

— Salut toi, ça fait longtemps que tu es là ?

— Non, j'arrive à peine. Mais je trouvais que ça pouvait être intéressant de regarder quelqu'un qui travaille pour de vrai.

— Ouais, il faut dire que ce n'est pas de ça que tu vis en tout cas, toi qui es payée pour rester assise sur tes fesses à inventer des trucs à longueur de journée. Non, mais tu te rends compte !

Ils sourirent tous deux. C'était un vieux thème rabâché de chamailleries complices entre eux.

— Je t'ai apporté quelques petits trucs qui vont te réchauffer et te caler le ventre.

Erica agita un panier qu'elle tenait à la main.

— En quel honneur j'ai droit à de telles faveurs ? Tu veux quoi ? Mon corps ? Mon âme ?

— Merci, je te les laisse, les deux. Mais moi, j'appellerais plutôt ça un rêve sans espoir, pour l'âme, je veux dire.

Dan prit le panier qu'elle lui tendit et l'aida ensuite à passer sur le bateau en lui prêtant une main sûre. C'était glissant et elle faillit se casser la figure, mais fut sauvée par la prise solide de Dan autour de sa taille. Ensemble, ils balayèrent la neige d'une des trappes des compartiments à poissons et en prenant soin de bien poser leurs gants sous leurs fesses, ils s'installèrent et déballèrent le contenu du panier. Dan sourit tout content en sortant le thermos de chocolat chaud et les sandwiches au saucisson soigneusement empaquetés dans du papier alu.

— Tu es une perle, dit-il, la bouche pleine.

Ils observèrent un moment de silence solennel pour manger. Se trouver là au soleil de la matinée approchait la sérénité totale, et Erica expédia au diable sa mauvaise conscience pour son manque de discipline au travail. Elle avait bien bossé sur les textes cette dernière semaine et estimait qu'elle méritait un peu de temps libre.

— Tu as appris plus de choses sur Alex Wijkner ?

— Non, l'enquête de police ne semble pas encore avoir décollé.

— Si j'ai bien compris, tu as ton informateur privé, maintenant ?

Dan la taquinait en souriant. Erica ne cessait de s'émerveiller de la rapidité et de l'efficacité du téléphone arabe. Elle avait été loin de soupçonner que son rendez-vous avec Patrik était déjà connu de tous.

— Comprends pas ce que tu veux dire.

— Ça, je l'aurais parié. Bon, vous en êtes où ? Vous avez testé le matelas ou bien ?

Erica lui donna une tape sur la poitrine avec le bras, mais ne put s'empêcher de rire.

— Non, je n'ai pas "testé le matelas". Je ne sais même pas si ça m'intéresse de le faire ou pas. Ou plus exactement, ça m'intéresse, mais je ne sais pas si j'ai envie d'aller plus loin que ça. A supposer que *lui* soit intéressé. Ce qui n'est pas nécessairement le cas.

— Autrement dit, tu es lâche.

Erica détestait cette façon qu'avait Dan de toujours avoir raison. Parfois elle trouvait qu'il la connaissait trop bien.

— Oui, je ne suis sans doute pas très rassurée, je l'avoue.

— Ben, il n'y a que toi pour dire si tu oses saisir l'occasion au vol. Est-ce que tu as pensé à ce que ça ferait, si ça marche ?

Erica y avait pensé. Et pas mal de fois ces derniers jours. Mais pour l'instant, c'était une question hypothétique. Après tout, ils n'avaient fait que dîner ensemble.

— En tout cas, moi je trouve que tu devrais te précipiter dans le plumard. Qui ne tente rien, n'a rien, tu le sais bien.

— A propos d'Alex, je suis tombée sur un truc étrange.

Erica se dépêcha de changer de sujet.

— Ah bon, quoi ?

La voix de Dan était à la fois curieuse et vigilante.

— Je suis allée dans sa maison il y a quelques jours et j'ai trouvé un papier intéressant.

— Tu as fait quoi ?

Erica ne se donna pas la peine de répondre et se contenta de balayer sa stupeur.

— J'ai trouvé une copie d'un vieil article sur la disparition de Nils Lorentz. Est-ce que tu arrives à comprendre, toi, pourquoi Alex aurait conservé un article qui date d'il y a vingt-cinq ans caché sous ses petites culottes ?

— Sous ses petites culottes ? Erica, merde alors !

Elle leva une main pour arrêter ses protestations et continua calmement.

— Mon intuition me dit que ça a quelque chose à voir avec le mobile du meurtre. Je ne sais pas comment, mais il y a une énorme anguille sous roche, là. De plus, quelqu'un est entré farfouiller dans la maison quand j'y étais. C'était peut-être l'article que cette personne cherchait.

— T'es complètement folle ! Dan la dévisagea, bouche bée. Et d'ailleurs, ça te regarde pas tout ça ! C'est le boulot de la police de trouver qui a tué Alex. Sa voix partit en fausset.

— Oui, je sais. Tu n'as pas besoin de crier, mes oreilles fonctionnent très bien. Je sais parfaitement bien que ça ne me regarde pas, mais primo, j'y suis déjà impliquée par sa famille, deuzio, nous étions très proches quand nous étions petites et tertio, j'ai du mal à ne pas y penser dans la mesure où c'est moi qui l'ai trouvée.

Erica s'abstint cependant de parler du livre à Dan. D'une étrange façon, ça paraissait toujours très vil et crade quand elle le disait à haute voix. Elle trouvait la réaction de Dan un peu trop nerveuse, mais il s'était toujours fait du souci pour elle. Elle fut obligée d'admettre que ce n'était peut-être pas très futé d'aller fouiner comme ça dans la maison d'Alex, compte tenu des circonstances.

— Erica, promets-moi de laisser tomber tout ça.

Il mit les mains sur ses épaules et l'obligea à se tourner vers lui. Son regard était limpide, mais bizarrement rempli d'acier.

— Je ne veux pas qu'il t'arrive quelque chose, et si tu continues à fouiller dans tout ça, je pense que tu entreprends un truc qui te dépasse. Lâche cette affaire.

La prise de Dan sur ses épaules se durcit et il regarda droit dans ses yeux. Erica ouvrit la bouche pour répondre, déconcertée par la réaction violente de Dan, mais avant qu'elle ait eu le temps de dire quoi que ce soit, la voix de Pernilla leur parvint du quai.

— Un petit pique-nique, hein ? Je vois qu'on ne se refuse rien.

Sa voix avait une fraîcheur qu'Erica n'avait jamais entendue auparavant. Ses yeux étaient noirs et elle fermait et ouvrait sans cesse les mains. Tous deux s'étaient figés en l'entendant et les mains de Dan étaient toujours sur les épaules d'Erica. Très vivement, comme s'il s'était brûlé, il les retira et se mit debout, au garde-à-vous.

— Coucou ma chérie. Tu as fini tôt aujourd'hui ? Erica est passée me voir avec un petit casse-croûte pour qu'on papote un peu.

Dan avait un débit frénétique et, surprise, Erica le quitta des yeux pour regarder Pernilla. Elle eut du mal à la reconnaître. Pernilla la fixait, les yeux remplis de haine. Ses mains étaient maintenant nouées si serrées que les jointures étaient blanches et une brève seconde Erica se demanda si elle allait lui sauter dessus. Elle ne comprenait pas. Cela faisait des années et des années qu'elles avaient assaini l'atmosphère en ce qui concernait Dan et elle. Pernilla savait qu'ils étaient amis et rien de plus, ou Erica croyait en tout cas que Pernilla le savait. Maintenant elle n'était plus si sûre. La question était alors de savoir ce qui avait provoqué cette réaction ? Ses yeux allaient de l'un à l'autre. Une lutte silencieuse se déroulait et Dan avait l'air d'être le perdant. Elle ne se sentait plus concernée et décida que le mieux serait de partir en douce et les laisser régler tout ça entre eux.

Elle rassembla les gobelets et le thermos et les remit dans le panier. Tandis qu'elle s'éloignait sur le quai, elle entendit les voix de Dan et de Pernilla s'élever au-dessus de la quiétude.

4

Il était infiniment seul. Le monde était vide et froid sans elle et rien ne pourrait le réchauffer. La douleur avait été plus facile à supporter quand il pouvait la partager avec elle. Depuis qu'elle n'était plus là, c'était comme s'il portait sa part à elle aussi et c'était plus que ce dont il se sentait capable. Il traversait les jours minute après minute et seconde après seconde. La réalité en dehors de lui n'existait pas, la seule chose dont il était conscient était qu'elle était partie pour toujours.

La culpabilité devrait se diviser à parts égales et ces parts devaient être réparties entre les coupables. Il n'avait pas l'intention de la porter tout seul. Il était hors de question qu'il la porte tout seul.

Il regarda ses mains. Comme il les haïssait, ses mains. Elles véhiculaient la beauté et la mort avec une incompatibilité qu'il avait dû apprendre à côtoyer. Seulement quand il l'avait caressée, elle, ses mains avaient été bonnes. Sa peau à lui contre sa peau à elle avait repoussé tout le mal, avait obligé le mal à se retirer pour un moment. En même temps, ils avaient réciproquement nourri la corruption cachée qu'ils portaient en eux tous deux. Amour et mort, haine et *vie. Des contraires qui avaient fait d'eux des papillons de nuit décrivant des cercles de plus en plus près de la flamme. Elle avait été la première à brûler.*

Il sentit la chaleur du feu dans la nuque. Tout près maintenant.

Elle était fatiguée. Fatiguée de nettoyer la merde des autres. Fatiguée de sa morne existence. Les jours s'ajoutaient aux jours sans distinction. Fatiguée de porter la faute qui pesait sur elle à longueur de journée. Fatiguée de se réveiller chaque matin et de se coucher chaque soir en se demandant comment allait Anders.

Vera mit le café à chauffer. Le tic-tac de l'horloge de la cuisine était le seul bruit qu'on entendait et elle s'assit à la table en attendant que le café soit prêt.

Aujourd'hui elle avait fait le ménage chez la famille Lorentz. La maison était si grande que ça prenait la journée. Des fois, l'époque révolue lui manquait. La sécurité d'aller travailler au même endroit. Le prestige d'être la gouvernante de la famille la plus distinguée du Bohuslän. Mais ça ne lui manquait que de temps à autre. En général, elle était seulement contente de ne pas avoir à y aller tous les jours. De ne pas avoir à courber l'échine et à se mettre à plat ventre devant Nelly Lorentz. La personne qu'elle haïssait au-delà du raisonnable. Pourtant elle avait continué à travailler pour Nelly année après année jusqu'à ce que le temps la rattrape et que ça soit démodé d'avoir une gouvernante. Pendant plus de trente ans elle avait baissé les yeux et murmuré oui merci, madame Lorentz, bien sûr, madame Lorentz, tout de suite, madame Lorentz, tout en réprimant l'envie de poser ses mains solides autour du cou frêle de Nelly et de serrer jusqu'à ce qu'elle cesse de respirer. Parfois cette envie avait été si puissante qu'elle devait dissimuler ses mains derrière le tablier, pour que Nelly ne voie pas combien elles tremblaient.

La cafetière siffla signalant que le café était prêt. A grand-peine, Vera se leva et s'étira avant de sortir une vieille tasse ébréchée qu'elle remplit de café. Cette tasse était tout ce qui restait du service de table, cadeau de mariage des parents d'Arvid. C'était de la précieuse porcelaine danoise. Des fleurs bleues sur fond blanc, qui n'avaient presque rien perdu de leur couleur au fil des ans. Du temps où Arvid vivait encore, ils n'utilisaient le service que pour les grandes occasions, mais après sa mort elle n'avait pas trouvé de raison valable de distinguer entre les jours ordinaires et les jours de fête. L'usure naturelle en avait éliminé une partie et le reste avait été brisé par Anders lors d'une crise de délire éthylique plus de dix ans auparavant. Cette dernière tasse était son bien le plus cher.

Elle sirota le café avec délectation. Quand il n'en resta plus qu'une lichette, elle la versa sur la sous-tasse et la but dans un morceau de sucre coincé entre les dents. Ses jambes étaient douloureuses et fatiguées après toute une journée de ménage et elle les avait posées sur la chaise devant elle pour les soulager un peu.

C'était une petite bicoque toute simple. Elle habitait ici depuis près de quarante ans et elle avait l'intention d'y rester jusqu'à sa mort. Ce n'était certes pas très pratique. La maison était située tout en haut d'une pente raide et elle était souvent obligée de s'arrêter pour reprendre son souffle en rentrant chez elle. La maison s'était aussi pas mal détériorée au fil du temps et faisait aussi décrépie et délabrée à l'extérieur qu'à l'intérieur. Elle était suffisamment bien située pour que Vera en obtienne une somme rondelette si elle la vendait pour emménager dans un appartement à la place, mais cette idée ne lui était jamais venue à l'esprit. Que la maison pourrisse autour d'elle, elle ne déménagerait pas ! C'est ici qu'elle avait vécu avec Arvid, les quelques années heureuses où ils avaient été mariés. Le lit de la chambre à coucher était l'endroit où elle avait pour la première fois dormi ailleurs que dans sa maison natale. Sa nuit de noces. Dans ce lit, Anders avait été conçu, et quand elle était arrivée au terme de sa grossesse et qu'elle ne pouvait être couchée autrement que sur le côté, Arvid s'était blotti près d'elle derrière son dos en caressant son ventre. A son oreille, il avait chuchoté des mots pour décrire ce qu'allait être leur vie ensemble. Tous les enfants qui allaient grandir ici. Tous les rires joyeux qui allaient retentir entre les murs de cette maison au cours des années à venir. Et quand ils seraient vieux et que les enfants seraient partis, ils seraient assis chacun dans un fauteuil à bascule devant le poêle et parleraient de la vie merveilleuse qu'ils avaient vécue ensemble. Ils avaient alors un peu plus de vingt ans, et étaient bien incapables d'imaginer ce qui pouvait se trouver au-delà de l'horizon.

C'était ici, à cette table de cuisine, qu'elle avait été assise quand on lui avait apporté la nouvelle. L'agent de police Pohl avait frappé à la porte, tenant sa casquette à la main et dès qu'elle l'avait vu, elle avait su ce qu'il allait lui annoncer. Elle lui avait fait signe de se taire en posant son index devant sa bouche quand il avait commencé à parler et lui avait indiqué la cuisine. Elle l'avait suivi, de son dandinement de femme enceinte jusqu'aux yeux, et lentement et méthodiquement elle avait préparé du café. En attendant qu'il soit prêt, elle s'était contentée d'observer l'homme en face d'elle. Lui, de son côté, n'arrivait pas à la regarder. Il laissait ses yeux errer sur les murs pendant qu'il tirait sur son col en un geste obsessionnel. Quand ils avaient eu chacun une tasse de café brûlant devant eux, et alors seulement, elle avait fait signe à l'agent de police de parler. Elle-même n'avait toujours pas prononcé le moindre mot. Elle entendait une sorte de bourdonnement dans sa tête, qui allait crescendo. Elle avait vu la bouche du policier bouger, mais pas un mot n'arrivait à percer la cacophonie dans sa tête. Elle n'avait pas besoin d'entendre. Elle savait qu'Arvid gisait au fond de la mer, balancé au rythme des herbes marines. Aucun mot ne pourrait changer ce fait. Aucun mot ne pourrait éloigner les nuages qui s'accumulaient dans le ciel pour ne devenir qu'une seule grosse bouillasse grise.

Vera soupira, assise devant cette même table de cuisine, tant d'années plus tard. D'autres personnes qui avaient perdu des êtres chers disaient que leur image se brouillait avec le temps. Pour elle, ça avait été exactement le contraire. L'image d'Arvid devenait de plus en plus nette et parfois elle le voyait si clairement devant elle que la douleur lui étreignait le cœur comme un anneau de fer. Qu'Anders soit l'image tout crachée d'Arvid était à la fois une torture et une bénédiction.

Elle savait que si Arvid avait vécu, ce désastre ne serait jamais arrivé. Elle avait bénéficié de sa force et avec lui à ses côtés elle aurait su se montrer à la hauteur.

Vera sursauta sur la chaise quand le téléphone sonna. Elle avait plongé profondément dans ses vieux souvenirs et elle détestait être dérangée par la sonnerie stridente. Elle dut s'aider avec les mains pour descendre de la chaise ses jambes qui avaient eu le temps de s'engourdir, et ce fut en boitant légèrement qu'elle se hâta d'aller répondre au téléphone dans l'entrée.

— Maman, c'est moi.

Anders bafouillait, et l'expérience qu'elle avait accumulée au fil des ans lui permit de savoir exactement à quel stade d'ivresse il se trouvait. Environ à mi-chemin avant d'être totalement hors service. Elle soupira.

— Salut, Anders. Comment ça va ?

Il ignora la question. Elle avait eu d'innombrables conversations de ce genre.

Vera se vit dans le miroir de l'entrée, avec le combiné serré contre l'oreille. Le miroir était vieux et en mauvais état, et elle trouva qu'elle avait une certaine ressemblance avec le verre piqueté de taches sombres. Ses cheveux étaient abîmés et gris, avec le châtain d'origine encore discernable par endroits. Une coiffure stricte, elle ramenait en arrière les cheveux qu'elle coupait en général elle-même avec des ciseaux à ongles devant le miroir de la salle de bains. Pas la peine de gaspiller de l'argent pour aller chez le coiffeur. Son visage raviné révélait des années de soucis inscrites dans des rides et des plis. Ses vêtements étaient à son image. Ternes mais pratiques, la plupart du temps gris ou verts. Une vie de dur labeur et un désintérêt total pour la nourriture l'avaient privée des rondeurs qu'ont souvent les femmes de son âge. Elle avait l'air musclé et fort. Comme un cheval de trait.

Elle entendit tout à coup ce qu'Anders était en train de dire à l'autre bout du fil et détacha son regard du miroir, sous le choc.

— Maman, il y a des voitures de police là dehors. Une putain de mobilisation. C'est forcément moi qu'ils cherchent. Forcément. Qu'est-ce que je dois faire ?

Vera entendit sa voix s'affoler de plus en plus et la panique s'installer. Un froid glacial se répandit dans son corps. Dans le miroir, elle se vit serrer le combiné du téléphone tellement fort que ses mains en étaient blanches.

— Ne fais rien, Anders. Attends seulement. J'arrive.

— D'accord, mais t'as intérêt à faire vite. Cette fois-ci, c'est pas comme d'habitude quand les flics débarquent, maman, en général il n'y a qu'une voiture. Là, il y en a trois et elles ont les gyrophares et les sirènes. Merde…

— Anders, écoute-moi maintenant. Respire à fond et calme-toi. Je vais raccrocher et puis j'arrive chez toi aussi vite que je peux.

Elle entendit qu'elle avait réussi à le calmer un peu, et dès qu'elle eut raccroché, elle attrapa son manteau et l'enfila en sortant, elle ne se donna même pas la peine de fermer à clé.

Elle traversa en courant le parking derrière la vieille station de taxis et prit le raccourci derrière l'entrée des fournisseurs de l'épicerie d'Eva. Très vite elle fut obligée de ralentir le pas et il lui fallut près de dix minutes pour arriver aux immeubles où habitait Anders.

Elle y fut juste à temps pour voir deux solides policiers l'emmener, menottes aux mains. Le cri commença à se former dans sa poitrine, mais elle se força à le retenir en voyant tous les voisins curieux penchés aux fenêtres tels des vautours. Il était hors de question qu'elle leur offre un autre spectacle en plus de celui qu'ils venaient de voir. La fierté était la seule chose qui lui restait. Vera haïssait les ragots qu'elle savait coller comme du chewing-gum autour d'elle et d'Anders. Ça jasait dans les chaumières, et maintenant radio caniveau allait redoubler de puissance. Elle savait très bien ce qu'ils disaient : "Pauvre Vera, d'abord son mari qui se noie et ensuite son fils ravagé par l'alcool. Elle qui a tant de mérite." Oui, elle savait très bien ce qui se disait. Mais elle savait aussi qu'elle ferait tout ce qui était en son pouvoir pour limiter la casse. Il ne fallait pas qu'elle s'effondre maintenant. Sinon, tout s'écroulerait ensuite comme un château de cartes. Vera se tourna vers le policier le plus proche, une petite femme blonde et mince qui à ses yeux semblait déplacée dans son uniforme strict de policier. Elle ne s'était toujours pas habituée aux nouveautés des temps modernes, où les femmes pouvaient apparemment faire n'importe quel métier.

— Je suis la mère d'Anders Nilsson. Qu'est-ce qui se passe ? Pourquoi vous l'arrêtez ?

— Je suis désolée, je ne peux rien vous dire. Il vous faut contacter le commissariat de Tanumshede. On l'emmène là-bas.

Son cœur s'alourdit un peu plus à chaque mot. Elle comprit que cette fois-ci, il n'était pas question d'une simple bagarre entre poivrots. Les voitures de police démarrèrent, l'une après l'autre. Dans la dernière, elle vit Anders assis au milieu, entre deux policiers. Il se retourna avant qu'elles disparaissent et la regarda, jusqu'à ce qu'elle ne le voie plus.

Patrik vit la voiture emportant Anders Nilsson s'éloigner en direction de Tanumshede. Cette mobilisation policière avait été un peu exagérée, à son avis, mais Mellberg voulait du spectacle, alors on avait du spectacle. Des policiers d'Uddevalla avaient été appelés en renfort pour l'arrestation. Aux yeux de Patrik, cela se soldait par un gaspillage de temps pour au moins quatre des six personnes présentes.

Une femme restait sur le parking et regardait longuement les voitures de police partir.

— La mère du coupable, dit l'agent de police Lena Waltin d'Uddevalla, qui était restée sur place pour procéder à la perquisition de l'appartement d'Anders Nilsson avec Patrik.

— Tu le sais aussi bien que moi, Lena, il n'est pas "coupable" tant qu'il n'a pas été jugé et condamné. Jusque-là, il est aussi innocent que nous autres.

— Mon œil. Je te parie un an de salaire qu'il est coupable.

— Si tu es si sûre que ça, tu devrais pouvoir parier plus qu'une somme aussi ridicule.

— Ha ha, très drôle. Charrier un policier pour son salaire, c'est comme se moquer d'un handicapé.

Patrik ne put qu'être d'accord.

— Bon, je ne vois pas ce qu'on attend. On y va ?

Il vit que la mère d'Anders était toujours là à regarder derrière les voitures, bien qu'elles aient disparu depuis longtemps. Il la plaignait sincèrement et envisagea un instant d'aller lui offrir quelques mots de consolation. Mais Lena le tira par le bras et fit un signe de la tête indiquant la porte d'entrée de l'immeuble. Il soupira, haussa les épaules et la suivit pour exécuter le mandat de perquisition.

Ils vérifièrent la porte de l'appartement d'Anders Nilsson. Elle n'était pas verrouillée et ils purent entrer sans problème. Patrik regarda autour de lui et soupira pour la deuxième fois en peu de temps. L'appartement était dans un état lamentable et il se demanda comment ils pourraient trouver quoi que ce soit de valable dans ce bazar. Ils enjambèrent des bouteilles vides dans l'entrée et essayèrent de se faire une idée générale du séjour et de la cuisine.

— Mais c'est immonde, ici ! Lena secoua la tête, dégoûtée.

Ils enfilèrent de minces gants en caoutchouc sortis de leurs poches. D'un accord tacite, Patrik commença dans le séjour tandis que Lena se chargeait de la cuisine.

Se trouver dans le séjour d'Anders Nilsson suscitait en lui des sensations contradictoires. Crades, encombrés et avec une absence quasi totale de meubles et d'objets personnels, les lieux avaient tout du squatt de junkies classique. Patrik en avait déjà vu un bon nombre au long de son parcours professionnel. Il n'était cependant jamais entré dans un squatt de junkies dont les murs étaient couverts d'œuvres d'art. Les tableaux étaient accrochés si serrés qu'ils couvraient pratiquement les murs à partir d'un mètre du sol et jusqu'au plafond. L'explosion de couleurs l'éblouit littéralement et Patrik dut refréner une impulsion de lever la main pour se protéger les yeux. C'étaient des tableaux abstraits, peints exclusivement en couleurs chaudes et leur puissance frappa Patrik comme un coup de pied dans le ventre. La sensation était si physique qu'il dut lutter pour rester debout et il fut obligé de faire un effort et détourner le regard des tableaux qui semblaient jaillir des murs pour lui sauter dessus.

Lentement, il commença à examiner les objets personnels d'Anders. Il n'y avait pas grand-chose à noter. Un instant, Patrik ressentit une immense reconnaissance d'avoir une vie aussi privilégiée que la sienne. Ses propres problèmes semblaient tout à coup très futiles. C'était toujours fascinant de voir que la volonté de survivre était si forte que l'homme choisissait quand même de continuer, jour après jour, année après année, alors que la vie ne semblait avoir aucune qualité. Y avait-il encore des joies dans l'existence d'Anders Nilsson ? Ressentait-il ce qui fait que la vie vaut d'être vécue : la joie, l'espoir, le bonheur, l'exubérance, ou bien tout n'était-il qu'un trajet vers la prochaine dose d'alcool ?

Patrik retourna tout ce qu'il y avait dans le séjour. Il tâta le matelas pour vérifier s'il y avait quelque chose caché dedans, sortit les tiroirs du seul meuble de rangement et regarda en dessous, il descendit précautionneusement les tableaux, l'un après l'autre, et regarda au dos. Rien. Absolument rien n'éveilla son intérêt. Il alla voir dans la cuisine si Lena avait obtenu plus de succès.

— Quelle porcherie ! Comment faut-il être foutu pour vivre là-dedans ?

Grimaçant de dégoût, elle examinait le contenu d'un sac-poubelle qu'elle avait vidé sur un journal.

— Tu as trouvé quelque chose d'intéressant ? demanda Patrik.

— Oui et non. Il y a quelques factures au milieu des ordures. La facture détaillée du téléphone peut toujours être intéressante à examiner. Sinon, j'ai l'impression qu'il n'y a que dalle. Ses gants en caoutchouc claquèrent quand elle les retira. Qu'est-ce que tu en dis ? On décide que ça suffit pour aujourd'hui ?

Patrik regarda sa montre. Ils étaient ici depuis deux bonnes heures et dehors il commençait à faire nuit.

— Oui, je n'ai pas l'impression qu'on ira beaucoup plus loin que ça aujourd'hui. Tu rentres comment ? Tu veux que je te raccompagne ?

— Ça va, j'ai ma voiture. Merci quand même.

Les lampadaires étaient allumés quand ils arrivèrent dans le parking. Une neige fine avait commencé à tomber pendant qu'ils étaient dans l'appartement et tous deux durent balayer la neige du pare-brise. Patrik roulait en direction de la station-service OKQ8, quand il sentit quelque chose monter à la surface, un truc qui l'avait tarabusté toute la journée. Dans la quiétude de la voiture, seul avec ses pensées, il fut obligé de reconnaître que quelque chose n'allait pas dans l'arrestation d'Anders Nilsson. Il ne faisait pas confiance à Mellberg. Son chef n'avait certainement pas posé les bonnes questions pendant son entretien avec le témoin. Résultat, Anders avait été embarqué pour interrogatoire. Il devrait peut-être y regarder de plus près lui-même. Au milieu du carrefour de la station-service, il se décida. Il tourna brusquement le volant pour changer de direction. Au lieu d'aller vers Tanumshede, il continua dans le bourg de Fjällbacka. Avec l'espoir que Dagmar Petrén serait chez elle.

Elle pensait aux mains de Patrik. En général, c'étaient les mains et les poignets d'un homme qui attiraient en premier son regard. Elle trouvait que des mains pouvaient être incroyablement sexy. Il ne fallait pas qu'elles soient trop petites, ni non plus comme des battoirs. Juste de la bonne taille et bien musclées, vigoureuses et souples. Les mains de Patrik étaient exactement comme ça.

Erica se força à quitter sa rêverie. Elle était ridicule de penser ainsi à quelque chose qui pour l'instant n'était qu'un léger frémissement dans le ventre. Rien ne disait qu'elle allait rester à Fjällbacka. Si la maison était vendue, rien ne la retiendrait ici et elle réintégrerait son appartement de Stockholm. Tout indiquait que ce séjour à Fjällbacka ne serait qu'un bref intermède dans sa vie et, objectivement, il serait parfaitement crétin de bâtir des châteaux en Espagne romantiques autour d'un vieil ami d'enfance.

Erica regarda le crépuscule qui commençait à se poser sur l'horizon, bien qu'il ne soit que quinze heures, et elle poussa un profond soupir. Elle avait enfilé un gros pull informe tricoté main que son père portait sur le bateau quand le temps était au froid, et elle réchauffa ses mains gelées en les remontant haut dans les longues manches dont elle entortilla ensuite les bouts. La période de vie qu'elle traversait en ce moment n'avait rien de réjouissant. La mort d'Alex, la querelle au sujet de la maison, Lucas, le livre qui avançait mal – tout se liguait pour alourdir sa poitrine. Elle sentait aussi qu'elle avait pas mal de choses à régler depuis la mort de ses parents, tant d'un point de vue pratique que sentimental et personnel. Ces derniers jours, elle n'avait pas eu le courage de poursuivre le tri et de gros sacs-poubelle et des cartons à moitié remplis attendaient un peu partout dans la maison. En elle aussi, il y avait des espaces à moitié remplis seulement, avec des fils épars et des pelotes de sentiments emmêlées.

Tout l'après-midi, elle avait aussi réfléchi à la scène sur le port entre Dan et sa femme. Elle n'arrivait tout simplement pas à comprendre. Ça faisait tant d'années qu'il n'y avait pas eu la moindre friction entre elle et Pernilla et tout avait été mis à plat depuis longtemps. En tout cas, c'est ce qu'elle avait cru. Alors pourquoi la femme de Dan avait-elle réagi comme ça ? Erica envisagea de passer un coup de fil à Dan, mais n'osa pas le faire au cas où elle tomberait sur Pernilla. En ce moment, elle ne supporterait pas un autre conflit et elle décida de ne plus y penser et de laisser les choses se décanter en espérant que Pernilla s'était juste levée du mauvais pied et que tout serait à nouveau normal la prochaine fois qu'elles se verraient. Pourtant ça continuait de la ronger. Ce n'était pas juste une flambée de mauvaise humeur de la part de Pernilla, c'était bien plus profond que ça. Seulement, elle n'arrivait pas à comprendre de quoi il s'agissait.

Le retard qu'elle avait pris avec son livre la stressait énormément aussi et elle se dit qu'elle allait soulager un peu sa conscience et écrire un moment. Elle s'installa devant l'ordinateur dans la pièce de travail et se rendit compte qu'elle serait obligée de quitter la chaleur du gros pull pour pouvoir travailler. La remise en route fut difficile, mais au bout d'un moment, elle sentit la chaleur revenir en même temps que l'inspiration. Elle enviait les auteurs qui arrivaient à maintenir une stricte discipline pour écrire. Personnellement, elle devait chaque fois faire un effort pour s'installer devant l'ordinateur. Pas par paresse, mais à cause d'une terreur profondément ancrée d'avoir perdu sa capacité depuis la dernière fois qu'elle avait écrit. La crainte de rester les doigts sur le clavier et les yeux fixés sur l'écran et que rien ne se passe. Il n'y aurait que du vide et une absence de mots et la certitude qu'elle ne pourrait plus jamais poser une phrase. Chaque fois que cela ne se passait pas ainsi était un soulagement. A présent ses doigts volaient sur le clavier et elle avait produit plus de deux pages en une heure à peine. Après trois pages de plus, elle se dit qu'elle méritait une récompense et décida qu'elle pouvait consacrer un moment à son livre sur Alex.

La cellule lui était familière. Ce n'était pas la première fois qu'il s'y trouvait. Des nuits ici bourré comme un coing à vomir par terre, il en avait passées dans ses très mauvaises périodes. Mais cette fois, c'était différent. Cette fois, c'était sérieux.

Il se tourna sur le côté, se blottit en position fœtale en travers de la dure couchette et posa la tête sur les mains pour éviter la sensation du plastique qui collait contre son visage. Son corps était secoué de frissons dus à la fois au froid régnant dans la cellule et au fait qu'il avait de moins en moins d'alcool dans le sang.

La seule chose qu'on lui avait dite était qu'il était soupçonné du meurtre d'Alex. Ensuite, ils l'avaient poussé dans la cellule en disant qu'on reviendrait le chercher et qu'il attende. Qu'est-ce qu'ils imaginaient qu'il pourrait faire d'autre dans cette cellule dépouillée ? Donner des cours de dessin ? A l'idée, Anders grimaça un sourire.

Les pensées tournaient en rond quand il n'y avait rien pour distraire les yeux. Les murs étaient vert clair, du béton décati avec des taches grises là où la peinture s'était écaillée. Dans sa tête, il les peignait en couleurs vives. Un trait de pinceau rouge ici, un jaune là. Des mouvements puissants dévorant vite cette vieille verdasse. Derrière ses paupières, la pièce fut rapidement un feu d'artifice étincelant de couleurs et alors seulement il put commencer à focaliser ses pensées.

Alex était morte. Ça, il pouvait délirer tant qu'il voulait pour l'occulter, c'était un fait inexorable. Elle était morte et avec elle, son avenir à lui.

Bientôt ils allaient venir le chercher. Le tirer hors de la cellule. Le brutaliser, se foutre de lui et le malmener jusqu'à ce que la vérité soit là, nue et tremblante, devant eux. Il ne pourrait pas les empêcher. Il ne savait même pas s'il voulait lui-même empêcher ça. Il y avait tant de choses qu'il ne savait plus. Non pas qu'il en ait tant su auparavant, d'ailleurs. Il n'y avait pas grand-chose de clair et précis sous les brumes conciliantes de l'alcool. Seulement Alex. Seulement la certitude qu'elle respirait le même air que lui quelque part, pensait les mêmes pensées, ressentait la même douleur. C'était la seule chose qui avait toujours assez de force pour se faufiler au-dessous, au-dessus, autour et au-delà des brumes traîtresses qui s'évertuaient à plonger tous les souvenirs dans une obscurité miséricordieuse.

Allongé là sur la couchette, ses jambes commencèrent à s'engourdir mais il ignora les signaux de son corps et refusa obstinément de bouger. S'il bougeait, il perdrait peut-être le contrôle des couleurs qui couvraient le mur et il serait à nouveau obligé de contempler une laideur insipide.

Dans des moments un peu plus lucides, il arrivait à voir un certain humour, ou au moins de l'ironie, dans tout cela. Qu'il soit né avec un besoin incommensurable de beauté tout en étant condamné à une vie dans la saleté et la laideur. Peut-être son destin était-il inscrit dans les étoiles dès sa naissance, peut-être le destin avait-il été réécrit à ce moment-là, ce jour funeste.

S'il n'y avait pas eu de si. Souvent, il avait déliré avec les "si". Avait joué à imaginer sa vie à coups de "si". Par exemple une bonne vie, honnête, avec une famille, et l'art comme source de joie au lieu de désespoir. Des enfants qui joueraient dans le jardin devant son atelier tandis que des fumets délicieux s'échapperaient de la cuisine. Une idylle à la Carl Larsson, avec un halo rose nimbant ses fantasmes. Il y avait toujours Alex au milieu de la scène. Toujours au centre, avec lui tournant autour comme une planète.

Ces fantasmes le réchauffaient toujours énormément, mais brusquement la chaleureuse image se transformait en une image froide, aux tons bleuâtres dans une atmosphère glaciale. Il la connaissait si bien, cette autre image. Tant de nuits il avait pu l'étudier tranquillement, et le moindre détail lui était devenu familier. Le sang était ce qu'il craignait le plus. Le rouge, qui contrastait si fort avec le bleu. La mort était là aussi, comme d'habitude. Elle était suspendue en périphérie et se frottait les mains de ravissement. Attendait qu'il joue, qu'il fasse quelque chose, n'importe quoi. La seule chose qu'il avait pu faire avait été de l'ignorer. De faire comme si elle n'était pas là jusqu'à ce qu'elle disparaisse. Alors l'image pourrait redevenir toute rose. Alex lui sourirait de nouveau, ce sourire qui lui tiraillait les entrailles. Sauf que la mort était une camarade trop intime pour se laisser ignorer. Ils se connaissaient depuis de nombreuses années à présent, et la fréquentation ne devenait pas plus agréable avec les ans. Même dans leurs moments plutôt lumineux, à Alex et lui, la mort était venue se glisser entre eux, insistante et indiscrète.

Le silence dans la cellule était rassurant. Au loin il entendait le bruit de gens en mouvement, mais ils paraissaient suffisamment lointains pour pouvoir appartenir à un autre monde. Plus tard, cependant, des bruits l'arrachèrent à sa rêverie. Des pas dans le couloir s'approchant avec détermination de sa cellule. Un cliquetis dans la serrure, puis la porte s'ouvrit et le petit commissaire grassouillet apparut. Abattu, Anders pivota les jambes par le bord de la couchette et posa les pieds par terre. L'heure de l'interrogatoire. Tant mieux, comme ça, ça serait fait.

Les hématomes avaient commencé à s'estomper suffisamment pour qu'elle puisse les dissimuler sous une bonne couche de poudre. Anna contempla son visage dans le miroir. Le visage qu'elle y voyait était usé et ravagé. Sans maquillage elle discernait nettement les contours bleus sous la peau. Un œil était encore un peu rouge. Ses cheveux blonds étaient ternes et mous et les pointes avaient grandement besoin d'être coupées. Elle ne s'était toujours pas résolue à prendre rendez-vous chez le coiffeur, elle manquait toujours d'énergie. Elle mobilisait toutes ses forces pour s'occuper des enfants au quotidien et pour se maintenir debout elle-même. Comment en était-elle arrivée là ?

Elle tira ses cheveux en arrière en une queue de cheval serrée et s'habilla ensuite laborieusement en essayant d'éviter les mouvements susceptibles de réveiller la douleur dans ses côtes. Autrefois, il avait toujours pris soin de la frapper seulement sur le corps, aux endroits dissimulés par les vêtements, mais ces six derniers mois il avait abandonné toute prudence et il l'avait frappée plusieurs fois au visage.

Le pire n'était pas les coups cependant. C'était de vivre dans l'ombre des coups, d'attendre la fois suivante, le poing suivant. Et le plus cruel était qu'il le savait très bien et qu'il jouait avec sa peur. Il levait la main pour frapper, puis laissait le coup se transformer en caresse et en sourire. Parfois il la frappait sans la moindre raison apparente. Comme ça, des coups venus de nulle part. Non pas qu'il ait eu des raisons pour le faire en général, mais au milieu d'une discussion sur les courses à faire, ou sur le programme télé qu'ils regarderaient, son poing pouvait partir subitement et l'atteindre au ventre, à la tête, dans le dos ou n'importe où selon son bon vouloir. Ensuite sans perdre le fil un seul instant il était capable de poursuivre la conversation comme si de rien n'était, tandis qu'elle, par terre, essayait de retrouver sa respiration. C'était le pouvoir qui le faisait jouir.

Les vêtements de Lucas étaient éparpillés partout dans la chambre et elle les ramassa, péniblement, l'un après l'autre, et les suspendit sur des cintres ou les mit au sale. Quand la chambre eut retrouvé un ordre impeccable, elle alla voir les enfants. Adrian dormait tranquillement sur le dos, la sucette dans la bouche. Emma était assise dans son lit en train de jouer calmement et Anna resta un instant à la porte pour l'observer. Elle ressemblait tant à Lucas. Le même visage déterminé et anguleux et les mêmes yeux bleu de glace. La même obstination.

Emma était une des raisons pour lesquelles elle ne pouvait pas s'arrêter d'aimer Lucas. Ne pas l'aimer serait comme de renier une partie d'Emma. Il était une partie d'elle et donc une partie d'Anna. Il était un bon père pour les enfants aussi. Adrian était trop petit pour comprendre encore, mais Emma adorait Lucas et Anna ne pouvait tout simplement pas la priver de son père. Comment pourrait-elle enlever les enfants à la moitié de leur sécurité, déchirer tout ce qui pour eux était familier et important ? A la place, il faudrait qu'elle essaie d'être forte pour tous les deux, pour qu'ils puissent aller au-delà de cette mauvaise passe. Ce n'était pas comme ça au début. Tout allait s'arranger. Si seulement elle était forte. Il le disait bien, qu'en fait il ne voulait pas la frapper, que c'était pour son bien, parce qu'elle ne faisait pas les choses comme il fallait. Si seulement elle pouvait faire un peu plus d'efforts, devenir une meilleure épouse. Elle ne le comprenait pas, disait-il. Si seulement elle pouvait trouver ce truc qui le rendrait heureux, si seulement elle pouvait faire les choses correctement au lieu de tout le temps le décevoir.

Erica ne pouvait pas comprendre. Erica avec son indépendance et sa vie de solitaire. Son courage et sa sollicitude accablante et étouffante. Anna sentait bien le mépris dans la voix d'Erica et cela l'énervait au plus haut point. Qu'est-ce qu'elle en savait, Erica, de la responsabilité de mener un mariage et une famille ? De porter sur ses épaules une responsabilité si grande qu'elle arrivait à peine à se tenir debout. Erica ne se préoccupait que d'elle-même. Elle avait toujours été tellement raisonnable. Ses attentions maternelles exagérées avaient parfois menacé de l'étouffer. Où qu'elle soit allée, les yeux inquiets et attentifs de sa sœur n'avaient cessé de la suivre, alors que tout ce qu'Anna voulait était qu'on la laisse tranquille. Quelle importance si maman était incapable de s'occuper d'elles ? Elles avaient bien eu papa, non ? Un sur deux, ce n'était pas si mal. La différence entre elle et Erica était qu'elle l'acceptait alors qu'Erica essayait de trouver une explication. Erica avait toujours reporté les questions sur elle-même et essayé de trouver là Dieu sait quelle raison. Erica avait toujours fait trop d'efforts. Anna, de son côté, avait choisi de ne faire aucun effort du tout. C'était plus simple de ne pas se tourmenter, de suivre le courant et d'accepter chaque jour comme il était. C'est pour cela qu'elle ressentait une telle amertume à l'égard d'Erica, qui s'inquiétait, s'en faisait, la dorlotait et rendait beaucoup plus difficile de fermer les yeux sur la vérité et sur l'entourage. Quitter la maison familiale avait été une véritable libération et quand peu de temps après elle avait rencontré Lucas, elle s'était dit qu'elle avait trouvé le seul être qui pouvait l'aimer pour ce qu'elle était et, surtout, qui respecterait son besoin de liberté.

Elle sourit amèrement en débarrassant le petit-déjeuner de Lucas. La liberté, elle ne savait pratiquement plus comment ce mot-là s'écrivait. Sa vie se résumait aux pièces de cet appartement. Seuls les enfants lui permettaient encore de respirer, les enfants et l'espoir que si elle trouvait la bonne formule, la bonne incantation, tout redeviendrait comme avant.

Avec des mouvements lents, elle reposa le couvercle sur le beurrier, mit le fromage dans un sachet plastique, rangea la vaisselle sale dans le lave-vaisselle et essuya la table. Quand tout fut rutilant, Anna s'assit sur une des chaises de la cuisine et regarda autour d'elle. Le seul bruit qu'elle entendait était le babillage d'Emma dans la chambre d'enfant, et pendant quelques minutes Anna s'autorisa un instant de repos et de paix. La cuisine était vaste et lumineuse avec des combinaisons harmonieuses de bois et d'acier. Ils n'avaient pas lésiné sur les grandes marques pour l'aménager. Personnellement, Anna aurait préféré une cuisine plus chaleureuse, mais quand ils avaient emménagé dans ce magnifique cinq pièces à Östermalm, elle avait eu la sagesse de se taire.

Qu'Erica ait de la peine pour la maison de Fjällbacka n'était pas son problème. Anna n'avait pas les moyens d'être sentimentale et l'argent qu'ils pourraient tirer de la maison signifierait peut-être un nouveau démarrage pour elle et Lucas. Elle savait qu'il ne se plaisait pas dans son travail ici en Suède et qu'il voulait retourner à Londres où battait le cœur de son entreprise et où il pourrait bénéficier d'une promotion. Stockholm était une impasse dans sa carrière. Et même s'il gagnait bien sa vie, très bien même, dans l'entreprise où il travaillait, ce que rapporterait la maison de Fjällbacka ajouté à l'argent dont ils disposaient déjà leur permettrait d'acheter une maison très cossue à Londres. C'était important pour Lucas et ça devenait donc important pour elle aussi. Erica s'en tirerait sans la maison. Elle n'avait à charge qu'elle-même, elle avait du boulot et un appartement à Stockholm, et la maison de Fjällbacka ne serait de toute façon qu'une résidence secondaire pour les vacances. L'argent de la vente l'aiderait bien, elle aussi, un écrivain ne gagnait pas des mille et des cents et Anna savait que régulièrement Erica avait des fins de mois difficiles. Avec le temps, elle finirait par comprendre que c'était mieux ainsi. Pour toutes les deux.

La voix aiguë d'Adrian lui parvint de la chambre d'enfant et le petit instant de repos d'Anna fut terminé. Bon, allez, pas la peine de se ronger les sangs. Les bleus allaient disparaître comme toujours, et demain était un autre jour.

Patrik avait le cœur étrangement léger et il grimpa quatre à quatre l'escalier de chez Dagmar Petrén. Arrivé en haut, il fut cependant obligé de souffler un instant, plié en deux les mains sur les genoux. Il n'avait plus vingt ans. La femme qui ouvrit la porte non plus, définitivement. Il n'avait rien vu d'aussi petit et fripé depuis la dernière fois qu'il avait ouvert un sachet de pruneaux. Penchée et courbée comme elle l'était, elle lui arrivait à peine au-dessus de la taille, et Patrik s'attendait à la voir se briser au moindre courant d'air. Mais les yeux qui le regardaient étaient aussi limpides et vifs que ceux d'une jeune fille.

— Ne reste pas là à souffler comme ça, mon garçon. Entre donc prendre un petit café.

La voix était étonnamment puissante et Patrik se sentit comme un gamin et la suivit docilement. Il résista à une forte impulsion de s'incliner devant elle et lutta pour maintenir l'allure d'escargot qui s'imposait pour ne pas doubler Mme Petrén. Arrivé dans le séjour, il s'arrêta net. Jamais dans sa vie il n'avait vu autant de pères Noël. Partout, sur la moindre surface disponible, des pères Noël avaient été posés. Des grands, des petits, des vieux, des jeunes, des pères Noël clignotants et des pères Noël gris. Il eut l'impression que son cerveau passait à la vitesse supérieure pour arriver à gérer tout ce qu'il voyait. Il se rendit compte que son menton lui était carrément tombé sur le cou, et fit un gros effort pour le remettre à sa place.

— Qu'est-ce qu'il en pense, notre petit monsieur ? Joli, non ?

Patrik ne sut trop que répondre et il lui fallut un moment pour bégayer une réponse :

— Oui, absolument. C'est fantastique.

Inquiet, il regarda Mme Petrén pour voir si elle sentait que ses mots et la manière dont il les disait ne s'accordaient pas tout à fait. A sa grande surprise, elle afficha un sourire espiègle qui fit scintiller ses yeux.

— Ne t'en fais pas. Je comprends très bien que ça ne te plaise pas forcément, mais avec l'âge, on a certaines obligations, vois-tu.

— Des obligations ?

— Les gens s'attendent à ce qu'on ait quelque grain de folie, pour être intéressante. Sinon, on n'est qu'une petite vieille lugubre, et ça, je ne veux pas en entendre parler, vois-tu.

— Mais, pourquoi des pères Noël ?

Mme Petrén le lui expliqua comme si elle parlait à un enfant.

— Tu vois, ce qui est bien avec les pères Noël, c'est qu'on n'a besoin de s'en occuper qu'une fois par an. Le reste de l'année je peux garder ma maison sans la moindre babiole, c'est aussi simple que ça, tu comprends. Et puis il y a l'avantage que, pour Noël, ça fait venir ici un tas d'enfants. Et pour une pauvre vieille comme moi qui à part ça n'a pas tellement de visites, c'est une bénédiction d'avoir tous ces petits qui viennent sonner à ma porte pour voir les pères Noël.

— Mais vous les gardez en place combien de temps, madame Petrén, après tout nous sommes en février maintenant.

— Ben, je commence à les installer en octobre, et je les enlève en avril. Mais notre petit monsieur doit comprendre qu'il me faut bien une semaine ou deux pour les installer et la même chose pour les enlever.

Patrik n'avait aucune difficulté à comprendre qu'il fallait bien ce temps-là. Il essaya de faire un rapide calcul de tête, mais son cerveau n'avait pas encore récupéré depuis le choc visuel et il dut se tourner vers Mme Petrén pour lui poser directement la question.

— Vous avez combien de pères Noël ici, madame Petrén ?

La réponse fusa, rapide et vive.

— Mille quatre cent quarante-trois, non pardon, mille quatre cent quarante-deux, j'en ai cassé un hier. Un des plus beaux, d'ailleurs, dit Mme Petrén l'air désolé.

Elle se reprit vite cependant et le soleil réapparut dans ses yeux. Avec une force surprenante, elle tira sur la manche de la veste de Patrik et le traîna plus ou moins dans la cuisine, où le contraste fut saisissant : pas un seul père Noël en vue. Patrik lissa discrètement sa veste mais il eut l'impression qu'elle l'aurait tiré par l'oreille si elle avait pu l'atteindre.

— On restera ici. Ça finit par faire trop avec tous ces bonshommes autour de soi. Ici dans la cuisine, ils sont interdits de séjour.

Il s'installa sur la dure banquette de cuisine après que toutes ses propositions d'aide avaient été rudement éconduites. Il s'était préparé mentalement à l'idée de devoir boire un infâme café bouilli, et il perdit le menton pour la deuxième fois en très peu de temps en voyant l'appareil à café en acier inoxydable hyper moderne qui trônait sur le plan de travail.

— Qu'est-ce qu'il prendra, notre petit monsieur ? Un cappuccino ? Un café au lait ? Peut-être un double expresso – il a l'air d'en avoir besoin.

Patrik ne put que hocher la tête et Mme Petrén se régalait de toute évidence de son ahurissement.

— Qu'est-ce qu'il croyait ? Que j'aurais une antique cafetière des années quarante et un moulin à café ? Non, ce n'est pas parce qu'on est une vieille bonne femme qu'on ne doit pas s'offrir ce que la vie a de bon. C'est mon fils qui m'en a fait cadeau pour Noël il y a quelques années, et elle tourne à plein temps, je dois dire. Certains jours, les bonnes femmes du quartier font la queue pour venir prendre un café chez moi.

Elle caressa tendrement l'appareil qui crachait et sifflait pour transformer du lait en mousse légère.

Tandis que la machine faisait son œuvre, les pâtisseries les plus extravagantes se matérialisèrent devant

Patrik. Pas les petits sablés ordinaires et les quatre-quarts banals, mais de succulentes brioches à la cannelle, de magnifiques muffins aux raisins secs, de petits gâteaux au chocolat fondant et de délicates meringues arrivèrent sur la table, sous les yeux écarquillés de Patrik et lui firent monter l'eau à la bouche. Mme Petrén gloussa en voyant son visage, puis elle s'assit en face de lui sur une simple chaise, après avoir d'abord servi à chacun une tasse de café brûlant et plein d'arômes.

— Je comprends que le petit monsieur est venu me parler de la pauvre fille d'en face. Eh ben, j'ai déjà parlé au commissaire et lui ai dit le peu que je sais.

Patrik s'arracha à la petite merveille crémeuse qu'il venait de se mettre sous la dent et fut obligé de se passer la langue sur les incisives avant de pouvoir ouvrir la bouche.

— Exactement, madame Petrén, vous voudrez peut-être me raconter à nouveau ce que vous avez vu ? Est-ce que vous permettez que je branche le magnétophone ?

Il appuya sur la touche *record* et profita de ce qu'elle ne lui répondait pas tout de suite pour croquer une bonne bouchée supplémentaire.

— Oui, bien sûr. Eh bien, c'était le vendredi vingt-cinq janvier, à six heures et demie.

— Comment pouvez-vous être si sûre de l'heure et de la date ? Ça fait tout de même plusieurs semaines maintenant ?

Patrik prit une autre bouchée.

— Eh bien, c'était mon anniversaire ce jour-là, et mon fils était venu avec sa famille pour le gâteau d'anniversaire et ils m'ont apporté des cadeaux. Ils sont repartis peu avant les infos de six heures et demie sur la quatre et c'est alors que j'ai entendu un de ces raffuts là dehors. Je suis allée voir à la fenêtre qui donne sur la rue, et sur la maison de la pauvre fille, et alors je l'ai vu.

— Anders ?

— Anders le barbouilleur, oui. Soûl comme un Polonais qu'il était, et il gueulait comme un fou et tambourinait sur la porte. Elle a fini par le faire entrer et alors le boucan s'est arrêté. Bon, je ne peux pas dire s'il a cessé de crier, ça je n'en sais rien. Je ne peux pas entendre ce qui se passe dans les maisons.

Mme Petrén remarqua que la petite assiette de Patrik était vide et elle poussa vers lui le plat avec les brioches à la cannelle. Il ne se laissa pas prier deux fois et en piocha une sans hésiter en haut de l'imposante pyramide.

— Et vous êtes totalement sûre que c'était Anders Nilsson ? Aucune hésitation là-dessus ?

— Oh non, je le reconnais bien, cette canaille. Il n'arrêtait pas de venir ici à tout propos, et si je ne le voyais pas ici, je le voyais avec les autres poivrots en bas sur la place. Eh oui, je ne comprends vraiment pas ce qu'il fabriquait avec Alexandra Wijkner. Ça, c'était une fille qui avait de la classe. Belle et bien élevée aussi. Quand elle était petite, elle venait souvent chez moi, je lui préparais un goûter. Là sur la banquette justement, elle était souvent avec la petite de Tore, comment elle s'appelle déjà…

— Erica, dit Patrik la bouche remplie de brioche et il sentit nettement son bas-ventre se contracter quand il prononça son prénom.

— Erica, c'est ça. Une gentille gamine, elle aussi, mais Alexandra, c'était quelque chose de spécial. Elle était presque lumineuse. Mais ensuite il s'est passé quelque chose… Elle a arrêté de passer me voir et elle me saluait à peine. Quelques mois plus tard, ils avaient déménagé à Göteborg et ensuite je ne l'ai pas revue avant qu'elle commence à venir passer les week-ends ici il y a quelques années.

— Les Carlgren, ils ne sont jamais plus revenus pendant toutes ces années ?

— Non, jamais. Mais ils entretenaient la maison. Il y a eu des artisans qui sont venus peindre et réparer, et Vera Nilsson venait deux fois par mois faire le ménage.

— Et vous ne savez pas ce qui s'est passé avant que les Carlgren déménagent à Göteborg, je veux dire ce qui a pu transformer Alex ? Une querelle dans la famille, ou quelque chose comme ça ?

— Il y a eu des rumeurs, c'est vrai, ça aurait été étonnant sinon, mais rien qui m'a semblé vraiment crédible. Même s'il y en a beaucoup ici à Fjällbacka qui se disent au courant de tout ce que font les autres, il y a une chose que notre petit monsieur doit savoir, et c'est qu'on ne peut jamais être sûr de ce qui se passe derrière les murs chez les gens. Alors pas question pour moi de monter des scénarios. Ça ne mène jamais à rien. Tiens, prends donc encore un gâteau. Il n'a toujours pas goûté mes baisers au chocolat, notre monsieur.

Patrik vérifia et oui, effectivement, il restait un tout petit peu de place qu'il pourrait remplir d'un baiser au chocolat.

— Vous avez vu autre chose ensuite ? Quand Anders Nilsson est parti par exemple ?

— Non, je n'ai rien vu de plus ce soir-là. Mais je l'ai vu entrer dans la maison plusieurs fois au cours de la semaine suivante. Vraiment étrange, il faut avouer. D'après ce que j'ai entendu dire au village, elle était déjà morte alors. Qu'est-ce qu'il a bien pu venir y faire ?

C'était exactement ce que Patrik se demandait. Mme Petrén l'exhortait du regard :

— Bon, alors, notre petit monsieur a aimé ?

— Je crois que je n'ai jamais mangé de meilleurs gâteaux, madame Petrén. Comment faites-vous pour sortir comme ça, à l'improviste, un tel assortiment ? Je veux dire, je ne vous ai annoncé ma visite qu'un quart d'heure avant de venir, et il vous aurait fallu des super-pouvoirs pour avoir le temps de préparer tous ces délices.

Elle buvait ses compliments et redressa fièrement la tête.

— Pendant trente ans, mon mari et moi avons tenu la pâtisserie, ici à Fjällbacka, et je suppose que j'ai appris certaines petites choses durant ces années. Les vieilles habitudes sont difficiles à rompre, et je continue à me lever à cinq heures du matin pour mettre en route des gâteaux. J'en donne aux enfants et aux femmes du quartier qui viennent me voir et ensuite je nourris les oiseaux avec ce qui reste. J'aime bien innover aussi. Il y a tant de gâteaux qui valent bien mieux que les éternels sablés que nous faisions par tonnes entières dans le temps. Je trouve les recettes dans les magazines, et puis je les arrange à ma façon.

Elle indiqua en agitant la main une énorme pile de magazines de gastronomie par terre à côté de la banquette, plusieurs titres différents, et manifestement sur plusieurs années. A en juger par le prix à l'exemplaire, Patrik se dit que Mme Petrén avait dû mettre de côté une somme rondelette pendant ses années de commerçante. Une idée lui vint brusquement :

— Dites-moi, madame Petrén, est-ce que vous savez s'il y a un autre lien entre les familles Carlgren et Lorentz, à part que Karl-Erik travaillait pour eux ? Est-ce qu'ils se fréquentaient, par exemple ?

— Que Dieu me préserve, les Lorentz fréquenter les Carlgren ? Non, mon ami, pour ça il aurait fallu qu'il y ait deux jeudis dans la semaine ! Ils ne fréquentaient pas les mêmes cercles, et que Nelly Lorentz soit passée pour les obsèques chez les Carlgren, je peux vous dire que c'était un petit événement, ni plus ni moins !

— Et leur fils ? Celui qui a disparu, je veux dire. Il n'avait jamais aucune relation avec les Carlgren, à votre connaissance ?

— Non, j'espère vraiment pas. Un vilain garçon, celui-là. Il essayait toujours de chiper des gâteaux dans la pâtisserie quand j'avais le dos tourné. Mon mari lui a passé un savon un jour quand il l'avait pris sur le fait. L'engueulade de sa vie. Ensuite, Nelly a évidemment rappliqué pour nous dire ce qu'elle en pensait et elle a menacé d'appeler la police. Je peux vous dire que mon mari l'a vite fait baisser d'un ton en disant qu'il y avait des témoins des larcins, "Je vous en prie madame, qu'il a dit, appelez-la, la police !"

— Mais aucun lien avec les Carlgren, à votre connaissance ?

Elle secoua la tête.

— Bon, ce n'était qu'une idée en l'air. A part le meurtre d'Alex, je suppose que la disparition de Nils est l'événement le plus dramatique que vous avez eu ici, et je me suis dit que… Parfois on tombe sur des coïncidences incroyables. Bon, je crois que je n'ai pas d'autres questions, il me reste à vous remercier de votre accueil. Vos gâteaux sont vraiment incroyables. Maintenant il va falloir que je me contente de salade verte pendant quelques jours, dit Patrik en se tapotant le ventre.

— Oh, le petit monsieur ne va tout de même pas se mettre à manger comme un lapin. Il doit encore grandir, ce garçon.

Patrik choisit de réagir avec un sourire plutôt que de lui faire remarquer qu'à trente-cinq ans, il n'y avait plus que son tour de taille qui grandissait encore. Il se leva de la banquette, mais fut obligé de se rasseoir immédiatement. C'était comme s'il avait l'estomac rempli de béton et une vague de nausées lui monta dans la gorge. A la réflexion, ce n'était pas très malin de s'être empiffré ainsi de gâteaux.

Il essaya de garder les paupières à demi fermées en traversant le séjour tandis que les mille quatre cent quarante-deux pères Noël scintillants lui adressaient des clins d'œil.

La sortie se fit aussi lentement que l'entrée, et il dut se maîtriser pour ne pas marcher plus vite que Mme Petrén. Elle était du tonnerre, cette petite vieille, aucun doute là-dessus. Un témoin fiable aussi, et compte tenu de son témoignage, d'ici peu ils auraient ajouté quelques morceaux au puzzle et obtenu des éléments d'accusation solides contre Anders Nilsson. Pour l'instant, il ne s'agissait que d'indices, mais tout indiquait quand même que le meurtre d'Alexandra Wijkner devait être considéré comme résolu. Et pourtant, Patrik ne se sentait pas entièrement satisfait. Dans la mesure où il pouvait encore sentir quelque chose dans l'estomac à part les pâtisseries, c'était une inquiétude et la sensation que les solutions limpides n'étaient pas toujours les bonnes.

Il accueillit l'air frais avec extase et les nausées le lâchèrent un peu. Alors qu'il venait juste de remercier Mme Petrén une dernière fois et s'était retourné pour partir, elle lui glissa quelque chose dans la main avant de refermer la porte. Il regarda ce que c'était. Un sac de supermarché bourré de gâteaux – agrémenté d'un petit père Noël. Il mit la main sur son ventre en gémissant.

— Dis-moi, Anders, pas très brillant tout ça.

— Ah bon.

— Ah bon – c'est tout ce que tu as à dire ? T'es dans la merde, si tu ne l'as pas compris ! Tu l'as compris ou pas ?

— Je n'ai rien fait.

— Conneries ! C'est des conneries que tu me débites, là ! Je sais que tu l'as tuée, alors tu peux tout aussi bien l'avouer et m'épargner des soucis. En m'épargnant des soucis, tu t'en épargnes aussi. Tu piges ce que je te dis ?

Mellberg et Anders se trouvaient dans la seule salle d'interrogatoire du commissariat de Tanumshede et, contrairement à ce qu'on voit dans les séries américaines, il n'y avait pas de vitre pour permettre aux collègues de suivre l'interrogatoire. Situation qui convenait parfaitement à Mellberg. Rester seul avec le suspect allait totalement à l'encontre du règlement, mais merde, enfin, si seulement le bonhomme se mettait à table, personne n'irait se soucier d'un règlement stupide. Anders n'avait pas non plus exigé qu'un avocat ou quelqu'un d'autre soit présent et, dans ce cas, pourquoi Mellberg le lui proposerait-il ?

La pièce était petite et chichement meublée, avec des murs nus. Les seuls meubles étaient une table et deux chaises, occupées en ce moment par Anders Nilsson et Bertil Mellberg. Anders était nonchalamment affaissé sur la chaise, les mains jointes sur les genoux et ses longues jambes étendues sous la table. Mellberg par contre était debout, à moitié penché au-dessus de la table et le visage aussi près d'Anders qu'il arrivait à le supporter, compte tenu de l'haleine du suspect qui ne fleurait pas exactement la menthe. Mais suffisamment près quand même pour que de petites gouttes de salive éclaboussent le visage d'Anders quand Mellberg criait. Anders ne se donna pas la peine de les essuyer, et choisit de faire comme si le commissaire n'était qu'une mouche agaçante, si insignifiante qu'elle ne méritait même pas qu'on la chasse.

— Nous savons aussi bien l'un que l'autre que tu as assassiné Alexandra Wijkner. Tu lui as fait prendre des somnifères, tu l'as installée dans la baignoire et tu lui as tailladé les veines pour ensuite la regarder tranquillement mourir en se vidant de son sang. Alors, faisons au plus simple pour tous les deux ? Tu avoues et je note.

Très satisfait de ce qu'il tenait pour une introduction musclée de l'interrogatoire, Mellberg se rassit sur la chaise et croisa les mains sur son gros ventre. Il attendit. Aucune réaction d'Anders. Il gardait la tête penchée et ses cheveux dissimulaient toutes les éventuelles expressions sur son visage. Un tressaillement au coin de la bouche de Mellberg révéla qu'il n'appréciait pas l'indifférence comme meilleure réponse à sa réplique. Après encore un moment d'attente, il abattit son poing sur la table pour essayer de sortir Anders de sa torpeur. Aucune réaction.

— Putain, espèce de saleté de poivrot ! Tu crois que tu t'en sortiras en restant là à la fermer ! Alors c'est que tu ignores qui tu as en face de toi, c'est moi qui te le dis ! Je vais te tirer les vers du nez, moi, même si on doit passer la journée dans cette pièce !

Les taches de sueur sous les bras de Mellberg s'étendaient davantage à chaque syllabe qu'il prononçait.

— Tu étais jaloux, c'est ça ? On a trouvé des tableaux d'elle que tu as peints, et c'est assez évident que vous vous envoyiez en l'air ensemble. Et pour balayer tous nos doutes, on a trouvé les lettres que tu lui as écrites. Tes lettres d'amour pathétiques à l'eau de rose. Putain, c'est à vomir ! Qu'est-ce qu'elle te trouvait, en fait ? Je veux dire, regarde-toi. T'es crade comme on ne peut pas plus et t'as absolument rien d'un Don Juan, mon pauvre. La seule explication que je vois, c'est qu'elle devait être une sorte de perverse. Que la merde et les vieux alcoolos immondes la branchaient. Est-ce qu'elle fricotait avec les autres pochtrons de Fjällbacka aussi ou bien tu étais le seul à qui elle offrait ses services ?

Vif comme un écureuil, Anders fut sur pieds, se jeta en travers de la table et agrippa le cou de Mellberg à deux mains.

— Salaud, je vais te tuer, putain de salaud de flic !

Mellberg essaya en vain de desserrer les mains d'Anders. Il devint de plus en plus rouge et ses cheveux tombèrent de leur nid et se posèrent comme un voile sur son oreille droite. Seule la surprise fit qu'Anders desserra ses mains et le commissaire put respirer à fond. Anders retomba sur sa chaise et lança un regard féroce à Mellberg.

— Ne refais jamais ça ! Tu entends, jamais ! Mellberg dut tousser et se racler la gorge pour retrouver sa voix. T'as intérêt de te tenir vachement tranquille sinon je te rebalance dans ta cellule et je jette la clé, tu m'entends !

Mellberg se rassit, mais son regard fixait attentivement Anders et il y avait dans ses yeux un soupçon de crainte qui ne s'y était pas trouvé avant. Il se rendit compte que sa coiffure soigneusement arrangée avait un coup dans l'aile et d'une main habituée, l'air de rien, il remonta les cheveux au milieu de son crâne dégarni.

— Bon, reprenons. Tu entretenais donc une relation sexuelle avec la femme assassinée, Alexandra Wijkner ?

Anders murmura quelque chose à l'adresse de ses genoux.

— Pardon, qu'est-ce que t'as dit ?

Mellberg se pencha sur la table, les mains croisées devant lui.

— J'ai dit que nous nous aimions !

Les mots résonnèrent et bondirent entre les murs nus. Mellberg afficha un sourire moqueur.

— OK, vous vous aimiez. La belle et la bête s'aimaient. Charmant. Pendant combien de temps est-ce que vous vous êtes "aimés" ?

Anders murmura de nouveau quelque chose d'inintelligible et Mellberg dut lui demander de répéter.

— Depuis qu'on était petits.

— Tiens, tiens. OK. Mais j'imagine que vous n'avez pas commencé à forniquer comme des lapins à l'âge de cinq ans, alors laisse-moi formuler autrement la question : Depuis quand aviez-vous une relation sexuelle ? Depuis quand donnait-elle avec toi des coups de canif dans le contrat ? Depuis quand dansiez-vous le tango à l'horizontale ? Je continue ou t'as réussi à comprendre la question ?

Anders lorgna Mellberg d'un œil rempli de haine, mais resta tranquille au prix d'un gros effort.

— Je ne sais pas, de temps en temps au fil des ans. Je ne sais réellement pas, je n'ai pas particulièrement coché les jours dans le calendrier.

Il tripota quelques fils invisibles sur son pantalon.

— C'est-à-dire, elle n'était pas ici très souvent avant, alors ça ne s'est pas fait beaucoup. En général, je ne faisais que la peindre. Elle était tellement belle.

— Que s'est-il passé le soir où elle est morte ? Une dispute entre amoureux ? Elle n'a pas voulu accorder ses grâces ? Ou bien c'est le fait qu'elle soit en cloque qui t'a fait sortir de tes gonds ? C'est ça, non ? Elle était en cloque et tu ne savais pas si l'enfant était de toi ou de son mari. Elle a sans doute menacé de te rendre la vie impossible aussi, n'est-ce pas ?

Mellberg se sentait très satisfait de lui. Il était convaincu qu'Anders était l'assassin, et qu'il lui suffisait d'appuyer suffisamment fort sur les bons boutons pour obtenir des aveux. Aucun doute là-dessus. Ensuite, ils allaient le supplier de revenir à Göteborg. Il les laisserait le supplier un bon moment. Ils allaient sûrement faire miroiter un avancement et une augmentation de salaire aussi s'il les maintenait sur le gril un moment.

Tout content, il se frotta le ventre et nota alors seulement qu'Anders le fixa, les yeux écarquillés. Son visage était blanc, totalement exsangue. Ses mains secouées de spasmes. Quand Anders leva la tête et pour la première fois regarda Mellberg droit en face, le commissaire vit que sa lèvre inférieure tremblait et que les yeux d'Anders étaient remplis de larmes.

— Tu mens ! Elle ne pouvait pas être enceinte !

Un filet de morve se fraya un chemin sous son nez et Anders l'essuya avec la manche de son pull. Il suppliait presque Mellberg du regard.

— Comment ça, elle ne pouvait pas ! Les capotes ne sont pas sûres à cent pour cent, tu sais. Elle était enceinte de trois mois, alors n'essaie pas maintenant de me sortir tes talents de comédien. Elle était en cloque et tu sais très bien comment cela s'est fait. Ensuite, si c'était toi ou son mari le responsable, aucun moyen de le savoir, n'est-ce pas ? La malédiction de l'homme, je te dis. Moi-même j'ai failli me faire avoir une fois ou deux, mais aucune putain de bonne femme n'a encore réussi à me faire signer un papier. Mellberg gloussa.

— Ça ne te regarde pas, mais nous n'avions pas fait l'amour ensemble depuis plus de quatre mois. Je ne parlerai plus avec toi. Ramène-moi dans ma cellule, je ne dirai pas un mot de plus !

Anders reniflait sans retenue et les larmes menaçaient en permanence de déborder. Il se pencha en arrière sur la chaise, bras croisés sur la poitrine et la tête penchée en avant, lorgna obstinément Mellberg, et ce dernier soupira lourdement mais accéda à sa demande.

— Bon, on reprendra d'ici quelques heures. Et fourre-toi bien ça dans le crâne – je ne crois pas un foutu mot de ce que tu dis ! Réfléchis à ça quand tu seras dans ta cellule. La prochaine fois qu'on se voit, je veux des aveux complets de ta part.

Il resta assis un instant après qu'Anders avait été reconduit dans sa cellule. Cet ivrogne puant n'avait rien avoué et cela lui paraissait totalement incompréhensible. Il avait cependant encore un atout intact dans sa manche. La dernière fois que quelqu'un avait entendu Alexandra Wijkner vivante était à sept heures et quart le vendredi vingt-cinq janvier, exactement une semaine avant qu'on la retrouve morte. Elle avait alors parlé avec sa mère au téléphone pendant cinq minutes et cinquante secondes selon les relevés téléphoniques. Cela coïncidait aussi avec la fourchette que le médecin légiste avait indiquée. Grâce au témoignage de la voisine, Dagmar Petrén, il savait qu'Anders Nilsson avait rendu visite à la victime non seulement dans la soirée du même vendredi, peu avant sept heures, mais aussi qu'on l'avait vu entrer dans la maison à plusieurs occasions la semaine suivante. *Alexandra Wijkner se trouvait alors déjà dans la baignoire, morte.*

Un aveu aurait considérablement facilité le travail de Mellberg, mais même si Anders s'avérait coriace, il était certain de réussir à le faire condamner. Non seulement il disposait du témoignage de Mme Petrén mais sur son bureau se trouvait aussi un rapport de la perquisition dans la maison d'Alex Wijkner. Les renseignements les plus intéressants provenaient de l'examen minutieux qui avait été fait de la salle de bains où elle avait été retrouvée. Il y avait une empreinte de chaussure dans le sang figé par terre qui correspondait à une paire de chaussures saisie chez Anders, et on avait aussi retrouvé les empreintes digitales d'Anders sur le corps de la victime. Pas aussi nettes que sur une surface dure et régulière, mais quand même nettes et identifiables.

Il n'avait pas voulu tirer toutes ses cartouches aujourd'hui, mais au prochain interrogatoire, il déballerait l'artillerie. Et il foutrait ce salopard au tapis en moins de deux.

Tout content de lui, Mellberg cracha dans sa paume et lissa sa chevelure avec la salive.

L'appel téléphonique vint la déranger au milieu du récit de son entretien avec Henrik Wijkner. Agacée, Erica quitta les touches du clavier et tendit la main pour répondre.

— Oui ? Son ton était un peu plus irrité que voulu.

— Allô, c'est Patrik. Je te dérange ?

Erica se redressa sur sa chaise et regretta de ne pas avoir eu une intonation plus aimable en répondant.

— Non, absolument pas, je suis en train d'écrire et j'étais tellement plongée dedans que j'ai fait un bond quand ça a sonné et j'ai peut-être eu l'air un peu… mais tu ne me déranges absolument pas, il n'y a aucun problème, je veux dire…

Elle se toucha le front en s'entendant divaguer pire qu'une ado au téléphone. Faudrait se ressaisir et dompter un peu les hormones. Ça frisait le ridicule, tout ça.

— Je suis à Fjällbacka et je me demandais si tu étais chez toi et si je pouvais passer te voir un moment ?

Il paraissait si sûr de lui, si mâle, si rassurant et calme. Erica se sentit encore plus ridicule d'avoir bégayé comme si elle avait quatorze ans. Elle regarda sa tenue, composée aujourd'hui d'un jogging assez crade et elle se tâta les cheveux. Oui, c'était bien ce qu'elle craignait. Couette en haut de la tête avec des cheveux qui pointaient dans tous les sens. La situation pouvait quasiment être considérée comme catastrophique.

— Allô, Erica, t'es encore là ? Patrik paraissait inquiet.

— Euh, ouais, je suis là. J'ai simplement eu l'impression que ton portable captait mal brusquement.

Erica se toucha le front pour la deuxième fois en environ dix secondes. Seigneur, était-ce la première fois qu'elle parlait à un garçon ?

— Allôôô, Erica, tu m'entends ? Allô ?

— Euuh, oui, ça y est. Mais, viens, bien sûr ! Donne-moi un quart d'heure quand même parce que je suis en train de... euuh... d'écrire un passage vraiment important dans mon livre que je voudrais terminer d'abord.

— Oui, je comprends. Tu es sûre que je ne te dérange pas ? Je veux dire, on se verra de toute façon demain soir, alors...

— Non, mais absolument pas. Vrai de vrai. Donne-moi un quart d'heure simplement.

— D'accord. A tout à l'heure.

Erica posa lentement le combiné et prit quelques inspirations profondes et pleines d'attente. Son cœur s'emballait tellement qu'elle pouvait en entendre les battements. Patrik était en route pour venir chez elle. Patrik était en... Elle sursauta comme si quelqu'un lui avait versé un seau d'eau et bondit de la chaise. Il arrivait dans un quart d'heure et elle avait l'air de ne s'être ni lavée ni coiffée depuis une semaine. Elle monta l'escalier quatre à quatre tout en enlevant le haut du jogging par la tête. Dans la chambre, elle sortit du pantalon et faillit s'étaler en oubliant qu'il ne fallait pas marcher en même temps.

Elle se lava sous les bras dans la salle de bains et envoya un remerciement silencieux à Dieu de s'être rasée les aisselles en prenant sa douche le matin. Quelques petites gouttes d'eau de toilette aux poignets, entre les seins et à la carotide où elle sentit la pulsation de son sang sous les doigts. Sa penderie fut mise à rude épreuve et ce ne fut que lorsqu'elle avait lancé la plupart de ses vêtements sur le lit qu'elle réussit à se décider pour un pull noir sobre de chez Filippa K et une jupe droite noire également, qui lui arrivait jusqu'aux chevilles. Elle regarda sa montre. Encore dix minutes. Re-salle de bains. De la poudre, du mascara, du gloss et une ombre à paupières claire. Pas besoin de rouge, son visage était assez coloré comme ça. L'effet qu'elle cherchait était le look frais et naturel, et à chaque année qui passait, elle avait l'impression d'avoir besoin de plus en plus de maquillage pour l'obtenir.

On sonna à la porte d'entrée au rez-de-chaussée et en jetant un dernier coup d'œil au miroir, elle réalisa avec horreur que ses cheveux étaient toujours rassemblés en une couette mal ficelée avec un élastique jaune fluo. Elle arracha l'élastique et à l'aide d'une brosse et un peu de gel elle réussit à les discipliner à peu près. On sonna à nouveau, avec un peu plus d'insistance cette fois et elle dévala l'escalier, mais à mi-chemin elle s'arrêta pour chercher sa respiration et se concentrer une seconde. Puis, avec l'expression la plus cool qu'elle pût afficher, elle ouvrit la porte et décocha un sourire.

Son doigt tremblait un peu quand il appuya sur la sonnette. Il avait failli faire demi-tour plusieurs fois et rappeler pour s'excuser, mais sa voiture prenait pratiquement toute seule le cap de Sälvik. Il se rappelait très bien où elle habitait et il négocia avec aisance le virage serré à droite dans la montée vers le camping avant sa maison. Il faisait nuit noire, mais les lampadaires éclairaient suffisamment pour qu'il puisse distinguer la vue sur la mer. Il comprit tout d'un coup ce qu'Erica devait ressentir pour sa maison natale et il comprit aussi la peine qu'elle devait éprouver à l'idée de la perdre. Subitement, il réalisa l'impossibilité de ses sentiments pour elle. Erica et Anna allaient vendre la maison et alors plus rien ne la retiendrait à Fjällbacka. Elle retournerait à Stockholm et un flic d'un trou comme Tanumshede n'avait pas grand-chose pour rivaliser avec les mecs branchés de Stureplan. Il monta vers la porte d'un pas abattu et sonna.

Personne ne vint ouvrir et il appuya à nouveau sur la sonnette. L'idée ne semblait définitivement pas aussi bonne que lorsqu'elle lui était venue à l'esprit en quittant Mme Petrén. Il n'avait simplement pas su résister à la tentation de l'appeler dans la mesure où il était si près. Il avait cependant regretté un peu dès qu'elle lui avait répondu. Elle paraissait si occupée, irritée même par son coup de fil. Bon, c'était trop tard maintenant. La sonnerie retentissait déjà pour la deuxième fois dans la maison.

Il entendit quelqu'un descendre un escalier. Les pas s'arrêtèrent un instant avant de continuer pour venir jusqu'à la porte. La porte fut ouverte et elle se tint là, un grand sourire illuminant son visage. Elle l'affolait.

Il ne comprenait pas comment elle pouvait avoir l'air toujours aussi fraîche. Son visage était pur et sans maquillage, avec la beauté naturelle qu'il préférait avant tout chez une femme. Karin n'avait jamais songé à se montrer non maquillée, mais Erica était tellement fantastique à ses yeux qu'il ne concevait pas qu'elle puisse se faire encore plus belle.

La maison était telle que dans son souvenir d'enfant. Ici, on avait laissé les meubles et la maison prendre dignement de l'âge ensemble. Le bois et la couleur blanche dominaient, avec des tissus blanc et bleu qui venaient harmonieusement compléter la vieille patine des meubles. Erica avait allumé des bougies qui chassaient l'obscurité de l'hiver. Tout respirait le calme et le repos. Il la suivit dans la cuisine.

— Tu veux un café ?

— Oui merci. Euh, tiens. Patrik lui tendit le sac avec les gâteaux. J'aimerais en apporter un peu au poste aussi. Mais il y en a suffisamment, il en restera même, je peux te le garantir.

Erica jeta un coup d'œil au sac plastique. Elle sourit.

— Tu as été voir Mme Petrén, si je comprends bien.

— Mmouii. Et j'arrive à peine à bouger, tellement je me suis empiffré.

— Une dame charmante, n'est-ce pas ?

— Incroyable. Si j'avais eu dans les quatre-vingt-dix ans, je l'aurais épousée.

Ils se sourirent.

— Alors, comment tu vas ?

— Je vais bien.

Quelques instants de silence les mirent l'un comme l'autre mal à l'aise. Erica servit deux tasses de café et versa le reste dans un thermos.

— On serait mieux sur la véranda.

Ils burent les premières gorgées dans un silence moins gêné, plutôt agréable, même. Erica était assise dans le canapé en rotin en face de lui. Il se racla la gorge.

— Comment avance le livre ?

— Bien, merci. Et toi ? Ton enquête, comment elle avance ?

Patrik réfléchit un instant puis décida d'en dire un peu plus que ce qu'il devait en réalité. Après tout, Erica était déjà impliquée et il ne voyait vraiment pas quel mal il y aurait à le faire.

— En gros, c'est bouclé. On tient un suspect qu'on est en train d'interroger, et les preuves sont béton.

Erica se pencha en avant, le visage plein de curiosité.

— Qui c'est ?

Patrik hésita une seconde.

— Anders Nilsson.

— Alors c'était Anders, finalement. Bizarre, mais ça ne me semble pas coller.

Patrik était enclin à lui donner raison. Il y avait trop de fils que l'arrestation d'Anders ne permettait pas de nouer. Tous les doutes étaient balayés par les preuves concrètes sur le lieu du crime et par les témoignages indiquant que non seulement il s'était trouvé dans la maison peu avant l'heure où Alex avait probablement été tuée, mais qu'il s'y était aussi rendu plusieurs fois ensuite alors qu'elle était déjà morte. Et pourtant…

— Bon, alors c'est fini. Bizarre, je pensais que je me sentirais plus soulagée que ça. Et l'article que j'ai trouvé ? Sur la disparition de Nils, je veux dire ? Comment est-ce qu'il colle avec tout ça si c'est Anders qui l'a tuée ?

Patrik haussa les épaules et leva les mains, paumes tournées vers le haut.

— Je n'en sais rien, Erica. Je n'en sais rien. Ça n'avait peut-être rien à voir avec le meurtre. Un simple hasard seulement. Quoi qu'il en soit, il n'y a plus de raison de remuer ça. Alex a emporté ses secrets dans la tombe.

— Et l'enfant qu'elle attendait ? Il était d'Anders ?

— Comment savoir ? D'Anders, de Henrik… Toutes les hypothèses se valent. Maintenant, va savoir ce qui les unissait, ces deux-là. Tu parles d'un couple mal assorti. J'admets qu'il n'y a rien d'inhabituel à ce que les gens aient des amants et des maîtresses, mais Alexandra Wijkner et Anders Nilsson ? Je veux dire, ça me paraît déjà incroyable qu'il réussisse à mettre une femme dans son lit, mais Alexandra Wijkner, elle était – ben, elle était canon, c'est le seul mot qui me vient à l'esprit.

Un instant il eut l'impression de voir une ride se former entre les sourcils d'Erica, mais la seconde d'après, elle avait disparu et Erica retrouva son allant habituel, poli et agréable. Il avait dû se faire des idées. Elle ouvrait la bouche pour dire quelque chose lorsque le jingle de *Glace à domicile* retentit dans l'entrée. Ils sursautèrent tous les deux.

— C'est mon portable. Excuse-moi un instant.

Il se précipita dans l'entrée et après avoir farfouillé dans la poche de sa veste, il réussit à sortir le portable à temps pour répondre.

— Patrik Hedström… Hmm… D'accord… Je comprends… Bon, alors on est revenu au point de départ… Oui, oui, je sais… Ah bon, il a dit ça. Eh bien, c'est à voir… D'accord, commissaire, allez, ciao.

Il referma son portable d'un claquement énergique et retourna auprès d'Erica.

— Enfile une veste, on va faire un tour.

— Où ça ?

Erica l'interrogea du regard, les lèvres au bord de sa tasse de café.

— Il y a du nouveau concernant Anders. Tout indique qu'on va être obligé de le rayer comme suspect.

— Ah bon, mais on va où ?

— Toi et moi, de la même manière, on a senti qu'il y avait quelque chose qui ne collait pas. Tu as trouvé cet article sur la disparition de Nils chez Alex et il y a peut-être encore des choses à trouver.

— Mais vous avez déjà passé la maison au peigne fin ?

— Oui, mais ce n'est pas sûr qu'on ait trouvé ce qu'il fallait à ce moment-là. Je voudrais seulement essayer un truc. Allez, viens.

Patrik avait déjà ouvert la porte pour sortir ; Erica attrapa sa veste en vitesse et lui emboîta le pas.

La maison semblait petite et décrépie. Que des gens puissent habiter ainsi dépassait son entendement. Qu'on puisse supporter une existence aussi triste et grise, aussi – pauvre. Mais apparemment le monde était ainsi fait. Certains étaient riches et certains pauvres. Elle remercia sa bonne étoile d'appartenir à la première catégorie. Elle n'avait jamais été faite pour être pauvre. Une femme comme elle était faite pour porter fourrures et diamants.

La femme qui ouvrit la porte après qu'elle avait frappé n'avait probablement jamais vu un diamant en vrai. Toute son allure était grise et brune. Nelly regarda avec aversion le tricot usé de Vera et les mains gercées qui le maintenaient fermé sur la poitrine. Vera ne dit rien, resta seulement en silence dans l'entrebâillement de la porte, et après un coup d'œil inquiet sur les environs Nelly fut finalement obligée de dire :

— Bon, tu me demandes d'entrer ou on reste ici toute la journée ? Ni toi ni moi n'avons très envie qu'on me voie venir te rendre visite, n'est-ce pas ?

Vera resta silencieuse, mais recula dans l'entrée, le dos légèrement voûté, pour laisser entrer Nelly.

— Il faut qu'on parle toutes les deux, n'est-ce pas ?

D'un geste élégant, Nelly retira les gants qu'elle portait toujours quand elle sortait et regarda la maison avec dégoût. L'entrée, le séjour, la cuisine et une petite chambre. Vera la suivit, les yeux baissés. Les pièces étaient sombres et tristes. Le papier peint avait vu des jours meilleurs. Personne ne s'était donné la peine d'enlever le lino du sol pour dégager le parquet, comme faisaient la plupart des gens dans les maisons anciennes. Tout était cependant rutilant et bien rangé. Aucune saleté dans les coins, seulement une tristesse déprimante qui imprégnait la maison de fond en comble.

Nelly se posa d'une fesse sur le bord de la vieille bergère dans le séjour. Comme si c'était elle qui habitait là, elle fit signe à Vera de s'asseoir dans le canapé. Vera lui obéit et s'assit elle aussi tout au bord, et resta immobile, seules ses mains remuaient nerveusement sur ses genoux.

— Il est important que nous continuions de nous taire à présent. Tu le comprends, n'est-ce pas ?

La voix de Nelly était pressante. Vera hocha la tête, les yeux baissés sur ses genoux.

— Bon, je ne vais pas te dire que je déplore ce qui est arrivé à Alex. Elle n'a eu que ce qu'elle méritait et je pense que tu seras d'accord avec moi. J'ai toujours su que cette garce aurait des problèmes tôt ou tard.

Vera réagit au vocabulaire de Nelly en levant vivement les yeux sur elle, mais elle continua à garder le silence. Nelly ressentit le plus profond mépris pour cet être lisse et terne qui ne semblait plus avoir la moindre volonté. C'était typique de la classe ouvrière, de courber ainsi l'échine. Ce n'était que normal, mais elle ne pouvait quand même pas s'empêcher d'avoir du mépris pour ces gens dépourvus de classe et de style. Ce qui l'énervait profondément, par contre, était qu'elle soit dépendante de Vera Nilsson. Mais peu importait le prix, elle devait s'assurer de son silence. Elle s'en était déjà assurée par le passé, ça devait pouvoir encore se faire.

— C'est une tragédie que les choses aient pris cette tournure, mais raison de plus pour ne pas agir dans la précipitation. Tout doit continuer comme avant. Nous ne changerons rien au passé et je ne vois pas pourquoi on sortirait les vieux restes du placard.

Nelly ouvrit son sac à main et en sortit une enveloppe blanche qu'elle posa sur la table.

— Pour mettre un peu de beurre dans les épinards. Allez, c'est pour toi.

Nelly poussa l'enveloppe devant elle. Vera ne la ramassa pas et se contenta de la regarder.

— Je regrette que les choses aient tourné ainsi pour Anders. Si ça se trouve, c'est la meilleure chose qui puisse lui arriver. Je veux dire, en prison ils n'ont pas trop accès à l'alcool.

Nelly comprit immédiatement qu'elle était allée trop loin. Vera se leva lentement du canapé et d'un doigt tremblant, elle indiqua la porte.

— Dehors !

— Non, mais ma petite Vera, ne le prends pas…

— Sors de chez moi ! Anders n'ira pas en prison et tu peux ramasser ton pognon minable et aller te faire foutre, espèce de vieille grue ! Je sais très bien d'où tu sors et tu as beau te parfumer, l'odeur de merde se sent quand même !

Nelly recula devant la haine affichée dans les yeux de Vera. Les poings de Vera étaient serrés et son dos était raide quand elle fixa Nelly droit dans les yeux. Tout son corps semblait vibrer de nombreuses années de fureur accumulée. Il n'y avait plus aucune trace de la soumission dont elle avait fait preuve jusque-là et Nelly commença à sentir la situation lui échapper. Quelle idée de réagir aussi violemment ! Après tout, elle n'avait fait que dire ce qu'il en était. Un peu de vérité n'avait jamais fait de mal à personne. Elle se hâta de gagner la porte.

— Fous le camp, et que je ne te revoie jamais ici !

Vera la chassa quasiment de la maison et, juste avant de claquer la porte, elle jeta l'enveloppe derrière elle. Nelly fut obligée de se pencher pour la ramasser, et avec difficulté. Cinquante mille couronnes, ce n'était pas une chose qu'on laissait traîner, malgré l'humiliation quand elle se rendit compte que les voisins regardaient de derrière leurs rideaux et qu'ils la voyaient pratiquement ramper par terre. Quelle ingrate, cette Vera ! Tu parles, elle se montrerait certainement un peu plus humble quand elle n'aurait plus d'argent et que personne ne voudrait la prendre comme femme de ménage. Son travail au domicile des Lorentz était définitivement terminé, et il ne serait pas bien difficile de mettre aussi un terme à ses autres missions. Nelly veillerait à ce que Vera soit obligée d'aller mendier aux services sociaux, à genoux, avant qu'elle en ait terminé avec elle. Personne n'insultait impunément Nelly Lorentz.

C'était comme de marcher dans une piscine. Ses membres étaient lourds et rigides après la nuit sur la couchette dans la cellule et sa tête remplie de coton par manque d'alcool. Anders regarda autour de lui dans l'appartement. Les bottes des policiers avaient laissé des traces partout sur le sol. Mais il s'en fichait complètement. Un peu de crasse dans les coins ne l'avait jamais dérangé.

Il sortit un pack de bière du frigo et se laissa tomber sur le matelas du séjour. Le coude gauche sur le matelas pour assurer sa prise sur la canette, il l'ouvrit de la main droite et se versa la bière dans le gosier, but de longues goulées assoiffées, et descendit jusqu'à la dernière goutte. La canette partit en décrivant une large courbe à travers le séjour pour aller atterrir du côté opposé avec un bruit métallique. Une fois cette soif irrépressible temporairement calmée, il s'allongea sur le dos, les mains nouées derrière la nuque. Ses yeux fixèrent le plafond sans le voir, et il se permit de plonger un instant dans les souvenirs d'autrefois. Son esprit ne trouvait un peu de repos que dans le passé. Entre ces brefs moments de souvenirs des temps meilleurs qu'il s'octroyait, la douleur transperçait son cœur avec une intensité insupportable. Qu'une époque puisse à la fois paraître si lointaine et si proche le sidérait toujours.

Dans ses souvenirs, le soleil brillait en permanence. Le bitume était chaud sous ses pieds nus et ses lèvres toujours salées après les bains de mer. Bizarrement, il ne se souvenait que de l'été. Aucun hiver. Aucune grisaille. Aucune pluie. Rien que du soleil dans un ciel bleu et une légère brise qui ridait le miroir lisse de la mer.

Alex vêtue de robes d'été légères qui flottaient autour de ses jambes nues. Les cheveux qu'elle refusait de couper et qui pendaient, blonds et droits, jusqu'en bas de son dos. Parfois il pouvait même se souvenir de son odeur, au point qu'il la sentait venir chatouiller ses narines et éveiller sa nostalgie. Des fraises, l'eau de mer, un shampooing aux herbes. Parfois mêlés à une odeur pas forcément désagréable de sueur quand ils avaient fait la course à vélo, comme des fous, ou grimpé sur les collines jusqu'à ne plus pouvoir bouger tellement ils étaient courbaturés. Alors ils pouvaient s'allonger sur le dos au sommet du mont Vedde, les pieds du côté de la mer et les mains croisées sur le ventre. Alex au milieu, entre eux, les cheveux largement répandus et les yeux tournés vers le ciel. En des occasions rares et précieuses, elle prenait leurs mains dans les siennes, une de chaque côté, et pendant une fraction de seconde c'était comme s'ils étaient un seul être, et non pas trois.

Ils veillaient à ce que personne ne les voie ensemble. Cela ôterait la magie. Le charme serait rompu et la réalité ne pourrait plus être maintenue à distance. La réalité était une chose qu'il fallait à tout prix maintenir à distance. Elle était laide et grise et n'avait aucun rapport avec le monde imaginaire inondé de soleil qu'ils construisaient quand ils étaient ensemble. Jamais ils ne parlaient de la réalité. Les journées étaient remplies de jeux anodins et de sujets de conversation anodins. Rien ne devait être pris au sérieux. Alors ils pouvaient faire semblant d'être invulnérables, invincibles, inaccessibles. Séparés, ils n'étaient rien. Ensemble ils étaient "Les trois mousquetaires".

Les adultes n'étaient que des êtres périphériques flous, des figurants qui évoluaient dans leur propre monde, sans influence sur eux. Leurs bouches remuaient, mais aucun son ne sortait. Ils faisaient des gestes et des mimiques qui devraient avoir une signification mais qui semblaient maniérés et absurdes. Sortis de leur contexte.

Un léger sourire s'afficha sur le visage d'Anders plongé dans ses souvenirs, mais il dut émerger de sa catatonie. Les besoins naturels se faisaient sentir et, ramené à son angoisse, il se leva pour remédier au problème.

Les W-C étaient placés sous un miroir couvert de poussière et de salissures. Quand il eut soulagé sa vessie, il aperçut son reflet dans la glace et, pour la première fois en de nombreuses années, il se vit tel que les autres le voyaient. Ses cheveux gras et emmêlés. Le visage pâle avec un ton grisâtre et maladif sous-jacent. Des années de négligence l'avaient doté de quelques trous dans l'alignement des dents, ce qui le faisait paraître quelques dizaines d'années plus âgé qu'il n'était en réalité.

La décision fut là sans qu'il soit vraiment conscient de l'avoir prise. Tandis qu'il refermait maladroitement sa braguette, il sut ce que devait être le pas suivant. Son regard était déterminé quand il passa dans la cuisine.

Il farfouilla dans les tiroirs, et trouva un gros couteau de cuisine qu'il essuya contre sa jambe de pantalon. Puis il alla dans le séjour et entreprit méthodiquement de décrocher les tableaux des murs. L'un après l'autre, il les enleva, ces tableaux qui étaient le résultat de nombreuses années de travail. Il n'avait conservé et suspendu aux murs que ceux dont il était entièrement satisfait, désavouant ceux qu'il estimait ne pas être valables. A présent le couteau perçait les toiles l'une après l'autre. Il procéda calmement et d'une main ferme et découpa les tableaux en bandes étroites jusqu'à ce qu'il soit impossible de voir le motif originel. La toile résistait plus que ce à quoi il s'était attendu et quand il eut terminé, son front était couvert de sueur. La pièce ressemblait à un champ de bataille de couleurs. Les bandes couvraient entièrement le sol du séjour et les cadres vides béaient telles des bouches édentées. Il regarda autour de lui, satisfait.

— Comment savez-vous que ce n'est pas Anders qui a tué Alex ?

— Une nana qui habite sur le même palier l'a vu rentrer un peu avant sept heures et Alex était au téléphone avec sa mère à sept heures et quart. Il n'a pas pu revenir en si peu de temps, c'est impossible. Cela signifie que le témoignage de Dagmar Petrén ne l'associe à la maison que tant qu'Alex était encore en vie.

— Mais les empreintes digitales et de pied que vous avez trouvées dans la salle de bains ?

— Cela ne prouve pas qu'il l'a tuée, seulement qu'il est venu dans la maison après qu'elle était morte. En tout cas ce n'est pas suffisant pour le maintenir en garde à vue. Mellberg va évidemment s'arranger pour le cueillir à nouveau, il est convaincu que c'est Anders qui l'a tuée, mais pour l'instant il est obligé de le relâcher, sinon un avocat aurait vite fait de contester. Tout le temps, j'ai eu cette impression que ça n'allait pas, et là on a un élément qui vient le confirmer. Anders n'est pas absous pour autant, mais ça pose suffisamment de points d'interrogation pour qu'on cherche encore un peu.

— Et c'est pour ça qu'on va maintenant chez Alex. Qu'est-ce que tu espères y trouver ? demanda Erica.

— Je n'en sais rien. Je sens simplement que j'ai besoin d'avoir une image plus nette de ce qui a pu se passer.

— Birgit a dit qu'Alex n'avait pas le temps de lui parler parce qu'elle avait de la visite. Si ce n'était pas Anders, qui c'était ?

— Eh bien, c'est ça qu'il faut trouver.

Patrik conduisait un peu trop vite au goût d'Erica, et elle restait solidement agrippée à la poignée au-dessus de la portière. Il faillit louper la sortie au club-house de la marina et prit le virage à droite à la dernière seconde, manquant emporter un bout de clôture.

— Tu as peur que la maison ne soit plus là si on n'arrive pas à temps ? demanda Erica avec un petit sourire.

— Excuse-moi. Je me suis un peu laissé aller.

Il ralentit pour rouler à une allure un peu plus conforme à la loi et sur les dernières centaines de mètres avant la maison d'Alex, Erica osa même lâcher la poignée. Elle ne comprenait toujours pas pourquoi il voulait qu'elle l'accompagne, mais elle acceptait avec reconnaissance. Cela lui fournirait peut-être des infos pour son livre.

Patrik s'arrêta à quelques pas de la porte, une expression bête sur la figure.

— Et mince, j'ai oublié que je n'ai pas de clé. J'ai bien peur qu'on ne puisse pas entrer. Mellberg n'apprécierait pas qu'un de ses agents soit pris en flagrant délit d'effraction.

Erica soupira profondément et se pencha pour tâter sous le paillasson. Elle montra la clé à Patrik, un peu moqueuse, puis elle ouvrit la porte et le laissa entrer en premier.

Quelqu'un avait démarré la chaudière, et la température étant bien plus élevée que dehors, ils enlevèrent leurs vestes et les posèrent sur la rambarde de l'escalier menant à l'étage.

— Qu'est-ce qu'on fait maintenant ?

Les bras croisés, Erica exhortait Patrik du regard.

— A un moment donné après sept heures et quart, où elle a parlé avec sa mère au téléphone, Alex a ingurgité une forte dose de somnifères. Il n'y avait aucun signe d'effraction, ce qui veut dire que selon toute vraisemblance elle a reçu la visite de quelqu'un qu'elle connaissait. Quelqu'un qui a ensuite eu l'occasion de lui faire avaler des somnifères. Comment ce quelqu'un s'y est-il pris ? Ils ont dû manger ou boire quelque chose ensemble.

Patrik arpentait le séjour tout en parlant. Erica s'assit dans le canapé et suivit avec intérêt son va-et-vient dans la pièce.

— Il se trouve, dit-il en arrêtant de marcher et en levant un index en l'air, qu'après examen du contenu de son estomac le médecin légiste a pu indiquer la dernière chose qu'elle a mangée. Et qu'est-ce qu'Alexandra a mangé le soir du meurtre ? Selon le médecin légiste, son estomac contenait du gratin de poisson et du cidre. Dans la poubelle, il y avait un paquet vide de gratin de poisson Findus, et il y avait une bouteille de cidre vide sur le plan de travail, jusque-là ça coïncide. Ce qui m'intrigue, par contre, c'est que, dans le réfrigérateur, il y avait deux super morceaux de filet de bœuf et au four un gratin de pommes de terre. Mais le four n'était pas allumé et les pommes de terre étaient encore crues. Il y avait aussi une bouteille de vin blanc sur le plan de travail. Elle était ouverte et il manquait quinze centilitres. Ça correspond à peu près à un verre.

Patrik mesura un décilitre entre le pouce et l'index.

— Mais il n'y avait pas de vin dans l'estomac d'Alex ?

Erica se pencha en avant, très intéressée, mains jointes et les coudes sur ses genoux.

— Non, justement. Vu qu'elle était enceinte, elle préférait sans doute boire du cidre à la place du vin, mais la question est de savoir qui a bu le vin ?

— Est-ce qu'il y avait de la vaisselle sale ?

— Oui, il y avait une assiette, une fourchette et un couteau avec des restes de gratin de poisson. Il y avait aussi deux verres dans l'évier. Sur l'un on a trouvé plein d'empreintes digitales. Celles d'Alex. Pas d'empreintes sur l'autre verre, par contre.

Enfin décidé à ne plus bouger, Patrik alla s'asseoir dans le fauteuil en face d'Erica, étira ses longues jambes devant lui et croisa les mains sur son ventre.

— Ce qui signifie que quelqu'un a essuyé les empreintes qu'il y avait sur ce verre-là.

Erica se sentit fabuleusement intelligente d'avancer ainsi des conclusions et Patrik eut la politesse de faire comme s'il n'y avait pas déjà pensé.

— Oui, ça m'en a tout l'air. Et nous n'avons trouvé aucun résidu de somnifère dedans, mais je parie qu'Alex l'a ingurgité avec le cidre.

— Mais pourquoi a-t-elle mangé du gratin de poisson seule si elle avait un super dîner pour deux en route dans la cuisine ?

— On peut se le demander. Pourquoi une femme délaisserait-elle un repas de fête pour se réchauffer un plat industriel au micro-ondes ?

— Parce qu'elle avait planifié un dîner romantique pour deux, mais que son invité n'est jamais venu.

— C'est ce que je dirais aussi. Elle a attendu et attendu, puis elle a fini par en avoir assez et a mis un truc congelé au micro-ondes. Je la comprends, ça ne doit pas être marrant de manger du filet de bœuf toute seule.

— Anders, lui, est venu la voir. Conclusion, ça ne pouvait pas être lui qu'elle attendait. Qu'est-ce que tu dis du père de l'enfant ? avança Patrik.

— Ça me semble le plus probable. C'est vraiment horrible. Elle est là, avec un repas d'enfer et du vin au frais, peut-être pour fêter l'enfant, va savoir, et puis il ne vient pas et elle se morfond à l'attendre. La question est seulement de savoir qui est venu à la place.

— Nous ne pouvons pas complètement exclure l'invité. Ça peut toujours être lui qui est venu, mais en retard.

— Oui, c'est vrai. Oh, que c'est frustrant ! Si seulement les murs pouvaient parler !

Erica jeta un regard encourageant à la pièce.

Elle était très belle, cette pièce. Tout paraissait neuf et propre. Quand elle humait l'air, Erica pouvait même sentir une vague odeur de peinture. La couleur des murs était une de ses préférées, un bleu ciel tirant sur le gris auquel les fenêtres blanches et les meubles blancs s'accordaient avec un très léger contraste. De la pièce émanait une sérénité qui donnait envie à Erica d'incliner la tête contre le dossier du canapé et de fermer les yeux. Elle avait vu ce canapé chez *House* à Stockholm, mais compte tenu de ses revenus elle n'avait pu qu'en rêver. Il était grand et profond et débordait en quelque sorte de tous les côtés. Des meubles récents étaient associés aux anciens, formant un ensemble très harmonieux. Alex avait probablement trouvé les meubles anciens quand elle avait restauré la maison de Göteborg. La plupart étaient de l'époque de Gustave III. Erica remercia IKEA qui lui avait permis d'identifier un style. Récemment, un de ses rêves avait été de pouvoir un jour acheter quelques pièces de leur série de reproductions de meubles anciens. Un profond soupir d'aise et d'envie lui échappa avant qu'elle se souvienne pourquoi ils étaient ici, rappel efficace qui mit un point final à sa convoitise.

— Tu dis donc que quelqu'un qu'elle connaissait est venu ici, son amant ou quelqu'un d'autre, et qu'ils ont bu un verre ensemble et que ce quelqu'un a versé du somnifère dans le verre de cidre d'Alex, dit Erica.

— Oui, c'est le scénario le plus probable.

— Et ensuite ? Qu'est-ce qu'il s'est passé ensuite, tu crois ? Comment s'est-elle retrouvée dans la baignoire ?

Erica se laissa aller encore plus profondément dans le canapé et osa même poser les jambes sur la table basse. Il fallait tout simplement qu'elle économise pour pouvoir s'acheter un canapé comme ça ! Un instant la pensée la traversa que s'ils vendaient la maison, elle aurait les moyens d'acheter tous les meubles qu'elle voulait. Elle repoussa immédiatement cette idée.

— Je pense que l'assassin a attendu qu'Alex s'endorme, puis il l'a déshabillée et l'a traînée dans la salle de bains.

— Pourquoi tu crois qu'il l'a traînée et pas portée ?

— Le protocole d'autopsie a révélé qu'elle avait des égratignures sur les talons et des hématomes aux aisselles.

Patrik se redressa tout à coup et regarda Erica, plein d'optimisme.

— Je peux essayer quelque chose ?

Erica se fit toute petite et répondit sur la défensive :

— Oui, mais ça dépend de ce que c'est.

— Je me disais que tu pourrais jouer la victime.

— Rien que ça, je te remercie. Tu crois vraiment que mes talents d'acteur seront suffisants ?

Elle rit mais se leva pour se mettre à sa disposition.

— Non, non, assieds-toi. Le plus probable est qu'ils étaient assis ici et qu'Alex s'est endormie dans le canapé. Alors sois gentille et essaie de t'écrouler comme un paquet.

Erica grommela mais fit de son mieux pour jouer celle qui a perdu connaissance. Quand Patrik commença à la tirer, elle ouvrit un œil et dit :

— J'espère que tu ne vas pas m'enlever mes vêtements aussi ?

— Oh non, bien sûr que non, je ne ferais jamais… je n'ai jamais pensé… je veux dire… Il bégaya et rougit.

— Ça va, je blaguais. Tu peux me tuer tranquillement.

229

Elle sentit qu'il la basculait par terre après avoir d'abord écarté la table basse. Il commença par essayer de la traîner par les poignets, mais comme ça ne semblait pas très efficace, il la prit par le haut des bras et la tira vers la salle de bains. Tout à coup, elle fut terriblement consciente de son poids. Patrik devait trouver qu'elle pesait au moins une demi-tonne. Elle essaya de tricher un peu et de l'aider pour ne pas paraître aussi lourde, mais se fit gentiment rappeler à l'ordre par Patrik. Oh, pourquoi n'avait-elle pas suivi plus strictement son Weight Watchers ces dernières semaines ! Pour être franche, elle n'avait même pas essayé de le suivre un tant soit peu, elle n'avait fait que se consoler en mangeant sans retenue. Pour couronner le tout, son pull remonta tandis que Patrik la traînait et un bourrelet déloyal menaça de déborder du pantalon. Elle essaya de rentrer le ventre en retenant sa respiration, mais au bout d'un moment elle fut obligée d'expirer l'air.

Le carrelage de la salle de bains était froid contre son dos et elle frissonna malgré elle, mais pas seulement à cause du froid. Quand Patrik l'eut transportée jusqu'à la baignoire, il la déposa tout en douceur.

— Bon, ça n'a pas été trop difficile. Assez lourd, mais pas impossible. Et Alex pesait moins que toi.

Ça, je te le revaudrai, pensa Erica de sa position allongée par terre en train d'essayer discrètement de tirer son pull sur le ventre.

— Ensuite, il ne restait plus à l'assassin qu'à la monter dans la baignoire.

Il s'apprêtait à soulever les pieds d'Erica, mais elle se leva vivement et passa la main sur ses vêtements.

— Eh là, mon coco, n'y songe même pas. J'ai déjà suffisamment de bleus comme ça. Et tu ne me feras jamais entrer dans la baignoire où on a trouvé Alex, ça, c'est certain !

Il accepta à contrecœur ses protestations et ils quittèrent la salle de bains pour retourner au séjour.

— Une fois que l'assassin avait mis Alex dans la baignoire, c'était facile de la remplir d'eau puis de lui tailler les veines avec une lame de rasoir, il y en avait dans l'armoire de toilette. Ensuite il ne lui restait plus qu'à faire le ménage derrière lui et essuyer les empreintes digitales. Pendant ce temps Alex mourait lentement d'hémorragie dans la salle de bains. Il faut vraiment avoir les nerfs solides.

— Et la chaudière, elle était déjà éteinte quand elle est arrivée à Fjällbacka ?

— Il semblerait, oui. Ce qui a été une chance pour nous. Il aurait été beaucoup plus difficile de trouver des preuves sur le corps s'il était resté à température ambiante normale pendant toute une semaine. Les empreintes digitales d'Anders auraient par exemple été impossibles à prélever.

Erica frissonna. L'idée d'empreintes digitales sur un cadavre était un peu trop macabre à son goût.

Ensemble ils examinèrent le reste de la maison. Erica prit le temps de regarder de plus près la chambre d'Alex et de Henrik, sa première visite ayant été si abruptement interrompue. Elle ne trouva cependant rien de plus. La sensation que quelque chose manquait était toujours là et ça l'énervait au plus haut point de ne pas arriver à trouver ce que c'était. Elle décida d'en parler à Patrik, et il fut aussi frustré qu'elle. A sa plus grande satisfaction elle vit aussi qu'il avait l'air assez inquiet quand elle raconta le passage de l'intrus et qu'elle s'était cachée dans le placard.

Patrik soupira lourdement, s'assit au bord du grand lit à baldaquin et essaya de l'aider à trouver ce qu'elle cherchait.

— C'était un truc petit ou grand ?

— Je ne sais pas, Patrik, probablement petit, sinon je m'en serais rendu compte, non ? Si le lit à baldaquin avait disparu par exemple je l'aurais sans doute noté.

Elle sourit et s'assit à côté de lui sur le lit.

— Mais c'était où dans la pièce ? Près de la porte ? Du lit ? Sur la commode ?

Patrik tripotait un petit bout de cuir qu'il avait trouvé sur la table de chevet d'Alex. Ça ressemblait à une sorte d'insigne d'un club, avec une inscription pyrogravée posée d'une écriture enfantine. "L.T.M. 1976." En le retournant il vit quelques taches imprécises qui pouvaient être du vieux sang séché. Il se demanda d'où il provenait.

— Je n'ai aucune idée de ce que c'était, Patrik. Si je le savais, je ne serais pas ici à m'arracher les cheveux.

Elle regarda son profil en cachette. Il avait de merveilleux cils, longs et sombres. La barbe naissante était parfaite. Suffisamment longue pour faire comme du papier de verre contre la peau mais suffisamment courte pour ne pas être désagréable. Elle se demanda comment ça ferait contre sa peau à elle.

— Qu'est-ce qu'il y a ? J'ai quelque chose sur la figure ?

Inquiet, Patrik s'essuya autour de la bouche. Elle détourna les yeux, gênée qu'il l'ait prise en flagrant délit en train de l'observer.

— Rien. Du chocolat. Mais c'est parti maintenant.

Il y eut un moment de silence.

— Bon, qu'est-ce que tu en dis ? On n'ira pas beaucoup plus loin que ça maintenant, non ? finit par dire Erica.

— Non, je ne pense pas. Mais appelle-moi immédiatement si tu trouves ce qui manque. Si c'est suffisamment important pour que quelqu'un vienne le chercher ici, c'est sûrement important pour l'enquête aussi.

Ils refermèrent à clé derrière eux et Erica remit la clé en place sous le paillasson.

— Je te dépose chez toi ?

— Non merci, Patrik, j'ai envie de marcher un peu.

— Bon, mais on se voit demain soir alors.

Patrik piétinait sur place et une nouvelle fois se sentit comme un adolescent maladroit de quinze ans.

— Oui, je t'attends vers huit heures. Arrive avec le ventre vide.

— Je vais essayer. Mais je ne promets rien. Juste là, j'ai l'impression que je n'aurai plus jamais faim de ma vie, rit Patrik en se tapotant le ventre et en indiquant du menton la maison de Dagmar Petrén de l'autre côté de la rue.

Erica sourit et agita une main excitée derrière la Volvo qui s'éloignait. Elle avait déjà hâte d'être à demain, l'attente dans son ventre était mêlée d'incertitude, d'inquiétude et presque de terreur.

Elle commença à retourner chez elle, mais elle n'avait pas parcouru de nombreux mètres qu'elle s'arrêta net. Une idée avait surgi de nulle part qui devait être testée avant qu'elle la rejette. Elle revint résolument sur ses pas, prit la clé sous le paillasson et rentra dans la maison, après avoir soigneusement débarrassé ses chaussures de la neige.

Que ferait une femme en attendant un homme qui n'arrivait jamais pour le dîner romantique qu'elle avait préparé ? Elle l'appellerait évidemment ! Erica souhaita intérieurement qu'Alex avait un téléphone des temps modernes et qu'elle n'avait pas succombé à la kitcherie furieusement tendance d'un vieux téléphone en bakélite. Elle eut de la chance. Un Doro flambant neuf était accroché au mur dans la cuisine. Les doigts tremblants, elle appuya sur le bouton du dernier numéro appelé en priant pour que personne n'ait utilisé l'appareil depuis la mort d'Alex.

Elle entendit les sonneries. Au bout de sept signaux elle faillit raccrocher mais alors lui parvint enfin une réponse enregistrée. Elle écouta le répondeur, mais coupa avant de l'avoir écouté jusqu'au bout. Le visage blême, Erica raccrocha lentement. Elle put quasiment entendre le bruit dans sa tête lorsque les morceaux de puzzle tombèrent à leur place. Tout à coup, elle sut parfaitement ce qui manquait dans la chambre à l'étage.

Mellberg bouillonnait de colère. Il arpentait le poste de police comme une furie et, s'ils avaient pu, ses collègues du commissariat de Tanumshede se seraient mis à couvert sous leurs bureaux. Mais les adultes n'agissent pas ainsi et ils durent supporter une journée entière de jurons carabinés, d'engueulades et d'invectives en tous genres. Annika dut encaisser le plus gros et bien que rodée depuis ces mois où Mellberg était aux commandes, les larmes lui montèrent aux yeux pour la première fois. Vers seize heures, elle en eut assez. Elle s'enfuit du boulot, s'arrêta au Konsum acheter une grosse barquette de glace, rentra chez elle, brancha la télé pour regarder *Amour, gloire et beauté* et laissa les larmes couler sur la glace au chocolat. C'était un de ces jours tout bonnement impossibles.

Mellberg était fou de rage d'avoir été obligé de laisser partir Anders Nilsson. Tous les os de son corps lui disaient qu'Anders était l'assassin d'Alexandra Wijkner et si seulement il avait pu le cuisiner encore un petit moment, il aurait sûrement réussi à lui faire cracher le morceau. Au lieu de ça, il avait été obligé de laisser Anders filer à cause d'un putain de témoin qui affirmait l'avoir vu rentrer chez lui juste avant *Deux mondes différents* à la télé. Cela signifiait qu'il fallait situer Anders dans son appartement à sept heures du soir et Alex avait parlé avec Birgit à sept heures et quart. Putain de merde.

Ensuite il y avait ce jeune policier, Patrik Hedström. Ce gars essayait de lui bourrer le mou en lui rabâchant que ça pouvait être quelqu'un d'autre qu'Anders Nilsson qui avait tué cette femme. Non, s'il y avait une chose qu'il avait apprise au cours de ces années comme policier, c'était bien qu'en général les choses étaient exactement ce qu'elles avaient l'air d'être. Pas de motifs cachés, pas de complots compliqués. Seulement des crapules qui rendaient la vie peu sûre aux citoyens honnêtes. Trouve la crapule et tu trouves le coupable, tel était son credo.

Il composa le numéro du portable de Patrik Hedström.

— T'es où, là ? Les phrases de politesse, très peu pour lui. T'es en train de peigner la girafe ou quoi ?

Nous ici au poste, on travaille. Des heures sup. Je ne sais pas si c'est un concept que tu connais ? Sinon, je peux faire en sorte que tu n'aies plus à t'en faire pour ça. Pas ici, en tout cas.

Il se sentit un peu plus léger au niveau du ventre une fois qu'il eut rabroué ce jeune vaurien. Il fallait leur serrer la bride, aux jeunes coqs, sinon ils avaient vite la crête qui enflait.

— Je veux que tu ailles causer au témoin qui a situé Anders Nilsson chez lui vers sept heures. Tu lui mets la pression, tu lui tords un peu le bras et vois ce que tu peux obtenir. Oui, MAINTENANT, enfin merde !

Il balança le combiné sur le téléphone et jouit des hasards de la vie qui l'avaient mis en position où il pouvait refiler les corvées aux autres. Subitement, l'existence lui parut plus lumineuse. Mellberg se pencha en arrière, ouvrit le tiroir d'en haut et en sortit un paquet de truffes au chocolat. Avec ses petits doigts boudinés il en prit une et la fourra avec délectation tout entière dans sa bouche. Quand il eut fini de la manger, il en prit une autre. Les hommes qui travaillaient dur comme lui avaient besoin de carburant.

Patrik se trouvait déjà sur la route de Grebbestad pour rejoindre Tanumshede lorsque Mellberg avait appelé. Il s'engagea dans l'allée d'accès du golf de Fjällbacka pour faire demi-tour. Il soupira lourdement. L'après-midi commençait à être bien avancé et il avait des tonnes de choses à faire au commissariat. Il n'aurait pas dû rester aussi longtemps à Fjällbacka, mais se trouver en compagnie d'Erica exerçait une attirance toute particulière sur lui. C'était comme d'être aspiré par un champ magnétique et il avait dû mobiliser toutes ses forces et toute sa volonté pour s'en arracher. Un autre profond soupir. Ça ne pourrait se terminer que d'une seule façon. Mal. Il venait juste de récupérer de la perte de Karin et voilà qu'il était en train de foncer à cent vingt à l'heure dans une nouvelle douleur. Bonjour l'auto-flagellation. Il lui avait fallu plus d'un an pour digérer le divorce. Il avait passé de nombreuses nuits devant la télé à regarder sans les voir des séries telles que *Walker, Texas Ranger* et *Mission impossible*. Même *TV Shop* lui avait semblé une meilleure alternative que de se retrouver seul dans le grand lit à se tourner et se retourner, tandis que des images de Karin au lit avec un autre défilaient derrière ses paupières comme dans le pire des feuilletons. Pourtant l'attirance qu'il avait eue pour Karin au début n'était rien en comparaison de ce qu'il ressentait pour Erica maintenant. La logique lui chuchotait avec malveillance qu'il tomberait d'autant plus haut !

Comme d'habitude, il négocia les derniers virages serrés avant Fjällbacka beaucoup trop vite. Cette affaire commençait à lui porter sur les nerfs. Il passa sa frustration sur la voiture et constitua définitivement un danger de mort dans le dernier virage avant la descente vers l'ancien emplacement du vieux silo. Après sa démolition, on avait construit des maisons et des cabanes de pêcheurs façon traditionnelle. A l'achat, elles valaient quelques millions chacune et il ne cessait jamais de s'étonner des masses de fric que les gens devaient avoir pour pouvoir acheter une maison de vacances à ce prix-là.

Un motard surgit de nulle part dans le virage et Patrik fut obligé de faire une embardée pour l'éviter. Son cœur s'emballa et il ralentit pour rouler un peu en dessous de la vitesse autorisée. Ça avait été à un poil près. Un coup d'œil dans le rétroviseur l'assura que le motard était toujours bien en selle sur sa bécane et poursuivait normalement sa route.

Il continua tout droit, passa devant le mini-golf et arriva au carrefour de la station-service. Là, il tourna à gauche devant les immeubles, en les saluant d'une énième réflexion sur leur extrême laideur. Des blocs marron et blanc des années soixante qui gisaient comme des cubes qu'on aurait jetés là, à l'entrée sud de Fjällbacka. Il se demanda comment raisonnait l'architecte qui les avait dessinés. Avait-il pris l'option de dessiner des maisons aussi laides que possible, comme une expérience ? Ou est-ce qu'il s'en foutait tout simplement ? Probablement un résultat du délire de construction en masse des années soixante. "Des logements pour tous." Dommage qu'ils n'aient pas précisé "De beaux logements pour tous".

Il se gara sur le parking et entra dans la première cage d'escalier. Au numéro cinq. L'escalier d'Anders, mais aussi du témoin, Jenny Rosén. Tous deux habitaient au deuxième étage. Il soufflait lourdement en arrivant au bon palier, un petit rappel qu'il n'avait pas fait assez d'exercice physique et avait mangé beaucoup trop de pâtisserie ces derniers temps. Il n'avait jamais été un as du sport, mais en ce moment, ça prenait des proportions dramatiques.

Patrik s'arrêta une seconde devant la porte d'Anders, à gauche en arrivant sur le palier, et écouta. Pas un bruit. Soit il n'était pas là, soit il était complètement HS.

La porte de Jenny se trouvait à droite, sur le petit côté, juste à l'opposé de celle d'Anders. Elle avait changé l'affichage standard du nom sur la porte pour un panneau en bois personnalisé, avec *Jenny et Max Rosén* calligraphiés et agrémentés d'entrelacs de roses. Elle était donc mariée.

Elle avait appelé le commissariat plus tôt dans la journée pour apporter son témoignage et il espérait la trouver encore chez elle. Elle n'y était pas la veille quand ils avaient fait du porte-à-porte chez tous les habitants de l'immeuble, mais ils avaient laissé une carte la priant d'appeler le commissariat quand elle rentrerait. C'est pourquoi ils n'avaient eu qu'aujourd'hui le renseignement concernant l'arrivée d'Anders chez lui le vendredi soir de la mort d'Alex.

La sonnette retentit dans l'appartement, immédiatement suivie d'un cri d'enfant. Il entendit le bruit de pas dans le vestibule et il sentit, plutôt qu'il ne vit, que quelqu'un le regardait par le judas. Une chaîne de sécurité fut retirée et la porte s'ouvrit.

— Oui ?

Une femme portant un enfant d'environ un an dans les bras lui faisait face. Elle était très mince et ses cheveux fortement oxygénés. A en juger par la couleur aux racines, sa teinte naturelle devait se situer quelque part entre châtain foncé et noire, ce que confirmait une paire d'yeux noisette. Le visage était sans maquillage, l'air las, et elle portait un pantalon de jogging usé avec les genoux bien marqués, et un tee-shirt frappé d'un gros logo Adidas sur la poitrine.

— Jenny Rosén ?

— Oui, c'est moi. C'est à quel sujet ?

— Je m'appelle Patrik Hedström et je suis de la police. Vous nous avez appelé ce matin et j'aimerais discuter un peu avec vous des renseignements que vous avez fournis.

Il parla doucement pour ne pas qu'on l'entende de l'appartement en face.

— Entrez.

Elle s'écarta pour le laisser passer.

L'appartement était petit, un T1, et il n'y avait aucune présence masculine ici, de toute évidence. En tout cas, personne qui avait plus d'un an d'âge. L'intérieur était une symphonie en rose. Tout était rose. Les tapis, les napperons, les rideaux, les lampes, tout. Les faveurs étaient un autre thème préféré, nouées autour des lampes et des bougeoirs en nombre incalculable. Aux murs, des tableaux soulignaient encore plus le penchant romantique de l'occupant. Des visages de femmes estompés avec des oiseaux en vol devant. Au-dessus du lit, un tableau représentant un enfant en larmes.

Ils s'assirent dans un canapé de cuir blanc et elle s'abstint, Dieu merci, de lui proposer du café. Il avait déjà eu sa dose aujourd'hui. Elle installa l'enfant sur ses genoux, mais il se dégagea de ses bras et elle le posa alors par terre où il se déplaça sur des jambes instables.

Patrik fut frappé par la jeunesse de la femme. Elle devait à peine être sortie de l'adolescence, il lui donnait dans les dix-huit ans. Mais il savait que cela n'avait rien d'inhabituel dans ces petites localités où les filles pouvaient être mères d'un voire deux enfants avant leurs vingt ans. Comme elle appelait l'enfant Max, il tira la conclusion que le papa n'habitait pas avec eux. Cela non plus n'était pas inhabituel. Les relations entre adolescents ne résistaient pas souvent au stress d'avoir un bébé.

Il sortit son bloc-notes.

— C'était donc il y a deux semaines, le vendredi vingt-cinq, que tu as vu Anders Nilsson rentrer vers sept heures du soir ? Comment peux-tu être si sûre de l'heure ?

— Je ne loupe jamais *Deux mondes différents* à la télé. Ça commence à sept heures et c'était juste avant ça que j'ai entendu du boucan là, sur le palier. C'est assez fréquent, je dois dire. Il y a toujours un tas de grabuge chez Anders. Ses copains de beuverie vont et viennent à toute heure du jour et de la nuit, et des fois la police est obligée d'intervenir aussi. Ceci dit, je suis allée vérifier par le judas et je l'ai vu. Il était pété comme un coing et il essayait de déverrouiller sa porte, mais il aurait fallu un trou de serrure d'un mètre de large pour qu'il y arrive. Il a quand même fini par y arriver et il est entré chez lui juste quand j'ai entendu le générique de *Deux mondes différents*, alors je suis allée me mettre devant la télé.

Elle mâchouilla nerveusement une mèche de ses cheveux longs. Patrik vit que ses ongles étaient rongés aussi loin qu'on pouvait le faire et des restes de vernis rose vif en décoraient encore les bouts.

Max avait méthodiquement fait le tour de la table basse en direction de Patrik et attrapait maintenant son pantalon d'une mine triomphale.

— Po'té, po'té, po'té, répéta-t-il et Patrik jeta un regard interrogateur sur Jenny.

— Oui, il veut que vous le portiez. Apparemment il vous aime bien.

Patrik souleva maladroitement le bébé sur ses genoux et lui donna son trousseau de clés pour jouer avec. Le visage de l'enfant s'illumina comme un rayon de soleil. Il gratifia Patrik d'un grand sourire et montra deux dents de devant qui ressemblaient à des grains de riz. Patrik se prit sur le fait de lui rendre son sourire en grand. Quelque chose dans sa poitrine se mit à vibrer. Si les choses avaient tourné autrement, il aurait pu avoir un petit à lui sur les genoux maintenant. Il caressa pensivement la tête duveteuse de Max.

— Il a quel âge ?

— Onze mois. Et il me tient bien occupée, vous savez.

La tendresse se peignit sur son visage quand elle regarda son fils et Patrik vit tout à coup qu'elle était très mignonne sous la surface fatiguée. Il ne pouvait même pas concevoir à quel point ça devait être crevant d'être parent isolé à son âge. Elle devrait sortir, s'amuser et faire la fête avec ses copains. Au lieu de cela, elle passait ses soirées à changer des couches et à s'occuper de la maison. Comme pour illustrer les tensions qu'il y avait en elle, elle prit une cigarette dans un paquet posé sur la table basse et l'alluma. Elle tira une bouffée profonde et jouissive et tendit ensuite le paquet vers Patrik. Il secoua la tête. Il avait son opinion sur le fait de fumer dans la même pièce qu'un petit enfant, mais ça ne le regardait pas, c'était son problème à elle. Personnellement, il ne comprenait pas comment quelqu'un pouvait avoir envie de sucer un truc qui puait autant qu'une cigarette.

— Et il n'a pas pu rentrer et ressortir ensuite ?

— Ces maisons sont tellement bruyantes qu'on entend une aiguille qui tombe par terre dans l'entrée. Le grand jeu de tous ceux qui habitent ici, c'est de surveiller les allées et venues de tout le monde – et leurs horaires. Je suis totalement sûre qu'Anders n'est pas ressorti.

Patrik comprit qu'il n'arriverait pas beaucoup plus loin. Il demanda par pure curiosité :

— Quelle a été ta réaction quand tu as entendu qu'Anders était soupçonné de meurtre ?

— Que c'était des conneries.

Elle tira à fond sur la cigarette et souffla la fumée en ronds. Patrik dut se dominer pour ne pas dire quelque chose sur les risques encourus par les fumeurs passifs. Sur ses genoux Max était très occupé à goûter son trousseau de clés. Il le tenait entre ses petits doigts boudinés et de temps en temps il regardait Patrik comme pour le remercier de le laisser s'amuser avec ce jouet extraordinaire.

Jenny poursuivit :

— Bien sûr, Anders c'est la vraie zone, mais jamais il n'aurait pu tuer quelqu'un. C'est un brave type. Il sonne chez moi parfois pour me taper d'une clope, et qu'il soit bourré ou pas, il a toujours été un brave type. Je l'ai même laissé garder Max quelquefois, pour aller faire des courses. Mais seulement quand il était totalement sobre. Sinon, jamais.

Elle écrasa la cigarette dans un cendrier débordant.

— Dans le fond, tous ces paumés ne sont pas méchants. De pauvres types qui se bousillent la vie avec la picole. Ils ne font du mal qu'à eux-mêmes.

Elle fit un mouvement de la tête pour écarter les cheveux de son visage et se tendit de nouveau pour prendre une cigarette. Ses doigts étaient jaunis de nicotine et elle trouva manifestement le même plaisir à cette cigarette qu'à l'autre. Patrik sentit que ses vêtements étaient assez imprégnés de fumée comme ça et il ne pensait pas pouvoir tirer davantage d'information utile de Jenny. Max protesta quand il l'enleva de ses genoux pour le passer à Jenny.

— Merci de ton aide. Nous aurons sûrement l'occasion de te recontacter.

— Oui, je suis ici. Je ne m'en vais nulle part.

La cigarette était maintenant posée dans le cendrier et la fumée montait vers Max qui cligna irrité des yeux. Il mâchouillait toujours les clés et regarda Patrik comme s'il le mettait au défi de les lui prendre. Il fallait bien que Patrik les récupère et il tira doucement dessus, mais les dents en grains de riz étaient étonnamment puissantes. A ce stade, le trousseau était de toute façon totalement gluant de salive et difficile à saisir. Il tira un peu plus fort dessus, pour voir, et obtint en réponse un grognement indigné. Habituée à ce genre de situation, Jenny enleva résolument le trousseau à Max et le tendit à Patrik. Max hurla à pleins poumons, révélant son mécontentement de l'évolution de la situation. Son trousseau pincé entre le pouce et l'index, Patrik tenta discrètement de l'essuyer contre la jambe de son pantalon avant de le glisser dans sa poche arrière.

Jenny et un Max hurlant l'accompagnèrent à la porte. La dernière chose qu'il vit avant que la porte se referme fut de grosses larmes qui roulaient sur les joues rondes du bébé. Quelque part au fond de lui, il eut à nouveau droit à un petit coup au cœur.

Cette maison était trop grande pour lui. Henrik passait d'une pièce à une autre. Tout dans la maison lui rappelait Alexandra. Elle en avait géré et aimé le moindre centimètre carré. Parfois, il se demandait si c'était pour la maison qu'elle l'avait épousé. Leur relation n'était devenue sérieuse que lorsqu'il l'avait amenée ici chez lui. Pour sa part, il avait été sérieux depuis la première fois où il l'avait vue à l'université dans une réunion pour des étudiants étrangers. Grande et blonde, elle avait une aura d'inaccessibilité qui l'avait attiré comme rien d'autre ne l'avait jamais attiré. Jamais il n'avait voulu quelque chose aussi ardemment qu'il voulait Alex. Et il était habitué à obtenir ce qu'il voulait. Ses parents avaient été beaucoup trop occupés par leurs propres vies pour avoir de l'énergie à consacrer à la sienne.

Le temps qui n'était pas accaparé par l'entreprise était pris par d'innombrables obligations sociales. Bals de bienfaisance, cocktails, dîners d'affaires. Henrik restait gentiment à la maison avec la baby-sitter et le souvenir le plus net qu'il avait de sa mère était son parfum quand elle lui faisait une bise d'au revoir, en pensée déjà partie vers quelque événement clinquant. En compensation, il n'avait eu qu'à montrer ce qu'il voulait pour l'obtenir. Rien de matériel ne lui avait été refusé, mais c'était donné avec indifférence, de la même façon qu'on gratte distraitement un chien qui mendie de l'attention.

Alex avait donc été la première chose dans la vie de Henrik qu'il n'avait pas pu obtenir simplement en la demandant. Elle était inaccessible et fermée et par conséquent irrésistible. Avec obstination et fougue, il lui avait fait la cour. Des roses, des dîners, des cadeaux et des compliments. Il ne s'était épargné aucune peine.

Et à contrecœur elle s'était laissé faire et embarquer dans une relation. Pas en protestant, il n'avait jamais eu à la forcer, mais avec indifférence. Ce n'avait été que lorsqu'il l'avait emmenée à Göteborg le premier été et qu'ils étaient entrés ici, dans cette maison à Särö, qu'elle avait pris une part active dans leur relation. Elle répondait à ses étreintes avec une intensité nouvelle et il était plus heureux que jamais. Ils s'étaient mariés ce même été en Suède après seulement quelques mois de fréquentation et après avoir passé une dernière année universitaire en France et un examen, ils étaient revenus pour de bon à la maison à Särö.

A présent, quand il repensait à elle, il se rendait compte que les seules fois où il l'avait vue vraiment heureuse étaient quand elle s'occupait de la maison. Il s'assit dans un des gros fauteuils Chesterfield dans la bibliothèque, pencha la tête en arrière et ferma les yeux. Des images d'Alex passèrent en papillotant, comme dans un vieux film super-huit. Il sentit le cuir frais et rêche sous ses doigts et suivit avec l'index le sillon sinueux d'une craquelure due à l'âge.

Ce qu'il gardait le plus en tête, c'était ses différents sourires. Quand elle trouvait un meuble pour la maison qui correspondait exactement à ce qu'elle cherchait, ou quand elle soulevait un pan de papier peint avec un couteau et trouvait le vieux papier d'origine en bon état en dessous, alors son sourire était large et sincère. Quand il l'embrassait dans la nuque, ou lui caressait la joue et lui disait à quel point il l'aimait, alors elle souriait aussi, parfois. Parfois, mais pas toujours. Ce sourire-là était un sourire qu'il en était venu à haïr, un sourire lointain, absent, indulgent. Ensuite elle se détournait toujours et il pouvait voir ses secrets ramper comme des serpents sous la surface.

Il n'avait jamais demandé. Par pure lâcheté. Il avait eu peur de démarrer des réactions en chaîne dont il n'était pas prêt à assumer les conséquences. C'était mieux de l'avoir au moins physiquement à son côté, en gardant l'espoir qu'elle lui appartiendrait un jour pleinement. Il était prêt à prendre le risque de ne jamais tout avoir, pour être sûr de pouvoir conserver une partie. Un éclat d'Alex suffisait. Voilà à quel point il l'aimait.

Il regarda autour de lui dans la bibliothèque. Les livres qui couvraient les murs et qu'elle avait laborieusement dénichés chez tous les bouquinistes de Göteborg n'étaient qu'une façade. A part les manuels à l'université, il ne se rappelait pas l'avoir jamais vue en train de lire un livre. Elle était peut-être suffisamment accaparée par sa propre douleur pour avoir besoin en plus de lire celle des autres.

Ce qu'il avait le plus de mal à accepter, c'était l'enfant. Dès qu'il avait mentionné des enfants, elle avait frénétiquement secoué la tête. Elle ne tenait pas à donner naissance à des enfants dans le monde tel qu'il était, disait-elle.

Il avait accepté l'homme. Henrik savait qu'Alex ne se rendait pas à Fjällbacka avec tant de zèle chaque week-end pour être seule, mais il pouvait vivre avec ça. Leur propre vie intime était au point mort depuis plus d'un an. Il pouvait vivre avec ça aussi. Même sa mort, il pourrait apprendre à vivre avec, en se donnant du temps. Ce qu'il n'arrivait pas à accepter était qu'elle se soit sentie prête à porter l'enfant d'un autre homme, mais pas le sien. C'était cela qui le hantait dans les cauchemars la nuit. Trempé de sueur, il se tournait en tous sens entre les draps, sans espoir de trouver le sommeil. Des cernes se creusaient sous ses yeux et il avait perdu plusieurs kilos. Il se sentait comme un élastique qu'on étire à l'extrême et qui tôt ou tard va atteindre le point où il cassera net. Jusqu'ici, il avait porté son deuil sans verser de larmes, mais cette fois Henrik Wijkner se pencha en avant, mit les mains devant son visage et pleura.

5

Les accusations, les mots durs, les injures, rien ne pouvait l'atteindre. Qu'est-ce que c'était, quelques heures d'insultes comparées à des années de culpabilité ? Qu'est-ce que c'était, quelques heures d'insultes comparées à une vie sans sa princesse des glaces ?

Il rit de ses tentatives pathétiques d'endosser tout seul la culpabilité. Il ne voyait pas pourquoi il le ferait. Tant qu'il ne le voyait pas, elles n'aboutiraient pas non plus.

Mais elle avait peut-être eu raison. Le moment de rendre des comptes était peut-être enfin arrivé. Contrairement à elle, il savait que leur juge n'aurait pas une apparence humaine. La seule chose qui pourrait le juger était une entité qui dépassait l'homme, dépassait la chair, mais qui pouvait se comparer à l'âme. Le seul qui puisse me juger est celui qui peut voir mon âme, pensa-t-il.

C'était étrange comment des sentiments totalement opposés pouvaient se mélanger pour devenir un sentiment tout nouveau. L'amour et la haine devenaient de l'indifférence. La soif de vengeance et le pardon devenaient de la détermination. La tendresse et l'amertume devenaient du chagrin, si grand qu'il pouvait briser un homme. Pour lui, elle avait toujours été un mélange singulier de lumière et d'obscurité. Une tête de Janus qui tantôt jugeait, tantôt comprenait. Parfois elle le couvrait de baisers brûlants malgré son apparence répugnante. Parfois elle l'humiliait et le haïssait à cause de cette même apparence. Il n'existait aucune paix et aucun repos dans ses contradictions.

La dernière fois qu'il l'avait vue était la fois où il l'avait le plus aimée. Enfin elle était entièrement à lui. Enfin elle lui appartenait pleinement, elle était à son entière disposition. Pour être aimée ou haïe. Sans possibilité de répondre encore une fois à son amour par de l'indifférence.

Auparavant, ça avait été comme d'aimer un voile. Un voile fuyant, transparent et séducteur. La dernière fois qu'il l'avait vue, le voile avait perdu son mystère, seule subsistait la chair. Mais cela la rendait accessible. Pour la première fois il avait eu l'impression de pouvoir sentir qui elle était. Il avait touché ses membres gelés et senti le pouls de l'âme qui battait encore dans sa prison de glace. Jamais il ne l'avait autant aimée qu'alors. A présent, l'heure était venue de rencontrer le destin, face à face. Il espérait que le destin ferait preuve de pardon. Mais il en doutait.

Elle fut réveillée par le téléphone. Les gens avaient vraiment une sale habitude d'appeler à des heures impossibles.

— Erica, j'écoute.

— Salut, c'est Anna. Elle paraissait hésiter, attitude tout à fait justifiée de l'avis d'Erica.

— Salut. Erica n'avait pas l'intention de la laisser s'en tirer à si bon compte.

— Comment ça va ? Anna avançait en terrain miné.

— Merci, ça va bien. Et toi ?

— Ça peut aller. Comment va ton livre ?

— Il y a des hauts et des bas. Mais il progresse en tout cas. Tout va bien avec les enfants ? Erica décida de lui tendre une toute petite perche.

— Emma a un rhume carabiné, mais les coliques d'Adrian ont l'air de se calmer. Au moins, ça me laisse une heure ou deux de sommeil.

Anna rit mais Erica eut l'impression de percevoir de l'amertume dans son rire.

Il y eut un moment de silence.

— Dis-moi, il faut qu'on parle de cette histoire avec la maison.

— Oui, je trouve aussi.

Cette fois, c'était à Erica de paraître amère.

— Il faut qu'on la vende, Erica. Si tu ne peux pas racheter notre part, il faut qu'on la vende.

Erica ne répondant pas, Anna continua à babiller, nerveusement.

— Lucas a parlé avec l'agent immobilier et il pense qu'on devrait la proposer à trois millions. Trois millions, Erica, tu comprends. Avec une part d'un million et demi, tu serais tranquille pour écrire, sans avoir de soucis d'argent. Ça ne doit pas être facile pour toi de vivre de ta plume par les temps qui courent. Ils sont tirés à combien, tes livres ? Deux mille ? Trois mille ? Et chaque livre ne doit pas te rapporter grand-chose j'imagine. Tu ne comprends donc pas, Erica, c'est une opportunité pour toi aussi. Tu as toujours dit que tu voulais écrire de la fiction. Avec cet argent, tu pourrais te le permettre. L'agent immobilier pense qu'on devrait attendre pour la faire visiter, au moins jusqu'en avril, mai, les gens seront plus intéressés, mais une fois sur le marché, elle devrait se vendre en deux semaines. Dis-moi que tu comprends que c'est la seule solution.

La voix d'Anna était suppliante, mais Erica ne se sentait pas d'humeur compatissante. Sa découverte de la veille l'avait tracassée la moitié de la nuit et l'avait empêchée de dormir et d'une manière générale elle se sentait déçue et grincheuse.

— Non, je ne le comprends pas, Anna. Il s'agit de notre maison de famille. Nous y avons grandi. Maman et papa l'ont achetée tout au début de leur mariage. Ils adoraient cette maison. Et moi aussi, je l'adore, Anna. Tu ne peux pas agir ainsi.

— Mais l'argent…

— Je m'en fous de l'argent ! Je m'en suis pas mal tirée jusque-là et j'ai l'intention de continuer à le faire.

Erica était tellement en pétard que sa voix en tremblait.

— Mais Erica, il faut bien que tu comprennes que tu ne peux pas m'obliger à garder la maison si je ne veux pas. La moitié m'appartient, après tout.

— Si réellement c'était ton désir, j'aurais évidemment trouvé ça terriblement ennuyeux, mais j'aurais accepté ta position. Le problème est simplement que je sais que c'est l'opinion de quelqu'un d'autre que j'entends. C'est Lucas qui veut ce que tu me dis, pas toi. La question est de savoir si tu sais toi-même ce que tu veux. Est-ce que tu le sais ?

Erica ne se donna pas la peine d'attendre la réponse d'Anna.

— Et je refuse de laisser Lucas Maxwell diriger ma vie. Ton mari est un enfoiré de première ! Et tu ferais mieux de t'amener ici pour m'aider à trier les affaires de maman et papa. Ça fait des semaines que je m'échine à tout mettre en ordre et il en reste autant à faire. Ce n'est pas juste que je sois la seule à m'y atteler ! Si tu es à ce point-là ligotée aux fourneaux que tu n'as même pas le droit de venir t'occuper de la succession de tes parents, tu devrais sérieusement te poser la question de savoir si c'est comme ça que tu veux vivre le reste de ta vie !

Erica raccrocha si fort que le combiné dégringola de la table de chevet. Elle tremblait de colère.

A Stockholm, Anna était assise par terre, le combiné du téléphone à la main. Lucas était au travail et les enfants dormaient, et elle avait profité de ce moment de tranquillité pour appeler Erica. Cette conversation, Anna l'avait repoussée depuis plusieurs jours, mais Lucas n'avait pas arrêté de la relancer pour qu'elle appelle Erica au sujet de la maison, et finalement elle avait cédé.

Anna se sentait scindée en mille morceaux qui la tiraillaient dans des directions opposées. Elle aimait Erica et elle aimait aussi la maison de Fjällbacka, mais qu'elle dût donner priorité à sa propre famille, Erica avait du mal à le comprendre. Il n'y avait rien qu'elle ne fût pas prête à faire ou à sacrifier pour ses enfants et si cela signifiait contenter Lucas aux dépens de la relation avec sa grande sœur, eh bien tant pis. Emma et Adrian étaient ce qui la faisait se lever le matin, qui lui permettait de continuer à exister dans ce monde. Si seulement elle réussissait à rendre Lucas heureux, tout s'arrangerait. Elle le savait. C'est parce qu'elle faisait un tas d'histoires et n'agissait pas selon ses souhaits qu'il était obligé d'être si dur avec elle. Si elle pouvait lui offrir ce cadeau, sacrifier sa maison natale pour lui, il comprendrait jusqu'où elle était prête à aller pour lui et sa famille et tout s'arrangerait à nouveau.

Quelque part tout au fond d'elle, profondément, une voix disait exactement le contraire. Mais Anna baissa la tête et pleura et la petite voix intérieure fut noyée par ses larmes. Elle laissa le combiné du téléphone par terre.

Erica repoussa la couverture d'un geste irrité et pivota les jambes par-dessus le bord du lit. Elle regretta sa dureté à l'égard d'Anna, mais sa mauvaise humeur et le manque de sommeil lui avaient fait perdre complètement les pédales. Elle essaya de rappeler Anna pour colmater ce qui pouvait l'être, mais ça sonnait occupé.

— Merde !

L'innocent tabouret devant la coiffeuse prit un coup de pied, mais au lieu de se sentir soulagée, Erica réussit à taper dans le mille et hurla de douleur avant de sauter à cloche-pied en se tenant l'orteil esquinté. Même un accouchement ne devait pas être aussi douloureux. Une fois la douleur un peu estompée, elle monta sur la balance, en dépit de tout bon sens.

Elle savait qu'elle ne devrait pas le faire, mais la martyre en elle l'obligea à s'assurer. Elle ôta le tee-shirt qu'elle gardait pour dormir. Ça représentait toujours quelques grammes et elle se demanda même si la petite culotte pouvait faire une différence. Probablement pas. Elle monta avec le pied droit en premier mais en gardant une partie de son poids sur le pied gauche qui touchait encore le sol. Elle déplaça graduellement le poids sur le pied droit et lorsque l'aiguille atteignit soixante kilos, elle aurait voulu pouvoir l'y arrêter. Mais non. Lorsqu'elle finit par laisser tout son corps reposer sur le pèse-personne, celui-ci indiquait sans pitié soixante-treize kilos. Bon. A peu près ce qu'elle avait craint, avec un kilo en bonus. Elle avait tablé sur deux de plus, mais le cadran indiquait trois depuis la dernière pesée, qui datait du matin où elle avait trouvé Alex.

Réflexion faite, ça n'avait pas été malin de se peser. Elle n'avait pas particulièrement senti à son tour de taille qu'elle avait grossi, mais jusqu'à la seconde où le verdict s'affichait noir sur blanc, le reniement de soi était un compagnon gratifiant. Plus d'une fois ces dernières années elle avait invoqué l'humidité dans la penderie ou un lavage à une température trop élevée pour expliquer le rétrécissement de ses vêtements. A présent elle avait perdu tout espoir et elle avait presque envie d'annuler le dîner de ce soir avec Patrik. Quand elle le voyait, elle avait envie de se sentir sexy, belle et mince, pas du genre grosse à bourrelets. Elle regarda son ventre d'un air morne et le rentra autant qu'elle le pouvait, juste pour voir. Peine perdue. Elle se regarda de profil dans le grand miroir et tenta cette fois de sortir son ventre le plus possible. Eh ben voilà, c'était une image qui correspondait plus à son état d'esprit du moment.

Avec un soupir, elle enfila un pantalon de jogging dont elle bénit la taille élastique et remit le tee-shirt qu'elle avait mis pour dormir. Lundi, juré, elle s'attaquerait à sa silhouette. Commencer maintenant n'avait aucun sens, elle avait déjà planifié son dîner avec entrée et dessert et il fallait se rendre à l'évidence : quand on veut épater un homme avec sa cuisine, la crème fraîche et le beurre sont des ingrédients irremplaçables. Un lundi était d'ailleurs un bon jour pour commencer une vie nouvelle. Pour la cent millième fois elle se promit, juré, craché par terre, que lundi elle allait se remettre au sport et surveiller son régime. Une vraie remise en forme. Mais pas aujourd'hui, ça attendrait lundi.

Depuis la veille, elle s'était exténuée en ruminations, et cela était un problème autrement plus important. Elle avait tourné et retourné les différentes possibilités et réfléchi à la meilleure façon d'agir, mais sans voir de solution. Elle se trouvait tout à coup détentrice d'un savoir qu'elle aurait préféré ne jamais avoir.

La cafetière commençait à répandre une bonne odeur et la vie lui parut un peu plus gaie. Incroyable, le bienfait que pouvait apporter ce breuvage brûlant. Elle se versa une tasse et dégusta son café noir, debout devant le plan de travail. Elle n'avait jamais été très portée sur le petit-déjeuner et c'était toujours quelques calories en moins pour la soirée.

Quand on sonna à la porte, elle fut tellement surprise qu'elle renversa du café sur son tee-shirt. Elle lança un juron sonore et se demanda qui pouvait bien venir sonner à cette heure matinale. Elle regarda l'horloge de la cuisine. Huit heures et demie. Elle posa la tasse et ouvrit la porte, curieuse. Devant elle sur le perron se tenait Julia Carlgren, en train de battre des bras pour se réchauffer.

— Salut. La voix d'Erica était chargée d'interrogation.

— Salut. Silence ensuite de la part de Julia.

Erica se demanda ce que la petite sœur d'Alex faisait sur son perron si tôt un mardi matin, mais sa bonne éducation prit le dessus et elle demanda à Julia d'entrer.

Julia entra tête baissée, ôta son manteau et précéda Erica dans le séjour.

— Ça sent bon le café ici. Tu m'en offres une tasse ?

— Euh, oui, bien sûr.

Dans la cuisine, Erica sortit une tasse et à l'abri de Julia elle leva les yeux au ciel. Cette nana avait quelque chose de bizarre. Elle servit le café à Julia et sa propre tasse en équilibre dans la main, elle l'invita à s'asseoir dans le canapé en rotin sur la véranda. Elles burent leur café en silence pendant un moment. Erica décida d'attendre que Julia se mette à parler. C'était à Julia de dire pourquoi elle était là. Quelques minutes d'une tension sourde s'écoulèrent avant qu'elle se décide à prendre la parole.

— Tu habites ici maintenant ?

— Non, en fait pas vraiment. J'habite à Stockholm mais je suis venue pour trier les affaires et mettre de l'ordre dans la maison.

— Oui, je suis au courant. Je suis désolée pour toi.

— Merci. Et moi aussi, je suis désolée pour toi.

Julia lâcha un drôle de petit rire qu'Erica trouva déconcertant et déplacé. Elle se souvint du document qu'elle avait trouvé dans la corbeille à papier chez Nelly Lorentz et se demanda comment tout cela pouvait bien coller.

— Tu dois te demander pourquoi je suis ici ?

Julia regardait Erica avec des yeux étranges et stables. Elle battait très rarement des paupières.

Une nouvelle fois, Erica fut frappée par la différence radicale entre Julia et sa grande sœur. La peau de Julia était creusée de cicatrices d'acné et on aurait dit qu'elle se coupait les cheveux elle-même avec des ciseaux à ongles. Sans miroir. Elle avait l'air malsain. Une pâleur maladive couvrait sa peau comme une membrane grisâtre. Elle ne partageait pas non plus l'intérêt d'Alex pour les vêtements, apparemment. Ses habits semblaient provenir de boutiques pour ménagères de plus de cinquante ans et étaient aussi éloignés de la mode actuelle que possible, sans pour autant tenir du déguisement.

— Est-ce que tu as des photos d'Alex ?

— Pardon ?

Erica fut surprise par la demande directe.

— Des photos ? Oui, je dois en avoir quelques-unes. Beaucoup même. Papa adorait ça, il nous prenait tout le temps en photo quand on était petites. Et Alex passait souvent ici, alors j'imagine qu'elle figure sur beaucoup de photos.

— Tu pourrais me les montrer ?

Julia exhorta Erica du regard, comme si elle lui reprochait de n'être pas déjà en train de chercher les photographies. Avec soulagement, Erica utilisa le prétexte d'aller chercher les albums pour échapper un instant au regard insistant de Julia.

Les photos se trouvaient dans une valise au grenier. Elle n'avait pas encore eu le temps de commencer à déblayer là-haut, mais elle savait très bien où était la valise. Toutes les photos de famille y étaient rangées et elle avait frémi à l'idée d'avoir à les examiner. Une grande partie était en vrac, mais celles qu'elle cherchait étaient soigneusement collées dans des classeurs. Elle feuilleta ceux-ci systématiquement, du premier au dernier, et trouva ce qu'elle cherchait dans les troisième et quatrième albums et, les deux cahiers sous le bras, elle descendit prudemment l'échelle du grenier.

Julia était assise exactement dans la même position. Erica se demanda si même elle avait bougé pendant son absence.

— Voilà ce qui pourrait t'intéresser, je crois.

Erica souffla et posa les gros albums de photos sur la table basse dans un nuage de poussière.

Julia se jeta sur le premier, tout excitée, et Erica s'assit à côté d'elle dans le canapé en rotin pour pouvoir commenter les photos.

— Ça, c'était quand ?

— Voyons voir. Ça doit être… en 1974. Oui, je crois que c'est ça. On devait avoir neuf ans ici, je crois.

Erica passa un doigt sur la photo et ressentit une grosse nostalgie dans la région du ventre. C'était il y avait si longtemps. Alex et elle étaient toutes nues dans le jardin par une chaude journée d'été et, si ses souvenirs étaient bons, elles étaient nues parce qu'elles n'avaient pas arrêté de cabrioler en hurlant sous le jet d'arrosage. Ce qui faisait bizarre sur la photo était les gants de laine que portait Alex.

— Pourquoi est-ce qu'elle a des gants ? Ça m'a l'air d'être en juillet, non ?

L'air ahuri, Julia regarda Erica qui riait en repensant à la scène.

— Ta sœur adorait ces gants et elle s'obstinait à les porter, pas seulement en hiver mais aussi la plus grande partie de l'été. Elle était têtue comme une mule et personne n'arrivait à la convaincre de se séparer de ces gants abominables.

— Elle savait ce qu'elle voulait, hein ?

Julia regarda la photo dans l'album avec un visage qui affichait presque de la tendresse. La seconde d'après, l'impression avait disparu et elle tourna impatiemment la page.

Pour Erica, ces photos étaient comme des reliques d'un temps révolu. Cela faisait si longtemps maintenant, et tant de choses s'étaient passées depuis. Parfois elle avait l'impression que les années d'enfance avec Alex n'avaient été qu'un rêve.

— On était plus des sœurs que des copines. On passait toutes nos journées ensemble et on dormait souvent l'une chez l'autre aussi. Tous les jours, on vérifiait ce

qu'il y avait au dîner chez l'une et chez l'autre et ensuite on choisissait l'endroit où on préférait manger.

— Autrement dit, vous mangiez souvent ici. Pour
la première fois un sourire apparut sur les lèvres de
Julia.

— Oui, on peut dire ce qu'on veut de ta mère, mais
elle n'aurait jamais pu gagner sa vie avec sa cuisine.

Une photo particulière attira l'attention d'Erica. Elle
caressa lentement l'image. Une photo superbe. Alex
était installée à l'arrière du canot de Tore et tout son
visage exprimait le bonheur. Ses cheveux blonds flottaient autour de sa tête et derrière elle s'étendait l'arrière-plan magnifique de Fjällbacka. Ils devaient partir
pour une journée sur les rochers des îlots, une journée
de soleil et de baignade. Il y en avait eu beaucoup, de
ces belles journées. Comme d'habitude, sa maman
n'avait pas pu les accompagner. Elle avait invoqué un
tas d'affaires urgentes à régler et avait choisi de rester
à la maison. C'était toujours pareil. Erica pouvait compter sur les doigts d'une main les excursions où Elsy était
venue avec eux. Elle rit en voyant une photo d'Anna
prise pendant le même tour en bateau. Elle faisait l'idiote
à son habitude et là, elle se penchait dangereusement
par-dessus bord en adressant des grimaces à l'objectif.

— Ta sœur ?

— Oui, Anna, ma petite sœur.

Le ton d'Erica était bref et indiquait qu'elle ne voulait pas aborder ce sujet. Julia comprit les signaux et
continua à feuilleter l'album avec ses doigts courts et
épais. Ses ongles étaient rongés et, à certains doigts,
elle avait tellement mordillé que des plaies s'étaient
formées sur les bords. Erica se força à quitter des yeux

les doigts meurtris de Julia et se concentra sur les images qui défilaient entre ses mains.

Vers la fin du deuxième album, Alex ne figurait plus sur les photos. Le contraste était frappant. Elle avait été sur toutes les pages, et soudain, il n'y avait plus une seule photo d'elle. Julia posa doucement les deux albums sur la table basse et se pencha en arrière dans le coin du canapé, la tasse de café entre ses mains.

— Tu veux que je t'en remette du chaud ? Il doit être froid maintenant, ton café.

Julia regarda sa tasse et constata qu'Erica avait raison.

— Oui, si tu en as encore, je veux bien.

Elle tendit sa tasse et Erica fut contente d'avoir une occasion de s'étirer un peu. Le canapé en rotin était joli à voir, mais ni le dos, ni les fesses ne l'appréciaient au bout d'un moment. Le dos de Julia semblait être du même avis puisque Julia se leva et suivit Erica dans la cuisine.

— C'était un bel enterrement. Beaucoup d'amis aussi qui sont venus à la réception chez vous après.

Erica tournait le dos à Julia en remplissant les tasses. Un vague murmure dépourvu de sens fut la seule réponse qu'elle obtint. Elle opta pour plus d'audace.

— J'ai eu l'impression que toi et Nelly Lorentz étiez assez intimes. Vous vous êtes connues comment ?

Erica retint sa respiration. Le brouillon qu'elle avait trouvé dans la corbeille à papier chez Nelly la rendait très curieuse de ce que Julia allait répondre.

— Papa travaillait pour elle.

La réponse était venue à contrecœur. Les doigts allèrent droit dans sa bouche sans même que Julia paraisse s'en apercevoir et elle se mit à ronger frénétiquement ses ongles. Erica continua sa pêche aux informations.

— Oui, mais ça devait être bien avant que tu sois née.

— Un été, j'ai travaillé à la conserverie quand j'étais plus jeune.

Les réponses arrivaient toujours comme une dent qu'on arrache et Julia cessa de ronger ses ongles seulement le temps de répondre.

— Vous aviez l'air de très bien vous entendre.

— Oui, je suppose que Nelly voit quelque chose en moi que personne d'autre ne voit.

Le sourire était amer et introverti. Tout à coup, Erica sentit une grande sympathie pour Julia. La vie dans le rôle du vilain petit canard avait dû être difficile. Elle ne dit rien et au bout d'un moment le silence obligea Julia à continuer.

— On était toujours ici en été, et pour les vacances après la quatrième Nelly a appelé papa pour demander si j'avais envie de venir gagner un peu de sous en travaillant au bureau. Je pouvais difficilement dire non. Ensuite, j'y ai travaillé tous les étés jusqu'à ce que je commence l'école normale.

Erica comprit que la réponse laissait de côté l'essentiel. Obligatoirement. Mais elle comprit aussi qu'elle n'en soutirerait pas beaucoup plus à Julia sur sa relation avec Nelly. Elles retournèrent s'asseoir dans le canapé de la véranda et sirotèrent leur café en silence. Leurs regards étaient fixés sur la glace qui s'étendait jusqu'à l'horizon, mais sans la voir.

— Ça a dû être dur pour toi quand mes parents ont déménagé avec Alex.

Julia avait pris la parole la première.

— Oui et non. On ne jouait plus ensemble à cette époque, et bien sûr, c'était triste, mais pas aussi dramatique que si on avait toujours été copines.

— Qu'est-ce qu'il s'est passé ? Pourquoi vous avez cessé de vous voir ?

— Si seulement je le savais.

Erica fut étonnée de sentir que le souvenir pouvait encore lui faire aussi mal. Qu'elle puisse encore sentir la perte d'Alex aussi fort. Tant d'années avaient passé depuis et que des copines d'enfance s'éloignent l'une de l'autre devait plus être une règle qu'une exception. C'était surtout le fait qu'Alex ne lui avait jamais annoncé clairement que c'était fini et surtout n'avait donné aucune explication. Elles ne s'étaient pas brouillées à cause de quelque chose, Alex n'avait pas changé pour une autre meilleure copine, aucune des raisons qui font qu'une amitié meurt. Elle s'était seulement retirée derrière un mur d'indifférence et avait ensuite disparu sans un mot.

— Vous vous êtes fâchées ?

— Non, pas que je sache. Alex s'est désintéressée en quelque sorte, simplement. Elle a cessé de m'appeler et cessé de demander qu'on fasse des trucs ensemble. Quand je lui demandais, elle ne disait jamais non, mais je voyais bien qu'elle était totalement ailleurs. J'ai fini par arrêter de la solliciter.

— Est-ce qu'elle voyait de nouvelles copines ?

Erica se demanda pourquoi Julia lui posait toutes ces questions sur elle et Alex, mais elle n'avait rien contre le fait de rafraîchir ses souvenirs. Ça pouvait lui servir pour le livre.

— Je ne l'ai jamais vue avec d'autres. A l'école elle restait à l'écart tout le temps. Mais pourtant…

— Quoi ?

Julia se pencha en avant, brusquement très attentive.

— J'avais quand même l'impression qu'il y avait quelqu'un. Mais je peux me tromper complètement. Ce n'était qu'une impression.

Julia hocha pensivement la tête et Erica eut le sentiment qu'elle venait de confirmer quelque chose que Julia savait déjà.

— Excuse-moi de demander, mais pourquoi tu as envie de savoir tout ça sur moi et Alex quand on était petites ?

Julia évita de la regarder dans les yeux. La réponse fut évasive.

— Elle était tellement plus âgée que moi et elle était déjà partie à l'étranger quand je suis née. De plus, on était très différentes. J'ai l'impression de ne l'avoir jamais vraiment connue. Et maintenant, il est trop tard. J'ai cherché des photos d'elle à la maison, mais on n'en a presque pas. Alors j'ai pensé à toi.

Erica sentit que la réponse de Julia contenait suffisamment peu de vérité pour pouvoir carrément être qualifiée de mensonge, mais elle s'en contenta à contrecœur.

— Bon, il faut que je m'en aille, maintenant. Merci pour le café.

Julia se leva brusquement et alla dans la cuisine poser sa tasse de café dans l'évier. Elle était tout à coup très pressée de partir. Erica l'accompagna à la porte.

— Merci de m'avoir montré ces photos. C'était très important pour moi.

Elle descendait déjà les marches.

Erica resta sur le pas de la porte et la regarda partir. Une silhouette grise et informe qui disparaissait rapidement sur la route, les bras serrés très près du corps pour se protéger du froid mordant. Erica referma lentement la porte et retourna dans la chaleur de l'intérieur.

Il ne s'était pas senti aussi nerveux depuis des lustres. La sensation qu'il avait au creux du ventre était merveilleuse et effroyable à la fois.

Le tas de vêtements sur le lit grandissait au rythme de ses essais de tenues. Tous les habits qu'il mettait lui semblaient soit démodés, soit trop décontractés ou trop habillés, soit trop tarte ou tout simplement trop laids. Sans oublier qu'il avait du mal à entrer dans la plupart de ses pantalons, trop serrés à la taille. Avec un soupir, il s'assit en slip au bord du lit. Brusquement, il avait perdu tout enthousiasme pour la soirée et sentait monter en lui une bonne vieille angoisse. Finalement, il ferait peut-être aussi bien de l'appeler pour tout annuler.

Patrik s'allongea sur le lit et fixa le plafond, les mains jointes derrière la tête. Il avait gardé le lit double qu'il avait partagé avec Karin et dans un accès de sentimentalisme il passa la main sur le côté où dormait autrefois son ex. Depuis peu seulement il osait la nuit rouler de ce côté. Il aurait sans doute mieux fait d'acheter un autre lit tout de suite après qu'elle était partie, mais il n'avait pas pu s'y résoudre.

Au-delà du chagrin qu'il avait éprouvé quand Karin l'avait quitté, il s'était parfois demandé si c'était vraiment elle qui lui manquait, ou bien l'image idéale du

266

mariage en tant qu'institution. Patrik avait dix ans quand son père avait quitté sa mère pour une autre femme et la séparation s'était faite dans la douleur avec lui et sa petite sœur Lotta dans le rôle de défouloir. Alors il s'était promis de ne jamais être infidèle, mais surtout que jamais, jamais il ne divorcerait. S'il se mariait, ce serait pour la vie. Si bien que lorsqu'il avait épousé Karin cinq ans auparavant dans l'église de Tanumshede, il envisageait l'éternité. Mais la vie ne tourne jamais comme on l'a imaginée. Karin et Leif s'étaient vus dans son dos pendant plus d'un an avant qu'il les prenne sur le fait. Bonjour le scénario classique !

Un jour, il était rentré plus tôt du boulot parce qu'il ne se sentait pas bien et ils étaient là tous les deux, dans la chambre à coucher. Dans le lit où il se trouvait en ce moment. Un masochiste, voilà ce qu'il était. Comment expliquer sinon qu'il ne se soit pas débarrassé du lit depuis belle lurette ? Mais c'était du passé maintenant. Ça n'avait plus d'importance.

Il se redressa sur les coudes, toujours pas très sûr d'avoir envie d'aller chez Erica ce soir. Il voulait. Et il ne voulait pas. Une crise de manque de confiance en lui-même avait d'un seul coup balayé les attentes nourries toute la journée. Mais il était trop tard pour dire non maintenant, il n'avait plus vraiment le choix.

Lorsqu'il finit par trouver un Chinos acceptable à la taille et qu'il eut enfilé une chemise bleue repassée de frais, il se sentit tout de suite un peu mieux et il se permit à nouveau de se réjouir de la soirée. Une noix de gel maintint ses cheveux ébouriffés juste ce qu'il fallait et après s'être salué dans le miroir d'un pouce levé, il fut prêt pour le départ.

A sept heures et demie, il faisait nuit noire dehors et quelques flocons de neige rendaient la visibilité difficile sur la route de Fjällbacka. Il était parti largement à temps et n'avait pas à se presser. Dans ses pensées, Erica céda un moment la place aux événements de ces derniers jours au boulot. Mellberg n'avait pas été content du tout. Patrik avait confirmé que la voisine d'Anders était sûre de son témoignage, ce qui donnait effectivement à Anders un alibi pour le moment critique. Patrik n'avait peut-être pas atteint le même degré de hargne que Mellberg à cause de cela, mais il ne pouvait pas nier qu'il ressentait un certain énervement. Trois semaines s'étaient écoulées depuis qu'ils avaient découvert le corps d'Alex, et il n'avait pas l'impression qu'ils étaient plus près d'une solution maintenant qu'alors.

Ce qui importait à présent était de ne pas totalement perdre courage, il fallait se ressaisir et reprendre depuis le début. Chaque indice, chaque témoignage devait être examiné d'un œil nouveau. Patrik dressa mentalement une liste de ce qu'il devait entreprendre le lendemain au boulot. La priorité absolue était d'élucider qui était le père de l'enfant qu'Alex portait. Il y avait forcément à Fjällbacka quelqu'un qui avait vu ou entendu quelque chose concernant la personne qu'elle rencontrait les week-ends. Certes, on ne pouvait pas entièrement écarter la possibilité que Henrik fût le père, et Anders faisait aussi un candidat possible. Mais, sans savoir préciser pourquoi, il ne voyait pas en Anders celui qu'elle aurait choisi comme père convenable pour son enfant. Ce que Francine avait raconté à Erica lui paraissait très proche de la vérité. Alex avait quelqu'un de très, très important dans sa vie. Quelqu'un de suffisamment important pour qu'elle se soit réjouie de concevoir un enfant avec lui. Chose qu'elle n'avait pas pu, ou voulu, faire avec son mari.

La relation sexuelle avec Anders était aussi à explorer davantage. Qu'est-ce qu'une femme de la haute société de Göteborg avait en commun avec une épave alcoolique ? Quelque chose lui disait que s'il découvrait comment leurs chemins s'étaient croisés et rejoints, il trouverait beaucoup des réponses qu'il cherchait. Ensuite, il y avait cet article sur la disparition de Nils Lorentz. Alex n'avait été qu'un enfant à l'époque. Pourquoi conservait-elle une coupure vieille de vingt-cinq ans cachée dans un tiroir ? Les fils étaient si nombreux et si embrouillés que c'était comme regarder une de ces images où tout ne semble être que des taches floues jusqu'à ce qu'on plisse les yeux et focalise correctement le regard et qu'une forme surgisse soudain, nette et évidente. Le problème, c'était qu'il n'arrivait pas à trouver cette accommodation parfaite où les taches forment un dessin. Dans des moments de doute, il se demandait s'il était un policier suffisamment doué pour jamais la trouver. Parce qu'il n'était pas assez compétent, un assassin allait peut-être s'en tirer.

Un chevreuil bondit devant la voiture et Patrik fut brutalement tiré de ses mornes pensées. Il se mit littéralement debout sur le frein et réussit à éviter la croupe de l'animal de quelques centimètres. La voiture dérapa sur la chaussée glissante et ne s'arrêta qu'après quelques longues secondes terrifiantes. Il appuya la tête sur ses mains encore crispées sur le volant, et laissa son pouls retrouver son rythme normal. Il resta assis comme ça pendant quelques minutes. Puis il reprit sa route jusqu'à

Fjällbacka, mais parcourut un bon kilomètre ou deux à la vitesse escargot avant d'oser accélérer un peu.

Quand il attaqua le raidillon de Sälvik bien ensablé menant à la maison d'Erica, il avait cinq minutes de retard. Il se gara derrière la voiture d'Erica à l'entrée du garage et attrapa la bouteille de vin qu'il apportait. Une profonde inspiration et un dernier coup d'œil à sa coiffure dans le rétroviseur, et il fut prêt.

Le tas de vêtements sur le lit d'Erica valait celui de Patrik. Sans doute un peu plus gros, même. La penderie commençait à se vider, seuls quelques cintres solitaires pendouillaient encore sur la tringle. Elle soupira lourdement. Rien ne lui allait comme il fallait. Les kilos en trop de ces dernières semaines qui s'étaient installés en douce faisaient qu'elle n'avait plus aucun habit à sa taille. Erica regrettait encore amèrement de s'être pesée dans la matinée et se maudit en grommelant tandis que, d'un œil critique, elle s'examinait en pied dans le miroir.

La première difficulté s'était présentée après la douche, lorsque, à l'instar de Bridget Jones, l'héroïne de son livre préféré, elle avait été confrontée au choix difficile de la petite culotte. Devait-elle mettre le joli petit string à dentelles, dans l'éventualité qu'elle et Patrik se retrouvent au lit ? Ou devait-elle mettre la bonne vieille culotte ventre plat qui pouvait considérablement augmenter les chances qu'ils se retrouvent effectivement au lit ? Dur dilemme, mais considérant l'importance de la rondeur ventrale, elle opta après réflexion pour la variante maintien renforcé. Par-dessus, elle enfila également un collant avec fonction amincissante. Autrement dit : l'artillerie lourde.

Elle vit l'heure et réalisa qu'il fallait se décider. Après avoir regardé le tas sur le lit elle extirpa des profondeurs ce qu'elle avait essayé en premier. Le noir faisait paraître plus mince et la robe classique longueur genoux dans le plus pur style Jackie Kennedy flattait la silhouette. Une simple perle à chaque oreille et sa montre-bracelet seraient ses seuls bijoux et elle laissa ses cheveux pendre librement sur les épaules. Une fois encore, elle se dressa de profil devant le miroir et rentra le ventre pour voir. Mais oui, avec la combinaison culotte de maintien, collant et une respiration légèrement retenue, elle avait l'air presque acceptable. Les kilos en trop n'étaient pas uniquement à son désavantage, elle dut l'admettre. Elle se serait volontiers passée de ceux qui s'étaient fixés sur son ventre, mais le kilo réparti sur les seins faisait maintenant apparaître une fente avantageuse dans le décolleté de la robe. Avec l'aide d'un soutien-gorge rembourré, certes, mais ce genre d'assistance n'avait rien d'inhabituel de nos jours. Le soutien-gorge qu'elle portait était en outre la dernière trouvaille de la technologie moderne, avec gel dans les bonnets, qui provoquait un balancement naturel de la poitrine. Une excellente preuve du progrès de la science au service de l'humanité !

L'essayage des vêtements et les émotions l'avaient fait transpirer sous les bras et elle se lava encore une fois en pestant. Elle employa près de vingt minutes pour obtenir un maquillage parfait et cela fait, elle réalisa que la décoration avait pris un peu trop de temps et qu'elle aurait dû avoir démarré le repas depuis un bon moment déjà. Elle rangea sa chambre en vitesse. Remettre tous les vêtements sur les cintres aurait été trop long, elle souleva donc tout bonnement le tas en entier et le lâcha par terre dans la penderie avant de refermer la porte. A tout hasard, elle refit le lit et regarda autour d'elle dans la chambre histoire de vérifier qu'il n'y avait pas de culottes sales oubliées par terre. Une Sloggi sale pouvait tuer le désir de n'importe quel homme.

Erica descendit dans la cuisine, hors d'haleine et désorientée par tout ce stress. Brusquement, elle ne sut même plus par quel bout commencer.

Elle s'obligea à s'arrêter et à respirer à fond. Deux recettes étaient posées devant elle sur la table, et elle essaya de structurer le travail selon le temps de préparation de chacune. Sans être un cordon bleu elle se débrouillait pas mal, et elle avait déniché les recettes en faisant un tour dans de vieux numéros d'Elle Gourmet, à laquelle elle était abonnée. En entrée, elle allait faire des galettes de pommes de terre avec de la crème fraîche, des œufs de lump et des oignons rouges hachés très fin. En plat de résistance elle avait opté pour un filet mignon en croûte avec une sauce au porto et des pommes de terre pressées, et en dessert de la salade de fruits au chocolat blanc nappé de glace à la vanille. Heureusement, elle avait déjà préparé le dessert dans l'après-midi, et elle pouvait le rayer de la liste. Elle décida de commencer par râper les pommes de terre crues pour l'entrée.

Elle travailla avec concentration pendant une heure et demie et sursauta quand la sonnette retentit. Le temps s'était écoulé un peu trop vite et elle espéra que Patrik n'aurait pas une faim de loup vu qu'il faudrait encore un bon moment avant que le repas soit prêt.

Erica était à mi-chemin de la porte quand elle réalisa qu'elle portait toujours son tablier, et une deuxième
sonnerie eut le temps de retentir tandis qu'elle luttait
pour défaire le nœud impossible qu'elle avait réussi à
se faire dans le dos. Elle finit par y arriver, se débarrassa du tablier par la tête et le lança sur une chaise
dans l'entrée. Elle se passa une main dans les cheveux,
se rappela de rentrer le ventre et respira à fond avant
d'ouvrir la porte, un grand sourire aux lèvres.

— Salut Patrik. Entre !

Ils se firent un bisou et Patrik lui tendit une bouteille
de vin enveloppée dans du papier alu.

— Oh merci, c'est gentil !

— Oui, ils me l'ont recommandé au Monopole. Du
vin du Chili. Exubérant et charpenté, avec un arôme de
fruits rouges et une touche de chocolat, si j'ai bien compris. Je ne suis pas très calé en vin, mais en général ils
savent de quoi ils parlent.

— Il va être très bon, j'en suis sûre.

Erica rit de bon cœur et posa la bouteille sur la vieille
commode de l'entrée pour aider Patrik à se débarrasser de son blouson.

— Entre. J'espère que tu n'es pas trop affamé.
Comme d'habitude, j'ai été beaucoup trop optimiste
pour le planning, on va devoir attendre encore un bon
moment avant que ça soit prêt.

— Non, ça ira très bien.

Patrik suivit Erica dans la cuisine.

— Je peux t'aider à faire quelque chose ?

— Oui, tu peux prendre un tire-bouchon dans le
tiroir là, en haut, et nous ouvrir une bouteille de vin.
On commence avec la bouteille que tu as apportée ?

Il obéit docilement et Erica sortit deux gros verres à vin sur le plan de travail puis touilla le contenu de ses marmites et vérifia ce qu'elle avait au four. Le filet mignon n'en était qu'au début de cuisson et les pommes de terre à moitié. Patrik lui tendit un verre rempli d'un vin rouge profond. Elle remua légèrement le verre pour dégager les arômes, plongea le museau dans le verre et aspira ensuite par le nez, bouche fermée. Le chaud parfum de chêne entra par les narines et sembla se propager jusque dans ses orteils. Divin. Elle goûta doucement et laissa le vin glisser sur sa langue tout en aspirant un peu d'air. Il était très agréable en bouche et elle comprit que Patrik avait dû débourser une petite fortune pour cette bouteille.

Patrik la regarda, plein d'attente.

— Fantastique !

— Oui, j'ai compris la dernière fois que je suis venu que tu t'y connais. Pour ma part je ne pourrais pas sentir la différence entre un vin à cinquante couronnes le brick et un vin à plusieurs milliers de couronnes la bouteille.

— Mais si, tu sentirais la différence. C'est une question d'habitude aussi. Et il faut savoir prendre son temps et réellement savourer un vin au lieu de se le verser simplement dans le gosier.

Patrik regarda honteusement son verre. Il en avait déjà bu un tiers. Il essaya avec prudence d'imiter la façon d'Erica de déguster le vin tandis qu'elle lui tournait le dos pour s'activer aux fourneaux. Tiens donc, on dirait vraiment un tout autre breuvage. Il laissa une gorgée rouler dans la bouche comme il avait vu faire Erica et soudain des goûts très nets lui titillèrent les papilles. Il avait même l'impression de sentir un faible goût de chocolat, du chocolat noir et un goût assez fort de fruits rouges, oui, des groseilles peut-être, mêlé aux fraises. Incroyable.

— Comment progresse l'enquête ?

Erica s'efforça de lancer la question sans en avoir l'air, mais elle avait hâte d'entendre la réponse.

— Pour moi, nous sommes revenus à la case départ, on pourrait dire. Anders a un alibi pour l'heure du meurtre et on n'a pas grand-chose d'autre à se mettre sous la dent pour l'instant. Je crains que nous ayons commis une erreur assez classique. Nous nous sommes permis d'être trop certains de tenir le bon coupable et avons cessé d'explorer d'autres pistes. Mais je suis d'accord avec le commissaire qui voit Anders brillant dans le rôle de l'assassin d'Alex. Un alcoolo, qui pour une raison insondable a une relation sexuelle avec une femme qui selon toutes les règles de la société devrait être franchement hors de portée d'un loser comme lui. Un crime par jalousie quand arrive la fin inévitable. Quand sa chance invraisemblable finit par tourner. Ses empreintes digitales partout sur le cadavre et dans la salle de bains. Nous avons même trouvé les empreintes de ses chaussures dans la flaque de sang par terre.

— Mais ça devrait tout de même suffire comme preuve ?

Patrik fit tourner le verre de vin et regarda pensivement le beau tourbillon rouge qui se formait.

— S'il n'avait pas eu d'alibi, ça nous aurait peut-être suffi. Mais il se trouve qu'il en a un pour l'heure du meurtre que nous avons fixée comme plausible, et comme je l'ai déjà dit, ce dont on dispose ne suffit qu'à prouver qu'il est entré dans la salle de bains *après* le meurtre, pas *pendant*. Une petite différence, mais importante, si nous voulons une mise en accusation qui tienne la route.

L'odeur qui se répandait dans la cuisine était merveilleuse. Erica sortit du réfrigérateur les galettes de pommes de terre qu'elle avait cuites avant l'arrivée de Patrik et les mit à réchauffer au four. Elle sortit deux assiettes pour l'entrée et ouvrit le réfrigérateur de nouveau pour sortir le pot de crème fraîche et les œufs de lump. Les oignons étaient déjà hachés dans un bol sur le plan de travail. Elle était intensément consciente de la proximité de Patrik.

— Et toi ? Tu as eu du nouveau pour la maison ?

— Oui, malheureusement. L'agent immobilier a appelé hier pour proposer qu'on fasse visiter la maison pendant le week-end de Pâques. A le croire, Anna et Lucas ont trouvé que c'était une idée super.

— Il reste encore deux mois d'ici Pâques. Il peut se passer beaucoup de choses en attendant.

— Oui, je peux toujours espérer que Lucas aura une crise cardiaque ou je ne sais quoi. Non, pardon, je n'ai pas dit ça. C'est seulement que ça me fout tellement en rogne !

Elle referma la porte du four un poil trop fort.

— Oh là, casse pas le matériel !

— Il ne me reste plus sans doute qu'à m'habituer à cette idée et commencer à faire des projets sur ce que je vais faire avec l'argent que la vente va me rapporter. Mais je dois t'avouer que j'ai toujours cru que ça me rendrait bien plus heureuse que ça de devenir millionnaire.

— Millionnaire ! Ne te casse pas la tête avec ça. Compte tenu des impôts qu'on paie dans ce pays, laisse-moi te dire que la plus grande partie de ton argent ira financer des écoles lamentables et des hôpitaux plus lamentables encore. Sans parler de la police, institution incroyablement, totalement et formidablement sous-payée. Ils vont se charger de te volatiliser une bonne partie de ta fortune, tu verras !

Elle ne put s'empêcher de rire.

— Bon, alors tant mieux. Comme ça je n'aurai pas à hésiter entre un manteau de vison et un manteau de renard. Tiens, crois-moi si tu veux, mais l'entrée est prête maintenant !

Elle prit une assiette dans chaque main et précéda Patrik dans la salle à manger. Elle avait réfléchi en long et en large pour savoir s'ils allaient manger dans la cuisine ou dans la salle à manger, mais avait fini par se décider pour la salle à manger avec sa belle table à battants qui devenait encore plus belle à la lueur des bougies. Et elle n'avait pas lésiné sur les bougies. Rien n'était plus flatteur pour une femme que les bougies, elle avait lu ça quelque part et elle n'y était pas allée de main morte.

La table était dressée avec couverts en argent et serviettes en lin. Pour le plat principal elle avait sorti le service de fête de sa mère, la porcelaine blanche de Rörstrands avec la bordure bleue, et elle se rappela le soin que sa mère prenait de ces assiettes. Elle ne les avait sorties qu'à des occasions très spéciales. Des occasions qui ne comprenaient pas les anniversaires des enfants ou quoi que ce soit les concernant, pensa Erica avec amertume. Pour ça, le service ordinaire de tous les jours faisait l'affaire sur la table de la cuisine. Mais quand c'était le pasteur et sa femme qui venaient, ou le suffragant ou la diaconesse, alors rien n'était trop beau. Erica fit un effort pour revenir dans le présent et posa les assiettes avec l'entrée l'une en face de l'autre sur la table.

— Ça a l'air super bon.

Patrik coupa un bout de galette de pommes de terre, y ajouta une bonne cuillerée d'oignon, de crème fraîche et d'œufs de lump et eut le temps d'approcher la fourchette de sa bouche avant de découvrir qu'Erica avait levé son verre, et un sourcil aussi. Penaud, il reposa sa fourchette et prit son verre de vin à la place.

— A ta santé, et bon appétit.

— Santé.

Erica sourit de la maladresse de Patrik. C'était rafraîchissant et sympa comparé aux hommes qu'elle avait fréquentés à Stockholm, des hommes si bien élevés et connaisseurs des bonnes manières qu'ils auraient pu être des clones. A côté d'eux, Patrik semblait d'une authenticité rassurante et, pour ce qui la concernait, il pouvait manger avec les doigts s'il voulait. Sans compter qu'il était carrément mignon quand il rougissait.

— J'ai reçu une visite inattendue aujourd'hui.

— Ah bon, qui ça ?

— Julia.

Patrik leva des yeux surpris vers Erica et elle nota, ravie, qu'il semblait avoir du mal à les détacher de la nourriture.

— Je ne savais pas que vous vous connaissiez.

— On ne se connaît pas, effectivement. On s'est rencontrées pour la première fois à l'enterrement d'Alex. Mais ce matin, elle a débarqué ici.

— Qu'est-ce qu'elle voulait ?

Patrik racla l'assiette avec tant d'ardeur qu'on aurait dit qu'il voulait en retirer l'émail.

— Elle m'a demandé de lui montrer des photos d'Alex et moi quand on était petites. A l'en croire, ils n'en ont pas beaucoup chez eux, et elle s'était dit que j'en avais peut-être davantage. Ce qui est effectivement le cas. Puis elle m'a posé un tas de questions sur notre enfance et tout ça. Ceux avec qui j'ai parlé m'ont dit que les deux sœurs n'étaient pas particulièrement proches, et il ne faut pas s'en étonner vu la différence d'âge, et maintenant elle a envie d'en savoir un peu plus sur Alex. De la connaître. C'est en tout cas l'impression que j'ai eue. Tu l'as déjà rencontrée, Julia ?

— Non, pas encore. Mais d'après ce que j'ai entendu, elles ne se ressemblent, ou se ressemblaient pas vraiment.

— Oh non, ça c'est sûr. Elles étaient plutôt l'exact opposé l'une de l'autre, en tout cas pour le physique. Mais elles semblent avoir eu le côté renfermé en commun, même si Julia a quelque chose de buté qu'Alex n'avait pas, selon moi. Alex paraissait plus, comment dire… indifférente, d'après ce que m'ont dit les gens avec qui j'ai parlé. Julia serait plutôt du genre en colère. Ou peut-être même en rage. J'ai l'impression que sous la surface, ça bouillonne et ça s'agite. Un peu dans le genre volcan. Un volcan endormi. Ça te paraît vaseux ?

— Non, je ne trouve pas. Je me dis que les écrivains ont forcément une intuition pour ressentir les gens. Une connaissance de la nature humaine.

— Pfff, ne me considère pas comme écrivain. Je ne trouve pas moi-même que je mérite encore ce titre.

— Quatre livres publiés et tu ne te considères pas écrivain.

Patrik eut l'air sincèrement perplexe et Erica essaya de lui expliquer ce qu'elle voulait dire.

— Oui, quatre biographies, la cinquième en chantier. Ce n'est pas rien, je le sais, mais pour moi un vrai auteur est quelqu'un qui écrit ce qu'il a dans son propre cœur et son propre cerveau. Pas seulement qui raconte la vie de quelqu'un d'autre. Le jour où j'aurai écrit quelque chose qui vienne de moi, je pourrai me dire auteur.

La pensée la frappa soudain que ce n'était pas toute la vérité. Cette définition ne faisait aucune différence entre ses biographies de personnages historiques et son livre sur la vie d'Alex. Lui aussi parlait de la vie d'une autre personne. Mais il y avait quand même une différence. D'une part, la vie d'Alex touchait à la sienne d'une façon plus qu'évidente et d'autre part, dans ce livre elle pouvait exprimer quelque chose d'elle-même. Mine de rien, tout en respectant des faits réels, elle pouvait diriger l'âme du livre. Pourtant, elle ne pouvait pas encore expliquer cela à Patrik. Personne ne devait savoir qu'elle écrivait un livre sur Alex.

— Donc Julia est venue ici te poser un tas de questions sur Alex. Tu as eu l'occasion de la questionner sur elle et Nelly Lorentz ?

Erica mena en elle-même une lutte intérieure intense et décida finalement que, si elle voulait rester en paix avec sa conscience, elle ne pouvait cacher cette information à Patrik. Il serait peut-être capable, lui, d'en tirer des conclusions qu'elle ne saurait trouver. C'était le petit morceau de puzzle vital qu'elle avait choisi de ne pas lui raconter quand elle avait dîné chez lui. Cependant, comme ce morceau ne l'avait pas fait progresser plus que ça, elle ne voyait maintenant aucune raison de continuer à se taire là-dessus. Mais d'abord elle allait servir le plat principal.

Elle se tendit pour prendre l'assiette de Patrik et saisit l'occasion pour se pencher un peu plus que nécessaire. Elle avait l'intention de jouer à fond les atouts dont elle disposait. A en juger par l'expression de Patrik, elle devait avoir au moins un brelan d'as en main. Jusque-là, son Wonderbra à cinq cents couronnes se révélait être un très bon investissement. Même si le porte-monnaie en avait souffert le jour de l'achat.

— Attends, je vais t'aider.

Patrik lui prit les assiettes et la suivit dans la cuisine. Elle égoutta les pommes de terre et mit Patrik à contribution pour les presser dans un grand bol. Elle donna un dernier coup de feu à la sauce et la goûta. Une lichette de porto puis du beurre en quantité généreuse qu'elle incorpora au fouet, et la sauce fut prête. Pas question de crème fraîche allégée ici. Il ne restait plus qu'à sortir du four le filet mignon en croûte et à le couper en tranches. Il avait l'air parfait. Légèrement rose au centre, mais sans le jus rouge signalant que la viande n'était pas encore cuite. Comme accompagnement, elle avait choisi des petits pois braisés et elle les versa dans un plat de Rörstrands identique à celui des pommes de terre. Ils portèrent les plats à table. Elle le laissa se servir avant de lâcher la bombe.

— Julia est la seule héritière de Nelly Lorentz.

Patrik était juste en train de boire une goulée de vin et de toute évidence il avala de travers parce qu'il se mit à tousser et à se taper la poitrine. La gêne lui fit monter des larmes aux yeux.

— Pardon, qu'est-ce que tu viens de dire ? demanda-t-il d'une voix coincée.

— J'ai dit que Julia est la seule héritière de la fortune de Nelly. C'est écrit dans le testament de Nelly, dit Erica calmement et elle versa un peu d'eau à Patrik pour calmer sa toux.

— Est-ce que j'oserais te demander comment tu le sais ?

— Parce que je me suis permis de fouiller dans la corbeille à papier de Nelly quand je prenais le thé chez elle.

Patrik eut un autre accès de toux et regarda Erica, incrédule. Le laissant avaler la quasi-totalité de son verre d'eau d'une seule goulée, Erica continua :

— Il y avait une copie du testament dans la poubelle. C'était écrit texto que Julia Carlgren allait hériter de la fortune de Nelly Lorentz. Jan touchera évidemment sa part légale, mais le reste va à Julia.

— Et Jan le sait ?

— Aucune idée. Mais si je devais avancer une hypothèse – non, il ne le sait probablement pas.

Erica poursuivit, tout en se servant.

— Quand Julia est passée ici, je lui ai demandé comment ça se fait qu'elle connaisse si bien Nelly. Et sa réponse m'a paru plus que bancale. A l'en croire, elle la connaît bien parce qu'elle a eu des boulots d'été à la conserverie quelques années de suite. Je ne mets pas en doute qu'elle y ait réellement travaillé, mais elle n'a pas dit toute la vérité. De toute évidence, c'était un sujet qu'elle n'avait aucune envie d'aborder.

Patrik eut l'air pensif.

— Ça fait deux couples extrêmement mal assortis dans cette histoire, tu as pensé à ça ? J'irai même jusqu'à dire des couples invraisemblables. Alex et Anders, et Julia et Nelly. Qu'est-ce qui est le plus petit dénominateur commun ? Si nous trouvons ce lien-là, je pense que nous aurons trouvé la solution à toute l'histoire.

— Alex. N'est-ce pas Alex qui est le dénominateur commun ?

— Non, dit Patrik, je crois que ce serait trop simple. C'est autre chose. Quelque chose que nous ne voyons pas, ou que nous ne comprenons pas.

Il agita sa fourchette en l'air.

— Et puis il y a Nils Lorentz. Ou plus exactement sa disparition. Toi, tu habitais à Fjällbacka à l'époque, tu te souviens de quoi ?

— J'étais encore petite et personne ne raconte quoi que ce soit à un enfant. Mais je me souviens que c'était entouré d'un tas de cachotteries.

— Cachotteries ?

— Oui, tu sais, des conversations interrompues quand j'entrais dans la pièce. Des adultes qui parlaient à voix basse. "Chut, les enfants écoutent" et ce genre de commentaires. Autrement dit, tout ce que je sais, c'est qu'il y avait un tas de ragots qui circulaient à l'époque de la disparition de Nils. J'étais trop petite. Je n'ai jamais rien su.

— Hmm, je crois que je vais creuser un peu tout ça. Je l'inscris sur la liste des choses à faire demain. Mais pas maintenant, parce que maintenant je suis en train de dîner chez une femme qui non seulement est belle mais qui sait divinement faire la cuisine. Santé à la cuisinière !

Il leva son verre, et le compliment rendit Erica toute chaude intérieurement. Pas tant le commentaire sur sa cuisine mais celui qui disait qu'elle était belle. Comme tout serait plus simple si on savait lire les pensées des autres ! Tout ce jeu serait superflu. Alors que maintenant elle était là à espérer qu'il lui fasse un tout petit signe annonçant qu'il était intéressé. Adolescente, elle avait su jouer à quitte ou double, mais avec l'âge, c'était comme si le cœur devenait de moins en moins élastique. Les mises devenaient plus importantes et les dégâts sur l'ego plus gros à chaque fois.

Après que Patrik s'était resservi deux fois et que depuis longtemps ils avaient cessé de parler de mort violente pour passer aux rêves, à la vie et qu'ils avaient réglé toutes les grandes questions universelles, ils se déplacèrent sur la véranda pour accorder un répit à leurs estomacs avant le dessert. Ils étaient assis chacun dans un coin du canapé et sirotaient leur vin. La deuxième bouteille était bientôt terminée et tous deux en sentaient les effets. Leurs membres étaient lourds et chauds et leur tête semblait enveloppée de coton doux et soyeux. De l'autre côté des fenêtres, la nuit était d'un noir d'encre, sans la moindre étoile pour égayer le ciel. Une obscurité compacte qui leur donnait l'impression de se trouver dans un grand cocon. L'illusion d'être les seules créatures sur terre était totale. Erica ne se souvenait pas s'être jamais sentie aussi satisfaite de l'existence, si totalement au diapason avec sa vie. Le verre à la main, elle fit un geste balayant la véranda et, du même coup, la maison entière.

— Tu arrives à comprendre, toi, qu'Anna veuille vendre tout ça ? Non seulement c'est la plus belle maison qui soit, mais les murs sont chargés d'une histoire incroyable. Et quand je dis ça, je ne parle pas uniquement du passé d'Anna et de moi, mais de toutes les années passées et des histoires de ceux qui habitaient ici avant nous. Il faut savoir que c'est un capitaine au long cours qui l'a fait construire pour lui et sa famille en 1889. Le capitaine Wilhelm Jansson. En fait c'est une triste histoire. Comme tant d'autres histoires de la région. Il a donc construit la maison pour lui et sa jeune épouse, Ida. Ils ont eu cinq enfants en autant d'années, mais au sixième, Ida est morte en couches. A cette époque-là le concept de papa qui élève seul ses enfants n'existait pas, si bien que la grande sœur du capitaine Jansson, une vieille fille, s'est installée chez eux pour s'occuper des petits pendant qu'il parcourait les océans. Hilda, sa sœur donc, n'était pas vraiment la meilleure belle-mère qu'il pouvait choisir. C'était une bigote des plus virulentes de la région, et ce n'est pas peu dire quand on considère la religiosité ambiante par ici. Les enfants pouvaient à peine faire un pas sans être accusés de pécher et les corrections qu'ils recevaient étaient distribuées par la main dure et pieuse de Hilda. Aujourd'hui, on la considérerait sans doute comme une pure sadique, mais à cette époque-là on pouvait parfaitement dissimuler cela sous le couvert de la religion.

Le capitaine Jansson n'était pas à la maison suffisamment souvent pour voir à quel point les enfants en pâtissaient, même s'il devait s'en douter. Mais comme bon nombre d'hommes, il estimait que l'éducation des enfants revenait à la femme et que pour sa part il remplissait ses devoirs paternels en veillant à ce qu'ils aient un toit au-dessus de la tête et de quoi manger. Jusqu'à ce qu'il rentre un jour et découvre que Märta, la plus petite, avait passé toute une semaine avec un bras cassé. Alors Hilda a été virée avec perte et fracas, et le capitaine qui était un homme d'action, a cherché parmi les femmes célibataires de la région une nouvelle belle-mère convenable pour sa progéniture. Il a fait un bon choix. En moins de deux mois, il était marié avec une brave fille de paysans, Lina Månsdotter, qui donnait son cœur aux enfants comme si c'étaient les siens. Ils ont eu sept enfants ensemble aussi, si bien que l'espace ici a dû être un peu juste. Si on regarde bien, on voit les traces qu'ils ont laissées. Des éraflures, des trous et des endroits usés. Partout dans la maison.

— Comment ça se fait que ton père l'a achetée ?

— Les frères et sœurs ont été éparpillés avec le vent. Le capitaine Jansson et sa Lina, que les années avaient rendus très proches, étaient morts. Le seul qui est resté dans la maison était le fils aîné, Allan. Il ne s'est jamais marié et devenu vieux, il n'a plus eu la force de s'occuper seul d'une maison, et il a décidé de vendre. Papa venait de se marier avec maman et ils cherchaient une maison. Papa m'a raconté qu'il en est tombé amoureux sur-le-champ. Il n'a pas hésité une seconde.

Quand Allan a vendu la maison à papa, il lui a aussi laissé l'histoire. L'histoire de la maison, l'histoire de sa famille. C'était important pour lui, disait-il, que papa connaisse ceux dont les pieds ont usé le vieux plancher. Il a aussi laissé des papiers. Des lettres que le capitaine Jansson avait envoyées des quatre coins de la planète, à sa femme Ida d'abord, ensuite à Lina. Il a aussi laissé le martinet que Hilda utilisait pour punir les enfants. Il se trouve toujours dans la cave. Anna et moi, on descendait parfois le tripoter quand on était petites. On avait entendu l'histoire de Hilda et on essayait d'imaginer ce que feraient les lanières rêches du martinet sur notre peau. Et on plaignait les petits qui avaient été si maltraités.

Erica regarda Patrik. Elle poursuivit :

— Est-ce que tu comprends maintenant pourquoi ça me déchire tant le cœur quand je pense que je vais perdre cette maison. Si on la vend, on ne la retrouvera plus jamais. C'est irrévocable. Ça me donne la nausée de penser que des gens friqués de Stockholm pourraient l'envahir et se mettraient à poncer le parquet et à coller des papiers peints avec de petits coquillages, sans parler des énormes baies vitrées qui seraient installées ici dans la véranda avant même que j'aie eu le temps de dire "mauvais goût". Qui se soucierait de conserver les traits de crayon à l'intérieur de la porte du garde-manger, où Lina marquait chaque année la taille des enfants ? Qui se soucierait de lire les lettres dans lesquelles le capitaine Jansson essaie de décrire comment c'est dans les mers du Sud à ses femmes qui ont à peine quitté le canton ? Leur histoire s'effacerait et alors cette maison ne serait plus qu'une… qu'une maison. Comme n'importe quelle maison. Avec du charme, mais sans âme.

Elle se rendit compte qu'elle parlait trop, mais pour une raison obscure, c'était important pour elle que Patrik comprenne. Elle le regarda. Il la regarda intensément et son regard la rendit brûlante. Quelque chose se passa. Un instant d'entente absolue et avant de comprendre ce qui se passait, Patrik était assis tout près d'elle et après une seconde d'hésitation, il posa ses lèvres sur les siennes. D'abord, elle ne sentit que le goût de vin, qui était sur leurs lèvres à tous deux, mais ensuite elle sentit le goût de Patrik. Doucement, elle ouvrit sa bouche et découvrit le bout de sa langue qui cherchait la sienne. Tout son corps était électrique.

Très vite ça devint intenable et Erica se leva, prit Patrik par la main et sans dire un mot elle le mena par l'escalier jusqu'à la chambre. Ils s'allongèrent sur le lit, et après un moment de baisers et de caresses enflammés, Patrik commença à défaire les boutons au dos de sa robe tout en l'interrogeant du regard. Elle lui donna son accord silencieux en déboutonnant sa chemise. Subitement, elle réalisa que la lingerie qu'elle avait choisie n'était pas ce qu'elle souhaitait montrer à Patrik pour leur première fois. Et le collant qu'elle portait était loin d'être le vêtement le plus sexy sur la terre. Le tout était de savoir comment elle pourrait s'arranger pour quitter aussi bien le collant que la culotte de maintien sans que Patrik les voie. Erica se redressa brusquement.

— Désolée, il faut que j'aille aux toilettes.

Elle se précipita dans la salle de bains et jeta un regard fébrile autour d'elle. Elle eut de la chance, une pile de linge propre qu'elle n'avait pas encore rangée était posée sur le panier à linge. Elle sortit laborieusement du collant serré et le mit au sale avec la culotte de mamie. Puis elle enfila une petite culotte en dentelle, blanche et transparente, qui ferait son effet avec son soutien-gorge. Elle redescendit la robe sur ses fesses et en profita pour jeter un coup d'œil dans le miroir. Ses cheveux étaient ébouriffés et bouclés, ses yeux avaient un éclat fiévreux. Sa bouche était plus rouge que d'habitude et légèrement gonflée par tous les baisers, et personnellement, elle se trouvait assez bandante. Sans

288

la culotte de maintien, son ventre n'était pas aussi plat qu'elle aurait voulu, et elle le rentra en bombant davantage la poitrine quand elle retourna auprès de Patrik, toujours dans la même position que quand elle l'avait laissé sur le lit.

Ils eurent sur eux de moins en moins de vêtements et de plus en plus se retrouvèrent en tas par terre. Cette première fois ne fut pas aussi fantastique qu'elle l'est toujours dans les romans d'amour, mais elle fut un mélange de sentiments forts et d'embarras, comme dans la vraie vie. En même temps que leurs corps réagissaient de façon explosive aux touchers l'un de l'autre, ils avaient une conscience aiguë de leur nudité, se faisaient du souci pour la moindre imperfection, s'inquiétaient des bruits gênants produits par leurs étreintes. Ils étaient maladroits, hésitants sur ce que l'autre allait aimer ou ne pas aimer. Pas suffisamment sûrs l'un de l'autre pour oser mettre des mots dessus, à la place ils utilisaient de petits bruits gutturaux pour signaler ce qui fonctionnait et ce qui avait peut-être besoin d'un réajustement. Mais dès la deuxième fois, ce fut mieux. La troisième, ce fut totalement acceptable. La quatrième fois fut super et la cinquième fois fantastique. Ils s'endormirent, formant deux cuillères imbriquées et la dernière chose qu'Erica sentit avant de sombrer était le bras rassurant de Patrik autour de son sein et ses doigts tressés dans les siens. Elle s'endormit avec un sourire sur les lèvres.

Sa tête était sur le point d'éclater. La bouche était tellement sèche que la langue collait au palais, mais il avait dû y avoir de la salive à un moment donné, car il sentit contre sa joue une tache de bave mouillée sur l'oreiller. Ça faisait comme si quelqu'un appuyait sur ses paupières et contrecarrait ses tentatives d'ouvrir les yeux, pourtant au bout de quelques efforts il y arriva.

Devant lui il y avait une apparition. Erica aussi était couchée sur le côté, tournée vers lui, et ses cheveux blonds étaient tout ébouriffés autour de son visage. Sa respiration régulière et calme indiquait qu'elle dormait encore profondément. Elle rêvait probablement parce que ses cils papillonnaient et les paupières tressaillaient légèrement. Patrik se dit qu'il pourrait rester indéfiniment ainsi à la regarder sans se lasser. Toute la vie s'il le fallait. Elle sursauta dans son sommeil, mais reprit rapidement sa respiration profonde. Effectivement, c'était comme de faire du vélo. Et en pensant cela, il n'avait pas en tête que l'acte proprement dit, mais aussi la sensation que c'est d'aimer une femme. Durant ses jours et ses nuits les plus sombres, il lui avait paru impossible qu'il puisse un jour encore ressentir ceci. A présent, ça paraissait impossible de ne pas le ressentir.

Erica remua et il vit qu'elle était en train de remonter vers la surface. Elle aussi lutta un moment avec ses paupières, puis réussit à les ouvrir et de nouveau il fut stupéfait de voir à quel point ses yeux étaient bleus.

— Bonjour petite marmotte.

— Bonjour.

Le sourire qui illumina le visage d'Erica le fit se sentir comme un millionnaire.

— Tu as bien dormi ?

Patrik regarda les chiffres lumineux du réveil.

— Oui, les deux heures que j'ai dormi ont été fantastiques. Mais les heures éveillées avant étaient encore mieux, je crois.

Erica ne fit que sourire pour toute réponse.

Patrik se douta que son haleine devait sentir le fauve, mais il ne put quand même pas s'empêcher de se pencher pour l'embrasser. Le baiser dura et une heure eut vite fait de s'écouler. Après, Erica était allongée tout contre lui et dessinait des cercles avec l'index sur sa poitrine. Elle le regarda.

— Tu croyais ça, en arrivant hier, qu'on allait se retrouver comme ça ?

Il réfléchit un instant avant de répondre, et glissa la main droite sous la tête en réfléchissant.

— Noon, je ne dirais pas que je le croyais. Mais je l'espérais.

— Moi aussi. Je l'espérais, je te l'avoue.

Patrik se demanda un petit moment jusqu'où irait son audace, mais sécurisé par la présence de la tête d'Erica sur son bras, il sentit qu'il pouvait tout oser.

— La seule différence, c'est que toi tu as commencé à espérer il y a peu de temps, n'est-ce pas ? Est-ce que tu sais depuis quand j'espère, moi ?

Elle le regarda sans comprendre.

— Non, depuis quand ?

Patrik marqua une pause, pour renforcer ses effets.

— Aussi loin que remontent mes souvenirs. J'ai été amoureux de toi aussi longtemps que je m'en souvienne.

Quand il s'entendit le dire à haute voix, il perçut à quel point ça paraissait vrai. C'était exactement ça.

Erica le regarda avec de grands yeux.

— Sans blague ! Alors tu veux dire que moi, j'étais là à m'inquiéter et à me creuser la tête, ne sachant pas si je t'intéressais ne serait-ce qu'un tout petit peu, et voilà que j'apprends que tu étais plus que mûr, je n'avais qu'à me baisser et te ramasser au pied de l'arbre.

Le ton était celui de la plaisanterie, mais il vit qu'elle était un peu ébranlée par son aveu.

— Bon, ne va pas croire que j'ai vécu dans le célibat et dans un désert sentimental toute ma vie pour autant. Bien sûr que j'ai été amoureux d'autres aussi, de Karin par exemple. Mais toi, tu as toujours été spéciale. J'ai toujours ressenti quelque chose chaque fois que je t'ai vue.

Il marqua l'endroit au-dessus du cœur en plaçant son poing fermé sur la poitrine. Erica prit sa main, l'embrassa et la plaça ensuite contre sa joue. Un geste qui disait tout.

Ils consacrèrent la matinée à apprendre à se connaître. La réponse de Patrik quand Erica lui demanda son passe-temps favori lui arracha un hurlement frustré.

— Nooooon ! Pas encore un fana de sport ! Pourquoi, pourquoi est-ce que je ne peux pas trouver un mec avec suffisamment de bon sens pour comprendre que c'est une occupation tout à fait normale de courir après un ballon sur le gazon – quand on a cinq ans ! Ou qui se pose quand même quelques questions sur l'utilité pour l'humanité que quelqu'un arrive à sauter deux mètres en l'air pour passer par-dessus une barre.

— Deux quarante-cinq.

— Quoi, deux quarante-cinq ? dit Erica, d'une voix qui laissait entendre que la réponse ne la passionnait pas pour autant.

— Le champion du monde. Sotomayor, il saute deux mètres quarante-cinq. Les femmes sautent presque deux mètres.

— Oui, oui, et alors ?

Elle le regarda avec suspicion.

— Tu as Eurosport ?

— Ouais.

— Canal +, pas pour les films, mais pour le sport ?

— Ouais.

— TV1000, pour la même raison ?

— Ouais. Mais pour être exacte, j'ai TV1000 pour deux raisons.

Erica le tapa sur la poitrine, pour rire.

— J'ai oublié quelque chose ?

— Ouais. TV3 aussi passe beaucoup de sport.

— Il faut dire que j'ai un radar particulièrement bien développé pour trouver des fêlés du sport. J'ai passé une soirée triste à en mourir chez mon copain Dan l'autre semaine, à regarder le hockey aux JO. Je ne comprends vraiment pas comment on peut trouver un intérêt à voir des mecs rembourrés et cuirassés se disputer un petit machin noir.

— C'est en tout cas bien plus sympa et productif que de passer ses journées à courir des boutiques de fringues.

En réponse à cette attaque gratuite de son plus grand vice dans la vie, Erica fronça le nez et fit une grimace vraiment vilaine à Patrik. Puis elle vit ses yeux prendre soudain un éclat brillant.

— Nom de Dieu !

Il se redressa tout droit dans le lit.

— Pardon ?

— Putain, merde, putain de merde !

Erica le regardait, sidérée.

— Comment ai-je pu louper un truc pareil ?

Il se frappa le front plusieurs fois avec son poing fermé.

— Hé ho, je suis là ! Est-ce que tu aurais la gentillesse de me dire de quoi tu parles ?

Erica agita ostensiblement les mains devant lui. Patrik perdit la concentration un instant quand il vit comment son geste faisait rebondir ses seins nus. Puis il sortit prestement du lit, nu comme un ver, et dévala l'escalier. Il remonta avec quelques journaux à la main, s'assit sur le lit et commença à feuilleter fébrilement. A ce stade, Erica avait abandonné et ne faisait plus que l'observer avec intérêt.

— Ouais ! s'exclama Patrik triomphalement. Quelle chance que tu ne jettes pas tes vieux suppléments télé !

Il brandit un journal devant Erica.

— Suède-Canada !

Toujours silencieuse, Erica se contenta de lever un sourcil interrogateur.

Patrik essaya d'expliquer, frustré.

— La Suède a battu le Canada aux JO. Dans un match le vendredi vingt-cinq janvier. Sur la quatre.

Elle continua à le regarder, toujours dans l'incompréhension la plus totale. Patrik soupira.

— Tous les programmes habituels étaient annulés à cause du match. Anders n'a pas pu rentrer en même temps que *Deux mondes différents* ce vendredi-là, parce que la série n'était pas diffusée. Tu comprends ?

Lentement Erica commença à réaliser ce qu'il était en train de dire. Anders n'avait plus d'alibi. Même mince comme alibi, la police avait eu du mal à le contourner. A présent ils pourraient sans problème cueillir Anders sur la base du matériel dont ils disposaient déjà. Patrik hocha la tête avec satisfaction en voyant qu'Erica comprenait.

— Mais tu ne crois pas que c'est Anders qui l'a tuée ? dit Erica.

— Non, vraiment non. Mais d'une part, je peux des fois me tromper, même si je comprends que tu as du mal à le croire. Il lui fit un clin d'œil. Et d'autre part, si je ne me trompe pas, je mets ma main au feu qu'Anders en sait bien plus que ce qu'il raconte. Maintenant on peut se permettre de le bousculer franchement plus.

Patrik commença à farfouiller dans la chambre à la recherche de ses vêtements. Ils étaient éparpillés un peu partout, mais le plus alarmant était qu'il découvrit qu'il avait encore ses chaussettes aux pieds. Il enfila rapidement son pantalon, espérant qu'Erica ne s'en était pas rendu compte dans le vif de la passion. C'était difficile d'avoir l'air d'un dieu du sexe avec des chaussettes blanches avec l'écusson du CS Tanumshede brodé dessus.

Il eut soudain la sensation qu'il y avait carrément urgence et s'habilla avec des doigts malhabiles. Au premier essai de boutonnage de sa chemise, il se trompa totalement et il jura quand il fut obligé de tout défaire pour recommencer. Patrik réalisa tout d'un coup à quoi pouvait ressembler son départ précipité et il s'assit sur le bord du lit, prit les mains d'Erica dans les siennes et la regarda fermement dans les yeux.

— Je suis désolé de partir à toute vitesse comme ça, mais il le faut. Je veux seulement que tu saches que ça a été la nuit la plus merveilleuse de ma vie et que j'ai hâte d'être à la prochaine fois. Tu veux bien qu'on se revoie ?

Ce qu'ils partageaient semblait si frêle et si fragile encore et il retint sa respiration en attendant sa réponse. Elle se contenta de hocher la tête.

— Alors je reviens ici chez toi dès que j'ai fini de bosser ?

Erica hocha de nouveau la tête pour toute réponse. Il se pencha en avant et l'embrassa.

Quand il sortit de la chambre, elle était assise sur le lit, les genoux remontés et la couverture négligemment drapée autour du corps. Le soleil entrait par la petite fenêtre ronde de la mansarde et formait comme une auréole autour de sa tête blonde. Jamais il n'avait rien vu d'aussi beau.

La neige était mouillée et s'entêtait à traverser ses mocassins légers. C'étaient des chaussures plutôt adaptées à un temps d'été, mais l'alcool était un moyen efficace pour ne pas sentir le froid et entre l'achat d'une paire de chaussures d'hiver et l'achat d'une bouteille d'aquavit, le choix était évident.

L'air était si limpide et pur et la lumière si fragile en ce petit matin du mercredi que Bengt Larsson ressentit quelque chose dans sa poitrine qu'il n'avait pas ressenti depuis longtemps. Cela ressemblait à une inquiétante sensation de paix et il se demanda ce qui, un mercredi matin ordinaire, pouvait provoquer une sensation aussi singulière. Il s'arrêta et respira l'air matinal les yeux fermés. Si seulement sa vie avait pu être remplie de matinées comme celle-ci.

La bifurcation se dessina très nettement dans son esprit. Il savait exactement quel jour sa vie avait pris ce tournant désastreux. Il pouvait même dire l'heure. En réalité, il avait eu tout pour lui. Il ne pouvait pas arguer d'avoir été maltraité. Aucune pauvreté, aucune faim ou manque sentimental. La seule chose qu'il pouvait invoquer était sa propre bêtise et une trop grande confiance en sa propre excellence. Et puis, bien sûr, une fille avait été mêlée à ça aussi.

Il avait dix-sept ans, et à cette époque dans tout ce qu'il faisait une fille était mêlée. Mais celle-ci était spéciale. Maud, avec sa blondeur luxuriante et sa timidité feinte. Qui jouait sur son ego comme sur un violon parfaitement accordé. "S'il te plaît Bengt, j'ai absolument besoin de…" "S'il te plaît Bengt, tu ne pourrais pas m'acheter…" Elle le tenait en laisse et il l'avait docilement suivie. Rien n'était trop beau pour elle. Il économisait tout l'argent qu'il gagnait et lui achetait des vêtements coûteux, des parfums, tout ce qu'elle voulait. Mais dès qu'elle avait obtenu ce qu'elle avait demandé avec tant de convoitise, elle le rejetait et le suppliait pour avoir autre chose, la seule qui pouvait la rendre heureuse.

Maud s'était installée en son corps comme une fièvre et, sans qu'il s'en rende compte, les rouages s'étaient graduellement mis à tourner de plus en plus vite jusqu'à ce qu'il ne sache plus où étaient le haut et le bas. Quand il avait eu dix-huit ans, Maud avait décidé qu'elle ne monterait dans sa voiture que si c'était une Cadillac Convertible. Le monstre coûtait plus que ce qu'il gagnait en une année et il était resté éveillé de nombreuses nuits ressassant sans cesse les manières de trouver tout cet argent. Et, tandis qu'il se tourmentait, Maud faisait la minaude, exprimant de plus en plus clairement que s'il ne s'achetait pas cette voiture, elle en connaissait d'autres qui sauraient la traiter comme elle méritait. La jalousie s'était alors mise à le tarabuster au long de ses nuits d'insomnie et d'angoisse et, pour finir, il avait craqué.

Le dix septembre 1954, à quatorze heures exactement, il était entré dans la banque à Tanumshede, un bas nylon sur la tête et brandissant un vieux pistolet de l'armée que son père avait conservé à la maison depuis toujours. Rien ne s'était passé comme prévu. Le personnel de la banque s'était certes dépêché de jeter des billets dans le sac qu'il avait apporté, mais c'était loin d'être la somme espérée. Ensuite, un des clients, le père d'un de ses copains de classe, avait reconnu Bengt malgré le bas nylon. Une heure ne s'était pas écoulée que la police était déjà chez lui et avait trouvé le sac avec l'argent sous le lit dans sa chambre. Bengt n'oublierait jamais l'expression de sa mère. Elle était morte maintenant depuis de nombreuses années, mais ses yeux le poursuivaient encore quand il était pris dans les affres de l'alcool.

Trois années passées en prison avaient anéanti tout espoir d'avenir. Quand il avait été libéré, Maud avait disparu depuis longtemps. Il ne savait pas où et cela lui était égal aussi. Tous ses anciens amis avaient poursuivi leurs vies, faites de boulots rassurants et de famille et ils ne voulaient plus rien avoir à faire avec lui. Son père était mort dans un accident quand Bengt était en prison, et il avait emménagé chez sa mère. Humblement, il avait essayé de trouver du travail, mais où qu'il aille, un non l'attendait. Personne ne voulait de lui. Ce qui finalement l'avait poussé à chercher son avenir au fond de la bouteille, c'étaient tous ces regards qui le suivaient sans cesse.

Pour quelqu'un qui avait grandi dans la sécurité d'une petite localité où tout le monde se salue dans la rue, le sentiment d'être mis à l'index était aussi douloureux que des coups. Il avait songé à partir de Fjällbacka, mais pour aller où ? Alors c'était plus simple de rester et de se laisser bercer par la bénédiction de l'alcool.

Anders et lui s'étaient immédiatement trouvés. Deux pauvres cons, disaient-ils avec un rire amer. Bengt avait une affection presque paternelle pour Anders et il ressentait plus de chagrin pour son malheur que pour son propre sort. Souvent, il aurait aimé pouvoir donner une autre tournure à la vie d'Anders, mais comme lui-même entendait les appels séduisants de l'alcool, il savait l'impossibilité de rompre avec une maîtresse aussi puissante. Une maîtresse qui exigeait sans jamais rien fournir en retour et la seule chose qu'il leur restait était de se prodiguer mutuellement un peu de consolation et de compagnie.

L'accès à l'immeuble d'Anders était soigneusement déblayé puis sablé et il n'eut même pas à marcher avec prudence pour épargner la bouteille dans sa poche intérieure, comme tant de fois auparavant au cours de cet hiver rude, quand de la glace lisse et dure tapissait jusqu'au seuil de l'immeuble.

Les deux étages pour monter à l'appartement d'Anders étaient toujours un défi, faute d'ascenseur. Il dut s'arrêter plusieurs fois pour chercher sa respiration et deux fois il en profita pour se remonter le moral avec une goulée de la bouteille sortie de sa poche. Lorsque enfin il se tint devant l'appartement de son ami, il souffla lourdement et il s'appuya un petit moment contre le chambranle avant d'ouvrir la porte qu'Anders ne fermait jamais à clé.

L'appartement était silencieux. Anders n'était peut-être pas là ? S'il était plongé dans un sommeil éthylique, sa lourde respiration et ses ronflements sonores auraient dû s'entendre dès l'entrée. Bengt regarda dans la cuisine. Personne, à part les bouillons de culture habituels. La porte de la salle de bains était grande ouverte et là non plus, personne. Quand il passa au salon, il avait une sensation désagréable au creux du ventre. Ce qu'il découvrit l'arrêta net. La bouteille qu'il tenait à la main tomba par terre avec un choc sourd, mais elle ne se brisa pas.

La première chose qu'il vit fut les pieds qui balançaient un peu au-dessus du sol. Ils étaient nus et oscillaient lentement, un mouvement incessant de va-et-vient. Anders avait un pantalon, mais rien sur le haut du corps. La tête formait un angle étrange. Le visage était gonflé et bleuâtre et la langue, qui paraissait trop grosse pour la bouche, pointait d'entre les lèvres. Jamais Bengt n'avait vu quelque chose de plus horrible. Il fit demi-tour et sortit lentement de l'appartement, mais pas avant d'avoir ramassé la bouteille par terre. Il tâtonna à l'aveuglette pour trouver quelque chose à quoi s'agripper, mais il ne trouva que du vide. Alors il saisit la seule bouée qu'il connaissait. Il s'assit sur le seuil de l'appartement d'Anders, porta la bouteille à sa bouche et pleura.

Son taux d'alcoolémie était-il au-dessous du plafond autorisé, rien n'était moins sûr, mais c'était le cadet des soucis de Patrik en ce moment. Il conduisait un peu moins vite que d'habitude, pour le cas où, mais comme en même temps il pianotait divers numéros de téléphone et parlait dans son portable, on pouvait mettre en doute sa contribution à la sécurité routière.

Son premier appel fut pour TV4 qui confirma que *Deux mondes différents* avait été supprimé de la grille des programmes le vendredi vingt-cinq, au profit du match de hockey. Ensuite il appela Mellberg qui fut ravi de la nouvelle, bien sûr, et exigea qu'Anders soit immédiatement remis en garde à vue. Avec le troisième appel, il obtint le renfort qu'il demandait, puis il roula directement vers le quartier d'immeubles où Anders habitait. Jenny Rosén avait tout simplement dû confondre les jours. Une erreur très fréquente chez les témoins.

Pourtant, malgré l'excitation d'être peut-être face à un tournant dans l'affaire, il n'arrivait pas vraiment à se concentrer sur sa mission. Ses pensées dérivaient sans arrêt vers Erica et leur nuit passée ensemble. Il se surprit à arborer un sourire crétin qui allait d'une oreille à l'autre et ses mains tambourinaient de leur propre initiative de petits rythmes sur le volant. Il régla la radio sur une station qui diffusait de bons vieux tubes et capta Aretha Franklin chantant *Respect*. Le joyeux son Motown s'accordait parfaitement à son état d'esprit et il augmenta le volume. Quand retentit le refrain, il se mit à chanter à pleins poumons et dansa de son mieux en position assise. Il fut ravi de son interprétation, jusqu'à ce que l'autoradio perde les ondes et qu'il n'entende que sa propre voix hurler "R.E.S.P.E.C.T.". C'était tout sauf un agréable chatouillis contre les tympans.

Toute la nuit passée lui apparaissait comme un rêve d'ivresse et le vin qu'ils avaient bu en abondance n'était pas seul en cause. C'était comme si un voile ou un rideau de brume fait de sentiment, d'amour et d'érotisme couvrait les heures de la nuit.

Il fut obligé de lâcher à contrecœur ses pensées agréables lorsqu'il s'engagea dans le parking au pied du groupe d'immeubles. Le renfort était arrivé sur les lieux avec une rapidité surprenante. Ils devaient se trouver tout près. Il vit deux voitures de police, les gyrophares branchés et il plissa légèrement le front. Ils s'étaient encore mépris sur les instructions, toujours pareil. Il avait demandé *une* voiture, pas deux. En s'approchant, il vit qu'il y avait une ambulance derrière les voitures de police. Quelque chose clochait.

Il reconnut Lena, la blonde du commissariat d'Uddevalla, et il se dirigea vers elle. Elle parlait dans un téléphone mobile, et quand il s'approcha, ce fut pour entendre un "allez, ciao" et la voir glisser le portable dans une poche fixée à sa ceinture.

— Salut Patrik.

— Salut Lena. Qu'est-ce qu'il se passe ?

— Un des clodos a trouvé Anders Nilsson pendu dans son appartement.

Du menton, elle indiqua la porte d'entrée de l'immeuble. Patrik sentit comme un bloc de glace au creux du ventre.

— Vous n'avez rien touché au moins ?

— Hé, pour qui tu nous prends, merde ? Je viens de parler à la coordination à Uddevalla et ils envoient une équipe pour l'examen du lieu du crime. On vient d'avoir Mellberg au téléphone, et quand je t'ai vu je me suis dit qu'il t'envoyait.

— Non, je venais ici de toute façon, pour cueillir Anders pour une nouvelle garde à vue.

— Mais je croyais qu'il avait un alibi ?

— Oui, on le pensait, mais son alibi vient de voler en éclats, c'est pour ça qu'on voulait l'interroger à nouveau.

— Quelle merde, dis donc. Qu'est-ce que tu crois que ça signifie, tout ça ? Je veux dire, la vraisemblance qu'il y ait deux assassins ici à Fjällbacka devrait être pratiquement zéro, il a donc probablement été tué par la même personne qui s'est occupée d'Alex Wijkner. Vous avez d'autres suspects qu'Anders ?

Patrik se tortilla. Indéniablement, ceci venait tout chambouler, mais il n'était pas encore prêt à tirer les mêmes conclusions que Lena, en l'occurrence qu'Anders et Alex avaient été tués par la même personne. Les statistiques ne lui donnaient certes pas raison : pas un seul crime pendant des décennies, et puis soudainement il y aurait deux assassins différents qui se baladent dans les rues ? Pourtant, il n'était pas non plus prêt à exclure l'impossible.

— On n'a qu'à monter pour que je puisse jeter un coup d'œil, tu me raconteras ce que tu sais. Comment est-ce que vous avez été avertis, par exemple ?

Lena se tourna et le précéda dans la cage d'escalier.

— Comme je te disais, c'est un des potes de beuverie d'Anders qui l'a trouvé, Bengt Larsson. Il est venu voir Anders ce matin, pour commencer à picoler de bonne heure, ça porte chance. D'habitude, il entre comme chez lui et c'est ce qu'il a fait aujourd'hui aussi. En arrivant dans le séjour, il a trouvé Anders pendu à une corde qui avait été attachée au crochet du plafonnier.

— Il a donné l'alarme tout de suite ?

— En fait, non. Il s'est assis sur le palier devant l'appartement pour noyer son chagrin dans une bouteille d'Explorer et ce n'est que quand un voisin est sorti et lui a demandé ce qu'il avait qu'il s'est décidé à parler. Ensuite, le voisin nous a appelé. Bengt Larsson est trop bourré pour un interrogatoire plus poussé, et je viens de le faire transférer dans une cellule de dégrisement.

Patrik se demanda pourquoi Mellberg n'avait pas appelé pour l'informer de tous ces événements, mais il se résigna et se contenta de l'explication que les voies du commissaire étaient en général totalement insondables.

Patrik grimpa l'escalier quatre à quatre et dépassa Lena. Quand ils arrivèrent au deuxième étage, la porte était grande ouverte et il vit des gens qui circulaient dans l'appartement. Jenny était à la porte du sien, Max dans les bras. Quand Patrik s'approcha d'eux, Max agita tout content ses petites menottes dodues et montra ses quelques dents en un grand sourire.

— Qu'est-ce qu'il s'est passé ?

Jenny serra Max plus fort, et l'enfant fit de son mieux pour essayer de se libérer des bras de sa mère.

— On ne sait pas encore. Anders Nilsson est mort, c'est tout ce que nous savons. Tu n'as pas entendu ou vu quelque chose d'inhabituel ?

— Non, je ne me rappelle rien de particulier. La première chose que j'ai entendue, c'est quand l'autre voisin, là, a commencé à parler avec quelqu'un dans l'escalier et puis un moment après il y a eu des voitures de police et une ambulance et un putain de ramdam là dehors.

— Mais il ne s'est rien passé de spécial plus tôt dans la journée, ou dans la soirée d'hier, ou la nuit ?

Il continuait à pêcher.

— Non, rien.

Patrik choisit de laisser tomber pour le moment.

— OK, merci de ton aide, Jenny.

Il sourit à Max et le laissa lui prendre l'index, chose qui apparemment amusa Max jusqu'à l'hystérie, puisqu'il rit à en suffoquer. A regret, Patrik se dégagea et recula ensuite lentement en direction de l'appartement d'Anders, tout en continuant à faire des signes à Max et à dire bye-bye en langage de bébé gazouillant.

Lena restait devant la porte de son appartement, un sourire moqueur aux lèvres.

— T'as envie d'en avoir un, c'est ça ?

Terrifié, Patrik sentit qu'il rougissait, ce qui amena Lena à sourire encore plus. Il répondit par un marmottement confus.

— Parce que, tu sais, tu n'as qu'à me faire signe. Je suis libre et dispo et j'ai une horloge biologique qui tic-taque tellement fort que j'arrive à peine à dormir la nuit.

Patrik savait qu'elle plaisantait, c'était le jargon habituel de Lena, dragueuse et taquine, mais il ne put s'empêcher de rougir encore plus. Il s'abstint de répondre et quand ils entrèrent dans le séjour, toute envie de sourire s'évanouit.

Quelqu'un avait coupé la corde et descendu le corps et Anders était maintenant étendu par terre dans le séjour. Juste au-dessus de lui pendait encore le bout de corde, tranchée à dix centimètres de l'attache. Le reste formait toujours un nœud coulant autour du cou d'Anders et Patrik put voir la ligne rouge vif sur la peau, là où la corde avait frotté. Ce qui l'incommodait le plus chez les morts était la couleur peu naturelle de leur visage. L'étranglement provoquait une horrible couleur bleu violacé qui donnait à la victime un aspect très étrange. Il reconnut aussi la langue gonflée qui pointait entre les lèvres, habituelle chez les victimes d'étranglement ou d'étouffement. Son expérience de victimes d'homicides était pour le moins limitée, mais la police avait sa part de suicides chaque année et dans sa carrière il lui était arrivé d'avoir à descendre trois pendus.

Dès que ses yeux parcoururent le séjour, il vit cependant quelque chose qui distinguait très nettement cette scène des suicides par pendaison qu'il avait connus. Il n'y avait aucune possibilité qu'Anders ait pu grimper et placer sa tête dans le nœud coulant au plafond. Pas de chaise, pas de table à proximité. L'homme avait flotté librement au milieu de la pièce tel un macabre mobile humain.

Peu habitué aux scènes de crime, Patrik décrivait de larges cercles autour du corps. Les yeux du mort étaient ouverts et dirigés droit devant lui. Patrik ne put s'empêcher de tendre le bras et de fermer les paupières. Il savait qu'il n'était pas supposé avoir la moindre forme de contact avec le corps avant l'arrivée du médecin légiste, en fait le corps n'aurait même pas dû être descendu, mais quelque chose dans ce regard fixe avait un effet désastreux sur ses nerfs. Il avait l'impression que les yeux le suivaient partout dans la pièce.

Il nota que la pièce paraissait bizarrement nue et vit alors qu'il n'y avait plus de tableaux aux murs. Ne restaient que de vilaines marques à leurs emplacements. Sinon, la pièce était aussi crade que la première fois qu'il était venu ici, mais ce jour-là les tableaux l'avaient en quelque sorte illuminée. Ils avaient permis à Anders d'apparaître comme une sorte de personnage décadent, dans un lieu associant crasse et beauté. A présent, ça paraissait seulement sale et dégueulasse.

Lena parlait sans cesse dans son portable. Patrik l'entendit mener une conversation uniquement par monosyllabes, puis elle referma bruyamment son petit Ericsson et se tourna vers lui.

— Ils nous envoient des techniciens du médico-légal pour examen de la scène. Ils partent de Göteborg maintenant. Faut qu'on touche à rien. Je propose qu'on attende dehors, par précaution.

Ils sortirent de l'appartement et Lena tira la porte derrière eux et la verrouilla avec la clé qu'elle avait trouvée côté intérieur. Le froid était perçant quand ils arrivèrent dehors, et Lena et Patrik tapèrent des pieds.

— Qu'est-ce que tu as fait de Janne aujourd'hui ?

Janne était le partenaire de Lena et il aurait dû être avec elle dans la voiture.

— C'est son jour de GEM aujourd'hui.

— Son jour de GEM ?

Patrik était un point d'interrogation vivant.

— Garde d'enfant malade. Du fait de toutes les restrictions, il n'y avait personne pour prendre sa place comme ça, au pied levé, et j'ai dû partir seule quand l'alarme a été donnée.

Patrik hocha distraitement la tête. Il repensait à l'avis de Lena. Pas mal d'éléments indiquaient que c'était un seul et même meurtrier qu'ils cherchaient. Tirer des conclusions hâtives était parmi les choses les plus dangereuses pour un policier, mais les probabilités qu'il y ait deux meurtriers différents dans cette petite localité étaient quasi nulles. Si on ajoutait qu'il y avait de solides relations entre les deux victimes, les probabilités devenaient encore plus faibles.

Ils savaient que le trajet de Göteborg prendrait au moins une heure et demie, voire deux, et pour supporter le froid, Patrik et Lena s'installèrent dans la voiture de Patrik et branchèrent le chauffage. Ils allumèrent aussi la radio et, de longs moments, ils ne dirent rien, se contentant d'écouter de la musique pop entraînante. Une sorte de contraste bienvenu à la raison de leur longue attente. Au bout d'une heure et quarante minutes, ils virent deux voitures de police entrer dans le parking et ils descendirent pour aller accueillir l'équipe.

— S'il te plaît, Jan, je voudrais qu'on s'achète une maison à nous. J'ai vu qu'il y en a une à vendre à Badholmen. On pourrait aller la voir, non ? Il y a une vue fantastique et même une petite annexe. S'il te plaît ?

La voix geignarde de Lisa porta sur les nerfs de Jan. C'était presque toujours le cas désormais. Il aurait été beaucoup plus agréable d'être marié avec elle si elle avait su fermer sa gueule et se contenter d'être décorative. Ces derniers temps, même ses gros seins fermes et son cul rebondi n'avaient pas réussi à lui donner l'impression que ça en valait la peine. Son rabâchage n'avait fait qu'augmenter et, dans des moments comme celui-ci, il regrettait amèrement d'avoir cédé à ses supplications qu'ils se marient.

Lisa travaillait comme serveuse au *Röde Orm* à Grebbestad quand il l'avait repérée. Tous les mecs de sa bande avaient littéralement bavé d'envie en voyant son profond décolleté et ses longues jambes et il avait décidé sur-le-champ qu'il l'aurait. Il obtenait généralement ce qu'il voulait et Lisa n'avait pas fait exception. Il était plutôt bel homme, mais ce qui déterminait toujours la décision finale était quand il se présentait comme Jan Lorentz. Son nom de famille allumait toujours une lueur dans les yeux des femmes, ensuite le champ était libre.

Au début, il avait été fou du corps de Lisa. Il n'avait jamais assez d'elle et il arrivait sans trop de mal à faire la sourde oreille aux commentaires simplistes qu'elle lâchait sans arrêt de sa voix criarde. Les regards envieux des hommes quand il débarquait avec Lisa à son bras contribuaient aussi à accroître son désir. Ses petites remarques insinuant qu'il devrait faire d'elle une femme honnête tombaient dans une terre stérile et, pour être vraiment franc, sa stupidité avait commencé à rogner le désir. Mais ce qui avait fini par le décider et par rendre irrésistible l'idée de l'épouser était l'opposition féroce de Nelly à cette idée. Elle avait détesté Lisa dès la première seconde et elle ne ratait aucune occasion de rappeler sa position. Un désir puéril de se révolter l'avait fourré dans la situation actuelle et il maudissait sa propre bêtise.

Lisa fit la moue, à plat ventre sur leur grand lit double. Elle était nue et faisait de son mieux pour avoir l'air séduisant, mais cela ne le touchait plus. Il savait qu'elle attendait une réponse.

— Tu sais très bien qu'on ne peut pas quitter maman. Elle est en mauvaise santé et elle n'y arrive plus toute seule avec cette grande maison.

Il tourna le dos à Lisa et noua sa cravate devant le grand miroir de sa coiffeuse. Dans la glace il la vit froncer les sourcils avec irritation. Ça ne lui allait pas du tout.

— Cette vieille pie, pourquoi elle peut pas se trouver une maison de retraite sympa au lieu d'être une charge pour sa famille ? Elle devrait comprendre qu'on a le droit à notre vie à nous, non ? Alors que là, il faut qu'on soit à ses petits soins jour après jour, à cette vieille. Qu'est-ce que ça lui apporte comme plaisir d'avoir tout ce fric ? Je parie qu'elle jouit de nous voir nous humilier et ramper pour avoir une miette de sa table. Elle ne comprend pas que tu te mettes en quatre pour elle ? Tu trimes à l'entreprise et le reste du temps tu lui sers de mamie-sitter. Et cette harpie ne nous propose même pas les meilleures pièces pour nous remercier de notre aide, on en est réduit à vivre au sous-sol alors qu'elle s'étale là-haut dans les salons.

Jan se retourna et la regarda froidement.

— Je t'ai déjà dit de ne pas parler comme ça de ma mère.

— Ta mère. Lisa souffla de mépris. Tu n'imagines quand même pas qu'elle te considère vraiment comme un fils, Jan. Tu ne seras jamais rien qu'un pauvre objet de bienfaisance pour elle. Si son Nils adoré n'avait pas disparu, elle t'aurait certainement mis à la porte tôt ou tard. Tu n'es qu'une solution faute de mieux, Jan. Sans toi, qui est-ce qui trimerait pratiquement à l'œil pour elle vingt-quatre heures sur vingt-quatre ? La seule chose que tu as, c'est une promesse que tout l'argent te reviendra le jour où elle passera l'arme à gauche. Eh bien laisse-moi te dire que, primo, cette vieille bique vivra sûrement jusqu'à cent ans, et deuxio, elle a sans doute légué son fric à un centre pour chiens errants et elle se fend la gueule dans notre dos. Des fois, tu es vraiment con, Jan, vraiment con.

Lisa roula sur le dos et examina ses ongles soigneusement vernis. Avec un calme glacial, Jan fit un pas jusqu'au lit. Il s'accroupit, enroula autour de sa main les longs cheveux blonds qui pendaient par-dessus le bord et commença à tirer lentement, de plus en plus fort jusqu'à ce qu'elle grimace de douleur. Il approcha son visage de celui de Lisa, tellement près qu'il sentit son haleine sur sa peau et il siffla à voix basse :

— Ne me traite jamais, jamais de con, tu m'entends. Et crois-moi, l'argent sera à moi un jour. La seule question est de savoir si je te garderai suffisamment longtemps pour que tu puisses en profiter aussi.

Il vit avec satisfaction une étincelle de crainte s'allumer dans ses yeux. Il vit son cerveau stupide, mais en même temps primitivement rusé, intégrer l'information et arriver à la conclusion que le moment était venu de changer de tactique. Elle s'étira sur le lit, fit la moue et prit ses seins dans ses mains. Elle fit lentement tourner les index autour des tétons jusqu'à ce qu'ils durcissent et elle dit en ronronnant :

— Excuse-moi, j'ai été idiote, Jan. Tu sais comment je suis. Parfois je parle sans réfléchir. Est-ce que je peux me faire pardonner d'une façon ou d'une autre ?

Elle suça son index d'une façon suggestive et descendit ensuite la main le long de son ventre.

Jan sentit malgré lui son corps réagir et se dit qu'elle pouvait au moins lui servir à ça. Il défit sa cravate.

Mellberg se gratta pensivement l'entrejambe sans noter la mine de dégoût qu'éveilla ce geste chez ceux qui étaient assemblés devant lui. En l'honneur du jour, il avait mis un costume, fût-il un peu étriqué, mais il mettait cela sur le compte de quelqu'un au nettoyage à sec qui se serait trompé et l'aurait passé à une température trop élevée. Il n'avait pas besoin de se peser pour avoir la confirmation qu'il n'avait pas pris un gramme depuis son temps de jeune recrue, raison pour laquelle il estimait que l'achat d'un nouveau costume était du gaspillage d'argent. La bonne qualité ne se démodait jamais. Que ces crétins du pressing ne sachent pas faire leur boulot n'était pas sa faute.

Il s'éclaircit la gorge pour attirer l'attention de tous. Bavardage et raclement de chaises par terre cessèrent et tous les regards se portèrent sur lui derrière son bureau. On avait réquisitionné les chaises du poste et les avait posées en demi-cercle devant lui. Mellberg regarda tout le monde en silence, la mine solennelle. Il tenait là un moment dont il avait l'intention de profiter le plus possible. Il nota en se plissant le front que Patrik avait l'air très fatigué. Certes, le personnel était libre de faire ce qu'il voulait pendant ses loisirs, mais on était après tout un jour ouvré ordinaire au milieu de la semaine et on devait pouvoir exiger d'eux qu'ils observent une certaine modération pour la fête et l'alcool. Mellberg repoussa habilement le souvenir de la demi-bouteille d'aquavit qu'il s'était versée dans le gosier la veille au soir. Il nota mentalement qu'il devrait avoir un entretien en tête à tête avec le jeune Patrik pour lui dire sa vision de l'usage d'alcool dans ce commissariat.

— Comme vous le savez tous à l'heure qu'il est, un autre meurtre a été commis ici, à Fjällbacka. La probabilité qu'il y ait deux meurtriers est très petite et c'est pourquoi je pense que nous pouvons partir de l'hypothèse que c'est la personne qui a tué Alexandra Wijkner qui a aussi tué Anders Nilsson.

Il se régala du son de sa propre voix et du zèle et de l'intérêt qu'il lisait sur les visages devant lui. Il était dans son élément. Il était né pour faire ceci. Mellberg poursuivit :

— Ce matin, Anders Nilsson a été trouvé par Bengt Larsson, un de ses copains de beuverie. Il avait été pendu et selon une première information préliminaire de Göteborg, il était mort depuis au moins hier. Jusqu'à ce que nous ayons des données plus exactes, nous travaillerons sur cette hypothèse.

Il aimait la sensation du roulement du mot hypothèse sur sa langue. L'assemblée devant lui n'était pas très grande, mais dans son esprit ils étaient bien plus nombreux et on ne pouvait pas se tromper sur leur intérêt. Et tous ces gens attendaient sa parole et ses ordres. Satisfait, il regarda autour de lui. Annika écrivait avec application sur un ordinateur portable, les lunettes repoussées au bout du nez. Ses amples rondeurs féminines étaient revêtues d'une veste jaune très seyante avec une jupe assortie et il lui adressa un clin d'œil. Rien de plus. Il valait mieux ne pas la gâter. A côté d'elle, il y avait Patrik en passe apparemment de s'effondrer à tout moment. Ses paupières étaient lourdes et les yeux qu'on pouvait apercevoir en dessous étaient injectés de sang. Il fallait vraiment qu'il ait un mot avec lui dès que l'occasion se présenterait. Un certain maintien chez ses subordonnés était tout de même le moins qu'on puisse exiger.

A part Patrik et Annika, trois autres employés du poste de police de Tanumshede étaient présents. Gösta Flygare était le plus ancien du commissariat et il s'appliquait à en faire le moins possible en attendant de partir à la retraite dans deux ans. Après cela, il consacrerait tout son temps à sa grande passion – le golf. Il avait commencé à jouer dix ans plus tôt quand un cancer avait emporté sa femme et que les week-ends étaient soudain devenus trop longs et vides. Ce sport était rapidement devenu comme une drogue pour lui et désormais il voyait son travail, qui par ailleurs ne l'avait jamais spécialement intéressé, uniquement comme un élément perturbateur qui l'empêchait de se trouver sur les terrains de golf.

Malgré son maigre salaire, il avait réussi à économiser suffisamment pour pouvoir acheter un appartement sur la Costa del Sol et bientôt il allait pouvoir passer les mois d'été à jouer au golf en Suède et fréquenter les golfs en Espagne le reste de l'année. Il devait bien reconnaître que ces meurtres avaient réussi pour la première fois depuis longtemps à éveiller en lui un certain intérêt, mais pas suffisamment pour qu'il n'ait pas préféré faire un dix-huit trous en ce moment, si la saison l'avait permis.

A côté de lui était assis le membre le plus jeune du poste. Martin Molin provoquait des degrés variables de sentiments paternalistes chez tout le monde et ils joignaient leurs efforts pour lui servir de béquilles invisibles. En prenant garde qu'il ne se rende jamais compte de rien. Ils ne lui confiaient que des tâches qu'un enfant aurait pu régler et à tour de rôle ils relisaient et corrigeaient ses rapports avant de les transmettre à Mellberg.

Il était sorti de l'école de police un an auparavant seulement et ils étaient plus que perplexes, premièrement qu'il ait réussi à passer la sélection sévère d'entrée et, deuxièmement, qu'il ait réussi à suivre la formation et à passer l'examen. Mais Martin était gentil, avait bon cœur et, malgré sa naïveté qui le rendait particulièrement inapte au métier de policier, ils se disaient tous qu'il ne pourrait pas faire de gros dégâts ici à Tanumshede, et c'était avec plaisir qu'ils l'aidaient à franchir les obstacles. Annika surtout l'avait pris sous son aile et montrait parfois ses sentiments, au grand ravissement de toute l'équipe, en le serrant spontanément sur sa belle poitrine pour un gros câlin façon nounours.

Ses cheveux furieusement roux toujours ébouriffés et ses taches de rousseur pouvaient alors sans mal soutenir la compétition avec la couleur de son visage. Mais il adorait Annika et il avait passé bon nombre de soirées chez elle et son mari quand il avait eu besoin de conseils pour se sortir d'amours contrariées. Ce qui lui arrivait en permanence. Sa candeur et sa gentillesse semblaient faire de lui un aimant irrésistible pour des femmes qui bouffaient des hommes au petit-déjeuner pour recracher aussitôt les restes. Annika alors était toujours là pour écouter, pour reconstituer son ego brisé et ensuite le renvoyer dans le monde, avec l'espoir qu'il trouverait un jour une femme sachant apprécier la crème d'homme qui se cachait sous la surface aux taches de son.

Le dernier membre du groupe était le moins populaire. Ernst Lundgren était un lèche-cul d'envergure et il ne ratait jamais une occasion de se mettre en avant, volontiers aux dépens des autres. Ça n'étonnait personne qu'il soit toujours célibataire. C'était un homme sans le moindre charme, et même si on avait vu des

315

hommes plus laids que lui trouver une partenaire grâce à une personnalité agréable, les deux faisaient défaut à Ernst. L'individu vivait maintenant avec sa vieille maman dans une ferme à dix kilomètres au sud de Tanumshede. La rumeur courait que son père, un homme de mauvaise réputation dans la région, alcoolique et très violent, avait bénéficié du coup de pouce de sa femme quand il avait atterri sur une fourche en tombant du grenier à foin. L'événement remontait à de nombreuses années, et les rumeurs se mettaient facilement en branle quand les gens n'avaient rien de plus excitant à se mettre sous la dent. Ce qui était vrai par contre, c'était que seule une mère pouvait aimer Ernst, avec ses dents de lapin, ses cheveux qui tombaient en tristes mèches et ses oreilles décollées, accompagnés d'une nature colérique et de manières prétentieuses. En ce moment, ses yeux étaient suspendus aux lèvres de Mellberg comme si ses paroles étaient d'or, et il ne ratait pas une occasion d'adresser un chut irrité aux autres s'ils osaient faire le moindre bruit qui pouvait le distraire de l'exposé de Mellberg. Il tendit la main, excité comme un écolier, pour poser une question.

— Comment est-ce qu'on peut savoir qu'il n'a pas été tué par l'alcoolo, qui ensuite aurait fait semblant de le trouver ce matin ?

Mellberg apprécia et hocha la tête vers Ernst Lundgren.

— Très bonne question, Ernst, très bonne. Mais comme je l'ai dit, nous partons de l'hypothèse que c'est la même personne qui a tué Alex Wijkner. Ceci dit, tu peux vérifier l'alibi de Bengt Larsson pour hier, à tout hasard.

Mellberg pointa son stylo sur Ernst Lundgren tout en laissant son regard courir sur les autres.

— C'est d'esprits vifs comme ça dont nous avons besoin pour pouvoir résoudre cette affaire. J'espère que vous écoutez Ernst et prenez exemple sur lui. Il vous reste du chemin à parcourir avant d'atteindre son niveau.

Ernst baissa timidement les yeux, mais dès que Mellberg tourna son attention ailleurs, il ne put s'empêcher de jeter un regard triomphal sur ses collègues. Annika souffla bruyamment et ne se gêna pas pour rendre, simplement et sans sourciller, le regard furieux que Lundgren lui lança.

— J'en étais où ?

Mellberg glissa les pouces sous les bretelles qu'il portait sous sa veste et pivota sur la chaise pour se retrouver face au tableau qu'ils avaient suspendu au mur derrière lui, affichant un schéma de l'affaire Alex Wijkner. Un tableau identique avait été suspendu à côté, mais la seule chose qui était collée dessus était une photo polaroïd d'Anders avant que le personnel ambulancier descende son corps.

— Bon, qu'est-ce que nous savons jusqu'ici ? Anders Nilsson a été trouvé ce matin et il était, selon un premier rapport préliminaire, mort depuis hier. Il a été pendu par une ou plusieurs personnes inconnues, probablement plusieurs puisqu'il faut une force considérable pour hisser un homme adulte aussi haut et le pendre au plafond. Nous ne savons pas comment ils ont fait. Il n'y a aucune trace de lutte, ni dans l'appartement, ni sur le corps d'Anders. Aucun hématome qui indiquerait que le corps a été malmené, ni avant ni après la mort. Ce ne sont pour l'instant que des données préliminaires, donc, mais nous serons fixés tout de suite après l'autopsie.

Patrik agita son stylo.

— Nous pouvons compter recevoir le rapport d'autopsie quand ?

— Ils ont apparemment un tas de cadavres en attente, et je n'ai malheureusement pas encore réussi à obtenir une réponse.

Personne n'eut l'air surpris.

— Nous savons aussi qu'il y a un lien manifeste entre Anders Nilsson et notre première victime, Alexandra Wijkner.

Mellberg indiqua cette fois la photo d'Alexandra qui était épinglée au milieu du premier tableau. C'était sa mère qui leur avait donné la photo et une nouvelle fois tous furent frappés par sa beauté, du temps de son vivant. Cela rendait encore plus horrible la photo d'Alexandra dans la baignoire qui avait été épinglée à côté, avec son visage pâle et bleuâtre et du givre sur les cheveux et les cils.

— Ce couple invraisemblable avait une relation sexuelle, Anders lui-même l'a avoué et nous avons également des preuves, comme vous le savez, qui étayent cette affirmation. Ce que nous ne savons pas, c'est depuis quand, comment ils se sont connus et surtout comment ça se fait qu'une belle femme de la haute choisisse un partenaire de galipettes aussi singulier qu'un alcoolo crade et globalement répugnant. Là, il y a un truc, et croyez-moi, j'ai le nez pour ce genre de choses.

Mellberg tapota de l'index l'aile de son nez volumineux et couperosé.

— Martin, tu auras pour mission de creuser ça. N'hésite surtout pas à y aller beaucoup plus fort avec Henrik Wijkner que ce qu'on a fait jusque-là. Ce gars-là, il en sait beaucoup plus que ce qu'il dit, vous pouvez me croire sur parole.

Martin hocha énergiquement la tête et nota frénétiquement sur son bloc-notes. Annika le contemplait tendrement et maternellement par-dessus le bord de ses lunettes de lecture.

— Malheureusement, le dernier événement nous ramène à la case départ pour ce qui est des suspects du meurtre d'Alex. Anders semblait très prometteur dans le rôle, mais maintenant la donne a changé. Patrik, à toi de réexaminer tout ce que nous avons sur le cas Wijkner. Vérifie et contre-vérifie chaque détail. Quelque part dans ce matériau se trouve l'indice que nous avons loupé.

Mellberg avait entendu cette réplique-là dans un polar à la télé et l'avait mémorisée pour un usage futur.

Gösta était maintenant le seul qui n'avait pas reçu de mission et Mellberg regarda le tableau d'ensemble et réfléchit un instant.

— Gösta, toi, tu iras parler avec la famille d'Alex Wijkner. Ils savent peut-être autre chose, qu'ils n'ont pas encore raconté. Pose des questions sur des amis, des ennemis, sur son enfance, sa personnalité, tout. N'importe quoi. Parle avec ses parents et avec sa sœur, mais arrange-toi pour les prendre individuellement. Mon expérience m'a montré que c'est plus rentable. Tu feras le point avec Molin qui va parler avec le mari.

Gösta s'affaissa sous le fardeau d'une mission concrète et soupira avec résignation. Il ne se sentait pas privé de golf, non, on était au beau milieu d'un hiver glacial, mais ces dernières années il s'était en quelque sorte déshabitué de l'exécution de véritables tâches. Il avait peaufiné l'art d'avoir l'air occupé et faisait des réussites dans son bureau pour tuer le temps. Le poids d'avoir à montrer des résultats concrets semblait lourd sur ses épaules. Finie la paix. On n'allait probablement même pas leur payer les heures supplémentaires. Il devrait s'estimer heureux si on lui remboursait l'essence pour l'aller-retour à Göteborg.

Mellberg tapa dans ses mains et les chassa ensuite.

— Allez, au boulot maintenant. Ce n'est pas en restant assis sur le cul qu'on va résoudre cette histoire. Je compte sur vous pour travailler plus dur que vous n'avez jamais travaillé avant et pour ce qui est des loisirs, on annule tout. Jusqu'à ce que tout ça soit terminé, votre temps m'appartient et j'en dispose à ma guise. Allez, filez.

Si quelqu'un apprécia peu de se faire chasser comme un gamin, personne en tout cas ne protesta. Ils se levèrent et sortirent, la chaise sur laquelle ils avaient été assis dans une main et le bloc-notes et le stylo dans l'autre. Seul Ernst Lundgren s'attarda, mais pour une fois, Mellberg n'était pas d'humeur de recevoir de flagorneries, et il le chassa, lui aussi.

La journée avait été très fertile. Bien sûr, c'était un contretemps que son premier candidat comme suspect du meurtre de Wijkner se révèle être une impasse, mais cela était largement compensé par l'équation un plus un ne fait pas deux, mais beaucoup plus. Un meurtre était un petit événement, deux meurtres étaient un phénomène exceptionnel dans un si petit district. Si auparavant il avait été à peu près certain d'obtenir son retour vers le commissariat central de Göteborg après la résolution de l'affaire Wijkner, il était maintenant convaincu qu'on allait le supplier de revenir s'il apportait une solution bien ficelée des meurtres.

Ces perspectives d'avenir lumineuses à portée de main, Bertil Mellberg se pencha en arrière dans son fauteuil, tendit une main habituée vers le troisième tiroir, y prit une tête de nègre qu'il fourra avec délice tout entière dans sa bouche. Puis il croisa les mains derrière sa tête, ferma les yeux et décida de s'accorder un petit somme. Après tout, c'était presque l'heure du déjeuner.

Une fois Patrik parti, elle avait essayé de dormir pendant quelques heures. Sans grand succès. Tous les sentiments qui se bousculaient dans sa poitrine la faisaient se tourner et se retourner dans le lit et un sourire venait constamment se glisser sur ses lèvres et tirer les coins de sa bouche vers le haut. Etait-ce réellement autorisé d'être aussi heureuse ? La sensation de bien-être était si forte qu'elle ne savait pas trop quoi faire d'elle-même. Elle se tourna sur le côté et reposa sa joue droite contre ses mains.

Tout semblait plus supportable aujourd'hui. Le meurtre d'Alex, le livre que son éditeur attendait avec tant d'impatience et dont elle n'arrivait pas vraiment à trouver le rythme, le deuil de ses parents et surtout la vente de sa maison natale, tout semblait plus facile à porter aujourd'hui. Les problèmes n'avaient pas disparu, mais pour la première fois elle se sentait convaincue que son monde n'était pas en train de chavirer et qu'elle était capable de gérer n'importe quel problème qui se mettrait sur son chemin.

Une sacrée différence, en seulement vingt-quatre malheureuses heures. Hier à cette heure-ci elle s'était réveillée avec un poids sur la poitrine. S'était réveillée dans une solitude dont elle n'avait pas le courage d'affronter l'étendue. Maintenant c'était comme si elle pouvait encore sentir, physiquement, les caresses de Patrik sur sa peau. Physiquement n'était en fait pas le bon mot, ou un mot beaucoup trop étriqué.

Tout son être sentait que la solitude avait été rompue, elle avait quelqu'un maintenant et le silence dans la chambre à coucher était paisible, alors qu'auparavant il lui avait paru menaçant et interminable. Bien sûr, Patrik lui manquait déjà, mais elle avait la certitude rassurante que, où qu'il soit, il pensait à elle.

Erica avait l'impression de prendre un balai mental et de balayer résolument toutes les vieilles toiles d'araignée dans les recoins et toute la poussière qui s'était accumulée sur son esprit. Cette nouvelle lucidité, pourtant, lui faisait aussi comprendre qu'elle ne pouvait plus fuir ce qui avait accaparé ses pensées ces derniers jours.

Depuis le moment où la vérité sur le père de l'enfant qu'attendait Alex s'était imposée à elle comme inscrite en lettres de feu sur le ciel, elle avait appréhendé la confrontation. La démarche ne la réjouissait pas pour autant, mais une nouvelle force en elle lui permettait de s'y attaquer, plutôt que, comme d'habitude, de remettre à plus tard. Elle savait ce qu'elle devait faire.

Elle prit une longue douche brûlante. Tout lui semblait un départ nouveau ce matin, et elle voulait l'accueillir entièrement pure. Après la douche et un coup d'œil sur le thermomètre, elle s'habilla chaudement et pria intérieurement pour que la voiture démarre. Elle eut de la chance. Le moteur démarra à la première tentative.

Tout en conduisant, Erica réfléchit à la manière d'aborder le sujet. Elle répéta quelques introductions, mais elles paraissaient plus plates l'une que l'autre et elle décida d'improviser. Elle ne partait pas de grand-chose, mais la sensation dans son ventre lui indiquait qu'elle avait raison. Une fraction de seconde, elle envisagea d'appeler Patrik pour lui faire part de ses soupçons, mais elle repoussa rapidement cette pensée en se disant qu'elle devait vérifier elle-même d'abord. Trop de choses étaient en jeu.

Le chemin pour arriver à sa destination était court, mais il lui parut durer une éternité. Quand il la vit entrer dans le parking en bas de l'Hôtel des Bains, Dan agita joyeusement la main depuis son bateau. Elle avait deviné qu'il serait ici. Erica agita la main en retour, mais elle ne sourit pas. Elle ferma la voiture à clé et, les mains dans les poches de son duffel-coat brun clair, elle s'approcha lentement du bateau de Dan. La journée était grise et brumeuse, mais l'air était frais et elle prit quelques profondes inspirations pour essayer de dissiper les derniers nuages dans sa tête, résultat de tout le vin qu'elle avait bu la veille.

— Salut, Erica.

— Salut.

Dan continua à s'activer sur son bateau, mais il semblait content d'avoir reçu de la compagnie. Erica chercha Pernilla du regard, quelque peu nerveuse et toujours perturbée par le regard que la femme de Dan leur avait jeté l'autre fois. Mais à la lumière de la vérité, elle le comprenait mieux.

Pour la première fois, Erica vit dans toute sa beauté ce vieux bateau de pêche fatigué. Dan l'avait repris après son père et entretenu avec tendresse. La pêche, il avait ça dans le sang et ne plus pouvoir faire vivre une famille en exerçant ce métier représentait un immense déchirement. Certes, il se sentait bien dans son rôle de professeur à l'école de Tanumshede, mais c'était en mer que se trouvait sa véritable vocation dans la vie. Un sourire menaçait tout le temps d'éclater quand il travaillait sur le bateau. Les tâches lourdes et pénibles ne l'incommodaient pas et pour résister au froid de l'hiver il lui suffisait de s'habiller chaudement. Il hissa un lourd cordage soigneusement lové sur son épaule et se tourna vers Erica.

— Non, mais je rêve. Tu viens sans bouffe aujourd'hui ? J'espère que ça ne va pas devenir une habitude ?

Une touffe de sa frange blonde s'échappait de son bonnet tricoté et il se tenait devant elle, grand et fort comme un pilier massif. Une force et une joie intenses émanaient de lui et Erica souffrait d'avoir à briser cette joie. Mais si elle ne le faisait pas, quelqu'un d'autre le ferait. Au pire, la police. Elle se dit que c'était un service qu'elle lui rendait, tout en sachant qu'elle se trouvait dans une zone floue sentimentale. La première raison était qu'elle voulait savoir. Elle avait besoin de savoir.

Dan alla à l'avant du bateau avec son rouleau d'amarre qu'il jeta sur le pont, puis il revint vers Erica qui s'appuyait contre le plat-bord à l'arrière.

Erica regarda l'horizon sans le voir. "J'ai acheté mon amour en espèces sonnantes, sans cela n'en aurais point eu."

Dan sourit et poursuivit le poème : "Chantez quand même, bruyants cordages, de l'amour chantez les louanges."

Erica ne sourit pas.

— Fröding est toujours ton poète préféré ?

— Il l'a toujours été, il le sera toujours. Les mômes à l'école disent qu'ils ne vont pas tarder à le vomir, Fröding, mais crois-moi, on ne le lira jamais assez.

— Oui, j'ai toujours le recueil que tu m'as donné quand on sortait ensemble.

Elle parlait à son dos maintenant, puisque Dan s'était retourné pour déplacer quelques caisses avec des filets devant le plat-bord opposé. Elle continua inexorablement.

— Tu l'offres toujours aux femmes que tu aimes ?

Instantanément, il arrêta de s'affairer et se retourna vers Erica, son visage marqué par la perplexité.

— Comment ça ? Je te l'ai donné et oui, Pernilla aussi l'a eu, même si je doute qu'elle se soit jamais donné la peine de le lire.

Erica vit l'ombre d'une inquiétude sur son visage mais elle saisit plus fort avec ses mains gantées le bastingage et le regarda résolument droit dans les yeux.

— Et Alex ? Est-ce qu'elle en a eu droit à son exemplaire aussi ?

Le visage de Dan prit la même couleur que la neige sur la glace derrière lui, mais elle vit aussi l'expression de soulagement qui le parcourut.

— Qu'est-ce que tu veux dire par là ? Alex ?

Il n'était pas encore près de capituler.

— Tu te souviens, je t'ai dit l'autre fois que j'étais allée chez Alex un soir la semaine dernière. Ce que je ne t'ai pas dit, c'est que quelqu'un est entré dans la maison pendant que j'y étais. Et ce quelqu'un est allé droit dans la chambre prendre quelque chose. Au début, je n'ai pas compris ce que c'était, mais en vérifiant le dernier appel qu'Alex avait passé sur son fixe chez elle, et quand j'ai su que le numéro était celui de ton téléphone mobile, j'ai tout de suite vu ce qui manquait dans la chambre. J'ai exactement le même recueil chez moi.

Devant elle, Dan restait silencieux, alors elle poursuivit :

— Je n'ai pas eu trop de mal à comprendre pourquoi quelqu'un se donnerait la peine d'entrer chez Alex uniquement pour voler un truc aussi futile qu'un recueil de poésie. Il y a une dédicace dedans, n'est-ce pas ? Une dédicace qui désignerait directement l'homme qui était son amant ?

— "Avec tout mon amour, je t'offre ma passion – Dan."

Il se cita d'une voix chargée de sentiments. Maintenant ce fut à lui de fixer l'horizon sans le voir. Il s'assit avec brusquerie sur une des caisses du pont et arracha son bonnet. Ses cheveux pointaient indisciplinés dans tous les sens et il enleva ses gants pour passer les mains dans sa chevelure. Ensuite il regarda Erica droit en face.

— Je ne pouvais pas laisser cela s'ébruiter. Ce que nous vivions ensemble était une folie. Une folie démesurée et dévorante. Pas question de la laisser entrer en collision avec nos vraies vies. Nous savions tous deux qu'il fallait y mettre un terme.

— Vous deviez vous voir le vendredi où elle est morte ?

Quelques muscles tressaillirent sur le visage de Dan. Depuis la mort d'Alex il avait dû penser sans cesse à ce qui se serait passé s'il était réellement venu. Si elle avait encore été en vie.

— Oui, nous aurions dû nous voir le vendredi soir. Pernilla devait aller chez sa sœur à Munkedal avec les enfants. J'avais prétexté que je ne me sentais pas en forme et que je préférais rester à la maison.

— Mais Pernilla n'est pas partie, c'est ça ?

Un long silence s'ensuivit.

— Si, Pernilla est partie, mais je suis resté à la maison. J'ai coupé mon portable et je savais qu'elle n'oserait jamais appeler sur le fixe. Je suis resté à la maison parce que j'étais lâche. Je n'osais pas la regarder dans les yeux et lui dire que c'était fini. Même si je savais qu'elle aussi comprenait que tôt ou tard ça devait se passer ainsi, je n'osais pas être celui qui faisait le pas. J'ai pensé que si je commençais à m'éloigner, elle se lasserait et elle romprait. C'est bien les hommes, ça, non ?

Erica savait que le plus dur restait à faire, mais elle était obligée de continuer. Mieux valait que ce soit elle qui le lui dise.

— Le seul problème, Dan, c'est qu'elle n'avait pas compris qu'il fallait y mettre un terme. Elle envisageait un avenir pour vous. Un avenir où tu quitterais ta famille, où elle quitterait Henrik, un avenir qui vous permettrait de vivre heureux jusqu'à la fin de vos jours.

Il semblait se tasser à chacun des mots d'Erica et pourtant il n'avait pas encore entendu le pire.

— Dan, elle était enceinte. Ton enfant. Elle avait probablement pensé te le dire ce vendredi soir-là. Elle avait prévu un repas de fête et mis le champagne au frais.

Dan fut incapable de la regarder. Il essaya de fixer son regard ailleurs, au loin, mais les larmes commencèrent à déborder et brouillèrent sa vision. Les pleurs surgirent de très profond en lui et les larmes coulèrent sur ses joues. Puis cela devint des sanglots incontrôlés qui l'obligèrent à s'essuyer le nez avec ses gants pour empêcher la morve de couler. Pour finir, il enfonça la tête entre ses mains et abandonna toute velléité de s'essuyer le visage.

Erica s'accroupit à côté de lui et l'entoura de ses bras, essayant ainsi de le consoler. Mais Dan se dégagea vivement de ses bras, et elle comprit qu'il devait se sortir tout seul de l'enfer où il se trouvait. Alors elle attendit qu'il ait fini, les bras croisés, jusqu'à ce que les larmes tarissent et qu'il semble pouvoir respirer à nouveau.

— Comment tu sais qu'elle était enceinte ?

Les mots étaient saccadés.

— J'étais avec Birgit et Henrik au commissariat quand on le leur a dit.

— Ils savent que ce n'est pas l'enfant de Henrik ?

— Henrik le sait apparemment, mais non, Birgit ne le sait pas, elle croit que c'est l'enfant de Henrik.

Dan hocha la tête. Cela semblait le consoler un peu de savoir que les parents d'Alex n'étaient pas au courant.

— Vous vous êtes rencontrés comment ?

Erica chercha à détourner les pensées de Dan de son enfant qui ne verrait jamais le jour, même si ce n'était que pour un instant, un bref instant de répit.

Il sourit amèrement.

— De la façon classique. Où se rencontre-t-on à Fjällbacka à notre âge ? A *la Galère*, évidemment. Nous nous sommes vus d'un bout à l'autre de la salle et c'était comme de recevoir un coup dans le ventre. Jamais auparavant je ne m'étais senti aussi attiré par quelqu'un.

Erica sentit une petite, toute petite pointe de jalousie venir en elle. Dan continua.

— On n'a rien fait à ce moment-là, mais quelques week-ends plus tard elle m'a appelé sur mon portable. J'y suis allé. Ensuite ça s'est fait tout seul. Des moments volés quand Pernilla était absente. Pas tant de soirées et de nuits que ça, autrement dit, on était réduit à se voir dans la journée.

— Tu n'avais pas peur que les voisins te voient quand tu allais chez Alex ? Tu sais bien à quelle vitesse tout se sait ici.

— Si, bien sûr que j'y pensais. En général je sautais par-dessus la clôture derrière la maison puis je rentrais par la cave. Pour être tout à fait franc, une grande partie de l'excitation entre nous devait venir de là aussi. Le danger et le péril.

— Mais tu n'as pas réalisé tout ce que tu risquais ?

Dan tournait son bonnet entre ses mains et gardait les yeux obstinément fixés sur le pont en parlant.

— Evidemment que si. Sur un plan. Mais sur un autre plan je me sentais invulnérable. Ça arrive toujours aux autres, mais pas à moi. C'est bien ça, non ?

— Est-ce que Pernilla est au courant ?

— Non. Pas expressément en tout cas. Mais je crois qu'elle a des soupçons. Tu as bien vu sa réaction quand elle nous a aperçus ici. Elle est comme ça depuis ces derniers mois, jalouse, sur ses gardes. Je pense qu'elle sent qu'il se passe quelque chose.

— Tu comprends qu'il faut que tu le lui dises maintenant ?

Dan secoua violemment la tête et les larmes remontèrent dans ses yeux.

— Ce n'est pas possible, Erica. Je ne peux pas. Cette histoire avec Alex m'a fait comprendre tout ce que Pernilla représente pour moi. Alex était une passion, mais Pernilla et les enfants sont ma vie. Je ne peux pas !

Erica se pencha en avant et posa sa main sur celle de Dan. Sa voix fut calme et limpide et ne révéla rien de l'agitation qu'elle ressentait.

— Dan, il le faut. La police va l'apprendre et tu as une occasion maintenant de le dire à Pernilla, à ta façon. Tôt ou tard, la police le découvrira en enquêtant et alors tu ne pourras plus le dire à Pernilla comme tu voudrais le dire. Alors tu n'as pas le choix. Tu as dit toi-même qu'elle le sait probablement déjà, ou le devine en tout cas. Si ça se trouve, ça sera une libération pour tous les deux si vous pouviez en parler. Ça assainira l'atmosphère.

Elle vit que Dan écoutait et assimilait ce qu'elle disait. Sous sa main elle sentit aussi qu'il tremblait.

— Et si elle me quitte ? Si elle prend les enfants et me quitte, Erica, qu'est-ce que je vais faire alors ? Je ne suis rien sans eux.

Une toute petite voix en Erica chuchota méchamment qu'il aurait dû y penser plus tôt, mais des voix plus fortes la couvrirent, disant que le temps des reproches était passé. Il y avait des choses plus importantes à faire. Elle se pencha en avant, l'entoura de ses bras et passa les mains sur son dos en un geste de consolation. Au début, ses pleurs augmentèrent, puis se tarirent lentement, et quand il se dégagea de son étreinte et essuya les larmes elle vit qu'il avait décidé de ne pas repousser l'inévitable.

Lorsqu'elle quitta le quai dans sa voiture, elle le vit dans le rétroviseur, debout immobile sur son bateau bien-aimé, le regard tourné vers l'horizon. Elle croisa les doigts pour qu'il trouve les mots qu'il fallait. Ce serait difficile.

Le bâillement semblait monter de ses orteils puis se répandre dans tout son corps. Jamais de sa vie il n'avait été aussi fatigué. Jamais non plus il n'avait été aussi heureux.

Il avait du mal à se concentrer sur les énormes piles de papiers devant lui. Une affaire de meurtre générait des quantités invraisemblables de documents et son boulot était maintenant de tout relire en détail, pour trouver le petit morceau de puzzle vital qui ferait progresser l'enquête. Il se frotta les yeux avec le pouce et le majeur et respira à fond pour mobiliser son énergie à la tâche.

Toutes les dix minutes, il lui fallait se lever pour s'étirer, aller chercher du café, sautiller sur place ou n'importe quoi qui pouvait l'aider à se maintenir éveillé et concentré encore un petit moment. Plusieurs fois, sa main était partie toute seule vers le téléphone pour appeler Erica, mais il l'avait arrêtée. Si elle était aussi fatiguée que lui, elle devait encore être en train de dormir. Il l'espérait pour elle. Parce qu'il avait l'intention de la tenir éveillée aussi longtemps que possible cette nuit aussi, s'il avait son mot à dire.

La pile d'informations sur la famille Lorentz avait grandi depuis la dernière fois qu'il avait examiné les papiers. Annika avait manifestement continué à creuser pour trouver de vieux articles et entrefilets, aussi méticuleusement que d'habitude, n'importe quel papier dans lequel on parlait des Lorentz, puis elle les avait posés en haut du tas sur le bureau de Patrik. Il travailla avec méthode et rafraîchit sa mémoire en retournant la pile pour lire à partir du bas, et ainsi commencer par relire les articles qu'il avait déjà lus. Deux heures plus tard, rien n'avait mis son imagination en mouvement. Il avait toujours la très nette impression de louper quelque chose, mais ça semblait tout le temps se jouer de lui.

La première information de réel intérêt arriva assez loin dans la pile. Annika avait ajouté un article concernant un incendie criminel à Bullaren, à environ cinquante kilomètres de Fjällbacka. Il datait de 1975 et occupait presque une page entière dans *Bohusläningen*. La maison avait brûlé de fond en comble dans la nuit du six au sept juillet 1975 à la suite d'une explosion. Le feu éteint, il ne restait de la maison pratiquement que des cendres, mais on avait aussi trouvé les restes de deux corps humains identifiés comme Stig et Elisabeth Norin, les propriétaires de la maison. Leur fils de dix ans avait miraculeusement échappé aux flammes et on l'avait retrouvé dans une des remises. Les circonstances entourant le sinistre étaient suspectes selon *Bohusläningen*, et la police considérait l'incendie comme criminel.

L'article était fixé par un trombone sur un classeur et dans le classeur, Patrik trouva l'enquête de police. Il ne comprenait toujours pas le rapport de cet article avec la famille Lorentz, jusqu'à ce qu'il ouvre le classeur et voie le prénom du fils Norin. Le garçon s'appelait Jan, et dans le classeur était aussi glissé un rapport des services sociaux mentionnant que le garçon avait été placé dans la famille Lorentz. Patrik siffla tout bas. Le lien avec la mort d'Alex n'était toujours pas très clair, ni avec celle d'Anders d'ailleurs, mais quelque chose commençait à bouger aux confins de sa conscience. Des ombres qui s'évanouissaient dès qu'il essayait de focaliser dessus, mais qui indiquaient qu'il était sur la bonne piste. Il nota mentalement tout cela et continua ensuite sa laborieuse progression à travers le matériau devant lui.

Son bloc-notes se remplissait lentement. Il écrivait tellement mal que Karin s'était toujours moquée de lui en disant qu'il aurait dû devenir médecin, mais il arrivait à se lire lui-même, c'était le principal. Quelques points dans la rubrique "à faire" prenaient forme, mais la grande majorité de ses notes était toutes les questions que soulevait cette lecture, renforcées par de gros points d'interrogation noirs. Qui Alex attendait-elle avec son repas de fête ? Qui était l'homme qu'elle voyait en secret et dont elle portait l'enfant ? Est-ce que ça pouvait être Anders, bien qu'il ait affirmé le contraire, ou bien s'agissait-il de quelqu'un qu'ils n'avaient pas encore réussi à nommer ? Comment était-il possible qu'une femme comme Alex, avec son physique, sa classe et son argent, entretienne une relation avec un individu du genre d'Anders ? Pourquoi Alex conservait-elle un article sur la disparition de Nils Lorentz dans un tiroir ?

La liste de questions ne faisait que s'allonger. Patrik en était à la troisième page A4 avant même d'arriver aux mystères relatifs à la mort d'Anders. Pour le moment, la pile le concernant était beaucoup plus petite. Avec le temps, d'autres documents allaient venir s'ajouter, mais là, il n'y avait qu'une dizaine de papiers, entre autres ce qu'on avait saisi lors de la perquisition chez lui. La plus grossse inconnue au sujet d'Anders était la façon dont il était mort. Patrik souligna plusieurs fois sa question avec des traits noirs et furieux. Comment le ou les meurtriers avaient-ils réussi à hisser Anders jusqu'au crochet du plafond ? L'autopsie fournirait des réponses, mais de ce que Patrik avait pu voir, il n'y avait aucune trace de lutte sur le corps, comme Mellberg l'avait fait remarquer pendant son exposé du matin. Un corps inanimé est incroyablement lourd et il avait fallu le soulever très haut pour pouvoir attacher la corde au crochet.

Il dut admettre que pour une fois Mellberg avait sans doute raison, plusieurs personnes avaient dû joindre leurs efforts. Sauf que ça ne semblait pas coller avec le meurtre d'Alex, et Patrik était prêt à mettre sa main au feu que c'était le même meurtrier qu'il fallait chercher. Après son hésitation initiale, il en devenait de plus en plus sûr.

Il regarda les papiers qu'ils avaient trouvés dans l'appartement d'Anders et les disposa en éventail devant lui sur le bureau. Glissé entre ses lèvres, il avait un crayon qu'il avait mâchouillé jusqu'à le rendre méconnaissable et il sentit que sa bouche était remplie d'écailles jaunes du crayon. Il cracha doucement et essaya d'enlever les fragments sur sa langue avec les doigts. Efficacité peu convaincante. Maintenant les écailles collaient à ses doigts. Il secoua sa main en l'air deux trois fois pour s'en débarrasser, puis se résigna et tourna de nouveau son attention vers l'éventail de papiers sur son bureau. Rien ne réussit à éveiller son intérêt et il prit avec lassitude une facture de téléphone pour lui servir de point de départ. Anders appelait très peu, mais compte tenu de tous les frais fixes, la somme réclamée par Telia était quand même conséquente. Le détail des appels était joint à la facture et Patrik soupira en réalisant qu'il serait obligé de se farcir la corvée de tous les vérifier. Pfff, ce n'était vraiment pas le bon jour pour des tâches mornes et répétitives.

Il composa systématiquement tous les numéros de la liste détaillée et vit très vite qu'Anders n'appelait qu'un petit nombre de gens. Mais un numéro tranchait. Il ne figurait pas du tout au début de la liste, puis vers le milieu, il surgissait, et ensuite devenait le numéro qui figurait le plus fréquemment. Patrik le composa et laissa les signaux aboutir.

Il était sur le point de raccrocher, quand il entendit un répondeur téléphonique s'enclencher. Le nom à l'autre bout le fit se redresser sur sa chaise, avec des conséquences douloureuses pour les muscles de ses cuisses, puisqu'il avait oublié qu'il avait posé les jambes sur le bureau. Il pivota pour ramener ses pieds par terre et se massa l'intérieur de la cuisse où un muscle semblait avoir pâti du mouvement brusque. Voilà ce que signifiait le manque d'exercice physique.

Lentement Patrik raccrocha avant l'annonce signalant qu'on pouvait laisser un message. Il entoura d'un cercle une des notes sur son bloc puis, après un moment de réflexion, il en entoura une autre. Il voulait se charger de l'une lui-même, mais il pouvait laisser l'autre à Annika. Ses notes à la main, il entra dans le bureau d'Annika qui pianotait gaillardement sur son clavier d'ordinateur, les lunettes de protection glissées au bout du nez. Elle l'interrogea du regard.

— Tu viens me proposer de prendre quelques-unes de mes tâches pour me soulager de mon travail inhumain, c'est ça ?

— Ben, peut-être pas tout à fait.

Patrik esquissa un sourire.

— Non, c'est bien ce que je me disais.

Annika le regarda avec une sévérité feinte.

— Bon, qu'est-ce que tu as pour nourrir mon ulcère en gestation ?

— Une toute petite mission, toute petite.

Patrik indiqua à quel point elle était petite en mesurant un millimètre entre le pouce et l'index.

— Allez, je t'écoute.

Il tira une chaise et s'assit devant le bureau d'Annika. Sa pièce de travail était incontestablement, malgré sa petite taille, la plus agréable du poste. Elle y avait mis des plantes vertes en quantité, qui semblaient miraculeusement s'épanouir et beaucoup s'y plaire, alors que la seule source de lumière était celle de l'ouverture vitrée de l'entrée. Les murs froids en béton étaient couverts de photos des deux grandes passions d'Annika et de Lennart, son mari : leurs chiens et les courses de HotRod. Ils avaient deux labradors noirs qui les suivaient le week-end partout en Suède où se déroulaient des courses de HotRod. Lennart était celui des deux qui participait aux compétitions, mais Annika était toujours là pour l'encourager et lui tendre le casse-croûte et le thermos de café. Ils rencontraient toujours un peu les mêmes gens sur les circuits et au fil des ans ils avaient formé un groupe soudé d'amis très proches. Il y avait des courses au moins deux week-ends par mois et ces jours-là, ce n'était pas la peine d'essayer de faire travailler Annika au poste.

Patrik regarda ses notes.

— Bon, je voudrais savoir si tu pourrais m'aider à faire un petit inventaire de la vie d'Alexandra Wijkner ? Commence à partir de sa mort et vérifie deux fois toutes les données qu'on a. Combien de temps elle a été mariée avec Henrik. Combien de temps elle a vécu en Suède. Vérifie les données sur les écoles en France et en Suisse et ainsi de suite. Tu comprends ce que je cherche ?

Annika avait noté pendant qu'il parlait et elle le regardait maintenant en hochant la tête. Patrik savait qu'il allait apprendre tout ce qui valait la peine d'être appris et que si une des informations qu'on lui avait fournies ne valait même pas le papier sur laquelle elle était notée, Annika allait la lui trouver. Parce qu'il y avait forcément une erreur quelque part, il en était sûr de chez sûr.

— Merci de ton aide, Annika. Tu es une perle.

Patrik commençait à se lever, quand un "Reste assis !" sévère d'Annika gela son mouvement et il reposa ses fesses sur le siège. Il comprit tout à coup pourquoi les labradors d'Annika étaient si bien dressés.

Elle se pencha en arrière avec un sourire satisfait et il se dit que sa première erreur avait été de venir la voir en personne, au lieu de juste lui laisser un petit mot sur son bureau. Il aurait dû se rappeler qu'elle le perçait toujours à jour et de plus, elle avait un nez prodigieux pour les histoires d'amour. Il ne lui restait plus qu'à hisser le drapeau blanc et à capituler et il se pencha en arrière, lui aussi, prêt à recevoir la rafale de questions qui sans le moindre doute allait fuser. Annika démarra en douceur mais traîtreusement.

— Tu m'as l'air bien fatigué aujourd'hui ?

— Hmm…

Qu'elle ne s'imagine pas obtenir ses informations sans bosser un peu.

— T'as fait la fête, hier ?

Annika lançait ses lignes tout en cherchant machiavéliquement des fissures dans sa cuirasse.

— Ben, la fête, c'est vite dit, ça dépend. Comment est-ce qu'on définit une fête ?

Il écarta les bras et ouvrit grands les yeux pour afficher son innocence.

— Allez, laisse tomber le baratin, Patrik. Raconte. C'est qui ?

Il ne dit rien et laissa le silence la torturer. Au bout de quelques secondes, il vit une lueur s'allumer dans les yeux d'Annika.

— Ça y est, je sais !

Son exclamation était triomphale et Annika agita un index victorieux en l'air.

— C'est elle, comment est-ce qu'elle s'appelle déjà, c'est…

Elle claqua les doigts tout en cherchant fébrilement dans ses souvenirs.

— Erica ! Erica Falck !

Avec soulagement, elle se laissa aller dans le fauteuil de nouveau.

— Tiens, tiens, Patrik… Et ça dure depuis combien de temps… ?

La précision infaillible d'Annika pour trouver du premier coup l'étonnerait toujours. Inutile de nier. Il sentit une rougeur seyante se répandre de son crâne à ses orteils, plus parlante que tout ce qu'il aurait pu dire. Ensuite il ne put pas empêcher un grand sourire d'éclater et Annika sut qu'elle avait mis dans le mille.

Après cinq minutes de questions en rang serré, Patrik réussit enfin à s'arracher du bureau d'Annika, avec l'impression d'avoir été littéralement essoré. Cela n'avait cependant pas été désagréable d'évoquer Erica, et péniblement il se réattela à la tâche qu'il s'était imposé de régler immédiatement. Il enfila son blouson, signala sa destination à Annika et partit affronter l'extérieur, où de gros flocons de neige avaient maintenant commencé à lentement tomber vers le sol.

Erica regardait les flocons de neige tomber au-dehors. Elle était assise devant l'ordinateur, mais elle l'avait arrêté et fixait maintenant un écran noir. En dépit d'un mal de tête lancinant, elle s'était forcée d'écrire dix pages sur Selma. Elle ne ressentait plus aucun enthousiasme pour le livre, mais elle était liée par son contrat et ce bouquin devait être terminé dans les semaines qui venaient. La conversation avec Dan avait mis une sourdine à sa bonne humeur et elle se demanda si en ce moment il était en train de tout raconter à Pernilla. Elle décida de tirer profit du souci qu'elle se faisait pour Dan pour entreprendre quelque chose de créatif et elle remit l'ordinateur en marche.

Elle cliqua sur le raccourci de son brouillon du livre sur Alex qui comptait maintenant plus de cent pages. Elle les relut méthodiquement du début à la fin. C'était bon. C'était même très bon. Ce qui l'inquiétait était comment toutes les personnes qui figuraient en périphérie d'Alex allaient réagir si le livre était imprimé. Certes, Erica avait partiellement masqué l'histoire, changé le nom des personnes et des lieux et elle s'était aussi permis quelques digressions fantaisistes, mais l'ossature du livre était incontestablement formée par la vie d'Alex, vue par les yeux d'Erica. C'était surtout la partie concernant Dan qui lui donnait du fil à retordre. Comment allait-elle pouvoir le livrer, lui et sa famille, de cette façon ? En même temps elle sentait qu'elle devait écrire tout cela. Pour la première fois, l'idée d'un livre l'avait vraiment enthousiasmée. Il y avait eu tant d'autres idées qui n'avaient pas tenu la route et qu'elle avait rejetées au fil des années, qu'elle ne pouvait pas se permettre de lâcher celle-ci aussi. Elle commencerait par écrire le livre et elle verrait plus tard comment manier les sentiments des protagonistes.

Elle avait passé presque une heure à écrire avec zèle lorsqu'on sonna à la porte. Tout d'abord, elle fut agacée d'être dérangée maintenant qu'elle avait enfin trouvé le rythme, mais ensuite elle se dit que c'était peut-être Patrik et elle fut sur pieds en moins de deux. Elle jeta un rapide coup d'œil dans le miroir avant de dévaler l'escalier pour aller ouvrir. Le sourire sur ses lèvres s'estompa quand elle découvrit qui se tenait sur le perron. Pernilla avait un air épouvantable. Elle semblait avoir pris dix ans depuis la dernière fois qu'Erica l'avait vue. Ses yeux étaient gonflés et rouges de pleurs, ses cheveux ébouriffés et elle ne s'était pas donné le temps d'enfiler un manteau dans sa précipitation, elle grelottait dans un petit tricot. Erica la fit entrer au chaud et en un geste impulsif elle l'entoura de ses bras et la serra, tout en passant une main consolatrice dans son dos, exactement comme elle l'avait fait avec Dan quelques heures plus tôt seulement. Cela fit céder le dernier petit contrôle que Pernilla avait encore gardé sur elle-même et elle s'effondra avec de gros sanglots dans les bras d'Erica. Lorsque au bout d'un moment elle leva la tête, le mascara s'était étalé encore davantage sous ses yeux, ce qui lui donna une tête bizarre de clown.

— Excuse-moi.

Pernilla regarda le pull blanc d'Erica à travers un voile de larmes, il était maintenant tout barbouillé de mascara noir à l'épaule.

— Ça ne fait rien. Ne pense pas à ça. Allez, entre.

Erica entoura Pernilla de son bras et la fit entrer dans le séjour. Elle la sentait trembler de tout son corps et elle savait bien que le froid n'était pas seul en cause. Une seconde, elle se demanda pourquoi Pernilla avait choisi de se réfugier ici. Erica avait toujours été l'amie de Dan bien plus que celle de Pernilla et elle trouvait un peu étrange qu'elle n'ait pas plutôt choisi d'aller voir une de ses propres amies ou sa sœur. Mais à présent, Pernilla était là et Erica ferait tout son possible pour l'aider.

— Il y a du café de prêt. Tu en veux ? Bon, ça doit faire une heure qu'il est resté au chaud, mais il doit encore être buvable.

— Oui, merci.

Pernilla s'assit dans le canapé et serra les bras autour de son corps, comme si elle avait peur de tomber en morceaux. Dans un certain sens, ça ne devait pas être loin de la vérité.

Erica revint avec deux tasses de café. Elle en posa une sur la table basse devant Pernilla et s'assit dans la grande bergère pour faire face à Pernilla. Elle attendit que Pernilla commence d'elle-même.

— Tu étais au courant ?

Erica hésita.

— Oui, mais depuis très peu de temps.

Hésitation encore.

— C'est moi qui ai poussé Dan à te parler.

Pernilla hocha la tête.

— Qu'est-ce que je dois faire ?

Pure question rhétorique et Erica la laissa s'éteindre sans y répondre.

Pernilla continua :

— Je sais qu'au départ je n'étais qu'une façon pour Dan de digérer la fin de votre relation.

Erica commença à protester, mais Pernilla l'arrêta avec un geste de la main.

— Je sais que c'était comme ça, mais je croyais qu'avec les années ça avait beaucoup changé et que nous nous aimions vraiment. On était bien ensemble et j'avais une entière confiance en lui.

— Dan t'aime, Pernilla. Je sais qu'il t'aime.

Pernilla ne parut pas l'avoir écoutée, elle continua à parler tout en fixant sa tasse de café. Erica vit qu'elle serrait si fort la tasse que les jointures de ses doigts blanchirent.

— Je pourrais vivre avec l'idée qu'il avait une liaison et attribuer ça à une crise précoce de la quarantaine ou un truc comme ça, mais qu'il ait mis cette femme enceinte, ça, je ne pourrai jamais le lui pardonner.

La colère dans la voix de Pernilla était si forte qu'Erica dut réprimer un mouvement de recul. Quand Pernilla leva la tête et regarda Erica, la haine dans ses yeux était si forte qu'Erica eut un pressentiment glaçant. Jamais avant elle n'avait vu une colère aussi intense et flamboyante chez quelqu'un et, un bref instant, elle se demanda depuis quand Pernilla était au courant de la liaison entre Dan et Alex. Et jusqu'où elle était prête à aller pour se venger. Puis elle écarta la pensée aussi vite qu'elle était venue. Il s'agissait de Pernilla, femme au foyer, mère de trois enfants, mariée à Dan depuis de nombreuses années, pas d'une furie en rage qui jouait l'ange de la mort envers la maîtresse de son mari. Et pourtant, un éclat froid dans le regard de Pernilla fit peur à Erica.

— Qu'est-ce que vous allez faire maintenant ?

— Je ne sais pas. Je ne sais rien là, pour l'instant. J'étais obligée de partir de la maison, simplement. C'était la seule idée que j'avais en tête. Je n'ai même pas supporté de le regarder.

Erica envoya une pensée compatissante à Dan. Il était sans doute plongé dans son propre enfer en ce moment. Il lui aurait semblé naturel que Dan vienne la solliciter et chercher consolation. Alors elle aurait su quoi dire, les mots qui feraient du bien. Elle ne connaissait pas suffisamment Pernilla pour savoir comment elle pouvait l'aider. Peut-être était-ce suffisant de l'écouter.

— Pourquoi tu crois qu'il a fait ça ? Qu'est-ce qu'elle lui a donné qu'il n'a pas reçu de moi ?

Erica comprit soudain pourquoi Pernilla avait choisi de venir la voir, elle, plutôt qu'une de ses amies plus proches. Elle pensait qu'Erica détenait des réponses au sujet de Dan. Qu'elle allait pouvoir lui fournir une explication des agissements de Dan. Malheureusement, Erica allait être obligée de la décevoir. Elle avait toujours perçu Dan comme la sincérité personnifiée et qu'il puisse être infidèle ne lui serait jamais venu à l'esprit. Rarement elle avait été aussi étonnée que lorsqu'elle avait composé le dernier numéro passé sur le téléphone fixe d'Alex et qu'elle avait entendu la voix de Dan au répondeur. Pour être tout à fait franche, elle avait ressenti une énorme déception à ce moment-là. Le genre de déception qu'on ressent quand quelqu'un qu'on croit connaître à fond se révèle ne pas être la personne qu'on a cru qu'il était. Alors elle comprenait bien Pernilla qui, en plus de se sentir trahie et trompée, avait aussi commencé à se poser des questions sur l'homme avec qui elle avait vécu toutes ces années.

— Je ne sais pas, Pernilla. Moi-même j'ai été sidérée. Ça ne ressemble pas au Dan que je connais.

Pernilla hocha la tête et parut quelque peu consolée de ne pas être la seule à avoir été trompée. Elle tripota nerveusement des bouloches invisibles sur son tricot. Ses longs cheveux châtains avec des restes d'une permanente étaient négligemment attachés en une couette et, dans l'ensemble, elle donnait une impression négligée. Erica avait toujours pensé, avec un peu de condescendance, que Pernilla aurait pu tirer bien plus que ça de son physique. Elle continuait à se faire des permanentes alors que les permanentes étaient aussi vieux jeu que les blazers taillés court et elle achetait tous ses vêtements par correspondance, à bas prix et de qualités tout aussi basses. Mais Erica ne l'avait jamais vue aussi ravagée que maintenant.

— Pernilla, je sais que c'est incroyablement difficile là, maintenant, mais vous êtes une famille, toi et Dan. Vous avez trois filles magnifiques et vous avez eu quinze années super ensemble. Ne te précipite pas. Comprends-moi bien, je ne défends pas ce qu'il a fait. Vous ne pouvez peut-être pas continuer après tout ça. Ce n'est peut-être pas pardonnable. Mais laisse les choses se décanter avant de prendre des décisions. Réfléchis bien avant de faire quoi que ce soit. Je sais que Dan t'aime, il me l'a dit aujourd'hui même, et je sais aussi qu'il regrette amèrement. Il dit qu'il avait l'intention d'y mettre un terme et je le crois.

— Je ne sais plus ce que je dois croire, Erica. Rien de ce que j'ai cru n'était vrai, alors qu'est-ce que je dois croire maintenant ?

Il n'y avait pas de réponse à ça et le silence s'installa lourdement entre elles.

— Elle était comment ?

Encore une fois, Erica vit un feu froid brûler au fond des yeux de Pernilla. Inutile de demander de qui elle parlait.

— Ça fait tant de temps. Je ne la connaissais plus.

— Elle était belle. Je la voyais ici, l'été. Elle était tout ce que je rêvais d'être. Belle, élégante, sophistiquée. Elle me faisait me sentir comme un peigne crasseux et j'aurais donné n'importe quoi pour être comme elle. Dans un certain sens, je peux comprendre Dan.

Tu nous mets côte à côte, Alex et moi, et la gagnante est évidente.

Elle tira avec frustration sur ses vêtements pratiques mais passés de mode comme pour montrer ce qu'elle voulait dire.

— J'ai toujours été jalouse de toi aussi. Son grand amour de jeunesse qui est partie à la capitale en le laissant tout seul à languir. L'écrivain de Stockholm qui a vraiment fait quelque chose de sa vie et qui venait ici briller devant nous, les mortels ordinaires, une fois de temps en temps. Dan se réjouissait toujours de tes visites des semaines à l'avance.

L'amertume dans la voix de Pernilla effraya Erica et la fit pour la première fois avoir honte de ses pensées dédaigneuses. Elle avait compris si peu de choses. En se sondant elle-même, elle fut obligée de reconnaître qu'elle avait trouvé une certaine satisfaction à afficher la différence entre elle et Pernilla. Entre sa coiffure à cinq cents couronnes sortie droit d'un salon sur la place de Stureplan et la permanente maison de Pernilla. Entre ses vêtements de marque achetés dans Biblioteksgatan et les chemisiers et jupes longues de Pernilla, de marque indéfinissable. Et tout ça dans quel but ? Pourquoi, dans des moments de faiblesse, s'était-elle réjouie de la différence ? Alors que c'était elle qui avait quitté Dan. Etait-ce seulement pour satisfaire son propre ego, ou bien avait-elle en réalité jalousé Pernilla et Dan d'avoir tellement plus qu'elle ? Avait-elle, quelque part en son for intérieur, jalousé leur famille et peut-être même regretté de ne pas être restée ? Regretté de ne pas avoir la famille qu'avait Pernilla ? Avait-elle sciemment essayé de déprécier Pernilla parce qu'elle était jalouse d'elle ? L'idée était horrible, mais elle ne pouvait pas l'écarter et elle s'en sentit honteuse jusqu'au fond de son âme. En même temps, elle se demanda jusqu'où elle serait allée pour défendre ce qu'avait Pernilla. Jusqu'où Pernilla avait-elle été prête à aller ? Erica la contempla pensivement.

— Qu'est-ce que les enfants vont dire ?

On aurait dit que maintenant seulement Pernilla se rendait compte que d'autres qu'elle et Dan allaient être affectés.

— Ça se saura, forcément, n'est-ce pas ? Pour l'enfant, je veux dire. Comment les filles vont réagir ?

L'idée parut allumer la panique chez Pernilla et Erica fit de son mieux pour la calmer.

— La police doit être mise au courant que c'était Dan qui voyait Alex, mais ça ne veut pas dire que tout le monde le saura. C'est à vous de choisir ce que vous allez dire aux filles. Tu as toujours le contrôle, Pernilla.

Les mots semblèrent la calmer, et elle but quelques longues gorgées de café. Il devait être froid maintenant, mais cela ne paraissait pas la déranger. Pour la première fois, Erica ressentit une sainte colère contre Dan. Elle était surprise de ne pas l'avoir éprouvée plus tôt, mais maintenant elle la sentait monter en elle. Il était complètement malade ! Comment pouvait-il sacrifier ainsi tout ce qu'il avait, attirance ou pas attirance ? Ne comprenait-il pas sa chance ? Elle serra les mains sur ses genoux et essaya de transmettre sa sympathie à Pernilla par-dessus la table, sans bien savoir si elle y arrivait.

— Merci de m'avoir écoutée. Je t'en suis vraiment reconnaissante.

Leurs regards se croisèrent. Moins d'une heure s'était écoulée depuis que Pernilla avait sonné à sa porte, mais Erica sentit qu'elle avait beaucoup appris pendant ce laps de temps, surtout sur elle-même.

— Ça va aller ? Tu sais où aller et ce que tu vas faire ?

— Je vais rentrer à la maison. La voix de Pernilla était claire et ferme. Il est hors de question qu'il me mette à la porte de chez moi et de ma famille. Je ne lui accorderais pas cette satisfaction. Je vais rentrer auprès de mon mari et nous allons régler tout ça. Mais pas sans conditions. Les choses se passeront différemment à partir de maintenant.

Erica ne put s'empêcher d'esquisser un sourire au milieu de ce malheur. Dan allait devoir affronter pas mal de revendications, de toute évidence. Mais ce n'était que bien mérité.

Elles se serrèrent maladroitement dans les bras l'une de l'autre devant la porte. Erica souhaita bonne chance à Pernilla et à Dan de tout son cœur quand elle vit Pernilla monter dans la voiture et partir. En même temps, elle ne put s'empêcher de sentir une inquiétude la ronger. L'image du regard rempli de haine de Pernilla s'attarda dans son souvenir. Dans ce regard il n'y avait pas eu la moindre pitié.

Toutes les photos étaient étalées devant elle sur la table de la cuisine. La seule chose qui lui restait d'Anders à présent était les images, vieilles et jaunies pour la plupart. Depuis bien des années maintenant, il n'y avait plus eu de raisons de le prendre en photo. Celles de son enfance étaient en noir et blanc, puis au fur et à mesure qu'il grandissait, c'étaient des photos couleur pâlies. Il avait été un enfant joyeux. Un peu turbulent, mais toujours joyeux. Attentif et gentil. Il s'était occupé d'elle et avait pris au sérieux son rôle d'homme de la maison. Parfois un peu trop même, mais elle l'avait laissé faire. A tort ou à raison. Difficile de dire. Il y avait peut-être beaucoup de choses qu'elle aurait dû faire différemment, ou alors ça n'avait pas eu grande importance. Comment savoir ?

Vera sourit en voyant une de ses photos préférées. Anders était perché sur son vélo, fier comme un coq. Elle avait fait des heures supplémentaires de nombreuses soirées et week-ends pour pouvoir le lui acheter, ce vélo. Bleu sombre avec une selle bi-place, et selon Anders, c'était la seule chose qu'il aimerait posséder de toute sa vie. Il avait désiré ce vélo plus que tout au monde et elle n'oublierait jamais sa tête quand il l'avait reçu pour son huitième anniversaire. Dès qu'il le pouvait, il partait avec son vélo et sur cette photo elle avait réussi à le saisir au vol. Ses cheveux étaient longs et tombaient en boucles sur le col de son blouson Adidas lisse et près du corps, avec des rayures sur les manches. C'était comme ça qu'elle voulait se souvenir de lui. Avant que tout commence à aller de travers.

Elle avait attendu ce jour depuis longtemps. Chaque sonnerie du téléphone, chaque coup frappé à la porte avaient instillé la peur en elle. Peut-être parce que cet appel, ou ce coup frappé à la porte, allait annoncer ce qu'elle craignait tant. En même temps, jamais elle n'avait vraiment cru que ce jour arriverait. C'était contre nature que votre enfant meure avant vous, et donc une possibilité très difficile à envisager. L'espoir était la dernière chose qui disparaissait et, d'une façon ou d'une autre, elle avait malgré tout pensé que tout allait s'arranger. Fût-ce par miracle. Sauf que les miracles n'existent pas. Pas plus que l'espoir. La seule chose qui restait maintenant était le désespoir, et un tas de photos jaunies.

L'horloge tictaquait bruyamment dans la quiétude de la cuisine. Pour la première fois, elle vit à quel point son intérieur était usé. Pendant toutes ces années, elle n'avait pas entretenu la maison et elle en contemplait le résultat. Elle avait tenu la crasse à distance, mais elle n'avait pas réussi à ôter l'indifférence, elle était comme collée aux murs et au plafond. Tout était gris et inerte. Gaspillé. C'était cela qui lui pesait le plus. Que tout soit gaspillé et raté.

Le visage joyeux d'Anders sur les photos se moquait d'elle. Plus clairement que tout le reste il lui disait qu'elle avait échoué. Sa tâche avait été de maintenir ce sourire sur sa figure, de lui donner une foi, un espoir, et surtout de l'amour en vue de l'avenir. Au lieu de cela, elle avait regardé sans rien dire pendant que tout lui était arraché. Elle avait mal fait son boulot de mère et elle n'allait jamais pouvoir laver cette honte de sa conscience.

La pensée la frappa qu'il y avait très peu de preuves qu'Anders ait réellement vécu. Les tableaux étaient partis, les quelques meubles qu'il avait eus dans l'appartement seraient bientôt balancés à la décharge si personne n'en voulait. Chez elle, il ne restait plus rien des affaires d'Anders. Il les avait soit vendues soit détruites au fil des ans. La seule chose qui attestait de son existence était une poignée de photos sur la table devant elle. Et les souvenirs qu'elle avait en tête. Bien sûr, il allait rester dans le souvenir d'autres personnes aussi, mais dans le rôle d'un alcoolo exclu, pas de quelqu'un qu'on pleurerait et qui allait vous manquer. Elle était la seule qui conservait des souvenirs lumineux de lui. Parfois, ça n'avait pas été facile de les sortir, mais ils étaient là, et un jour comme celui-ci, c'étaient les seuls qui surgissaient. Elle ne permit à rien d'autre d'apparaître.

Les minutes se firent heures et Vera restait à sa table de cuisine avec les photographies devant elle. Ses membres devinrent raides et ses yeux eurent de plus en plus de mal à distinguer les détails sur les clichés à mesure que l'obscurité hivernale étranglait lentement la lumière, mais ça n'avait aucune importance. Elle était maintenant totalement, inexorablement seule.

La sonnette de la porte d'entrée résonnait dans la maison. Tant de temps s'écoula avant qu'il entende quelqu'un arriver qu'il fut sur le point de faire demi-tour et retourner à la voiture, mais au bout d'une longue attente, il entendit des pas prudents s'approcher de l'autre côté. La porte s'ouvrit lentement vers l'intérieur et il vit Nelly Lorentz le regarder, l'interrogation dans les yeux. Il s'étonna qu'elle ouvre la porte elle-même. Il avait imaginé un domestique empesé en livrée qui aurait la bonté de le faire entrer. Mais plus personne ne devait avoir ça de nos jours.

— Je suis Patrik Hedström, du commissariat de Tanumshede. Je voudrais voir votre fils, Jan.

Il avait d'abord appelé au bureau, mais on lui avait dit que Jan travaillait à la maison aujourd'hui.

La vieille dame ne sourcilla pas et fit simplement un pas de côté pour le laisser entrer.

— Je vais appeler Jan, un instant.

Lentement, mais avec élégance, Nelly alla ouvrir une porte qui se révéla donner sur un escalier qui descendait. Patrik avait entendu dire que Jan disposait du sous-sol de la maison luxueuse et en tira la conclusion que l'escalier y menait.

— Jan, tu as de la visite. La police.

Patrik se demanda si la voix frêle de Nelly pouvait vraiment s'entendre jusqu'en bas, mais des pas dans l'escalier montrèrent que tel était le cas. Mère et fils échangèrent un regard rempli de connivence quand Jan arriva dans le vestibule, mais ensuite Nelly se dirigea vers son appartement en saluant Patrik d'un signe de tête, puis Jan vint vers lui, une main tendue et arborant un sourire qui révélait beaucoup de dents. Patrik eut en tête l'image d'un alligator. Un alligator souriant.

— Bonjour, Patrik Hedström. Du poste de police de Tanumshede.

— Jan Lorentz. Enchanté.

— Je travaille sur le meurtre d'Alex Wijkner et j'aurais quelques questions à vous poser, si vous le voulez bien ?

— Bien sûr. Je ne sais pas trop en quoi je pourrais être utile, mais c'est votre boulot de le déterminer, pas le mien, n'est-ce pas ?

A nouveau le sourire d'alligator. Patrik sentit ses doigts le démanger, il avait une de ces envies d'effacer ce sourire. Quelque chose s'y dissimulait qui le faisait sortir de ses gonds.

— Je propose qu'on descende dans mon appartement, comme ça mère ne sera pas dérangée.

— Bien sûr.

Patrik ne put s'empêcher de trouver l'organisation des logements bizarres. D'abord, il concevait mal les hommes adultes qui habitaient encore chez maman, et ensuite il n'arrivait pas à comprendre que Jan acceptait d'être relégué dans une cave sombre, alors que la vieille bique vivait dans le faste d'au moins deux cents mètres carrés au rez-de-chaussée. Jan serait un surhomme s'il n'avait jamais formulé la pensée que Nils, s'il avait été ici aujourd'hui, n'aurait jamais été exilé dans la cave.

Patrik suivit Jan en bas des marches, et là fut obligé de reconnaître que, pour une cave, ce n'était vraiment pas mal. On n'avait pas lésiné sur les dépenses et l'aménagement avait été fait par quelqu'un qui avait envie d'exhiber sa prospérité. Franges dorées, velours et brocart à profusion, certainement des meilleures marques, malheureusement l'ameublement n'arrivait pas à donner toute sa mesure sans la lumière du jour. L'effet donnait plutôt dans le genre bordel. Patrik savait que Jan avait une épouse et il se demanda si c'était elle ou Jan qui avait insisté pour cet aménagement. D'après sa propre expérience, il aurait dit l'épouse.

Jan le fit entrer dans un petit cabinet de travail où, à part le bureau et l'ordinateur, se trouvait aussi un canapé. Ils s'assirent chacun à un bout et Patrik sortit un bloc-notes de son sac. Il avait décidé d'attendre pour annoncer la mort d'Anders Nilsson et de ne rien dire à Jan avant d'être obligé. La stratégie et le timing étaient importants s'il voulait avoir la moindre chance de tirer quelque chose de consistant de Jan Lorentz.

Il examina de près l'homme devant lui. Il avait tout simplement l'air trop parfait. La chemise et le costume n'avaient pas un faux pli. La cravate était parfaitement nouée et il était rasé de frais. Pas un cheveu ne dépassait et de toute sa personne émanaient calme et confiance en soi. Trop de calme et de confiance. L'expérience de Patrik lui disait que tous ceux qui étaient interrogés par la police avaient un comportement plus ou moins nerveux, même s'ils n'avaient rien à cacher. Une attitude totalement sereine indiquait que la personne en question avait quelque chose à cacher, c'était la théorie personnelle de Patrik, faite maison. La plupart du temps elle s'était révélée juste.

— C'est joli ici chez vous, dit Patrik poliment.

— Oui, c'est Lisa, ma femme, qui s'est occupée de la décoration. Je trouve qu'elle n'a pas mal réussi, d'ailleurs.

Patrik regarda le petit cabinet de travail sombre qui était somptueusement décoré avec du marbre lisse et des coussins garnis de fanfreluches dorées. Un magnifique exemple de ce que pouvait produire trop peu de goût combiné avec trop d'argent.

— Vous vous approchez d'une solution ?

— Nous avons pas mal d'informations et nous commençons à nous faire une idée de ce qui a pu se passer.

Pas tout à fait vrai, mais on pouvait toujours essayer de l'ébranler doucement.

— Vous avez connu Alex Wijkner ? J'ai entendu dire que votre mère était allée à la réception des obsèques ?

— Non, je ne peux pas dire que je la connaissais. Je savais évidemment qui elle était, parce qu'à Fjällbacka on connaît plus ou moins tout le monde, mais ils ont déménagé il y a de nombreuses années. On se saluait quand on se croisait dans la rue, mais ça s'arrêtait là. En ce qui concerne mère, je ne peux pas parler à sa place. Il vous faut lui poser la question.

— Un des éléments qu'a révélé l'enquête, c'est qu'Alex Wijkner avait une, comment dire… une relation avec Anders Nilsson. Lui, vous savez qui c'est, j'imagine ?

Jan sourit. Un sourire de travers, condescendant.

— Oui, Anders n'est pas le genre de bonhomme qu'on peut ignorer. Une vraie loque, ce gars-là. Lui et Alex avaient une aventure, vous dites ? Pardonnez-moi, mais j'ai dû mal à le croire. Un couple vraiment mal assorti, pour le moins. Je peux comprendre ce qu'il aurait vu en elle, mais j'ai le plus grand mal à voir quel intérêt elle aurait eu à le fréquenter. Vous êtes sûr de ce que vous avancez ?

— Nous en sommes sûrs. Et Anders, alors ? Est-ce que vous le connaissez ?

De nouveau il vit un sourire de supériorité sur les lèvres de Jan, encore plus large cette fois-ci. Il secoua la tête d'un air amusé.

— Non, certainement pas. Nous n'évoluons pas dans les mêmes cercles, on peut le dire sans exagérer. Je le vois traîner sur la place avec les autres poivrots, mais de là à le connaître, non vraiment pas.

Il signalait nettement à quel point il trouvait cette idée saugrenue.

— Nous fréquentons des gens d'une tout autre classe sociale, et les pochards n'en font certainement pas partie.

Jan avait balayé la question de Patrik comme s'il s'agissait d'une plaisanterie, mais une lueur d'inquiétude n'était-elle pas apparue dans ses yeux ? Si c'était le cas, elle disparut aussi vite qu'elle était apparue, mais Patrik était sûr de ce qu'il avait vu. Les questions concernant Anders mettaient Jan mal à l'aise. Bien, comme ça Patrik savait qu'il était sur la bonne piste. Il s'octroya une pause théâtrale pour savourer la question avant de la poser avec un étonnement innocent :

— Alors comment se fait-il qu'Anders a passé un grand nombre de coups de téléphone ici ces derniers temps ?

A sa grande satisfaction, il vit le sourire disparaître du visage de Jan. La question lui fit manifestement perdre les pédales et un instant Patrik put percer à jour l'image de dandy que Jan cultivait avec tant de soin. Derrière la façade, il percevait maintenant une véritable peur. Ensuite, Jan se ressaisit, mais essaya de gagner du temps en allumant soigneusement un cigare tout en évitant de regarder Patrik dans les yeux.

— Vous permettez que je fume ?

Il n'attendit pas de réponse et Patrik ne lui répondit pas non plus.

— Anders aurait appelé ici ? Je ne comprends vraiment pas pourquoi. Je n'ai pas parlé avec lui et je pense pouvoir répondre pour ma femme aussi. Non, ça c'est vraiment étrange.

Il tira sur son cigare et se pencha en arrière dans le canapé, le bras nonchalamment posé sur les coussins.

Patrik ne dit rien. D'après son expérience, la meilleure façon de faire dire aux gens plus qu'ils avaient pensé était tout simplement de se taire. Il y avait un besoin de remplir le silence s'il durait trop longtemps et ça, c'était un jeu auquel Patrik excellait. Il patienta.

— Mais attendez, je crois que je sais.

Jan se pencha en avant en agitant son cigare en l'air.

— Quelqu'un a appelé plusieurs fois sur notre répondeur sans rien dire. On n'entend que sa respiration. Et quelquefois quand j'ai répondu au téléphone, il n'y avait personne à l'autre bout. Ça devait être Anders qui a réussi à se procurer notre numéro de téléphone.

— Pourquoi est-ce qu'il vous appellerait ?

— Qu'est-ce que j'en sais, moi ? Jan écarta les bras. De la jalousie peut-être. Nous avons beaucoup d'argent et ça en agace certains. Des gens comme Anders mettent souvent leur malheur sur le dos des autres et de préférence sur ceux qui contrairement à eux ont réussi à faire quelque chose de leurs vies.

Patrik trouvait ça mince. Ce serait difficile de prouver le contraire, mais il ne croyait pas un instant ce que disait Jan.

— Je suppose que vous n'avez pas conservé ces appels sur le répondeur ?

— Non, malheureusement.

Jan organisa de profonds plis sur son front pour paraître désolé.

— Ça a été couvert par d'autres enregistrements. Désolé, j'aurais bien aimé pouvoir vous aider. Mais s'il appelle encore, je conserverai évidemment la bande.

— Vous pouvez être assuré qu'Anders n'appellera plus chez vous.

— Ah bon, pourquoi ?

Patrik n'arrivait pas à déterminer si la mine perplexe était vraie ou fausse.

— Parce qu'il a été retrouvé mort assassiné.

Une colonne de cendre du cigare tomba sur les genoux de Jan.

— Anders a été assassiné ?

— Oui, on l'a trouvé ce matin.

Le regard de Patrik était scrutateur. Si seulement il avait pu entendre ce qui se déroulait dans la tête de Jan à ce moment précis. Ça lui aurait tellement simplifié les choses. Sa surprise, était-elle sincère, ou bien était-il un comédien hors pair ?

— Est-ce que c'est la même personne qui a assassiné Alex ?

— C'est trop tôt pour le dire. Il ne voulait pas encore laisser Jan s'échapper de l'hameçon. Vous êtes donc totalement sûr de ne pas avoir connu ni Alexandra Wijkner, ni Anders Nilsson.

— Je sais tout de même qui je fréquente et qui je ne fréquente pas. Ces deux-là, je les connais de vue, mais c'est tout.

Jan avait retrouvé son calme et son sourire.

Patrik décida de tenter une autre stratégie.

— Chez Alexandra Wijkner, il y avait un article découpé dans *Bohusläningen* sur la disparition de votre frère. Est-ce que vous savez pourquoi ce sujet l'intéressait au point de conserver la coupure ?

De nouveau, Jan écarta les bras et écarquilla les yeux d'une façon qui indiquait que cela lui était totalement incompréhensible.

— C'était le grand sujet de conversation ici il y a pas mal d'années. Elle l'a peut-être gardé juste pour ça ?

— Peut-être. Comment est-ce que vous voyez cette disparition ? Il y a plusieurs théories là-dessus.

— Moi, je pense que Nils se la coule douce quelque part sous les tropiques. Mère pour sa part est persuadée qu'il a été victime d'un accident.

— Vous étiez proches ?

— Non, je ne peux pas dire ça. Nils était beaucoup plus âgé que moi et il n'était pas particulièrement ravi d'avoir un frère adoptif pour partager l'attention de maman. Mais nous n'étions pas en mauvais termes non plus, c'était plutôt de l'indifférence l'un pour l'autre, je crois.

— C'est après la disparition de Nils que Nelly vous a adopté, c'est ça ?

— Oui, c'est ça. Au bout d'un an environ.

— Et vous vous êtes retrouvé avec la moitié du royaume pour la peine.

— On peut le dire comme ça.

Il ne restait qu'un tout petit bout du cigare et qui menaçait de lui brûler les doigts. Il l'écrasa avec brusquerie dans un cendrier tape-à-l'œil.

— C'est regrettable, évidemment, que cela se soit fait au détriment de quelqu'un d'autre, mais je crois pouvoir tranquillement dire que j'ai travaillé pendant des années pour le mériter. Quand j'ai pris la direction de la conserverie, elle était en chute libre, mais j'ai restructuré l'entreprise de fond en comble et maintenant nous exportons des conserves de poissons et de fruits de mer dans le monde entier, aux Etats-Unis, en Australie, en Amérique du Sud...

— Pourquoi pensez-vous que Nils a fui à l'étranger ?

— Je ne devrais sans doute pas le raconter, mais une grosse somme d'argent s'est volatilisée de l'usine juste avant la disparition de Nils. En plus, il manquait certains de ses vêtements, une valise et son passeport.

— Pourquoi n'y a-t-il jamais eu de plainte déposée pour la disparition de l'argent ?

— Mère a refusé. Elle prétendait que c'était forcément une erreur et que Nils n'aurait jamais fait une chose pareille. Les mères, toujours les mêmes, vous savez. C'est ça, leur boulot, penser du bien de leurs enfants.

Un nouveau cigare fut allumé. Patrik trouvait que la petite pièce commençait à être passablement enfumée, mais il ne dit rien.

— Vous en voulez un, d'ailleurs ? Ce sont des cubains. Roulés main.

— Non merci, je ne fume pas.

— Dommage. Vous ne savez pas ce que vous ratez.

Jan contempla son cigare d'un air jouissif.

— J'ai lu dans nos archives le rapport sur l'incendie qui a tué vos parents. Ça a dû être une épreuve difficile. Vous aviez quel âge ? Neuf ans, dix ?

— J'avais dix ans. Et vous avez raison. C'était difficile. Mais j'ai eu de la chance. La plupart des enfants qui se retrouvent orphelins ne sont pas accueillis par une famille comme les Lorentz.

Patrik trouva un peu déplacé de parler de chance dans ce contexte.

— Si j'ai bien compris, on a penché pour un incendie criminel, est-ce qu'on a jamais réussi à l'élucider ?

— Non, vous avez lu les rapports. La police n'est pas arrivée plus loin que ça. Pour ma part, je pense que mon vieux a fumé au lit comme d'habitude et qu'il s'est endormi.

Pour la première fois depuis le début de l'entretien, il montra de l'impatience.

— Puis-je vous demander le rapport avec les meurtres ? J'ai déjà dit que je ne connaissais aucune des deux personnes et j'ai du mal à comprendre ce que mon enfance difficile a à voir avec ça.

— Nous examinons la moindre piste en ce moment. Je voulais en avoir le cœur net sur les coups de fil que vous avez reçus depuis le domicile d'Anders. Mais ça ne semble mener nulle part. Je m'excuse d'avoir accaparé votre temps inutilement.

Patrik se leva et tendit la main. Jan se leva aussi et posa le cigare dans le cendrier avant de prendre la main de Patrik.

— Aucun problème, ne vous en faites pas. Content de vous avoir rencontré.

Vachement obséquieux, le gars, pensa Patrik. Il suivit Jan en haut de l'escalier, sur ses talons. Le contraste fut frappant en arrivant à l'étage au-dessus, avec son aménagement élégant. Dommage que la femme de Jan n'ait pas eu le numéro de téléphone de l'architecte d'intérieur de Nelly.

Il remercia et quitta la maison avec le sentiment de s'être arrêté à des détails sans importance sans voir les choses qui clochaient vraiment. Il avait l'impression d'avoir perçu quelque chose en Jan dont il aurait dû comprendre la signification. Quelque chose qui tranchait dans le décor clinquant de la pièce. Chez Jan Lorentz aussi il y avait quelque chose qui n'allait pas. Patrik revint à sa première impression. Cet homme était trop parfait.

Il était presque sept heures du soir et la neige avait redoublé d'intensité lorsque Patrik se tint enfin devant la porte d'Erica. Elle fut étonnée de la puissance de ses sentiments quand elle le vit. Incroyable à quel point ça semblait naturel de se jeter à son cou et de se blottir dans ses bras. Il posa par terre dans l'entrée deux sacs de supermarché et lui rendit son étreinte, chaleureusement et longuement.

— Tu m'as manqué.

— Toi aussi.

Ils s'embrassèrent tendrement. Au bout d'un moment, le ventre de Patrik se mit à gronder si bruyamment qu'ils considérèrent cela comme un encouragement pour porter les sacs dans la cuisine. Il avait acheté beaucoup trop de choses à manger, mais Erica rangea le surplus dans le frigo. Comme sur un accord tacite, ils ne parlèrent pas de ce qui s'était passé dans la journée en préparant le repas. Ce ne fut que lorsqu'ils eurent apaisé leur faim et se trouvèrent rassasiés l'un en face de l'autre à la table à manger que Patrik raconta ce qui s'était passé.

— Anders Nilsson est mort. On l'a trouvé dans son appartement ce matin.

— C'est toi qui l'as trouvé quand tu y es allé ?

— Non, mais il s'en est fallu d'un poil.

— Mais il est mort comment ?

Patrik hésita un instant.

— Il a été pendu.

— Il a été pendu. Tu veux dire qu'il a été assassiné.

Erica avait du mal à dissimuler son excitation.

— C'est la même personne qui a tué Alex ?

Patrik se demanda combien de fois il avait déjà entendu cette question aujourd'hui. Mais elle était indéniablement fondamentale.

— On le pense.

— Vous avez d'autres indices ? Quelqu'un a vu quelque chose ? Vous avez trouvé quelque chose de concret qui relie les deux meurtres ?

— Eh, on se calme, dis donc. Patrik leva les mains comme pour se protéger. Je ne peux pas en dire plus. On pourrait parler de choses plus sympas. Comment a été ta journée par exemple ?

Erica sourit de travers. Sa journée à elle n'avait pas été beaucoup plus agréable, mais elle ne pouvait pas le lui dire. Il fallait que ce soit Dan qui le raconte lui-même.

— J'ai dormi assez longtemps, et ensuite j'ai écrit la plus grande partie de la journée. Beaucoup moins intéressant que ta journée à toi.

Leurs mains s'étaient trouvées sur la table. Les doigts s'emmêlèrent. C'était rassurant et bon d'être là, alors qu'une obscurité compacte entourait la maison. Du ciel nocturne tout noir, de gros flocons de neige tombaient encore comme de petites étoiles.

— Et puis j'ai pas mal réfléchi à la maison et surtout à Anna. Je lui ai raccroché au nez l'autre jour et depuis j'ai mauvaise conscience. J'ai peut-être été trop égoïste. J'ai seulement pensé à ce que ça me ferait à moi, si la maison était vendue, à ce que je perdrais. Mais je comprends bien que ce n'est pas très facile pour Anna non plus. Elle essaie de se débrouiller au mieux dans sa situation, et même si je trouve qu'elle se trompe, elle n'agit pas par méchanceté. Bien sûr, elle peut être irréfléchie et naïve parfois, mais elle a toujours été pleine de sollicitude et de générosité, et moi ces derniers temps je n'arrête pas de la culpabiliser avec mon chagrin et ma déception. Peut-être qu'après tout il vaut mieux vendre la maison. Recommencer à zéro. Je pourrais en acheter une autre avec cet argent, même si elle sera beaucoup plus petite. Je suis sans doute trop sentimentale. Le moment est venu d'aller de l'avant, d'arrêter de pleurnicher sur un futur qui ne sera pas et de regarder ma situation en face.

Patrik comprit qu'elle ne parlait plus uniquement de la maison.

— Ça s'est passé comment, l'accident ? Si ça ne t'ennuie pas de m'en parler ?

— Non, c'est bon. Elle inspira à fond. Ils revenaient de Strömstad, ils étaient allés voir ma tante. Il faisait nuit et il avait plu, et avec le froid glacial, la route était devenue une vraie patinoire. Papa conduisait toujours très prudemment, mais on pense qu'un animal a dû traverser. Papa a braqué brutalement, a dérapé et la voiture est allée percuter un arbre en bord de route. Ils sont probablement morts sur le coup. C'est en tout cas ce qu'on nous a dit, à moi et à Anna. Après, va savoir si c'est vrai.

Une larme solitaire coula sur la joue d'Erica et Patrik se pencha en avant pour l'essuyer. Il lui pinça doucement le menton et la força à le regarder.

— Ils ne te le diraient pas si ce n'était pas vrai. Je suis sûr que tes parents n'ont pas souffert, Erica. Tout à fait sûr.

Elle hocha la tête, sans rien dire. Elle le crut sur parole et elle eut l'impression qu'un grand fardeau lui avait été retiré de la poitrine. La voiture avait brûlé et Erica avait passé de nombreuses nuits blanches à ressasser l'horrible pensée que ses parents avaient pu rester en vie suffisamment longtemps pour sentir les flammes les dévorer. Les mots de Patrik éloignèrent son angoisse et pour la première fois elle ressentit une sorte de paix en pensant à l'accident qui avait tué ses

364

parents. Le chagrin était toujours là, mais l'angoisse avait disparu. Du bout du doigt, Patrik essuya encore quelques larmes qui s'étaient égarées sur sa joue.

— Pauvre Erica. Ma pauvre Erica.

Elle prit sa main et la posa contre sa joue.

— Je ne suis absolument pas à plaindre, Patrik. Je t'assure, je n'ai jamais été aussi heureuse qu'en cet instant précis. C'est étrange, je me sens si incroyablement en sécurité avec toi. Je ne ressens rien de l'incertitude qu'on éprouve en général au début d'une relation. C'est dû à quoi, à ton avis ?

— Je crois que c'est parce qu'on est destinés l'un à l'autre.

Erica rougit devant la solennité de la réponse. Mais elle ne pouvait pas nier qu'elle ressentait la même chose.

Comme sur un signal, ils se levèrent de table, abandonnèrent la vaisselle sale et montèrent à la chambre, tendrement enlacés. Dehors, la tempête de neige battait maintenant son plein.

Ça faisait bizarre de dormir à nouveau dans son ancienne chambre de jeune fille. Ses goûts s'étaient modifiés avec l'âge, mais la chambre était toujours la même. Tant de rose et de dentelles n'étaient plus vraiment sa tasse de thé.

Julia était allongée sur son lit et fixait le plafond, les mains croisées sur le ventre. Tout était en train de s'effondrer. Son existence entière s'écroulait autour d'elle et formait un monceau d'éclats. C'était comme si toute sa vie elle avait vécu dans le palais des miroirs d'un parc d'attractions, avec des miroirs déformants qui modifiaient l'apparence de tout. Elle ne savait pas ce qu'allaient devenir ses études. Son enthousiasme l'avait quittée d'un seul coup et maintenant le semestre continuait sans elle. Cela dit, elle savait bien qu'elle ne manquerait à personne. Elle n'avait jamais eu le don de se faire facilement des amis.

Pour sa part, elle pouvait tout aussi bien rester ici dans sa chambre rose et fixer le plafond jusqu'à ce qu'elle devienne vieille et grise. Birgit et Karl-Erik n'oseraient jamais intervenir, ils la laisseraient faire. Elle pourrait vivre à leurs dépens pour le restant de sa vie s'il le fallait. Leur mauvaise conscience maintiendrait la bourse ouverte à tout jamais.

Elle avait l'impression d'évoluer dans de l'eau. Tous ses mouvements étaient lourds et compliqués et tous les bruits lui parvenaient comme à travers un filtre. Au début, il n'en avait pas été ainsi. Une rage justifiée l'avait emplie, une haine si forte qu'elle en avait peur. Elle haïssait toujours, mais avec résignation au lieu d'énergie. Elle sentait physiquement que la haine se retournait maintenant vers elle-même et creusait de grands trous dans sa poitrine. Les vieilles habitudes étaient difficiles à briser. Se haïr soi-même était un art qu'elle avait appris à pratiquer à la perfection.

Elle se tourna sur le côté. Sur le bureau, il y avait une photo d'elle et Alex et elle se dit qu'il fallait la jeter. Dès qu'elle aurait la force de se lever, elle la déchirerait en mille morceaux et la jetterait. L'adoration qu'elle percevait dans son propre regard sur la photo l'obligea à grimacer. Alex était fraîche et belle comme toujours, tandis que le vilain canard à côté d'elle la regardait avec dévotion, son visage rond tourné vers elle. Pour elle, Alex n'avait jamais pu mal agir, et en son for intérieur, elle avait toujours nourri l'espoir secret qu'un jour elle-même sortirait de sa chrysalide, aussi belle et sûre d'elle qu'Alex. Elle eut un sourire acide en pensant à sa naïveté. Quelle blague ! A ses dépens du début à la fin. Elle se demanda s'ils en avaient parlé dans son dos. S'ils avaient ri de la petite Julia si bête, si laide.

Un coup discret frappé à la porte la fit se recroqueviller en position fœtale. Elle savait qui c'était.

— Julia, on se fait du souci pour toi. Tu ne veux pas descendre un peu avec nous ?

Elle ne répondit pas à Birgit. Au lieu de cela, elle examina avec une concentration extrême une mèche de ses cheveux.

— S'il te plaît, Julia.

Birgit s'assit sur la chaise du bureau, tournée vers Julia.

— Je comprends que tu sois en colère et que tu nous hais sans doute aussi, mais crois-moi, notre intention n'a jamais été de te faire du mal.

Julia fut heureuse de voir que Birgit paraissait fatiguée et ravagée. On aurait dit qu'elle n'avait pas dormi depuis plusieurs nuits. Ce qui était peut-être bien le cas. De nouvelles rides s'étaient formées comme des pattes-d'oie autour de ses yeux et Julia pensa méchamment que le lifting qu'elle avait eu l'intention de s'offrir pour ses soixante-cinq ans devrait peut-être figurer au programme plus tôt que ça. Birgit approcha la chaise et posa la main sur l'épaule de Julia. Elle se secoua immédiatement pour se dégager et Birgit eut un mouvement de recul, blessée.

— Ma chérie, nous t'aimons tous. Tu le sais.

Putain, non, elle ne le savait pas. A quoi ça servait, toute cette mascarade ? Après tout, elles savaient toutes les deux où elles en étaient respectivement, et Birgit ignorait tout de l'amour. La seule personne qu'elle avait aimée était Alex. Toujours Alex.

— Il faut qu'on en parle, Julia. Il faut qu'on se soutienne l'une l'autre maintenant.

La voix de Birgit trembla. Julia se demanda combien de fois Birgit avait souhaité que ce soit elle, Julia, qui était morte plutôt qu'Alex. Elle vit que Birgit abandonnait et que sa main tremblait quand elle remit la chaise en place. Avant de refermer la porte, Birgit lui lança un dernier regard suppliant. Julia se tourna ostensiblement de façon à avoir le visage face au mur. La porte se referma silencieusement sur Birgit.

En général, le matin n'était pas le moment préféré de Patrik, et celui-ci était particulièrement pénible. Pour commencer, il fut obligé de sortir du lit chaud d'Erica et de la quitter pour aller au travail. Ensuite, il dut déblayer la neige pendant une demi-heure pour pouvoir accéder à la voiture. Et pour compléter le tableau cette foutue caisse refusa de démarrer une fois qu'il l'avait dégagée. Après plusieurs tentatives, il dut s'avouer vaincu et rentrer demander à Erica s'il pouvait emprunter sa voiture. Il le pouvait, et heureusement le moteur démarra au quart de tour.

Avec une demi-heure de retard, il se rua dans le bureau. Le déblayage l'avait fait transpirer abondamment et il secoua sa chemise en tirant dessus pour essayer de s'éventer. Il fit une halte obligatoire devant la machine à café, breuvage sans lequel il ne pourrait pas commencer à travailler, et il ne sentit son pouls ralentir qu'une fois assis à son bureau, la tasse de café à la main. Il s'octroya un petit instant de rêverie et s'immergea mentalement dans un bain d'amour fou et insensé. La nuit précédente avait été aussi merveilleuse que la première, mais ils avaient quand même réussi à mobiliser une bribe de bon sens pour s'obliger à respecter quelques heures de sommeil. Dire qu'il était reposé serait exagéré, mais au moins il n'était pas dans le coma comme la veille.

En premier, il s'attaqua à ses notes de l'entretien qu'il avait eu avec Jan. Il n'avait pas réussi à obtenir de détails qui auraient pu chatouiller son intérêt, mais il n'avait quand même pas perdu son temps. L'enquête exigeait qu'il arrive à cerner les personnes qui étaient ou qui pouvaient être mêlées à l'affaire. "Les enquêtes sur les meurtres sont une affaire de personnages", avait souvent dit un de ses professeurs à l'école de police et l'expression s'était inscrite dans la mémoire de Patrik. Il avait en outre l'impression de bien s'y connaître en hommes, et au cours d'interrogatoires de témoins et de suspects il essayait toujours de faire abstraction des faits pendant un moment, et de se concentrer sur l'individu en face de lui pour s'imprégner de sa personnalité. Jan ne lui avait pas laissé de sentiments particulièrement positifs. De mauvaise foi, fuyant et immoral furent les mots qui lui vinrent à l'esprit quand il essaya de rassembler ses impressions sur le bonhomme. De toute évidence Jan dissimulait plus qu'il ne racontait. De nouveau, Patrik prit la pile de documents qui traitaient de la famille Lorentz. Il ne disposait toujours d'aucun lien concret associant les Lorentz et les deux meurtres. A part les appels d'Anders à Jan, et sur ce point il ne pouvait pas prouver que l'histoire de Jan invoquant le harcèlement sur le répondeur était une invention. Patrik prit le dossier sur la mort des parents de Jan. Quelque chose dans la voix de Jan quand il avait parlé de l'événement tracassait Patrik. Quelque chose sonnait faux. Une idée lui vint en tête. Patrik saisit le combiné et composa un numéro qu'il connaissait par cœur.

— Salut Vicky, comment tu vas ?

La personne à l'autre bout du fil l'assura que ça allait bien. Après les phrases de politesse d'usage Patrik put présenter sa requête.

— Je voudrais savoir si tu peux me rendre un service ? Je suis en train de décortiquer un bonhomme qui a dû entrer dans les registres de chez toi vers 1975. Dix ans, il s'appelait Jan Norin à l'époque. Tu crois qu'il vous en reste quelque chose ? OK, je reste en ligne.

Il tambourina impatiemment avec les doigts sur le bureau tandis que Vicky Lund aux bureaux des services sociaux vérifiait dans leur base de données. Au bout d'un moment il l'entendit de nouveau dans le combiné.

— Tu as ? Super. Tu peux voir qui s'est occupé du cas ? Siv Persson. Oh la chance ! Je la connais, Siv. Tu as son numéro de téléphone ?

Tout excité, Patrik nota le numéro sur un Post-it et raccrocha après avoir promis à Vicky de l'inviter à déjeuner un de ces jours. Il composa le numéro de Siv et entendit immédiatement une voix pétillante au bout du fil. Siv se souvenait très bien de l'affaire Jan Norin et s'il voulait, Patrik pouvait passer la voir tout de suite.

Patrik arracha son blouson du portemanteau avec tant de fougue qu'il réussit à le renverser. Avec un maximum de précision malchanceuse, le portemanteau emporta dans sa chute un tableau du mur et un pot de fleurs sur l'étagère à livres, ce qui provoqua pas mal de bruit. Patrik laissa carrément tout en plan et, arrivé dans le couloir, il vit des têtes pointer à toutes les portes. Il ne fit qu'agiter la main et continuer sur sa lancée jusqu'à la sortie tandis que des yeux curieux le suivaient sur son passage.

Les services sociaux se trouvaient à quelques centaines de mètres seulement du poste de police et Patrik remonta la rue commerçante, couverte de neige. A la fin de la rue, il tourna à gauche à l'Auberge de Tanumshede et marcha encore sur quelques dizaines de mètres. Les bureaux se trouvaient dans le même immeuble que l'administration communale et Patrik monta l'escalier. Il prit le temps de saluer amicalement la réceptionniste qui avait été dans la même classe que lui au collège. Siv Persson ne se donna pas la peine de se lever quand il entra. Leurs chemins s'étaient souvent croisés au cours des années de Patrik dans la police et ils respectaient leur compétence réciproque même s'ils ne partageaient pas toujours le même avis sur la façon de traiter un cas. A cela, Patrik ajoutait que Siv était une des personnes les plus gentilles qu'il connaissait, et pour une assistante sociale ce n'était peut-être pas toujours idéal de ne voir que du bien chez les gens. En même temps, il l'admirait d'avoir réussi à conserver sa solide vision positive de la nature humaine malgré tous les revers qu'elle avait connus au fil des ans. Pour sa part, Patrik sentait que lui-même filait plutôt dans l'autre sens.

— Salut Patrik ! Tu as réussi à venir malgré toute cette neige !

Patrik réagit d'instinct à l'enjouement peu naturel de sa voix.

— Oui, il aurait presque fallu un scooter des neiges pour avancer.

Elle prit ses lunettes suspendues à une cordelette autour du cou et les mit au bout de son nez. Siv adorait les couleurs vives et aujourd'hui ses lunettes rouges étaient assorties à ses habits. Elle était coiffée de la même manière depuis toutes les années qu'il la connaissait. Un carré raide qui s'arrêtait à la mâchoire avec une courte frange au ras des sourcils. Ses cheveux étaient d'un rouge cuivré brillant dont la simple vision mit Patrik d'humeur tonique.

— Tu voulais jeter un coup d'œil sur un de mes anciens cas, c'est ça ? Jan Norin.

Toujours une voix forcée. Elle avait déjà sorti les documents et un épais dossier était posé devant elle sur le bureau.

— Oui, on a pas mal de matériau sur ce gars-là comme tu le vois. Les deux parents se droguaient et s'ils n'étaient pas morts dans l'accident, nous aurions été obligés d'intervenir tôt ou tard. Ils laissaient le garçon se débrouiller comme il pouvait et il s'est pratiquement élevé tout seul. Il arrivait à l'école avec des vêtements sales et déchirés et il était le souffre-douleur des autres parce qu'il sentait mauvais. Apparemment il dormait dans une vieille écurie et le matin il venait à l'école dans les mêmes habits que la veille.

Elle le regarda par-dessus le bord des lunettes.

— Je suppose que tu ne vas pas abuser de ma confiance, n'est-ce pas ? Tu vas te procurer les autorisations nécessaires pour pouvoir disposer de ces informations sur Jan, même si c'est après coup ?

Patrik ne fit que hocher la tête. Il connaissait l'importance du règlement, mais parfois les enquêtes exigeaient une certaine efficacité et alors les moulins de la bureaucratie devaient attendre pour moudre. Siv et lui entretenaient de bonnes relations professionnelles qui fonctionnaient bien depuis longtemps et il savait qu'elle était obligée de poser la question. Il continua :

— Pourquoi n'êtes-vous pas intervenus plus tôt ? Comment est-ce que ça a pu aller aussi loin ? On dirait que les parents négligeaient le gamin depuis sa naissance et il avait tout de même dix ans quand ils sont morts.

Siv poussa un profond soupir.

— Oui, je comprends ce que tu veux dire et, crois-moi, j'ai pensé la même chose plus d'une fois. Mais quand j'ai commencé à travailler ici, seulement un mois avant l'incendie en fait, c'était une autre époque. Il fallait que ce soit extrêmement grave pour que l'Etat intervienne et limite le droit des parents à éduquer leurs enfants comme ils l'entendaient. Beaucoup préconisaient une éducation libre aussi, et malheureusement des enfants comme Jan en ont pâti. Sans oublier qu'on n'a jamais noté de traces d'une maltraitance physique. Si on voulait être vraiment cynique, on pourrait dire que le mieux pour lui aurait été d'être battu au point de se retrouver à l'hôpital. Dans ces cas-là, nous commencions à regarder la situation familiale de plus près, heureusement. Mais soit Jan était maltraité sans que ça se voie extérieurement, soit il était "seulement" négligé. Siv leva les mains pour indiquer les guillemets.

Malgré lui, Patrik sentit une vague de sympathie pour le petit Jan. Comment pouvait-on devenir un être normal en grandissant dans des putains de conditions pareilles ?

— Mais tu n'as pas encore entendu le pire. Nous n'avons jamais pu le prouver, mais tout portait à croire que ses parents laissaient des hommes abuser de Jan moyennant finance, ou pour la dope.

Patrik sentit son menton tomber. Tout ça dépassait de loin tout ce qu'il aurait pu imaginer comme saloperie.

— Nous ne pouvions rien affirmer avec certitude alors, mais aujourd'hui, maintenant que nous savons qu'il existe un schéma chez les enfants qui ont été sexuellement exploités, nous pouvons constater que Jan le suivait parfaitement. Il avait entre autres de gros problèmes de discipline à l'école. Les autres enfants le martyrisaient, mais en même temps ils avaient très peur de lui.

Siv ouvrit le dossier et feuilleta parmi les papiers jusqu'à ce qu'elle trouve ce qu'elle cherchait.

— Voilà. En primaire, il avait apporté à l'école un couteau avec lequel il a menacé l'un de ses pires bourreaux. Il lui a même tailladé le visage, mais la direction de l'école a étouffé l'affaire et d'après ce que je peux voir, il n'a pas été sanctionné. Il y a eu plusieurs autres incidents de ce type dans lesquels Jan a montré une grande agressivité envers ses camarades de classe, mais celui du couteau était le plus sérieux. Il a aussi été dénoncé à plusieurs reprises à l'administration de l'école pour avoir eu un comportement équivoque à l'égard des filles de la classe. Pour un garçon aussi jeune, il faisait des allusions ou des avances sexuelles particulièrement poussées. Ces dénonciations-là non plus n'ont jamais eu de suites. On ne savait tout simplement pas comment agir avec un enfant perturbé à ce point dans sa relation avec son entourage. Aujourd'hui, on aurait certainement réagi aux signes extérieurs et agi d'une façon ou d'une autre, mais n'oublie pas que cela se passait au début des années soixante-dix. C'était un autre monde.

Patrik ne put s'empêcher de ressentir de la compassion et une immense colère qu'on ait pu traiter ainsi un enfant.

— Après l'incendie ? Y a-t-il eu d'autres incidents de ce genre ?

— Non, et c'est assez étrange. Après l'incendie, il a été placé assez rapidement dans la famille Lorentz et ensuite nous n'avons jamais entendu dire que Jan aurait encore eu des problèmes. Je suis personnellement allée dans la famille deux, trois fois pour le suivi du dossier et c'était un tout autre garçon que j'avais en face de moi alors. Il était là, en costume et bien coiffé, et il me regardait dans les yeux sans sourciller en répondant poliment à toutes les questions. C'était même un peu inquiétant, d'ailleurs. Personne ne peut se transformer ainsi en si peu de temps.

Patrik sursauta. Ce fut la première fois qu'il entendait Siv laisser paraître quelque chose de négatif concernant un de ses cas. Il comprit qu'il y avait là matière à creuser davantage. Quelque chose qu'elle voulait dire, mais qu'il serait obligé de demander.

— Et pour l'incendie…

Il laissa les mots en suspens un moment et il vit que Siv se redressait un peu sur sa chaise. Cela signifiait qu'il était sur la bonne voie, et il poursuivit :

— J'ai entendu certaines rumeurs concernant l'incendie. Il interrogea Siv du regard.

— Je ne suis pas responsable des rumeurs. Qu'est-ce que tu as entendu ?

— Que c'était un incendie criminel. Dans notre rapport, c'est même indiqué "incendie criminel probable", mais personne n'a jamais trouvé la moindre trace des coupables. Le feu a démarré au rez-de-chaussée de la maison. Le couple Norin dormait dans une chambre à l'étage et ils ont été pris au piège. Est-ce que tu as entendu parler de quelqu'un qui haïssait les Norin suffisamment pour faire une chose pareille ?

— Oui. Sa réponse fusa, mais si bas qu'il ne fut pas certain de l'avoir réellement entendue.

Elle reprit d'une voix plus forte :

— Oui, je sais qui haïssait les Norin suffisamment pour vouloir les brûler vifs.

Patrik garda le silence et la laissa poursuivre à son propre rythme.

— J'ai accompagné les policiers là-bas. Les pompiers étaient arrivés les premiers et l'un d'eux était allé examiner l'écurie, pour vérifier qu'aucune escarbille ne serait arrivée de la maison et menacerait d'allumer un autre foyer. Le pompier a trouvé Jan dans l'écurie et comme il refusait d'en sortir, ils nous ont contactés aux services sociaux. Je venais de débuter comme assistante sociale et j'avoue aujourd'hui que je trouvais ça assez excitant. Jan était adossé au mur tout au fond dans l'écurie et le pompier qui le surveillait a été très soulagé à notre arrivée. J'ai demandé aux policiers de nous laisser et je suis entrée auprès de Jan pour le consoler et le sortir de là, du moins c'était ce que je m'étais imaginé. Ses mains remuaient sans arrêt dans l'obscurité où il se trouvait, mais impossible de voir ce qu'il faisait. En m'approchant, pourtant, j'ai vu qu'il tripotait quelque chose sur ses genoux. C'était une boîte d'allumettes. Avec un ravissement qu'il n'essayait pas de dissimuler il triait les allumettes, les noires et brûlées dans une moitié de la boîte et les rouges et intactes dans l'autre. L'expression de son visage était de la joie pure. Tout le gamin était illuminé comme par une flamme intérieure et c'est la chose la plus effrayante que j'ai vue dans ma vie. Je peux encore voir ce visage derrière mes paupières parfois le soir quand je me couche. Quand je suis arrivée tout près de lui, je lui ai doucement pris la boîte d'allumettes. Alors il m'a regardée et il a dit : "Est-ce qu'ils sont morts maintenant ?" Rien que ça. "Est-ce qu'ils sont morts maintenant ?" Puis il a pouffé de rire et s'est docilement laissé mener hors de la vieille écurie. La dernière chose que j'ai vue en partant était une couverture, une lampe de poche et un tas de vêtements dans un coin du bâtiment. Alors j'ai compris que nous étions complices de la mort de ses parents. Nous aurions dû agir bien des années plus tôt.

— Est-ce que tu as raconté tout ça à quelqu'un ?

— Non, qu'est-ce que j'aurais dit ? Qu'il avait tué ses parents parce qu'il jouait avec des allumettes ? Non, je n'en ai pas parlé avant que tu viennes poser des questions aujourd'hui. Mais j'ai toujours pensé qu'il allait réapparaître dans les papiers de la police d'une manière ou d'une autre. Il est mêlé à quoi ?

— Je ne peux rien révéler pour l'instant, mais je promets de t'informer dès que je pourrais. Je te suis éternellement reconnaissant de m'avoir raconté tout ça et je vais immédiatement m'attaquer à la paperasse pour ne pas vous causer des problèmes.

Il agita une main et disparut.

Patrik parti, Siv Persson demeura assise à son bureau. Les lunettes rouges pendaient à leur cordelette autour de son cou et elle se frotta la racine du nez entre le pouce et l'index tout en fermant les yeux.

Au moment où Patrik sortait affronter les monceaux de neige sur le trottoir, son téléphone portable sonna. Ses doigts avaient déjà eu le temps de s'engourdir dans le froid mordant et il eut du mal à ouvrir le petit couvercle de l'appareil. Il espéra que ce serait Erica et fut déçu en voyant le numéro du standard du commissariat clignoter sur l'écran.

— Patrik Hedström. Salut Annika. Non, j'arrive. Oui, mais attends avec ça, je suis au poste dans une seconde.

Il referma le couvercle. Une nouvelle fois Annika avait réussi. Elle avait trouvé quelque chose qui clochait dans la biographie d'Alex.

Ses chaussures crissèrent sur la neige quand il se précipita en direction du poste. Le chasse-neige avait eu le temps de déblayer pendant qu'il discutait avec Siv et il eut moins de mal à progresser qu'à l'aller. Rares étaient les braves qui affrontaient le mauvais temps et la rue commerçante était déserte à part un quidam çà et là qui hâtait le pas, le col relevé et son bonnet tiré sur les oreilles.

Une fois la porte du poste franchie, il tapa des pieds pour se débarrasser de la neige en se jurant de ne plus jamais oublier que l'association neige et chaussures basses avait pour résultat des chaussettes désagréablement mouillées. Pas très malin de ne pas y avoir pensé avant.

Il alla tout droit au bureau d'Annika. De toute évidence, elle l'attendait et à voir l'expression de satisfaction qu'arborait son visage, il se dit que ce qu'elle avait trouvé était bon, très bon.

— Tous tes vêtements sont au lavage, ou quoi ?

Tout d'abord Patrik ne comprit pas la question mais supposa à en juger par le sourire moqueur qu'il s'agissait d'une plaisanterie à ses dépens. Le déclic ne se fit qu'une seconde plus tard et il regarda ses habits. Merde alors, il ne s'était pas changé depuis l'avant-veille quand il était allé chez Erica. Il repensa à la séance de déblayage du matin et se demanda s'il sentait seulement mauvais ou *très* mauvais.

Il marmonna une réponse au commentaire d'Annika et essaya de la gratifier du regard le plus malveillant qu'il pouvait produire. Ce qui eut pour effet de l'amuser encore davantage.

— D'accord, vraiment très drôle. Bon, viens-en au fait, maintenant. Dis-moi ce que tu as sur l'estomac, ô femme !

Il abattit son poing sur la table en feignant la colère. Un vase avec des fleurs répondit immédiatement en basculant, renversant de l'eau partout.

— Oh pardon, je ne voulais pas… Je suis d'une maladresse…

Il chercha quelque chose pour essuyer, mais Annika, comme d'habitude, eut un réflexe d'avance et brandit comme par magie un rouleau de Sopalin pioché derrière elle. Elle commença tranquillement à essuyer le bureau tout en aboyant un ordre désormais familier à Patrik.

— Assis !

Il obéit immédiatement et trouva assez injuste qu'elle ne lui donne pas une friandise en récompense.

— On commence, alors ?

Annika n'attendit pas la réponse de Patrik et se mit à lire sur son écran d'ordinateur.

— Voyons voir. J'ai commencé avec l'époque de sa mort et je suis remontée dans le temps. Tout semble correspondre pour la période où elle a habité à Göteborg. Elle a démarré la galerie d'art avec son amie en 1989. Avant cela, elle a passé cinq ans à l'université en France, avec l'histoire de l'art comme matière principale. J'ai reçu un fax aujourd'hui avec ses notes, elle a passé ses examens dans le temps imparti et avec de bons résultats. Pour le lycée, elle était à Hvitfeldtska à Göteborg. J'ai aussi ses bulletins de l'établissement. Elle n'était ni brillante ni mauvaise comme élève et elle affiche très régulièrement des résultats moyens.

Annika observa une pause et regarda Patrik assis penché en avant pour essayer de lire en avance sur l'écran. Elle détourna un peu celui-ci pour qu'il ne lui vole pas sa découverte.

— Avant cela, elle était dans un internat en Suisse. Inscrite dans une école internationale, L'Ecole Chevalier, une institution hors de prix.

Annika appuya lourdement sur les derniers mots.

— Selon les renseignements que j'ai obtenus d'eux quand je les ai appelés, ça coûte grosso modo cent mille couronnes par semestre, auxquels il faut ajouter le logement, la nourriture, les vêtements et les livres. Et j'ai vérifié, les prix étaient tout aussi élevés lorsque Alexandra Wijkner y était.

Patrik absorba lentement les données avant de penser à voix haute :

— La question est donc de savoir comment la famille Carlgren a eu les moyens d'envoyer Alex là-bas ? Si j'ai bien compris, Birgit a toujours été femme au foyer et Karl-Erik n'a en aucun cas pu gagner suffisamment d'argent pour pouvoir se permettre de telles dépenses. Est-ce que tu as vérifié…

Annika l'interrompit.

— Oui, j'ai demandé qui effectuait les versements pour Alexandra, mais ils ne donnent pas ce genre d'informations. La seule chose qui pourrait les amener à les livrer serait une injonction de la police suisse, mais compte tenu de leur bureaucratie, il faudrait au moins six mois pour les obtenir. J'ai préféré prendre par l'autre bout et j'ai commencé à vérifier les comptes de la famille Carlgren. Peut-être avaient-ils fait un héritage, qu'est-ce que j'en sais ? J'attends les informations de la banque, mais il faudra quelques jours avant qu'on les ait. Mais – elle fit une autre pause oratoire – ce n'est quand même pas le plus intéressant. Selon les dires de la famille Carlgren, Alex a commencé cette école au printemps 1977. Or d'après le registre de l'école, elle n'a commencé qu'au printemps 1978.

Annika se pencha triomphalement en arrière dans sa chaise et croisa ses bras.

— Tu es sûre ?

Patrik eut du mal à contrôler son excitation.

— J'ai vérifié et revérifié et contre-vérifié aussi. Une année, entre le printemps 1977 et le printemps 1978 manque dans la vie d'Alex. On ignore totalement où elle se trouve. Ils ont déménagé d'ici en mars 1977 et ensuite il n'y a rien, pas la moindre donnée avant qu'Alex commence l'école en Suisse l'année suivante. En même temps, ses parents surgissent à Göteborg. Ils achètent une maison et Karl-Erik commence son nouvel emploi de chef d'une PME dans la vente en gros.

— Nous ne savons donc pas où ils se trouvaient, eux non plus, durant cette période ?

— Non, pas encore. Mais je continue à chercher. La seule chose que nous savons, c'est que rien n'indique qu'ils se trouvaient en Suède cette année-là.

Patrik comptait sur ses doigts.

— Alex est née en 1965, elle avait donc, voyons voir, douze ans en 1977.

Annika vérifia sur l'écran de nouveau.

— Elle est née le trois janvier, c'est ça, elle avait douze ans quand ils ont déménagé.

Patrik hocha pensivement la tête. Les données qu'Annika avait réussi à trouver étaient précieuses, mais du coup, elles ne faisaient que faire surgir des points d'interrogation supplémentaires. Où se trouvait la famille Carlgren entre 1977 et 1978 ? Toute une famille ne pouvait tout de même pas s'en aller en fumée. Les traces étaient quelque part, restait à les trouver. En même temps, il y avait forcément autre chose. Et il n'avait toujours pas progressé par rapport à l'information donnée par le médecin légiste qu'Alex avait déjà mis au monde un enfant.

— Tu n'as vraiment pas trouvé d'autres trous dans son histoire ? Est-ce que quelqu'un a pu passer les examens à sa place à l'université, par exemple ? Ou alors son associée à la galerie, elle n'a pas pu la gérer seule pendant une période ? Ce n'est pas que je n'aie pas confiance en ce que tu as trouvé, mais j'aimerais que tu vérifies tout ça encore une fois. Et vois avec les hôpitaux s'il n'y a pas une Alexandra Carlgren ou Wijkner qui a accouché. Commence par les hôpitaux de Göteborg et si tu n'y trouves rien, élargis ta recherche. Il y a forcément des données là-dessus quelque part. Un enfant ne peut quand même pas se volatiliser ?

— Elle pourrait aussi avoir eu cet enfant à l'étranger ? Quand elle était à l'internat par exemple ? Ou en France ?

— Oui, c'est évident, pourquoi n'y ai-je pas pensé ? Essaie d'obtenir quelque chose via les canaux internationaux. Vois aussi si tu peux trouver un moyen de savoir où les Carlgren étaient passés. Passeports, visas, ambassades. Quelque part il existe des données sur l'endroit où ils sont allés.

Annika nota comme si sa vie en dépendait.

— Et à part ça, est-ce que quelqu'un d'autre a réussi à trouver quelque chose de valable ?

— Ernst a vérifié l'alibi de Bengt Larsson et il est bon, alors on peut le rayer de la liste. Martin a discuté avec Henrik Wijkner au téléphone sans rien obtenir de plus sur le lien entre Anders et Alex. Il pense continuer avec les copains de beuverie d'Anders pour voir si Anders leur a confié quelque chose. Et Gösta…

Gösta reste vissé dans son bureau à se plaindre et à essayer de mobiliser assez d'énergie pour se rendre à Göteborg et entendre les Carlgren. Il partira au plus tôt mardi, si mes estimations sont exactes.

Patrik soupira. S'ils voulaient résoudre cette affaire, il ferait mieux de ne pas trop se fier à ses collègues, et de s'investir lui-même au maximum dans les corvées.

— Tu n'as pas pensé à demander directement aux Carlgren ? Il n'y a peut-être rien de louche là-dedans. Il y a peut-être une explication tout à fait naturelle, dit Annika.

— Ce sont eux qui ont fourni les informations sur Alex. Pour une raison ou une autre, ils ont essayé de dissimuler ce qu'ils ont fait entre 1977 et 1978. Je vais leur parler, mais je veux avancer en terrain balisé. Il ne faut pas qu'ils aient la moindre chance de se défiler.

Annika se pencha en arrière et sourit perfidement.

— C'est pour quand, la cérémonie à l'église ?

Patrik comprit qu'elle n'avait pas l'intention de lâcher l'os à moelle si tôt. Il faudrait qu'il se prépare à être la source de divertissement du commissariat pour les semaines à venir.

— Ben, c'est peut-être un tantinet trop tôt encore. Il serait préférable qu'on soit sorti ensemble plus d'une semaine avant de réserver l'église.

— Aha, vous sortez ensemble, alors ?

Il réalisa qu'il était allé droit dans le piège, les pieds les premiers et les yeux grands ouverts.

— Non, ou plutôt oui, c'est peut-être ça... Je ne sais pas, on est bien ensemble, mais c'est tellement nouveau et elle retournera peut-être bientôt à Stockholm, euh, je ne sais pas. Contente-toi de ça pour l'instant.

Patrik se tortillait comme un ver de terre sur sa chaise.

— Bon, d'accord, mais je veux être tenue au courant en permanence de l'évolution, tu m'entends ? Annika leva un index autoritaire.

Il hocha la tête, résigné.

— Oui, oui, je te dirai tout ce qui se passe. Promis. Contente ?

— Oui, ça sera tout pour le moment.

Elle se leva, fit le tour du bureau et avant d'avoir le temps de réagir, Patrik se trouva serré comme dans les pattes d'un ours contre la généreuse poitrine d'Annika.

— Je suis vraiment contente pour toi. Gère-moi ça correctement, Patrik, tu promets ?

Elle le serra encore, et il sentit ses côtes protester. Littéralement étouffé, il fut incapable de répondre. Elle prit son silence pour un acquiescement et le relâcha, non sans avoir parachevé le tableau en lui pinçant gaillardement la joue.

— Maintenant, rentre chez toi te changer. Tu pues !

Il se retrouva dans le couloir, tâtant sa cage thoracique, la joue et les côtes douloureuses. Il adorait Annika, mais des fois il aurait préféré plus de douceur à l'égard d'un pauvre trentenaire dont la condition physique connaissait un déclin vertigineux.

Badholmen était désert et abandonné. En été, l'endroit était bourré de joyeux baigneurs et d'enfants qui jouaient, mais ce jour-là un vent de désolation soufflait sur la neige qui s'était posée en couverture épaisse durant la nuit. Erica enjamba prudemment les rochers enneigés. Elle avait ressenti un grand besoin d'air frais et ici elle serait tranquille pour jouir de la vue sur les îles et l'étendue apparemment infinie de glace blanche. Des bruits de voitures lui parvenaient de loin, mais à part cela régnait un silence miséricordieux et elle pouvait presque s'entendre penser. La tour-plongeoir se dressait à côté d'elle. Pas aussi haute que le souvenir qu'Erica en avait de son enfance, quand la tour semblait monter jusqu'au ciel, suffisamment haute cependant pour qu'elle se dise que jamais elle n'oserait sauter de la dernière plate-forme, fût-ce par une chaude journée d'été.

Elle aurait pu rester ici des heures. Bien couverte, elle résistait au froid qui essayait de forcer le barrage de ses vêtements et elle sentait fondre la glace en elle. Elle n'avait pas réalisé à quel point elle était seule jusqu'au moment où elle ne l'était plus. Mais comment ils feraient, Patrik et elle, si elle était obligée de retourner à Stockholm ? Ça représentait une séparation de plusieurs centaines de kilomètres, et elle se sentait beaucoup trop âgée pour une relation à distance.

Si elle était obligée d'accepter la vente de la maison, y avait-il quand même une possibilité pour elle de rester ici ? Elle ne voulait pas emménager chez Patrik avant que la solidité de leur relation ait été éprouvée par le temps pendant encore un bon moment, ne restait dès lors que la solution de trouver un autre logement ici, à Fjällbacka.

Le problème était que ça ne l'enthousiasmait pas. En premier lieu parce que si elles vendaient la maison, elle préférerait couper tous les liens avec Fjällbacka plutôt que de voir des étrangers envahir sa maison natale. Elle ne pouvait pas non plus imaginer louer un appartement ici, ça ferait vraiment trop bizarre. Elle sentait sa joie s'éloigner au rythme de toutes les pensées négatives qui s'additionnaient. Bien sûr qu'il y aurait une solution, mais elle devait reconnaître que, même si elle n'était pas si vieille que ça, les nombreuses années en solitaire sans partenaire à ménager avaient laissé leurs traces et elle ne se sentait plus aussi conciliante. Après mûre réflexion, elle avait conclu qu'elle était prête à quitter sa vie à Stockholm, mais seulement si elle pouvait continuer à vivre dans l'atmosphère familière de la maison. Sinon ça ferait trop de chambardements dans son univers, et amoureuse ou pas, elle ne le supporterait pas.

La mort de ses parents avait peut-être aussi contribué à sa réticence aux grands changements. Celui-là suffisait pour de nombreuses années à venir et maintenant elle voulait se couler dans une existence rassurante, sûre et prévisible. Si auparavant elle avait eu peur de s'engager, maintenant elle avait surtout envie d'ajouter Patrik à la sécurité et à la tranquillité d'esprit en matière d'avenir. Elle voulait pouvoir engager sa vie dans toutes les étapes dites normales. Cohabitation, fiançailles, mariage, enfants puis une longue suite de journées ordinaires formant des années, jusqu'à ce qu'un jour ils se regardent et découvrent qu'ils avaient vieilli ensemble. Ce n'était quand même pas trop demander.

Pour la première fois, elle ressentit une vive douleur à la pensée d'Alex. C'était comme si maintenant seulement elle se rendait compte que la vie d'Alex était irrévocablement finie. Même si leurs chemins ne s'étaient pas croisés depuis de nombreuses années, Erica avait quand même pensé à elle de temps à autre et elle savait que la vie d'Alex suivait son cours, en parallèle à la sienne. Maintenant elle était la seule à avoir un avenir, la seule à connaître tous les chagrins et toutes les joies que la vie apportait. Chaque fois qu'elle penserait à Alex désormais, et pour le restant de sa vie, l'image qui se présenterait à elle serait celle du corps pâle d'Alex dans la baignoire. Le sang sur le carrelage et ses cheveux qui formaient comme une auréole gelée. C'était peut-être pour cela qu'elle avait choisi de commencer à écrire le livre sur elle. C'était une manière de revisiter les années où elles avaient été proches et en même temps de faire connaissance avec la femme qu'elle était devenue après leur séparation.

Ce qui l'avait ennuyée ces derniers jours était que son matériau semblait un peu plat. C'était comme de regarder un personnage en 3D sous un seul angle. Elle n'avait pas encore vu les autres côtés, certainement aussi importants pour se faire une idée du personnage dans son ensemble. Elle était arrivée à la conclusion qu'elle devait commencer à regarder de plus près les gens de l'entourage d'Alex, pas seulement les personnages principaux, mais tous les seconds rôles qui l'avaient côtoyée. Ses pensées s'étaient surtout portées sur ce qu'elle avait perçu avec les antennes d'un enfant, mais qu'elle n'avait jamais pu éclaircir.

Quelque chose s'était passé l'année avant qu'Alex déménage et personne ne s'était jamais donné la peine de lui raconter ce que c'était. Les chuchotements s'étaient tus dès qu'elle approchait et on l'avait protégée de quelque chose qu'elle sentait maintenant désespérément le besoin de connaître. Sauf qu'elle ne savait pas par quel bout le prendre. Le seul souvenir qui lui restait des occasions où elle avait essayé d'écouter en cachette les conversations chuchotées des adultes était d'avoir entendu le mot plusieurs fois. Pas très substantiel, mais c'était tout ce qu'elle avait. Erica savait que l'instituteur d'Alex, et le sien donc, habitait toujours à Fjällbacka et ce serait un début qui en valait un autre.

Le vent avait forci et malgré ses épais vêtements, le froid commençait à percer. Erica sentit qu'il fallait qu'elle bouge. Elle jeta un dernier regard à Fjällbacka, niché bien à l'abri au pied de la montagne. En été, le village était nimbé d'une lumière dorée alors qu'à présent il était gris et nu, mais Erica le trouvait plus beau ainsi. En été, elle l'associait à une fourmilière à l'activité incessante. Maintenant, une tranquillité paisible planait sur le petit bourg et elle pouvait presque imaginer qu'il dormait. En même temps, elle savait que c'était une tranquillité trompeuse. Ici comme partout ailleurs, les facettes malveillantes des hommes étaient à l'affût sous la surface. Elle en avait vu pas mal à Stockholm, mais Erica se disait qu'ici cela devenait peut-être plus dangereux. La haine, la jalousie, l'avidité et la vengeance, tout était enfoui sous un seul grand couvercle produit par le "qu'en-dira-t-on ?". Toute la vilenie, la petitesse et la méchanceté fermentaient en toute quiétude sous une façade qui se devait d'être toujours impeccable. Là, sur les rochers de Badholmen, en train de regarder le petit bourg couvert de neige, Erica se demanda quels secrets y couvaient.

Elle frissonna, plongea les mains profondément dans ses poches et se dirigea vers le centre.

La vie était devenue de plus en plus menaçante à chaque année qui passait. Il découvrait sans cesse de nouveaux dangers. Cela avait commencé quand il avait pris une conscience aiguë de tous les bacilles et bactéries qui circulaient par milliards autour de lui. Etre obligé de toucher aux choses devenait un défi, et s'il le faisait malgré tout, il voyait des armées de microbes l'envahir, menaçant de lui apporter des myriades de maladies connues et inconnues qui à coup sûr allaient le mener vers une mort longue et douloureuse. Ensuite, l'entourage tout court était devenu menaçant. Les grandes surfaces comportaient leurs dangers, les petites les leurs. Se retrouver dans une foule faisait suinter la sueur de tous les pores de son corps et sa respiration devenait rapide et superficielle. La solution était simple. Le seul milieu duquel il pouvait avoir le contrôle, au moins partiellement, était sa propre maison et il comprit assez vite qu'il pouvait réellement vivre sa vie sans mettre un pied dehors.

La dernière fois qu'il était sorti remontait à huit ans, et il repoussait avec tant d'efficacité toute velléité éventuelle de pouvoir se balader parmi les gens qu'il ne savait plus si le monde existait ou pas. Il était satisfait de sa vie et ne voyait aucune raison de la changer.

Axel Wennerström passait ses journées à suivre une routine bien rodée. Chaque jour obéissait au même schéma et celui-ci ne différait pas des autres. Il se leva à sept heures, prit son petit-déjeuner et nettoya ensuite la cuisine avec des produits puissants pour exterminer les éventuels microbes qu'auraient pu propager les aliments de son petit-déjeuner une fois sortis du réfrigérateur. Puis il passa les heures suivantes à épousseter, essuyer et ranger le reste de la maison. Vers une heure seulement il put s'accorder une pause et s'installer avec son journal sur la véranda. Il avait un arrangement spécial avec Signe, la factrice, qui lui livrait le journal dans un sac plastique tous les matins, pour qu'il puisse à peu près chasser de son esprit l'idée de toutes les mains humaines sales qui l'avaient manipulé avant qu'il se retrouve dans sa boîte aux lettres.

Un toc-toc frappé à la porte fit s'affoler son adrénaline. Personne n'était censé venir à cette heure. Les livraisons de courses avaient lieu le vendredi et tôt le matin. C'était en principe les seules visites qu'il recevait. Péniblement, il s'approcha de la porte centimètre par centimètre. On s'entêtait à frapper. Il tendit une main tremblante vers la serrure d'en haut et la déverrouilla. Il regrettait de ne pas avoir un judas, comme dans les portes d'appartement. Dans cette vieille maison il n'y avait même pas une fenêtre proche de la porte qui lui aurait permis de voir l'intrus. Il déverrouilla aussi la serrure d'en bas et, le cœur battant la chamade, il ouvrit la porte et dut réprimer une envie de fermer les yeux pour faire barrage à la vue de cette chose terrifiante sans nom qui l'attendait dehors.

— Axel ? Axel Wennerström ?

Il se détendit. Les femmes étaient moins menaçantes que les hommes. Par précaution, il garda la chaîne de sécurité.

— Oui, c'est moi.

Il essaya de paraître le plus réservé possible. Tout ce qu'il voulait c'est qu'elle, qui qu'elle soit, parte et le laisse tranquille.

— Bonjour Axel. Je ne sais pas si vous vous souvenez de moi, mais je suis une de vos anciennes élèves. Erica Falck ?

Il chercha dans son souvenir. Cela faisait tant d'années et tant d'enfants. Peu à peu l'image d'une petite fille blonde commença à surgit. C'est ça, la fille de Tore !

— J'aurais voulu parler un peu avec vous.

Elle le regardait avec insistance par l'entrebâillement de la porte. Axel soupira profondément, ôta la chaîne et la fit entrer. Il essaya de ne pas penser à tous les organismes inconnus qu'elle faisait pénétrer dans son foyer si propre. Il indiqua une étagère à chaussures pour montrer qu'elle devait enlever ses chaussures. Elle obéit docilement et retira aussi son manteau. Pour éviter que sa saleté se répande partout dans la maison, il l'emmena sur la véranda. Elle s'assit dans le canapé en rotin et il se dit mentalement qu'il faudrait laver les housses des coussins dès qu'elle serait partie.

— Ça fait un bail.

— Oui, ça doit bien faire vingt-cinq ans que tu étais dans ma classe, si mon compte est bon.

— Oui, c'est exact. Ça passe vite.

Axel trouva le bavardage frustrant, mais s'y résigna à contrecœur. Il aurait voulu qu'elle arrive enfin à la raison de sa venue ici, pour qu'elle puisse repartir ensuite et lui ficher la paix. Des élèves, il y en avait eu des centaines au fil des ans et jusqu'à maintenant, il lui avait été épargné d'en revoir un seul. Mais voilà qu'Erica Falck se trouvait là devant lui et il était assis comme sur des charbons ardents dans le fauteuil en rotin en face d'elle, pressé de la voir partir. Ses yeux allaient tout le temps chercher le coussin sous elle et il pouvait littéralement voir toutes les bactéries qu'elle apportait ramper et se répandre du canapé sur le sol. Laver le coussin ne suffirait sans doute pas, il serait obligé de faire le ménage et de désinfecter toute la maison après son départ.

— Vous devez vous demander pourquoi je suis ici.

Il se contenta de hocher la tête.

— Vous avez sans doute entendu qu'Alexandra Wijkner a été assassinée.

Oui, il l'avait entendu et cela avait fait remonter à la surface des choses qu'il avait passé une grande partie de sa vie à refouler. Maintenant, il souhaitait encore plus qu'avant qu'Erica Falck se lève et quitte sa maison. Mais elle restait assise, et il dut combattre une impulsion puérile de se boucher les oreilles avec les mains et de fredonner fort pour barrer l'accès à tous les mots qu'il savait devoir venir.

— J'ai des raisons personnelles de vérifier certaines choses concernant Alex et sa mort, et je voudrais vous poser quelques questions, si vous êtes d'accord ?

Axel ferma les yeux. Il avait toujours su que ce jour allait venir, à un moment ou un autre.

— Oui, j'imagine que oui.

Il ne demanda pas quelles étaient ses raisons de venir poser des questions sur Alex. Si elle voulait garder cela pour elle, il n'y avait aucun problème. Cela ne l'intéressait pas. Qu'elle les pose donc, ses questions, mais rien ne l'obligeait à y répondre. En même temps il ressentait, non sans surprise, une forte envie de tout raconter à cette femme blonde en face de lui. De se décharger sur quelqu'un, n'importe qui, de tout ce qu'il avait ressenti comme un fardeau depuis vingt-cinq ans.

Ça avait empoisonné sa vie. Ça avait germé comme une graine tout au fond de sa conscience et s'était ensuite répandu comme un venin à travers son corps et son esprit. Dans ses moments de lucidité, il savait que c'était cela, l'origine de son besoin de propreté et de sa peur grandissante de tout ce qui pouvait menacer le contrôle de son environnement. Qu'Erica Falck lui pose donc les questions qu'elle voulait, mais il ferait tout pour réprimer l'envie de raconter. Il savait que s'il commençait à lâcher prise, des barrages céderaient et menaceraient d'écrouler les protections qu'il avait si soigneusement édifiées. Il ne fallait pas que cela arrive.

— Vous vous souvenez d'Alexandra à l'école ?

Il sourit amèrement au fond de lui. La plupart des enfants qui avaient été ses élèves n'avaient laissé que des souvenirs vagues et flous, alors qu'Alexandra restait aujourd'hui aussi nette dans son esprit qu'il y avait vingt-cinq ans. Mais il ne pouvait guère le dire.

— Oui, je me souviens d'Alexandra. Son nom, c'était Alexandra Carlgren, pas Wijkner évidemment.

— Oui, bien sûr. Quel souvenir gardez-vous d'elle ?

— Silencieuse, un peu réservée, assez mûre pour son âge.

Il vit qu'Erica était frustrée de son laconisme, mais il essaya sciemment d'en dire le moins possible, comme si les mots allaient prendre le dessus et se mettre à déborder tout seuls s'ils devenaient trop nombreux.

— Elle était bonne à l'école ?

— Ben, ni l'un ni l'autre, je dirais. Elle ne faisait pas partie des plus ambitieux, si je me souviens bien, mais elle était intelligente d'une manière calme et elle se situait dans une bonne moyenne de la classe à peu près.

Erica hésita un instant, et Axel comprit qu'ils allaient maintenant approcher des questions qui lui tenaient le plus à cœur. Ce qu'elle avait demandé jusque-là n'était pour elle qu'un échauffement.

— Ils ont déménagé au milieu du semestre. Vous vous rappelez quelle raison les parents d'Alex ont invoquée ?

Il fit semblant de réfléchir en approchant les bouts des doigts les uns des autres et appuya dessus son menton dans un geste feint de réflexion. Il vit qu'Erica s'avançait sur le canapé, indiquant clairement qu'elle avait hâte d'entendre sa réponse. Il allait être obligé de la décevoir. La seule chose qu'il ne pouvait pas lui fournir était la vérité.

— Eh bien, il me semble que son père avait trouvé du travail ailleurs. Pour être tout à fait franc, je ne me rappelle pas vraiment, mais j'ai un vague souvenir de quelque chose comme ça.

Erica ne put dissimuler sa déception. De nouveau, il sentit l'envie de s'ouvrir la poitrine et de révéler ce qui y était resté caché durant tant d'années. De libérer sa conscience en se vidant de toute la vérité sans fard. Mais il respira à fond et enfonça ce qui voulait monter et sortir.

Elle continua obstinément.

— Mais c'est arrivé assez soudainement si j'ai bien compris ? Vous en aviez entendu parler avant, est-ce qu'Alex avait mentionné qu'ils allaient déménager ?

— Eh bien, pour ma part je ne trouve pas ça bizarre. Bien sûr, ça s'est fait assez rapidement, mais ces choses-là peuvent aller très vite et son père avait peut-être eu une proposition avec un délai très court, qu'est-ce que j'en sais, moi ?

Il écarta les bras en un geste indiquant que son interprétation valait celle d'Erica, et le pli entre les sourcils d'Erica se creusa davantage. Ce n'était pas la réponse qu'elle aurait aimé obtenir. Mais elle dut s'en contenter.

— Bon, ensuite il y avait autre chose. Je me souviens vaguement de rumeurs qui concernaient Alex. Je me rappelle aussi que j'entendais les adultes parler de l'école. Vous ne savez pas ce que ça a pu être ? Je n'ai que de très vagues souvenirs, mais il y avait quelque chose qu'ils ne voulaient pas dire devant nous, les enfants.

Axel sentit tous les membres de son corps se raidir. Il espéra que sa consternation ne se voyait pas aussi nettement qu'il la ressentait. Il savait bien sûr que la rumeur avait dû courir, ça se passait toujours ainsi. On ne pouvait jamais rien garder secret, mais il pensait quand même que les dégâts avaient été limités. Lui-même avait contribué à les limiter. Cela le rongeait encore de l'intérieur. Erica attendait une réponse.

— Non, j'ai du mal à imaginer ce que ça pourrait bien être. Mais les gens parlent toujours tant. Tu sais bien comment ça se passe. En général, les racontars n'ont pas beaucoup de substance. Je ne m'y attacherais pas, si j'étais toi.

La déception s'inscrivit sur le visage d'Erica. Elle n'avait rien appris de ce qu'elle était venue chercher, il le comprit. Mais il n'avait pas le choix. C'était comme une cocotte-minute. S'il entrouvrait un tant soit peu le couvercle, tout pouvait exploser. En même temps, il sentait que quelque chose demandait à être raconté. Comme si quelqu'un avait pris possession de son corps, il sentit sa bouche s'ouvrir et sa langue commencer à former les mots qui ne devaient pas être dits. A son grand soulagement, Erica se leva et l'instant passa. Elle mit son manteau et ses bottes et tendit la main. Il regarda la main et déglutit deux, trois fois avant de la saisir. Il dut réprimer l'envie de grimacer. Le contact avec la peau d'une autre personne le dégoûtait de manière indescriptible. Erica se décida enfin à quitter la maison, mais elle se retourna au moment où il s'apprêtait à fermer la porte.

— Tiens, j'y pense, est-ce que Nils Lorentz avait un lien avec Alexandra, ou à l'école, est-ce que vous sauriez ça ?

Axel hésita puis prit une décision. Elle le saurait quand même d'une façon ou d'une autre, si ce n'était de lui, ce serait de quelqu'un d'autre.

— Tu ne t'en souviens pas ? Il a remplacé un prof au collège pendant un semestre.

Puis il ferma la porte, poussa les deux verrous, mit la chaîne de sécurité et s'adossa à la porte en fermant les yeux.

Il se dépêcha ensuite de sortir les affaires de ménage et nettoya toutes les traces de la visiteuse inopportune. Alors seulement son monde lui sembla sûr de nouveau.

La soirée n'avait pas bien commencé. Lucas était de mauvais poil déjà en rentrant à la maison et elle essaya d'anticiper tout le temps pour ne pas lui fournir d'autres raisons de s'énerver. Elle avait appris depuis longtemps que lorsqu'il rentrait de mauvaise humeur, il cherchait toujours un prétexte pour laisser libre cours à sa colère.

Elle se mit en quatre pour le repas, prépara son plat favori et dressa la table avec beaucoup de soin. Elle réussit à tenir les enfants à distance en mettant la vidéo du *Roi Lion* dans la chambre d'Emma et en donnant un biberon à Adrian pour qu'il s'endorme. Elle mit le CD préféré de Lucas dans le lecteur, Chet Baker, puis elle se changea et fit un effort supplémentaire en se coiffant et se maquillant plus que d'ordinaire. Mais elle réalisa vite que ce soir, tous ses efforts seraient vains. Lucas avait manifestement eu une journée chargée au boulot et la rage qui s'était accumulée en lui avait besoin d'exutoire. Anna vit la lueur dans son regard et c'était comme d'attendre qu'une bombe explose.

Le premier coup arriva sans prévenir. Une gifle sur sa joue droite qui résonna dans son oreille. Elle se tint la joue et regarda Lucas comme si elle espérait encore que quelque chose en lui se laisserait émouvoir à la vue des marques qu'il lui infligeait. Cela éveilla plutôt une envie de lui faire plus mal encore. Ce qu'Anna avait mis longtemps à comprendre et à accepter était justement le fait qu'il prenait plaisir à lui faire mal. Pendant de nombreuses années elle l'avait cru quand il affirmait que les coups lui faisaient aussi mal à lui qu'à elle, mais elle ne le croyait plus. Elle avait déjà vu le monstre en lui, et à ce stade il lui était devenu très familier.

Elle se recroquevilla instinctivement pour se protéger des coups qu'elle savait devoir venir. Quand ils se mirent à pleuvoir, elle essaya de se concentrer sur un point en elle, un lieu que Lucas ne pouvait pas atteindre. Elle y réussissait de mieux en mieux et même si elle était consciente de la douleur, elle arrivait à se mettre à distance la plupart du temps. C'était comme si elle flottait en l'air au-dessus et se regardait en bas, blottie par terre pendant que Lucas déchargeait sa colère sur elle.

Un bruit la fit rapidement revenir à la réalité et réintégrer son corps. Emma se tenait à la porte, le pouce à la bouche et son doudou dans les bras. Anna avait réussi à lui faire cesser de sucer son pouce il y avait plus d'un an, mais à présent elle le suçait fort et bruyamment pour trouver une consolation. Lucas ne l'avait pas encore vue puisqu'il tournait le dos à la chambre d'Emma, mais il se retourna en voyant le regard d'Anna fixé sur quelque chose derrière lui.

D'une seule enjambée rapide, avant qu'Anna ait pu l'arrêter, il fut devant sa fille, la souleva brutalement et la secoua si fort qu'Anna put entendre ses dents s'entrechoquer. Anna commença à se relever du sol, mais tout semblait se passer au ralenti. Elle sut qu'elle allait pour toujours pouvoir se rejouer la scène. Lucas secouant Emma qui regardait avec de grands yeux perplexes son papa adoré soudain transformé en un étranger effrayant.

Anna se précipita vers Lucas pour protéger Emma, mais avant d'y arriver, elle vit avec épouvante Lucas lancer le petit corps d'enfant contre le mur. Un horrible craquement se fit entendre et Anna comprit que sa vie était irrévocablement en train de changer. Les yeux de Lucas étaient couverts d'une pellicule brillante et il regarda l'enfant entre ses mains presque sans rien comprendre, avant de la poser par terre, doucement et tendrement. Ensuite il la reprit dans ses bras, comme un petit bébé cette fois-ci et regarda Anna avec des yeux fiévreux et fixes comme un robot.

— Il faut l'amener à l'hôpital. Elle est tombée dans l'escalier et s'est fait mal. Il faut qu'on leur dise ça. Elle est tombée dans l'escalier.

Il parlait de façon incohérente et se dirigea vers la porte d'entrée sans vérifier si Anna suivait. Plongée en état de choc, elle le suivit sans volonté propre. C'était comme si elle évoluait dans un rêve et qu'elle allait se réveiller à tout moment.

Lucas répétait sans cesse :

— Elle est tombée dans l'escalier. Ils vont nous croire, si on dit la même chose, Anna. C'est bien ça, Anna, on dira la même chose, elle est tombée dans l'escalier, n'est-ce pas ?

Lucas continua à divaguer, mais Anna ne put faire que hocher la tête. Emma pleurait maintenant de façon hystérique de douleur et de désarroi, et Anna voulut l'arracher des bras de Lucas, mais elle n'osa pas le faire. Au dernier moment, quand ils se trouvaient déjà sur le palier, elle émergea de sa torpeur et réalisa qu'Adrian était resté seul dans l'appartement. Elle se précipita pour le chercher et le berça ensuite dans ses bras tout le temps qu'il leur fallut pour atteindre les urgences tandis que le nœud dans son ventre devenait de plus en plus gros.

— Tu veux venir déjeuner avec moi ?

— Oui, volontiers. A quelle heure ?

— Je peux avoir un truc sur la table dans une heure environ, ça te va ?

— Oui, c'est parfait. Comme ça, j'ai le temps de ranger un peu. On se voit dans une heure alors.

Il y eut une petite pause, puis Patrik dit, hésitant :

— Bisous, ciao.

Erica se sentit doucement rougir de plaisir devant ce premier pas dans les phases relationnelles, petit certes mais très significatif. Elle répondit par les mêmes mots, et ils raccrochèrent.

Tandis qu'elle préparait le déjeuner, elle eut un peu honte de ce qu'elle avait manigancé. En même temps, elle sentait qu'elle ne pouvait pas agir autrement, et quand on sonna à la porte une heure plus tard, elle respira à fond et alla ouvrir. C'était Patrik et il reçut un accueil passionné qu'Erica fut obligée d'interrompre lorsque la minuterie sonna pour annoncer que les spaghettis étaient prêts.

— Qu'est-ce que tu nous as mijoté ?

Patrik se tapota le ventre pour montrer que le repas serait le bienvenu.

— Spaghettis bolognaise.

— Mmmm, j'aime. Tu es la femme rêvée pour un homme, tu sais ça ?

Patrik vint se glisser derrière elle, l'entoura de ses bras et commença à lui faire des bisous dans la nuque.

— Tu es sexy, intelligente, fantastique au lit, mais surtout, et c'est le plus important de tout, tu es une excellente cuisinière. Qu'est-ce qu'un homme peut demander de plus…

On sonna à la porte. Patrik questionna Erica du regard, mais elle baissa les yeux et alla ouvrir après s'être d'abord essuyé les mains sur le torchon. C'était Dan. Il avait l'air ravagé et fatigué. Tout son corps était affaissé et ses yeux étaient éteints. Erica fut choquée de le voir ainsi mais elle se domina et essaya de ne rien montrer.

Quand Dan arriva dans la cuisine, Patrik regarda Erica, surpris. Elle s'éclaircit la gorge et les présenta.

— Patrik Hedström – Dan Karlsson. Dan a quelque chose à te raconter. Mais on peut se mettre à table d'abord.

Elle les précéda dans la salle à manger, avec la marmite de sauce bolognaise. Ils s'installèrent pour manger dans une ambiance pesante. Elle avait le cœur lourd mais savait que ceci était nécessaire. Elle avait appelé Dan dans la matinée et l'avait persuadé de parler à la police de sa relation avec Alex et elle avait proposé que ça se passe chez elle, dans l'espoir de faciliter un peu une tâche difficile.

Elle ignora le regard perplexe de Patrik et prit la parole.

— Patrik, Dan est ici parce qu'il a quelque chose à te raconter en ta qualité de policier.

Elle fit un signe de la main à Dan, comme pour l'encourager à commencer. Dan regarda son plat, il n'y avait pas touché. Après encore un moment de silence gêné, il se mit à parler.

— Je suis l'homme qu'Alex voyait. Celui qui est le père de l'enfant qu'elle attendait.

La fourchette de Patrik tomba sur son assiette dans un cliquetis de métal contre porcelaine. Erica posa la main sur son bras et expliqua :

— Dan est un de mes meilleurs et plus anciens amis, Patrik. J'ai compris hier que c'était lui qu'Alex voyait ici à Fjällbacka. Je vous ai invités à déjeuner tous les deux en pensant qu'il serait plus facile de parler ici, plutôt qu'au commissariat.

Elle vit que Patrik n'appréciait pas qu'elle soit intervenue de cette façon, mais c'était une chose qu'elle règlerait plus tard. Dan était un ami et elle avait l'intention de tout faire pour que la situation n'empire pas. Quand elle l'avait eu au téléphone, il lui avait raconté que Pernilla avait pris les enfants et était partie chez sa sœur à Munkedal. Elle avait soi-disant besoin de réfléchir. Elle ne savait pas ce qu'elle allait faire ensuite. Elle ne pouvait rien promettre. Dan voyait toute sa vie s'écrouler autour de lui. D'une certaine façon, ce serait une libération de pouvoir le dire à la police. Ces dernières semaines avaient été difficiles. En même temps qu'il lui avait fallu pleurer Alex en secret, il avait sursauté à chaque sonnerie du téléphone et à chaque coup frappé à la porte, persuadé que c'était la police qui avait fini par trouver que c'était lui qu'Alex voyait. Maintenant que Pernilla était au courant, il n'avait plus peur de le dire à la police. Ça ne pouvait pas devenir pire que ce que c'était déjà. Peu lui importait ce qui arriverait maintenant, si seulement il ne perdait pas sa famille.

— Dan n'a rien à voir avec le meurtre, Patrik. Il est prêt à coopérer et à raconter tout ce que vous voulez savoir sur lui et Alex, mais il jure qu'il ne lui a jamais fait de mal, en aucune façon, et je le crois. Ça serait bien si tu pouvais essayer de garder ceci confidentiel au sein de la police, autant que possible. Tu sais que les gens parlent beaucoup et la famille de Dan a déjà suffisamment souffert comme ça. Dan aussi, d'ailleurs. Il a commis une erreur, et crois-moi, il le paie au prix fort.

Patrik n'avait toujours pas l'air très satisfait, mais il hocha la tête pour montrer qu'il écoutait ce qu'elle disait.

— J'aimerais parler avec Dan en tête à tête, Erica.

Elle ne protesta pas, se leva docilement et alla dans la cuisine faire du rangement. De là, elle pouvait entendre leurs voix monter et descendre. La voix basse et profonde de Dan, et celle, plus claire, de Patrik. Par moments, la discussion parut animée, mais lorsque, au bout d'une demi-heure, ils revinrent dans la cuisine, Dan avait l'air soulagé, alors que Patrik avait toujours sa mine sévère. Dan prit Erica dans ses bras avant de partir, et serra la main de Patrik.

— Je te ferai signe si nous avons d'autres questions, dit Patrik. Il est possible que tu sois obligé de venir faire une déposition écrite aussi.

Dan hocha seulement la tête, sans rien dire, et partit après un dernier signe de la main à tous les deux.

Le regard dans les yeux de Patrik ne promettait rien de bon.

— Ne refais jamais, jamais un truc pareil, Erica. Nous enquêtons sur un meurtre et nous devons tout faire dans les règles.

Tout son front se plissait quand il était fâché et elle dut réprimer une impulsion d'effacer les rides avec des bisous.

— Je sais, Patrik. Mais vous aviez le papa du bébé tout en haut de la liste des suspects et je savais que s'il venait au commissariat, vous l'enfermeriez dans une salle d'interrogatoire et vous ne mettriez sans doute pas de gants. Dan ne le supporterait pas en ce moment. Sa femme l'a quitté en emportant les enfants et il ne sait pas si elles vont revenir un jour. De plus il a perdu une personne qui, considère ça comme tu veux, était importante pour lui. Alex. Et il n'a pas pu montrer son chagrin, à personne, et il n'a pu parler avec personne.

Voilà pourquoi j'ai pensé qu'on pourrait commencer par un entretien ici, dans un milieu neutre, sans autres policiers présents. Je comprends que vous allez être obligés de l'interroger plus que ça, mais maintenant le pire est passé. Je suis vraiment désolée de t'avoir embobiné ainsi, Patrik. Tu crois que tu pourras me pardonner ?

Elle fit une moue des plus séduisantes et se glissa tout près de lui. Elle prit ses bras et les mit autour de sa taille, puis elle se hissa sur la pointe des pieds pour atteindre sa bouche avec la sienne. Pour voir, elle glissa doucement sa langue et peu de secondes s'écoulèrent avant qu'elle sente la réponse. Il la repoussa au bout d'un petit moment et la regarda calmement dans les yeux.

— Tu es pardonnée pour cette fois-ci, mais ne recommence pas, tu m'entends. Maintenant je propose qu'on réchauffe le reste du déjeuner au micro-ondes pour faire taire mon ventre, il n'arrête pas de gargouiller.

Erica fit oui de la tête et, serrés l'un contre l'autre, ils allèrent dans la salle à manger où le repas était encore intact sur les assiettes.

Quand vint l'heure pour Patrik de retourner au commissariat et qu'il fut sur le point de quitter la maison, Erica se rappela autre chose qu'elle avait eu l'intention de lui dire.

— Tu te rappelles, je t'avais dit que je me souvenais vaguement d'un truc qui se disait au sujet d'Alex un peu avant qu'ils déménagent, et que ça avait quelque chose à voir avec l'école. J'ai essayé de trouver, mais je n'ai pas appris grand-chose. En revanche, j'ai appris qu'il existe un autre lien entre Alex et Nils, à part le fait que Karl-Erik travaillait à l'usine de conserve. Nils avait remplacé un prof en première année de collège pendant un semestre. Moi, je ne l'ai jamais eu comme prof, mais je sais qu'il enseignait dans la classe d'Alex. Je ne sais pas si cela a une importance, mais il fallait que je te le dise.

— Tiens, tiens, Alex avait Nils comme professeur.

Patrik s'arrêta sur le perron, pensif.

— Comme tu dis, ça n'a peut-être pas d'importance, mais en ce moment tous les liens entre Nils Lorentz et Alex ont un intérêt. Nous n'avons pas grand-chose d'autre pour avancer.

Il la regarda avec sérieux.

— Une des choses que Dan m'a dites m'a particulièrement frappé. Les derniers temps, Alex parlait souvent de la nécessité de régler ses comptes avec le passé. Elle disait qu'il fallait oser s'attaquer aux choses douloureuses pour pouvoir poursuivre. Je me demande si ça peut avoir un rapport avec ce que tu viens d'apprendre, Erica ?

Patrik se tut un instant mais se força ensuite à revenir au temps présent et dit :

— Je ne peux pas exclure Dan comme suspect, j'espère que tu le comprends.

— Oui, je le comprends, Patrik. Mais vas-y en douceur, s'il te plaît. Tu viens ce soir ?

— Oui, il faut seulement que je passe chez moi chercher des vêtements de rechange et des trucs. Mais je serai là vers sept heures.

Ils se firent la bise et Patrik reprit sa voiture. Erica resta sur le perron et regarda la voiture disparaître.

Patrik ne retourna pas directement chez lui. Sans réellement savoir pourquoi, il avait pris les clés de l'appartement d'Anders au dernier moment avant de quitter le poste de police. Il décida d'y faire un saut pour regarder un peu en prenant son temps. Ce qu'il lui fallait maintenant était quelque chose, n'importe quoi, qui donnerait une ouverture dans les deux affaires. Il avait l'impression de rencontrer des impasses où qu'il se tournât, et qu'ils n'allaient jamais réussir à trouver le meurtrier, ou les meurtriers. L'amant secret d'Alex figurait effectivement jusque-là tout en haut de la liste des suspects, comme Erica l'avait dit, et maintenant il n'était plus si sûr. Il n'était pas prêt à entièrement dédouaner Dan, mais il était obligé de reconnaître que la piste ne semblait plus aussi brûlante.

L'atmosphère dans l'appartement d'Anders était lugubre. Il n'avait qu'à fermer les paupières et Patrik pouvait encore voir l'image d'Anders qui balançait doucement suspendu à sa corde, bien qu'il eût déjà été descendu quand Patrik l'avait vu. Il ne savait pas ce qu'il cherchait, mais il enfila une paire de gants pour ne pas détruire d'indices. Il se plaça juste sous le crochet du plafond où la corde avait été attachée et essaya de comprendre comment ça s'était passé quand Anders y avait été suspendu. Ça ne collait pas. C'était haut de plafond et le nœud coulant avait été fait juste sous le crochet. Il avait fallu mobiliser une force considérable pour hisser le corps d'Anders aussi haut. Le bonhomme était plutôt maigre, mais en considérant sa taille, il devait quand même peser son poids. Patrik se dit qu'il fallait vérifier combien pesait Anders quand ils auraient le rapport d'autopsie. La seule explication qu'il voyait était que plusieurs personnes l'avaient soulevé ensemble. Mais alors, comment expliquer l'absence de marques sur le corps d'Anders ? Même s'il avait été endormi d'une façon ou d'une autre, le fait de soulever le corps aurait dû laisser des marques. Ça ne collait tout simplement pas.

Il poursuivit sa visite de l'appartement, regardant au hasard autour de lui. Compte tenu de la rareté des meubles, à part le matelas dans le séjour et une table et deux chaises dans la cuisine, il n'y avait pas grand-chose à examiner. Patrik remarqua que les seuls rangements étaient les tiroirs dans la cuisine et il les fouilla systématiquement l'un après l'autre. Ils avaient déjà été fouillés une fois avant, mais il voulut quand même s'assurer que rien n'avait été oublié.

Dans le quatrième tiroir, il trouva un bloc-notes qu'il prit et posa sur la table pour l'examiner de plus près. Il l'inclina en direction de la fenêtre pour voir, à la lumière du jour, s'il y avait des empreintes de texte sur le papier. Effectivement, il vit que ce qui avait été écrit sur la feuille du dessus avait laissé une empreinte sur la feuille suivante, et il utilisa un bon vieux truc pour essayer de reconstituer le texte. Avec un crayon qu'il trouva dans le même tiroir que le bloc-notes, il barbouilla la feuille pour y déposer une légère couche de graphite. Seule une infime partie du texte apparut, mais cela suffit pour qu'il puisse deviner de quoi il s'agissait. Patrik siffla doucement. C'était intéressant, très intéressant, et ses neurones endormis commencèrent à s'agiter. Avec précaution, il glissa le bloc-notes dans un des sacs plastiques qu'il avait emportés.

Patrik continua à fouiller les tiroirs. Pour la plupart, il n'y avait que des bricoles sans intérêt, mais dans le dernier tiroir il trouva quelque chose d'intéressant. Il regarda le morceau de cuir souple entre ses doigts. C'était exactement le même que celui qu'il avait vu sur la table de chevet chez Alex, quand Erica et lui y étaient allés. Patrik y avait lu la même inscription pyrogravée que sur celui-ci. "L.T.M. 1976."

En le retournant il vit que, comme sur celui chez Alex, il y avait quelques taches de sang floues au dos. Ils savaient déjà qu'il existait un lien entre Alex et Anders, même s'ils ne l'avaient pas encore trouvé. Mais une sensation lancinante monta en lui tandis qu'il regardait le morceau de cuir, en proie à la plus grande perplexité.

Quelque chose dans son inconscient réclamait de l'attention et essayait de lui dire que cette espèce d'insigne devrait le renseigner sur quelque chose d'important. Il loupait manifestement un truc, mais qui refusait d'apparaître. Ce dont il était sûr en revanche était que l'objet lui apprenait que le lien entre Alex et Anders remontait à loin. Au moins jusqu'en 1976. L'année avant qu'Alex et sa famille quittent Fjällbacka et disparaissent totalement pendant un an. Un an avant que Nils Lorentz disparaisse pour de bon. Nils qui selon Erica avait été professeur au collège que fréquentaient aussi bien Alex qu'Anders.

Patrik comprit qu'il fallait qu'il parle avec les parents d'Alex. Si les soupçons qui avaient maintenant commencé à prendre forme en lui étaient fondés, ces gens détenaient les dernières réponses, celles qui allaient permettre de faire coller entre eux les morceaux qu'il avait l'impression de distinguer.

Il emporta avec lui le bloc-notes et l'insigne de cuir, chacun dans un sac plastique et jeta un dernier regard sur le séjour avant de partir. De nouveau il vit en esprit l'image du corps pâle et maigre d'Anders balançant au bout de la corde et il se promit d'élucider ce qui avait amené Anders à terminer sa triste vie dans un nœud coulant. Si ce qu'il commençait à entrevoir était exact, c'était une tragédie au-delà du concevable. Il espéra de tout son cœur qu'il se trompait.

Patrik chercha le nom de Gösta dans son carnet et composa le numéro de son poste au commissariat. Il allait probablement le déranger au milieu d'une réussite.

— Salut, c'est Patrik.

— Salut, Patrik.

A l'autre bout du fil, la voix de Gösta semblait aussi lasse que d'habitude. L'ennui et le découragement lui avaient procuré une fatigue permanente externe et interne.

— Dis-moi, tu as fixé ce rendez-vous avec les Carlgren à Göteborg ?

— Non, je n'ai pas eu le temps encore. J'ai eu trop de choses en cours.

Gösta semblait sur ses gardes. La question de Patrik le mettait sur la défensive, craignant qu'on le critique de ne pas encore s'être attelé à la tâche. Il n'avait tout simplement pas pu s'y résoudre encore. Soulever le combiné et appeler paraissait impossible, monter dans la voiture et aller à Göteborg, insurmontable.

— Ça te dérangerait si je m'en charge à ta place ?

Patrik savait que c'était une question rhétorique. Il savait parfaitement que Gösta serait aux anges d'en être dispensé. Effectivement, Gösta répondit avec une joie retrouvée dans la voix :

— Non, absolument pas ! Si tu sens que tu en as envie, aucun problème pour moi. J'ai tellement de trucs sur le feu, tu sais, que je ne sais même pas quand je trouverais le temps de le faire, de toute façon.

Ils étaient tous deux conscients qu'ils jouaient un jeu, mais c'était établi comme ça depuis des années et ça fonctionnait entre eux. Patrik pouvait faire ce qu'il voulait faire, et Gösta pouvait tranquillement retourner à son jeu sur l'ordinateur, sachant que le boulot serait fait.

— Tu peux me sortir leur numéro, comme ça je les appelle tout de suite ?

— Oui, bien sûr, je l'ai ici. Voyons voir…

Il récita le numéro.

Patrik le nota sur le bloc-notes qu'il gardait toujours fixé sur le tableau de bord de sa voiture. Il remercia Gösta et raccrocha pour pouvoir contacter les Carlgren tout de suite. Il croisa les doigts pour qu'ils soient à la maison. Il eut de la chance. Karl-Erik répondit au bout de la troisième sonnerie. Quand Patrik expliqua ce qu'il voulait, il parut hésitant au début, mais accepta ensuite que Patrik vienne poser quelques questions. Karl-Erik chercha à savoir de quelles questions il s'agissait, mais Patrik évita de lui répondre et dit seulement qu'il restait encore quelques points d'interrogation et il espérait qu'ils allaient pouvoir l'aider à les résoudre.

Il sortit en marche arrière du parking devant le groupe d'immeubles et prit d'abord à droite, puis à gauche au carrefour suivant pour se diriger vers Göteborg. La première partie du chemin était compliquée, avec de petites routes sinueuses dans la forêt, mais dès qu'il fut sur l'autoroute, tout alla beaucoup plus vite. Il passa d'abord Dingle, puis Munkedal, et en arrivant à Uddevalla, il savait qu'il avait fait la moitié du trajet. Comme toujours quand il roulait en voiture, il écoutait de la musique à plein volume. Il trouvait très reposant de conduire. Devant la grande villa bleu ciel à Kålltorp, il resta un instant dans la voiture, histoire de prendre des forces. Si ses soupçons étaient exacts, il allait inexorablement briser l'idylle familiale. Mais parfois c'était ça, son boulot.

Une voiture arrivait devant la maison. Erica ne la vit pas, mais elle entendit le bruit du gravier. Elle ouvrit la porte d'entrée et jeta un coup d'œil dehors. Elle fut sidérée de voir qui en descendait. Anna lui fit un signe fatigué de la main et ouvrit ensuite la porte arrière pour détacher les enfants de leurs sièges-autos. Erica glissa ses pieds dans des sabots et sortit l'aider. Elle n'avait pas eu la moindre annonce d'Anna la prévenant de sa visite et elle se demanda ce qui pouvait bien se passer.

Anna avait l'air tout pâle, engoncée dans son manteau noir. Elle posa doucement Emma par terre et Erica défit la ceinture du siège d'Adrian et le prit dans ses bras. Un grand sourire d'enfant édenté la remercia et elle se sentit elle aussi sourire. Puis elle interrogea sa sœur du regard, mais Anna ne fit que secouer légèrement la tête pour signifier que le moment n'était pas aux questions. Erica connaissait suffisamment bien sa sœur pour savoir qu'elle raconterait quand elle se sentirait prête. Avant cela, inutile d'essayer de lui soutirer quoi que ce soit.

— En voilà une visite qui fait plaisir à tata ! Entrez vite mes chéris !

Erica gazouilla et sourit au bébé dans ses bras et regarda ensuite de l'autre côté de la voiture pour dire bonjour à Emma. Elle s'était toujours bien entendue avec sa nièce, mais cette fois-ci la fillette ne répondit pas à son sourire. Agrippée au manteau de sa mère, elle dévisageait Erica d'un regard méfiant.

Erica entra dans la maison avec Adrian et Anna lui emboîta le pas sur les marches d'escalier, tenant Emma par la main et un petit sac dans l'autre. Perplexe, Erica vit que le coffre du break était rempli de bagages, mais moyennant un gros effort elle s'abstint de poser des questions.

Avec des gestes maladroits, elle débarrassa Adrian de ses vêtements tandis que, plus habituée, Anna s'occupait de la petite. Alors seulement Erica vit que le bras d'Emma était plâtré jusqu'au coude et, effarée, elle regarda Anna qui une nouvelle fois secoua la tête presque imperceptiblement. Emma avait toujours ses grands yeux sérieux fixés sur Erica et restait collée contre sa mère. Elle avait glissé le pouce dans sa bouche, indice confirmant à Erica que quelque chose de grave s'était passé. Cela faisait plus d'un an qu'Anna lui avait dit qu'Emma ne suçait plus son pouce.

Le petit garçon chaudement blotti contre elle, Erica alla dans le séjour et s'assit dans le canapé, pour installer Adrian sur ses genoux. Son neveu la regardait fasciné et de petits sourires allaient et venaient sur sa figure, comme s'il n'arrivait pas à se décider entre le rire et le sérieux. Erica l'aurait croqué comme un bon chocolat tant il était adorable.

— Le voyage s'est bien passé ?

Erica ne savait pas très bien comment commencer, mais un bavardage de base ferait l'affaire jusqu'à ce qu'Anna se décide à en dire plus.

— Oui, ça fait long. On a pris par le Dalsland. Emma a été malade avec tous ces virages sur les petites routes dans la forêt. Il a fallu que je m'arrête plusieurs fois pour qu'elle prenne l'air.

— Ma pauvre cocotte, tu as été malade ?

Erica essayait d'entrer en contact avec Emma. L'enfant hocha la tête, mais la petite regardait toujours par en dessous, accrochée à sa maman.

— Alors qu'est-ce que vous diriez d'aller faire un petit somme ? Tu dois en avoir besoin, Emma ? Toute cette route sans dormir, vous devez être complètement crevés maintenant.

Emma acquiesça en hochant la tête, et se mit fort à propos à se frotter les yeux avec sa main valide.

— Je peux les installer là-haut, Erica ?

— Oui, bien sûr. Mets-les dans la chambre de maman et papa. C'est là que je dors, le lit est fait.

Anna prit Adrian des bras d'Erica, qui ravie l'entendit grogner, mécontent de quitter le giron de sa gentille tata.

— Le doudou, maman, rappela Emma quand ils étaient déjà arrivés à mi-chemin dans l'escalier, et Anna descendit prendre le sac qu'elle avait laissé dans le vestibule.

— Tu veux de l'aide ?

Erica trouvait un peu risqué cet exercice d'équilibre d'Anna portant Adrian sur un bras et le sac avec l'autre, tandis qu'Emma s'entêtait à vouloir s'accrocher à elle.

— Non, c'est bon. Je suis habituée.

Anna afficha un sourire amer qu'Erica eut du mal à interpréter.

Pendant qu'Anna couchait les enfants, elle prépara du café pour ne pas rester inoccupée. Elle pensa au nombre de cafés qu'elle avait préparés ces derniers temps. Son estomac n'allait pas tarder à protester. Elle se figea au beau milieu d'une mesurette de café au-dessus du filtre. Merde ! Les vêtements de Patrik étaient éparpillés dans toute la chambre et Anna serait bien peu futée si elle ne voyait pas ce qui crevait les yeux. Le sourire moqueur d'Anna quand elle descendit l'escalier un instant plus tard vint confirmer cela.

— Alors, ma grande sœur chérie, tu me l'avoues ton secret ?

Malgré elle, Erica rougit.

— Oui, euh, c'est allé un peu vite, tu sais.

Elle s'entendit bégayer et vit Anna de plus en plus amusée. Les lignes fatiguées sur son visage s'effacèrent un instant et, par petites lueurs, Erica retrouva sa sœur telle qu'elle était autrefois, avant qu'elle rencontre Lucas.

— Bon, c'est qui alors ? Arrête de bafouiller et donne plutôt quelques détails croustillants à ta petite sœur. A commencer par le nom, par exemple. C'est quelqu'un que je connais ?

— Oui, a priori tu le connais. Je ne sais pas si tu te souviens de Patrik Hedström ?

Anna hurla et se tapa sur les genoux.

— Patrik ! Bien sûr que je me souviens de Patrik ! Il te suivait toujours en haletant comme un petit chien, la langue pendante. Alors ça y est, il a enfin eu sa chance…

— Oui, je veux dire, je savais bien qu'il était amoureux de moi quand on était jeune, mais je ne savais pas à quel point…

— Mon Dieu, tu devais être aveugle ! Il était fou amoureux de toi. Mon Dieu, que c'est romantique ! Pendant toutes ces années il était là à se languir de toi et puis tu finis par le regarder au fond des yeux et tu y découvres le grand amour.

Anna posa une main sur son cœur en un geste théâtral et Erica ne put s'empêcher de rire. Ça, c'était la sœur qu'elle connaissait et adorait.

— Ben, ça ne s'est pas passé exactement comme ça. Il a été marié entre-temps, mais sa femme l'a quitté il y a un an et maintenant il est divorcé et habite à Tanumshede.

— Il fait quoi, c'est un manuel ? Ne me dis pas qu'il est artisan, je serais carrément jalouse. J'ai toujours rêvé de faire l'amour avec un plombier.

Comme un enfant, Erica tira la langue à Anna, qui lui tira la langue en retour.

— Non, il n'est pas artisan. Il est policier, puisque tu tiens à le savoir.

— Policier, rien que ça. Un homme avec une matraque, autrement dit. Bon, c'est pas mal non plus…

Erica avait presque oublié à quel point sa sœur pouvait être taquine, et elle se contenta de remuer la tête avec lassitude pendant qu'elle servait le café. Habituée à la maison, Anna alla prendre le lait dans le frigo et en versa un peu dans sa tasse et un peu dans celle d'Erica. Le sourire coquin disparut de son visage et Erica comprit qu'elles étaient maintenant arrivées à la raison du brusque débarquement à Fjällbacka.

— Oui, mon histoire d'amour à moi est terminée. Définitivement. Ça fait sans doute des années qu'elle est finie, mais je ne l'ai compris que maintenant.

Elle se tut et regarda tristement le café dans sa tasse.

— Je sais que tu n'as jamais apprécié Lucas, mais je l'ai réellement aimé. C'est bizarre, mais j'arrivais toujours à rationaliser le fait qu'il me frappe, il demandait toujours pardon et il jurait qu'il m'aimait, en tout cas au début. D'une façon ou d'une autre je réussissais sans doute à me convaincre que c'était ma faute. Si seulement j'arrivais à être une meilleure épouse, une meilleure amante et une meilleure maman, il n'aurait pas besoin de me taper.

Anna répondait aux questions d'Erica sans même que sa sœur ait à les poser.

— Oui, je sais que ça paraît insensé, mais j'étais incroyablement douée pour l'auto-persuasion. Et puis il était quand même un bon père pour Emma et Adrian et, à mes yeux, ça excusait beaucoup de choses. Je ne voulais pas leur enlever leur papa.

— Mais il s'est passé quelque chose ?

Erica aida Anna à en venir au fait. Elle voyait à quel point elle avait du mal à raconter. Sa fierté aussi en avait pris un coup, et Anna avait toujours été quelqu'un d'extrêmement fier qui n'avouait pas volontiers qu'elle avait tort.

— Oui, il s'est passé quelque chose. Hier soir il s'en est pris à moi, comme d'habitude. De plus en plus souvent d'ailleurs. Mais hier…

La voix d'Anna se brisa et elle dut déglutir plusieurs fois pour réprimer les pleurs.

— Hier il s'en est pris à Emma. Il était en pleine crise et elle est arrivée au moment où ça se passait et il n'a pas pu s'arrêter.

Anna déglutit une nouvelle fois.

— Nous sommes allés aux urgences et ils ont constaté qu'elle avait un os du bras fêlé.

— Ils ont dénoncé Lucas à la police, je suppose ?

Erica sentait la colère former une boule dure dans son ventre, une boule qui grossissait de plus en plus.

— Non. Le mot sortit, à peine audible, et les larmes commencèrent à couler le long des joues d'Anna. Non, on a dit qu'elle était tombée dans l'escalier.

— Mon Dieu, mais ils ont vraiment cru ça ?

Anna sourit de travers.

— Tu sais bien comme Lucas peut être charmant. Il a réussi à mettre aussi bien le médecin que l'infirmière dans sa poche et ils l'ont presque plaint autant qu'Emma.

— Mais Anna, alors c'est toi qui dois porter plainte contre lui. Tu ne peux tout de même pas le laisser s'en tirer comme ça ?

Elle regarda sa sœur en larmes. La pitié se disputait avec la colère. Anna se ratatina sous son regard.

— Ça ne se reproduira plus, j'y veillerai. J'ai fait semblant d'écouter ses excuses puis j'ai rempli la voiture et j'ai filé dès qu'il a été parti au boulot. Je ne retournerai pas avec lui, Lucas ne fera plus jamais de mal aux enfants. Si j'avais porté plainte, ils auraient contacté les autorités sociales et alors ils nous auraient peut-être enlevé les enfants à tous les deux.

— Mais Lucas ne va jamais te regarder prendre les enfants sans rien dire, Anna. Sans une déposition à la police et une enquête, comment est-ce que tu pourras exiger d'avoir seule la garde des enfants ?

— Je ne sais pas, je ne sais pas, Erica. Je n'ai pas la force d'y penser maintenant, j'étais simplement obligée de m'éloigner de lui. Le reste viendra après. Ne m'engueule pas, s'il te plaît !

Erica posa sa tasse sur la table, se leva et alla prendre sa sœur dans ses bras. Elle lui caressa les cheveux tout en fredonnant pour la calmer. Elle la laissa pleurer tout son soûl sur son épaule et sentit son pull devenir de plus en plus mouillé. En même temps, sa haine envers Lucas grandissait. Elle avait vraiment envie de lui casser la gueule, à ce salopard.

Birgit regarda la rue, dissimulée derrière le rideau. A voir comme elle rentrait la tête dans les épaules, Karl-Erik vit qu'elle était tendue. Elle avait arpenté la maison, tout angoissée, depuis que ce policier avait appelé. Pour sa part, il avait senti un grand calme en lui pour la première fois depuis longtemps. Karl-Erik avait l'intention de donner toutes les réponses au policier – s'il posait les questions adéquates.

Les secrets avaient couvé en lui, brûlants, pendant tant d'années. D'une certaine manière, cela avait été plus facile pour Birgit. Sa façon de gérer la situation avait été de refouler ce qui s'était passé. Elle refusait d'en parler et papillonnait dans la vie comme si de rien n'était. Pourtant, tout avait bel et bien eu lieu. Et pas un jour ne s'était passé sans qu'il y pense, et chaque fois le fardeau avait paru plus lourd à porter. Il savait que, vu de l'extérieur, Birgit semblait être la plus forte des deux. En société, elle scintillait comme une étoile quand lui n'était que l'homme gris et invisible à son côté. Elle portait ses beaux vêtements, ses bijoux coûteux et son maquillage comme une cuirasse.

Quand ils rentraient à la maison après une autre soirée pétillante et joyeuse, et qu'elle enlevait son armure, c'était comme si elle s'affaissait pour devenir rien. Tout ce qui restait alors était un enfant tremblant et inquiet qui s'accrochait à lui, réclamant son soutien. Tout au long de leur mariage, il avait été déchiré entre différents sentiments pour son épouse. Sa beauté et sa fragilité éveillaient sa tendresse et son instinct de protection le faisait se sentir mâle, mais sa répugnance à affronter les aspects plus difficiles de la vie l'irritait parfois jusqu'à le rendre dingue. Ce qui le mettait le plus en rogne était de savoir qu'au fond elle n'était pas bête du tout. Depuis son enfance, on avait inculqué à son épouse qu'une femme doit à tout prix dissimuler qu'elle a une quelconque forme d'intelligence et mettre toute son énergie à être seulement belle et désemparée. A plaire. Quand ils étaient jeunes mariés, il n'avait pas trouvé ça bizarre, c'était l'esprit de l'époque. Mais l'époque avait changé et exigeait de tout autres choses des hommes et des femmes. Il s'était adapté, contrairement à sa femme. Voilà pourquoi cette journée allait être très difficile pour elle. Karl-Erik sentait qu'elle savait ce qu'il avait l'intention de faire. C'était même la raison pour laquelle pendant près de deux heures elle avait erré d'une pièce à l'autre. Mais il savait aussi qu'elle n'allait pas le laisser divulguer leurs secrets de famille sans résistance.

— Pourquoi faut-il que Henrik soit présent ?

Birgit se tourna vers lui en se tordant les mains, angoissée.

— La police voulait parler avec la famille et Henrik fait partie de la famille, n'est-ce pas ?

— Oui, mais je trouve tout bonnement inutile de l'impliquer. J'imagine que la police veut seulement poser quelques questions simples et c'est bête de le faire venir pour ça. Non, ça me paraît tout à fait inutile.

Sa voix montait et descendait au rythme des questions non dites. Il la connaissait si bien.

— Tiens, le voilà.

Birgit s'écarta vivement de la fenêtre. Un moment s'écoula avant qu'ils entendent la sonnette. Karl-Erik prit une profonde inspiration et alla ouvrir, tandis que Birgit allait rejoindre Henrik qui attendait dans le séjour, assis dans le canapé et plongé dans ses pensées.

— Bonjour. Je suis Patrik Hedström.

— Karl-Erik Carlgren.

Ils se serrèrent poliment la main et Karl-Erik se dit que le policier devait avoir l'âge d'Alex. Il faisait souvent ce genre d'estimation désormais. Des réflexions sur les gens par rapport à Alex.

— Entrez. J'ai pensé qu'on pourrait s'installer dans le séjour pour parler.

Patrik eut l'air un peu surpris en voyant Henrik, mais retrouva rapidement son aplomb et salua Birgit d'abord, puis Henrik. Ils s'assirent autour de la table basse et s'ensuivit un long moment de silence pesant. Pour finir, Patrik prit la parole.

— Oui, la nécessité de cet entretien s'est imposée un peu vite, et je vous suis reconnaissant d'avoir pu me recevoir dans un délai si court.

— On se demandait seulement s'il s'est passé quelque chose de particulier ? Vous avez du nouveau ? Ça fait un moment qu'on n'a pas eu de vos nouvelles…

La phrase s'éteignit et Birgit regarda Patrik, pleine d'espoir.

— On progresse lentement mais sûrement, c'est la seule chose que je peux vous dire actuellement. Le meurtre d'Anders Nilsson a apporté un autre éclairage à l'affaire aussi.

— Oui, je comprends. Alors, est-ce que vous avez pu établir si c'est la personne qui a tué notre fille qui a aussi tué Anders ?

Le verbiage de Birgit avait un ton frénétique et Karl-Erik dut refréner une impulsion de se pencher en avant et de poser une main apaisante sur celle de son épouse. Non, aujourd'hui il lui fallait résister au rôle de protecteur devenu comme une seconde nature chez lui.

Un instant, il s'autorisa à s'envoler en pensées, loin du présent vers un passé qui lui paraissait si lointain. Il regarda autour de lui dans le séjour avec quelque chose qui tenait de l'aversion. Avec quelle facilité ils avaient cédé à la tentation ! On pouvait presque sentir l'odeur de l'argent du crime. Cette maison à Kålltorp était plus que ce dont ils auraient jamais osé rêver quand les filles étaient petites. Elle était grande et spacieuse, avec les détails des années trente conservés, mais toutes les commodités modernes. Vu le salaire qui allait avec le travail à Göteborg ils avaient enfin eu les moyens.

La pièce où ils se trouvaient était la plus grande. Beaucoup trop meublée à son goût, mais Birgit avait un penchant pour les choses lustrées et brillantes et tout était pratiquement flambant neuf. Tous les trois ans environ, Birgit se plaignait de la vétusté du mobilier, disait qu'elle en avait par-dessus la tête de la décoration et, après quelques semaines de regards suppliants, il cédait en général et sortait le portefeuille. C'était comme si elle pouvait se réinventer, encore et encore, elle-même et sa vie en s'entourant toujours de choses neuves. En ce moment, elle était dans une période Laura Ashley et la pièce était si remplie de tissus avec roses et volants qu'elle l'étouffait avec sa féminité. Mais il savait qu'il n'aurait à le supporter que quelques années tout au plus. S'il avait de la chance, au prochain renouvellement du décor, Birgit opterait pour des fauteuils Chesterfield et des motifs de chasse anglais. D'un autre côté, s'il n'avait pas de chance, il aurait peut-être des tigres partout la prochaine fois.

Patrik s'éclaircit la gorge.

— Il y a pour moi quelques points obscurs et j'aimerais avoir votre aide pour les élucider.

Personne ne dit rien, si bien qu'il continua.

— Est-ce que vous savez comment Alex et Anders Nilsson se connaissaient ?

Henrik eut l'air perplexe, et Karl-Erik comprit qu'il ne savait rien. Cela lui fit du mal, mais tant pis.

— Ils étaient dans la même classe, mais ça fait beaucoup d'années maintenant.

Birgit se tortilla nerveusement dans le canapé à côté de son gendre. Henrik prit la parole :

— Je reconnais le nom. Il me semble qu'Alex avait quelques tableaux de lui en vente à la galerie ?

Patrik hocha la tête. Henrik poursuivit :

— Je ne comprends pas, y aurait-il eu d'autres liens entre eux ? Quelle raison y aurait-il de vouloir tuer à la fois ma femme et l'un des peintres qu'elle exposait ?

— C'est cela que nous essayons de savoir.

Patrik hésita avant de continuer.

— Malheureusement, nous avons également pu établir qu'ils entretenaient une liaison.

Dans le silence qui suivit, Karl-Erik vit une foule de sentiments parcourir les visages en face de lui, celui de Birgit et celui de Henrik. Pour sa part, il ne ressentit qu'un léger étonnement, mais il se calma rapidement, apaisé par la certitude que le policier disait forcément vrai. Vu les circonstances, tout était normal.

Birgit tenait la main devant sa bouche dans une expression d'effarement et le visage de Henrik perdit lentement toute sa couleur. Karl-Erik vit que Patrik Hedström se sentait mal à l'aise dans le rôle de porteur de mauvaises nouvelles.

— Vous devez vous tromper.

Ne sachant que faire, Birgit regarda autour d'elle, mais ne trouva de soutien chez aucune des personnes présentes.

— Pourquoi notre Alex aurait-elle eu une liaison avec un type pareil ?

Elle exhorta Karl-Erik des yeux, mais il refusa de croiser son regard et préféra fixer ses propres mains. Henrik ne dit rien, mais c'était comme s'il s'affaissait.

— Vous ne savez pas s'ils avaient gardé le contact après votre déménagement ?

— Non, j'ai du mal à l'imaginer. Alex a coupé tous les liens quand nous sommes partis de Fjällbacka.

De nouveau, c'était Birgit qui parlait, tandis que Henrik et Karl-Erik se taisaient.

— Il y a autre chose que je voulais vous demander. Vous avez déménagé au milieu du semestre, quand Alex

424

était en sixième. Pourquoi ? Ça s'est fait très rapidement aussi ?

— Ça n'a absolument rien d'étrange. Karl-Erik avait eu une offre professionnelle fabuleuse et il ne pouvait tout simplement pas dire non. Il était obligé de se décider vite, ils avaient besoin de quelqu'un tout de suite, c'est pour ça que ça s'est fait si rapidement.

Elle tournait sans cesse ses mains sur ses genoux en parlant.

— Mais vous n'avez pas inscrit Alex dans une école à Göteborg ? Vous l'avez envoyée dans un pensionnat en Suisse. Pour quelle raison ?

— Notre situation économique s'est considérablement améliorée avec ce nouvel emploi de Karl-Erik et nous voulions donner à Alex les meilleures chances dans la vie, dit Birgit.

— Mais n'y avait-il pas de bonnes écoles à Göteborg où vous auriez pu l'inscrire ?

Inexorablement, Patrik martelait ses questions et Karl-Erik ne put s'empêcher d'admirer sa ténacité. Un jour lui-même aussi avait été jeune et enthousiaste. Désormais, il n'était que fatigué.

Birgit continua :

— Bien sûr que si, mais imaginez le carnet d'adresses qu'elle allait obtenir en fréquentant une école internationale en Suisse. Il y avait même deux princes, et c'est quand même un sacré atout de démarrer dans la vie avec de tels contacts.

— Vous l'avez accompagnée en Suisse ?

— Bien entendu, nous sommes allés avec elle pour l'inscription, si c'est cela que vous voulez dire. Evidemment.

425

— Ben, ce n'est pas exactement ce que je voulais dire.

Patrik regarda son bloc-notes pour ne pas se tromper sur les dates.

— Alexandra a arrêté l'école au milieu du semestre du printemps 1977. Elle a été inscrite à l'internat au printemps 1978 et c'est à ce moment-là que Karl-Erik a pris son poste ici à Göteborg. Ma question est donc de savoir où vous étiez pendant l'année entre ces deux dates.

Une ride s'était formée entre les sourcils de Henrik et son regard allait de Birgit à Karl-Erik. Tous deux évitaient ses yeux et Karl-Erik sentit une douleur lancinante dans la région du cœur qui lentement prenait de l'ampleur.

— Je ne comprends pas où vous voulez en venir avec ces questions ? Quelle importance si nous avons déménagé en 1977 ou en 1978 ? Notre fille est morte et vous, vous venez nous poser des questions comme si nous étions les coupables. Il a dû y avoir une erreur quelque part, tout simplement. Quelqu'un a mal noté dans un registre, c'est forcément ça. Nous avons emménagé ici au printemps 1977 et c'est à ce moment-là qu'Alexandra a commencé son école en Suisse.

Avec regret, Patrik regarda Birgit qui s'emportait de plus en plus.

— Je suis désolé, madame Carlgren, de vous causer du désagrément. Je sais que c'est une période difficile pour vous en ce moment, mais je dois poser ces questions. Et mes informations sont exactes. Vous êtes venus vous installer ici au printemps 1978, pas avant, et pour toute l'année qui précède rien n'indique que vous vous trouviez même en Suède. Par conséquent, je dois vous demander encore une fois : Où étiez-vous pendant l'année entre le printemps 1977 et le printemps 1978 ?

Les yeux pleins de désespoir, Birgit le regarda pour chercher de l'aide, mais Karl-Erik savait qu'il ne pouvait plus lui fournir le genre d'aide qu'elle espérait. Il savait qu'il agissait en ce moment pour le bien de la famille à long terme, mais il savait aussi qu'à court terme ceci pourrait anéantir sa femme. Malgré cela, il n'avait plus le choix. Il regarda sa femme avec tristesse, puis il s'éclaircit la gorge.

— Nous étions en Suisse, moi, ma femme et Alex.

— Tais-toi Karl-Erik, ne dis rien de plus !

Il l'ignora.

— Nous étions en Suisse parce que notre fille de douze ans était enceinte.

Sans que rien ne l'ait annoncé, il vit Patrik Hedström laisser tomber son stylo tellement la réponse l'avait pris de court. Quoi que le policier eût compté ou soupçonné entendre, ça changeait tout de l'entendre dire à haute voix. Comment, d'ailleurs, quelqu'un aurait-il pu imaginer une chose aussi cruelle ?

— Quelqu'un avait abusé de ma fille – l'avait violée. Elle n'était qu'une enfant.

Il sentit sa voix se briser et il appuya fermement son poing contre ses lèvres pour essayer de se maîtriser. Au bout d'un moment, il fut en état de continuer. Birgit refusa même de le regarder, mais à présent il n'y avait plus de retour possible.

— Nous avions remarqué que quelque chose n'allait pas, mais nous ne savions pas ce que c'était. Avant, elle avait toujours été joyeuse et confiante. A un moment, au début de la sixième, elle a commencé à changer. Elle est devenue silencieuse et renfermée. Elle n'amenait plus de copines à la maison et elle pouvait rester absente des heures d'affilée sans que nous sachions où elle était. Nous ne le prenions pas trop au sérieux, nous pensions qu'il s'agissait peut-être juste d'une phase qu'elle traversait. Une pré-adolescence, peut-être, je ne saurais vous dire.

Il fut obligé de se racler la gorge de nouveau. La douleur dans sa poitrine augmentait de plus en plus.

— Ce n'est qu'au quatrième mois de sa grossesse que nous avons découvert qu'elle était enceinte. Nous aurions dû voir les signes avant, mais qui aurait pu croire... Nous ne pouvions même pas imaginer que...

— Karl-Erik, je t'en prie.

Le visage de Birgit était comme un masque gris. Henrik avait l'air assommé, comme s'il ne pouvait pas croire ce qu'il entendait. Ce qui était sans doute la vérité. Karl-Erik lui-même entendait à quel point ça paraissait incroyable quand il disait les mots à haute voix. Pendant vingt-cinq ans, ces mots avaient rongé ses entrailles. Par égard pour Birgit, il avait maîtrisé son besoin de les prononcer, mais à présent ils jaillissaient, sans retenue.

— Un avortement était impensable. Même dans ces circonstances. Nous n'avons pas non plus donné à Alex la possibilité de choisir, si toutefois elle avait pu le faire. Nous n'avons jamais demandé comment elle se sentait, ou ce qu'elle voulait. Au lieu de cela, nous avons tout éliminé par le silence, nous l'avons sortie de l'école, nous sommes partis à l'étranger et y sommes restés jusque après la naissance de l'enfant. Personne n'a rien su. Vous savez, l'éternel souci du qu'en-dira-t-on !

Il perçut lui-même l'énorme amertume dans sa voix. Rien n'avait été plus important que cela, le qu'en-dira-t-on. C'était passé avant le bonheur et le bien-être de leur propre fille. Il ne pouvait même pas attribuer toute la responsabilité de ce choix sur Birgit. Des deux, elle avait toujours été celle qui tenait le plus aux apparences, mais après des années d'examen de conscience il avait été obligé de reconnaître qu'il l'avait laissée faire parce que lui aussi souhaitait afficher une belle façade. Il sentit un reflux gastrique monter dans sa gorge, déglutit plusieurs fois et continua :

— Après qu'elle eut mis au monde l'enfant, nous l'avons inscrite à l'internat, puis nous sommes retournés à Göteborg et avons continué nos vies.

Chaque mot dégoulinait d'amertume et de mépris envers lui-même. Les yeux de Birgit étaient remplis de colère, peut-être même de haine, lorsqu'elle le dévisagea avec insistance comme pour le faire cesser par la simple force de sa volonté. Mais il savait que le processus avait démarré au moment même où Alex avait été retrouvée morte dans sa baignoire. Il avait compris que la police allait fouiller, retourner tous les cailloux et exposer au grand jour tout ce qui grouillait en dessous. Mieux valait qu'ils racontent eux-mêmes la vérité avec leurs propres mots. Ou avec ses mots à lui, ça semblait se réduire à ça. Il aurait peut-être dû faire ceci plus tôt, mais il avait fallu du temps pour que le courage se construise. L'appel téléphonique de Patrik Hedström avait été le dernier petit coup de pouce qui lui manquait.

Il savait qu'il avait laissé beaucoup de choses de côté, mais une fatigue était venue s'étaler sur lui comme une couverture et il laissa Patrik prendre la relève et poser les questions qui pourraient remplir les trous. Il se pencha en arrière dans le fauteuil et serra fort les accoudoirs. Henrik le devança. Sa voix tremblait très nettement.

— Pourquoi n'avez-vous jamais rien dit ? Pourquoi Alex n'a-t-elle jamais rien dit ? Je savais qu'elle me cachait quelque chose, mais une chose pareille ?

Karl-Erik écarta les mains en un geste de résignation. Il n'y avait rien qu'il puisse dire au mari d'Alex.

Patrik avait lutté pour conserver son professionnalisme, mais il était visiblement ébranlé. Il ramassa le stylo qu'il avait perdu par terre et essaya de se concentrer sur le bloc-notes devant lui.

— Qui est-ce qui avait abusé d'Alex ? C'était quelqu'un à l'école ?

Karl-Erik ne fit que hocher la tête.

— Est-ce que c'était… Patrik hésita. Est-ce que c'était Nils Lorentz ?

— Qui est Nils Lorentz ? demanda Henrik.

Birgit lui répondit, avec une résonance d'acier dans la voix.

— Il était remplaçant à l'école. C'est le fils de Nelly Lorentz.

— Mais où il est maintenant ? Il a quand même dû se retrouver en prison pour ce qu'il avait fait à Alex ?

Henrik paraissait lutter fort pour comprendre ce que Karl-Erik venait de raconter.

— Il a disparu il y a vingt-cinq ans. Personne ne l'a vu depuis. Mais ce que j'aimerais savoir aussi, c'est pourquoi il n'y a jamais eu de plainte. J'ai cherché dans nos archives et aucune plainte n'a jamais été déposée contre lui.

Karl-Erik ferma les yeux. Patrik n'avait pas formulé sa question comme une accusation, mais c'est comme ça que Karl-Erik la ressentait. Chaque mot lui transperçait la peau comme des aiguilles et lui rappelait la terrible erreur qu'ils avaient commise vingt-cinq ans auparavant.

— Nous n'avons jamais porté plainte. Quand nous avons compris qu'Alex était enceinte et quand elle nous a raconté ce qui s'était passé, je me suis rué chez Nelly et lui ai dit ce que son fils avait fait. Mon intention, je vous l'assure, était de le dénoncer à la police et je l'ai dit à Nelly aussi, mais…

— Mais Nelly est venue me voir et a proposé qu'on règle l'histoire sans y mêler la police, dit Birgit, assise dans le canapé raide comme un piquet. Elle m'a dit qu'il n'y avait aucune raison d'humilier Alex davantage en donnant l'occasion à tout Fjällbacka d'en jaser. Nous ne pouvions qu'être d'accord et nous avons jugé que notre fille aurait tout à y gagner si nous pouvions gérer l'affaire en famille. Nelly a promis qu'elle s'occuperait de Nils de la façon appropriée.

— Nelly m'a aussi trouvé un travail très bien payé ici à Göteborg. Je suppose que la cupidité a pris le dessus et que la promesse de monts et merveilles nous a aveuglés.

Karl-Erik était sans pitié dans sa sincérité envers lui-même. Fini le temps où on se voilait la face.

— Ça n'avait rien à voir avec ça. Comment peux-tu dire une chose pareille, Karl-Erik ! Nous n'avions que le bien d'Alex en tête. Qu'avait-elle à y gagner que tout le monde sache ce qui s'était passé ? Nous lui avons offert une chance de poursuivre sa vie.

— Non, Birgit, nous nous sommes donné, à nous, une chance de poursuivre nos vies. Alex a perdu cette chance-là quand nous avons choisi de nous taire.

Ils se regardèrent par-dessus la table et Karl-Erik savait que certains dégâts seraient à jamais irréparables. Elle ne comprendrait jamais.

— Et l'enfant ? Que lui est-il arrivé ? Vous l'avez donné à adopter ?

Silence. Puis une voix se fit entendre à la porte.

— Non, l'enfant n'a pas été donné à adopter. Ils ont décidé de garder l'enfant et de lui mentir sur son identité.

— Julia ! Je croyais que tu étais dans ta chambre !

Karl-Erik se retourna et vit Julia à la porte. Elle avait dû descendre l'escalier sur la pointe des pieds, parce que personne ne l'avait entendue venir. Il se demanda depuis combien de temps elle était là.

Elle était appuyée contre le chambranle de la porte, les bras croisés. La masse peu gracieuse de son corps rayonnait de défi. Bien qu'il fût déjà quatre heures de l'après-midi, elle n'avait pas encore quitté son pyjama. Apparemment, elle ne s'était pas douchée non plus depuis au moins une semaine. Karl-Erik sentit la pitié se mêler à la douleur dans sa poitrine. Son pauvre, pauvre vilain petit canard.

— S'il n'y avait pas eu Nelly, ou je dois peut-être l'appeler "grand-mère", vous n'auriez jamais rien dit, n'est-ce pas ? Vous ne vous seriez jamais décidés à raconter que ma maman n'est pas ma maman, mais ma grand-mère et que papa n'est pas mon papa mais mon grand-père, et surtout, que ma sœur n'est pas ma sœur, mais ma maman. Tu arrives à suivre, ou je te le refais ? C'est un peu compliqué, je suis d'accord.

La question sarcastique s'adressait à Patrik, et on aurait presque dit que Julia se régalait de son expression effarée.

— Assez pervers, tu ne trouves pas ?

Elle baissa la voix en un chuchotement théâtral et posa son index devant ses lèvres.

— Mais chut, tu ne dois le raconter à personne. Tu imagines ce que les gens pourraient dire ? Ils pourraient se mettre à jaser sur la bonne famille Carlgren.

Elle haussa le ton de nouveau.

— Mais heureusement, Nelly m'a tout révélé l'été dernier quand je travaillais à l'usine. Elle m'a raconté ce que j'avais le droit de savoir. Qui je suis en réalité. Avoir une grande sœur comme Alex n'a jamais été facile, mais je l'adulais. Elle était tout ce que je voulais être, tout ce que je n'étais pas. J'ai bien vu comment vous la regardiez et comment vous me regardiez, moi. Et Alex, qui ne semblait pas se soucier de moi, ça me faisait l'adorer encore plus. Maintenant, je comprends pourquoi. Elle devait avoir le plus grand mal à me voir. La bâtarde née d'un viol auquel vous l'avez obligée à penser chaque fois qu'elle me voyait. Vous vous rendez compte de la cruauté que ça représente !

Karl-Erik sursauta comme s'il avait reçu une gifle. Il savait qu'elle avait raison. Ça avait été terriblement cruel de garder Julia et par là même de forcer Alex à revivre encore et encore l'horreur qui avait mis un terme à son enfance. Ça n'avait pas non plus été juste vis-à-vis de Julia. Lui et Birgit n'avaient pas su faire abstraction de la manière dont elle avait été conçue. Elle l'avait probablement senti dès le départ, elle qui avait vu le jour en criant et avait ensuite continué à crier et à s'opposer au monde entier pendant toute son enfance et sa jeunesse. Julia n'avait jamais raté une occasion de se rendre impossible et lui et Birgit avaient été trop vieux pour s'occuper d'un petit enfant, surtout un enfant aussi exigeant que Julia.

D'une certaine façon, cela avait été un soulagement lorsqu'elle était arrivée à la maison un jour, l'été dernier, la rage suintant de tous les pores et leur balançant sa hargne à la face. Ils n'avaient pas été surpris que Nelly ait pris l'initiative de le raconter à Julia. Nelly était une vieille harpie qui ne se souciait que de ses propres intérêts, et si elle avait quoi que ce soit à gagner en le racontant à Julia, elle le ferait. C'est pour ça qu'ils avaient essayé de dissuader Julia d'accepter l'offre de ce boulot d'été, mais Julia, obstinée comme d'habitude, avait tenu bon.

Lorsque Nelly lui avait raconté la vérité, un nouveau monde s'était ouvert à Julia. Pour la première fois elle rencontrait quelqu'un qui voulait réellement d'elle, qui ne la reniait pas. Il y avait Jan dans la vie de Nelly, mais les liens du sang comptaient plus, et elle avait dit à Julia qu'elle pensait lui laisser sa fortune, le jour venu. Karl-Erik comprenait très bien quel effet cela pouvait avoir sur Julia. Elle était en rage contre ceux qu'elle avait pris pour ses parents et elle adorait Nelly avec la même intensité qu'elle avait adoré Alex. Tout cela passa par la tête de Karl-Erik quand il la vit là, dans l'ouverture de la porte, la lumière douce de la cuisine dans le dos. Le plus triste cependant était que Julia ne comprendrait jamais qu'ils l'aimaient réellement, même si plus d'une fois quand ils l'avaient regardée, elle leur avait rappelé l'horreur du passé. Mais elle avait été comme un oiseau perdu dans la maison et ils s'étaient sentis maladroits et désemparés face à elle. Ils l'étaient encore, et désormais il leur faudrait probablement admettre qu'ils l'avaient perdue pour toujours. Elle se trouvait physiquement dans leur foyer, mais mentalement elle les avait déjà quittés.

Henrik semblait avoir du mal à respirer. Il inclina la tête vers ses genoux et ferma les yeux. Un instant Karl-Erik se demanda s'il avait bien fait de lui demander de venir assister à ceci. Il l'avait fait parce qu'il estimait que Henrik méritait d'apprendre la vérité. Lui aussi avait aimé Alex.

— Mais Julia…

Birgit tendit les bras vers Julia dans un geste gauche et suppliant, mais Julia lui tourna dédaigneusement le dos et ils l'entendirent monter l'escalier de son pas lourd.

— Je regrette vraiment. J'avais compris que quelque chose clochait mais je n'avais jamais imaginé ceci. Je ne sais pas quoi dire.

Patrik écarta les mains en un geste d'impuissance.

— Non, je crois que nous ne savons pas nous-mêmes ce qu'il faut dire. Surtout ce qu'il faut qu'on se dise.

Karl-Erik scruta sa femme.

— Combien de temps ces abus avaient-ils duré, vous le savez ? demanda Patrik.

— Nous ne sommes pas sûrs. Alex n'a pas voulu en parler. Probablement au moins quelques mois, peut-être un an même. Karl-Erik hésita. Et de ce fait vous avez la réponse à votre question de tout à l'heure.

— Laquelle ? dit Patrik.

— Celle sur le lien entre Alex et Anders. Anders aussi était une victime. La veille de notre déménagement, nous avons trouvé un petit mot qu'Alex avait écrit à Anders. Il en ressortait que Nils avait abusé de lui aussi. Apparemment ils avaient compris, ou appris, qu'ils étaient tous deux dans la même situation, je ne sais pas comment, et s'étaient rapprochés pour trouver une consolation. J'ai pris le bout de papier et je suis allé voir Vera Nilsson. Je lui ai raconté ce qui était arrivé à Alex et ce qui était probablement arrivé à Anders aussi. C'est parmi les choses les plus difficiles que j'ai faites dans ma vie. Anders est, ou était, se corrigea-t-il rapidement, tout ce qu'elle avait. Quelque part au fond de moi je crois que j'espérais que Vera ferait ce que nous n'avions pas eu le courage de faire – de dénoncer Nils pour qu'il réponde de ses actes. Mais rien ne s'est passé, et je suppose que Vera était aussi faible que nous.

Inconsciemment, il s'était mis à se masser la poitrine avec le poing. La douleur ne faisait qu'augmenter en intensité et elle avait commencé à irradier jusque dans ses doigts.

— Et vous n'avez aucune idée de ce qui est arrivé à Nils ?

— Non, aucune idée. Mais où qu'il soit, j'espère qu'il souffre, ce salopard.

La douleur devint foudroyante. Ses doigts s'étaient engourdis et il comprit que quelque chose n'allait pas. Quelque chose n'allait vraiment pas. La douleur avait réduit son champ de vision et même s'il voyait les bouches des autres remuer, c'était comme si toutes les images et tous les sons l'atteignaient au ralenti. Un instant, il fut content de constater que la colère avait disparu des yeux de Birgit, mais en voyant qu'elle était remplacée par de l'inquiétude, il comprit qu'il se passait quelque chose de grave. Ensuite, l'obscurité prit le dessus.

Après le transport en catastrophe dans l'ambulance à l'hôpital Sahlgrenska, Patrik resta dans sa voiture et essaya de récupérer son souffle. Il avait suivi l'ambulance et était resté avec Birgit et Henrik jusqu'à ce qu'on leur apprenne que l'infarctus de Karl-Erik était grave, certes, mais qu'il avait maintenant passé le stade critique.

Cette journée avait été l'une des plus bouleversantes de sa vie. Il avait vu beaucoup d'horreur pendant ses années dans la police, mais jamais il n'avait entendu une histoire aussi tragique et déchirante que celle de Karl-Erik cet après-midi.

Patrik savait reconnaître la vérité quand il l'entendait, mais il avait du mal à accepter ce qu'il avait entendu. Comment pouvait-on continuer à vivre après avoir enduré ce qu'Alex avait vécu ? Non seulement elle avait été violée et privée de son enfance, mais elle avait en plus été obligée de vivre confrontée au rappel constant de ce qui s'était passé. Même en faisant de gros efforts, il n'arrivait pas à comprendre le comportement des parents. Il lui paraissait inconcevable de laisser ainsi le coupable s'en tirer quand on avait une fille qui s'était fait violer, et il concevait encore moins qu'on choisisse le silence. Comment les apparences qu'on se donne pouvaient-elles être plus importantes que la vie et la santé de son propre enfant ? Totalement incompréhensible.

Il restait les yeux fermés et la nuque appuyée contre le repose-tête. La nuit avait commencé à tomber et il devrait prendre le chemin du retour, mais il se sentait mou et sans volonté. Même la pensée d'Erica qui l'attendait n'arrivait pas à le faire démarrer la voiture et rentrer. Sa vision foncièrement positive de la vie avait été ébranlée jusque dans ses fondements et pour la première fois il se demandait si le bon dans l'homme était réellement supérieur au mal.

En même temps, d'un autre côté, il se sentait un peu coupable. L'effroyable histoire l'avait certes profondément touché, mais il avait aussi ressenti une satisfaction professionnelle lorsque les morceaux étaient tombés à leur place l'un après l'autre. Tant de questions avaient trouvé leur réponse cet après-midi. Pourtant, sa frustration en était maintenant accrue. Car si nombre d'éléments avaient été élucidés, il tâtonnait toujours dans le noir pour identifier l'assassin d'Alex et Anders. Le passé recelait peut-être le mobile du crime mais tout aussi bien n'y avait-il aucun rapport, même si cela lui semblait peu probable. En fin de compte, le seul lien clair et net qu'il avait trouvé entre Alex et Anders se trouvait là.

Mais pourquoi quelqu'un les aurait-il tués à cause de viols commis plus de vingt-cinq ans auparavant ? Et dans ce cas, pourquoi si tard ? Qu'est-ce qui avait mis en branle quelque chose resté en léthargie pendant tant d'années et dont le résultat était deux meurtres commis à quelques semaines d'intervalle seulement ?

Le plus frustrant était qu'il ignorait totalement dans quelle direction il devait poursuivre.

Si l'après-midi avait signifié une grande percée dans l'enquête, celle-ci les avait en même temps conduits dans une impasse. Patrik passa mentalement en revue ce qu'il avait fait et entendu au cours de la journée et il lui vint alors à l'esprit qu'il disposait d'un indice particulièrement concret dans sa voiture. Un truc qu'il avait oublié dans le contrecoup de sa visite chez les Carlgren et le tumulte qui avait suivi l'infarctus dramatique de Karl-Erik. Il ressentit de nouveau le même enthousiasme que dans la matinée et il se dit qu'il avait une possibilité unique de vérifier l'indice de plus près. Tout ce dont il avait besoin, c'était d'un peu de chance.

Il alluma son téléphone portable, ignora les trois messages sur la messagerie et appela les renseignements pour obtenir le numéro de l'hôpital Sahlgrenska. On lui fournit le numéro du standard et il demanda qu'on établisse la communication.

— Hôpital Sahlgrenska.

— Oui, bonjour, je m'appelle Patrik Hedström. Je cherche à joindre un Robert Ek qui devrait travailler chez vous en médecine légale ?

— Un instant, je vérifie.

Patrik retint sa respiration. Robert était un ancien copain de l'école de police qui avait poursuivi ses études pour devenir technicien de médecine légale. Ils avaient été les meilleurs copains du monde pendant leurs études mais avaient ensuite perdu le contact. Patrik se souvenait vaguement d'avoir entendu dire que Robert travaillait à Sahlgrenska et il croisa les doigts.

— Voyons voir. Oui, nous avons un Robert Ek qui travaille ici. Je vous passe la médecine légale ?

Patrik jubila intérieurement.

— Oui, s'il vous plaît.

Il entendit quelques sonneries, puis la voix familière de Robert.

— Médecine légale, Robert Ek.

— Salut Rob, tu me reconnais ?

Il y eut quelques secondes de silence. Patrik était sûr que Robert ne reconnaîtrait pas sa voix et il était sur le point de lui fournir quelques indices quand il entendit un hurlement dans le portable.

— Patrik Hedström, mon vieux pote ! Putain, ça fait un bail ! Qu'est-ce qui me vaut cet honneur ? Je veux dire, ce n'est pas exactement tous les jours que tu m'appelles.

La voix de Robert était moqueuse et Patrik se sentit un peu honteux. Il savait qu'il n'était pas très bon pour donner de ses nouvelles et garder le contact avec les gens. Robert avait été bien meilleur pour ça, mais Patrik ne lui retournant jamais ses appels il avait dû finir par se lasser. Et maintenant qu'il l'appelait enfin, c'était pour lui demander un service. Ce n'était pas très sympa, mais il était trop tard cependant pour faire marche arrière.

— Oui, je sais, je suis totalement nul pour donner signe de vie. En ce moment, je me trouve dans le parking de Sahlgrenska, et ça m'est revenu que tu travaillais ici. Alors je me suis dit que je ferais bien un saut pour te dire bonjour.

— Mais oui, viens, viens. Je suis super content de te voir.

— Comment je fais pour te trouver ? Tu travailles où exactement ?

— On est installé au sous-sol. Tu passes par l'entrée, tu descends avec l'ascenseur, tu tournes à droite et tu prends le couloir aussi loin que tu peux. Tout au bout il y a une porte et c'est là que nous sommes. Tu n'as qu'à sonner, et je te ferai entrer. Putain, ça va me faire plaisir de te voir.

— A moi aussi. Bon, à tout de suite alors.

De nouveau, Patrik eut honte de s'apprêter à tirer profit d'un vieil ami, cela dit, d'un autre côté, Robert avait quelques dettes envers lui. Du temps de leurs études, Robert vivait avec une certaine Susanne, sa fiancée, mais il avait parallèlement une aventure avec l'une de leurs copines de fac, qui elle aussi avait un copain fixe. Cela avait duré près de deux ans, et Patrik ne comptait plus le nombre de fois où il avait sauvé la mise à Robert. Il avait servi d'alibi un paquet de fois et avait dû faire preuve d'une grande imagination quand Susanne appelait et demandait s'il savait où était Robert.

Aujourd'hui, après coup, il se disait que cela n'était pas vraiment à leur honneur, ni au sien ni à celui de Robert. Mais ils étaient jeunes et immatures à cette époque-là et, pour être tout à fait franc, Patrik avait trouvé cela assez viril et avait même certainement un peu envié Robert, qui jonglait ainsi avec deux nanas. Bien entendu, la bulle avait fini par éclater et Robert s'était retrouvé à la fois sans appartement et sans copines. Mais en don juan né, il n'avait pas eu besoin de camper très longtemps chez Patrik avant de trouver une nouvelle fille chez qui emménager.

Quand Patrik avait entendu dire que Robert travaillait à Sahlgrenska, il avait aussi appris qu'il était marié maintenant et avait des enfants, ce qu'il avait du mal à concevoir. Ce serait l'occasion de vérifier ce qu'il en était.

Il enfila des couloirs d'hôpital apparemment interminables et, bien que cela parût très simple quand Robert avait décrit le chemin, Patrik réussit à se perdre deux fois avant de se trouver enfin devant la bonne porte. Il sonna et attendit. La porte s'ouvrit d'un coup sec.

— Saluuut !

Leur accolade fut cordiale puis chacun fit un pas en arrière pour voir les dégâts des années sur l'autre. Patrik put constater que le temps avait été clément avec Robert et il espéra que Robert pensait la même chose de lui. Par précaution, il rentra le ventre et bomba un peu le torse.

— Entre, entre.

Robert montra le chemin de son bureau, qui se révéla être un petit réduit offrant à peine la place pour une personne, et encore moins pour deux. Patrik examina Robert de plus près une fois assis en face de lui devant sa table de travail. Ses cheveux blonds étaient aussi bien coiffés que quand ils étaient plus jeunes et, sous la blouse blanche, ses vêtements aussi impeccables. Patrik avait toujours pensé que le besoin d'élégance de Robert servait de contrepoids au chaos qu'il avait tendance à créer dans sa vie privée. Ses regards furent attirés par une photographie sur une étagère derrière le bureau.

— C'est ta famille ?

Il ne réussit pas à dissimuler l'étonnement dans sa voix.

Robert sourit fièrement et prit la photo sur l'étagère.

— Ouais, c'est ma femme Carina et mes deux enfants, Oscar et Maja.

— Ils ont quel âge ?

— Oscar a deux ans et Maja six mois.

— Ils sont super. Ça fait combien de temps que tu es marié ?

— Trois ans maintenant. Tu n'aurais jamais cru ça, hein, que j'allais devenir père de famille ?

Patrik rit.

— Non, il faut l'avouer, c'était un pari à très haut risque.

— Oui, tu sais, quand le diable prend de l'âge, il devient croyant. Et toi ? Tu dois déjà en avoir tout un troupeau, j'imagine ?

— Non, pas exactement. Je suis divorcé, en fait. Pas d'enfants, ce qui en soi est plutôt une bonne chose dans le contexte.

— Désolé pour toi.

— Ce n'est pas si grave que ça. J'ai quelque chose en cours qui semble très prometteur, alors on verra.

— Bon, qu'est-ce qui te fait débouler comme ça sans crier gare après toutes ces années ?

Patrik se tortilla un peu, gêné de ne pas avoir donné signe de vie pendant si longtemps et, effectivement, de débouler ensuite pour demander un service.

— J'étais en ville pour le boulot et je me suis souvenu que tu travailles ici à la médecine légale. J'aurais besoin qu'on m'aide pour un truc et je n'ai tout simplement pas le temps de passer par la lenteur des canaux administratifs ordinaires. Il faudrait des semaines avant que j'obtienne une réponse et je n'ai pas ce temps-là en ce moment, ni la patience.

De toute évidence ce qu'il venait de dire attisait la curiosité de Robert. Il appuya les bouts de ses doigts les uns contre les autres et attendit que Patrik continue.

Patrik se pencha et sortit un papier sous plastique de son sac. Il le tendit à Robert qui l'inclina sous le fort éclairage de bureau pour voir de plus près ce que c'était.

— J'ai arraché cette page d'un bloc-notes chez la victime d'un meurtre. On voit les traces de quelque chose qui a été écrit sur la feuille au-dessus, mais elles ne sont pas assez profondes pour qu'on puisse voir l'ensemble de ce qu'il y a écrit. Il me semble que vous êtes équipés ici justement pour ce genre de choses ?

— Ouiii, effectivement…

Robert hésita un peu à poursuivre sa réponse, tandis qu'il continuait à examiner la feuille de papier sous la lampe.

— Mais comme tu viens de dire toi-même, il y a des règles assez strictes sur le traitement des affaires et dans quel ordre. On a des tonnes de trucs empilés en attente de traitement.

— Je m'en doute, je m'en doute. Mais je me suis dit que ce serait un truc rapide et facile à vérifier, si je te le demandais comme un service, juste de voir vite fait si c'est possible d'en tirer quelque chose, alors peut-être…

Une ride se forma entre les sourcils de Robert tandis qu'il réfléchissait à ce qu'avait dit Patrik. Ensuite, il afficha un sourire moqueur et se leva.

— Oui, bon, je suppose qu'il ne faut pas rester trop à cheval sur les principes. On n'en a que pour quelques minutes, effectivement. Viens avec moi.

Il précéda Patrik en sortant du petit bureau exigu et entra par la porte en face. C'était une pièce grande et lumineuse, remplie d'équipements divers à l'aspect étrange. Il y régnait une propreté impeccable et une ambiance aseptisée due aux murs blancs et à tous les plans de travail et armoires chromés. L'appareil dont avait besoin Robert se trouvait au fond de la pièce. Il sortit avec le plus grand soin le papier de la pochette plastique et le posa sur une plaque. Il appuya sur un bouton marqué "on" sur le côté et une lumière bleuâtre s'alluma. Brusquement, les mots apparurent avec toute la netteté souhaitée.

— Tu vois ? C'est ce que tu espérais trouver ?

Patrik parcourut le texte.

— C'est exactement ce que j'espérais que ce soit. Tu peux le laisser en place un moment pour que j'aie le temps de copier le texte ?

Robert sourit.

— Je peux faire mieux que ça. Avec cet appareil je peux faire une copie du texte que tu pourras emporter.

Un large sourire s'étala sur la figure de Patrik.

— Magnifique ! Ça serait parfait. Merci !

Une demi-heure plus tard, Patrik put s'en aller avec une photocopie de la feuille du bloc-notes d'Anders. Il avait solennellement promis à Robert de donner de ses nouvelles un peu plus souvent et il espéra qu'il allait pouvoir tenir sa promesse. Malheureusement, il se connaissait trop bien lui-même.

Le retour fut rempli d'une réflexion intense. Il adorait conduire la nuit. La tranquillité quand il était entouré d'une obscurité de velours, à peine dérangée par quelques rares voitures venant en face, lui permettait d'avoir un raisonnement beaucoup plus logique. Au puzzle déjà bien commencé, il ajouta ce qu'il avait lu sur le papier et, quand il se rangea devant sa maison à Tanumshede, il était à peu près sûr d'avoir résolu au moins une des énigmes qui le tourmentaient.

Il trouva tout bizarre d'aller se coucher sans Erica. Etrange comme on s'habituait vite aux choses, à condition que ce soit quelque chose d'agréable, et il se rendit compte qu'il avait du mal à s'endormir tout seul. Il avait été surpris par l'intensité de sa déception quand Erica l'avait appelé sur son portable pour lui dire que sa sœur était arrivée inopinément et que ce serait mieux s'il dormait chez lui. Il avait voulu en savoir davantage mais le ton de la voix d'Erica lui avait fait comprendre qu'elle ne pouvait pas s'étendre sur le sujet, il s'était alors contenté de lui dire qu'ils s'appelleraient demain et qu'elle lui manquait.

Et là, maintenant, son sommeil était perturbé par des images d'Erica et par des pensées à ce qu'il lui faudrait faire le lendemain. Pour Patrik la nuit fut très longue.

Le soir, après que les enfants s'étaient endormis, elles eurent enfin l'occasion de parler. Anna ayant apparemment besoin d'avaler un morceau, Erica avait rapidement décongelé et réchauffé quelques restes. Elle-même avait oublié de manger et ça gargouillait dans son estomac.

Anna ne fit pourtant que toucher la nourriture du bout de la fourchette, et Erica avait le ventre noué par une inquiétude qu'elle connaissait bien. Comme quand elles étaient petites, elle eut envie de prendre Anna dans ses bras, de la bercer et de lui dire que tout allait s'arranger, de poser des bisous là où ça faisait mal et de faire disparaître la douleur. Mais elles étaient adultes maintenant et les problèmes d'Anna dépassaient de loin la douleur d'une égratignure sur le genou. Ce soir-là, Erica se sentit impuissante et désemparée. Pour la première fois dans sa vie, sa petite sœur lui apparaissait comme une étrangère et elle se trouva maladroite, ne sachant comment lui parler. Du coup, elle ne dit rien et attendit qu'Anna lui indique une voie. Ce qu'elle ne fit qu'après un long moment de silence.

— Je ne sais pas quoi faire, Erica. Qu'allons-nous devenir, moi et les enfants ? Où irons-nous ? De quoi vais-je vivre ? Je suis restée à la maison si longtemps, je ne sais rien faire.

Erica vit les jointures des mains d'Anna blanchir quand elle s'agrippa à la table, comme si elle essayait de garder une prise physique sur la situation.

— Chut, n'y pense pas. Ça va s'arranger. Pour l'instant tu vas prendre les jours comme ils viennent et tu peux rester ici avec les enfants aussi longtemps que tu voudras. La maison t'appartient à toi aussi, non ?

Elle se permit un petit sourire et vit avec satisfaction qu'Anna le lui rendait. Anna s'essuya sous le nez avec le dos de la main et tripota pensivement la nappe de la table.

— Ce que je n'arrive pas à me pardonner, c'est d'avoir laissé les choses aller aussi loin. Il a fait mal à Emma, comment ai-je pu le laisser faire du mal à Emma ?

La morve se mit à couler de nouveau et cette fois elle utilisa son mouchoir.

— Pourquoi l'ai-je laissé faire mal à Emma ? Est-ce que j'ai choisi de fermer les yeux pour me faciliter la vie, alors que je savais pertinemment que ça allait finir par arriver ?

— Anna, s'il y a une chose dont je suis sûre à cent pour cent, c'est que jamais tu ne laisserais consciemment quelqu'un faire du mal aux enfants.

Erica se tendit par-dessus la table et prit la main d'Anna dans la sienne. Elle était d'une minceur inquiétante. Les os étaient comme des os d'oiseau qui pourraient se briser si elle serrait trop fort.

— Il y a autre chose en moi que je n'arrive pas à comprendre, et c'est que, malgré ce qu'il a fait, une partie de moi l'aime quand même. J'ai aimé Lucas pendant si longtemps que cet amour est devenu comme une partie de moi-même, une partie de la personne que je suis, et quoi qu'il ait fait, je n'arrive pas à me débarrasser de cette partie. J'aimerais prendre un couteau et la couper, physiquement je veux dire. Je me sens dégoûtante et sale.

Elle passa une main tremblante sur sa poitrine comme pour montrer où se situait le mal.

— Ça n'a rien d'anormal, Anna. Tu n'as pas à avoir honte. La seule chose que tu aies à faire maintenant, c'est te concentrer sur ton propre bien-être.

Elle fit une pause.

— Mais il est indispensable que tu portes plainte contre Lucas.

— Non, Erica, non, ça, je ne peux pas le faire.

Les larmes coulèrent sur ses joues et quelques gouttes restaient suspendues à son menton avant de tomber et de laisser des marques mouillées sur la nappe.

— Si, Anna, il le faut. Tu ne peux pas le laisser s'en tirer. Ne me dis pas que tu pourrais continuer à te regarder dans la glace tous les matins si tu le laissais presque casser le bras de ta fille sans qu'il ait à en répondre !

— Non, si, je ne sais pas, Erica. Je n'arrive pas à penser clairement, c'est comme si j'avais la tête pleine de coton. Je n'ai pas la force d'y penser maintenant, plus tard peut-être.

— Non, Anna. Pas plus tard. Maintenant. Après ça sera trop tard. Tu dois le faire maintenant. Je t'accompagne demain au commissariat, mais tu dois le faire, pas seulement pour les enfants mais aussi pour toi-même.

— Je ne suis pas sûre d'avoir la force d'y arriver.

— Je sais que tu l'as. Contrairement à toi et moi, Emma et Adrian ont une maman qui les aime et qui est prête à tout faire pour eux.

Elle n'arrivait pas à empêcher l'amertume de suinter dans sa voix.

Anna soupira.

— Il faut que tu oublies tout ça, Erica. Que papa était le seul parent que nous avions en réalité, moi, je l'ai accepté depuis longtemps. J'ai aussi cessé de me creuser la tête pour savoir pourquoi c'était comme ça. Qu'est-ce que j'en sais ? Maman n'a peut-être jamais voulu avoir d'enfants ? Nous n'étions peut-être pas les enfants qu'elle aurait aimé avoir ? Nous ne le saurons jamais maintenant, et ça ne sert à rien de le ressasser. Mais j'étais sans doute celle de nous deux qui avait le plus de chance. Je t'avais, toi. Je ne te l'ai peut-être jamais dit, mais je sais très bien ce que tu as fait pour moi et ce que tu as représenté pour moi quand nous étions petites. Toi, tu n'avais personne, Erica, pour s'occuper de toi à la place de maman, mais il ne faut pas que tu deviennes amère, promets-le-moi. J'ai bien vu que tu te retires dans ta coquille dès que tu rencontres quelqu'un avec qui ça pourrait devenir sérieux. Tu te rétractes sur toi-même avant de risquer d'être sérieusement blessée. Il faut que tu apprennes à lâcher le passé, Erica. J'ai cru comprendre que tu avais une belle histoire qui commence, alors ne lâche pas prise encore une fois. J'ai envie de devenir tata un jour, moi aussi.

Les deux sœurs éclatèrent de rire à travers leurs larmes et ce fut au tour d'Erica de s'essuyer le nez avec la serviette. Tant de sentiments dans la pièce rendaient l'air épais et difficile à respirer, mais en même temps c'était comme un nettoyage de printemps de l'âme. Il y avait tant de non-dits, tant de poussière dans les coins et elles sentaient toutes les deux que l'heure était venue de sortir le balai.

Elles parlèrent toute la nuit, jusqu'à ce qu'une brume grise matinale commence à remplacer l'obscurité hivernale. Les enfants dormirent plus tard que d'habitude et lorsque Adrian annonça qu'il était éveillé par des hurlements perçants, Erica offrit de s'occuper des enfants dans la matinée pour laisser Anna dormir quelques heures.

Elle se sentit l'esprit plus léger que jamais auparavant. Bien sûr, ce qui était arrivé à Emma pesait toujours, mais elle et Anna avaient pu beaucoup parler au cours de la nuit, se dire des choses qui auraient dû être dites depuis longtemps. Certaines vérités avaient été désagréables mais nécessaires à entendre, et cela l'étonnait de voir avec quelle facilité sa petite sœur la perçait à jour. Erica dut reconnaître qu'elle avait sans doute sous-estimé Anna, peut-être même avait-elle été un peu condescendante et l'avait-elle considérée comme une grande enfant irresponsable. Mais sa sœur était bien plus que ça et Erica était ravie d'avoir enfin pu voir la vraie Anna.

Elles avaient aussi beaucoup parlé de Patrik et, Adrian sur le bras, Erica lui passa un coup de fil. Il ne répondit pas sur le fixe chez lui, alors elle essaya le téléphone portable. Téléphoner se révéla un défi plus grand qu'elle avait cru, Adrian semblant adorer le jouet génial qu'elle avait à la main et déployant des efforts désespérés pour s'en emparer. Quand Patrik répondit à la première sonnerie du téléphone portable, la fatigue de la nuit disparut comme par enchantement.

— Bonjour, ma chérie.

— Mmmm, j'aime quand tu m'appelles comme ça.

— Comment tu vas ?

— Ça peut aller. C'est un peu la crise familiale ici. Je t'en parlerai quand on se verra. Il s'est passé pas mal de choses, Anna et moi, on a parlé toute la nuit et maintenant je garde les enfants pour qu'elle puisse prendre quelques heures de sommeil.

Il l'entendit étouffer un bâillement.

— Tu m'as l'air fatiguée.

— Je *suis* fatiguée. Mais Anna a plus besoin de sommeil que moi, alors il faut que je reste éveillée encore quelques heures. Les enfants ne sont pas assez grands pour se débrouiller seuls.

Adrian gazouilla son accord.

Patrik se décida en un clin d'œil.

— Il y a une autre façon de résoudre le problème.

— Ah bon, quoi donc ? Tu veux que je les attache à la rampe d'escalier la moitié de la journée ?

Elle rit.

— Je viens les garder.

Erica pouffa, carrément méfiante.

— Toi ? Garder les enfants ?

Il prit sa voix la plus froissée.

— Tu insinues que ce ne serait pas dans mes cordes ? Si je suis venu à bout tout seul de deux cambrioleurs, je devrais pouvoir m'en tirer avec deux individus de très petite taille. A moins que tu n'aies pas confiance en moi ?

Il fit une pause oratoire et entendit Erica soupirer théâtralement à l'autre bout.

— Ben, peut-être que tu serais cap. Mais je te préviens, ce sont deux petites terreurs. Tu es vraiment sûr que tu supporteras ce rythme-là, je veux dire à ton âge ?

— Je vais essayer. J'emporte mes cachets pour le cœur au cas où.

— Bon, alors la proposition est acceptée. Tu arrives quand ?

— Tout de suite. Il fallait que je vienne à Fjällbacka pour le boulot, je viens de dépasser le mini-golf. Je serai là dans environ cinq minutes.

Elle l'attendait à la porte quand il sortit de la voiture. Sur le bras, elle portait un petit garçon aux joues rondes qui agitait frénétiquement les bras. Derrière, à peine visible, se tenait une petite fille, le pouce dans la bouche et l'autre bras plâtré et serré dans une attelle. Il ne savait toujours pas ce qui avait provoqué la visite

452

soudaine de la sœur d'Erica, mais d'après ce qu'Erica avait raconté sur son beau-frère et quand il vit le bras plâtré de la petite fille, un mauvais soupçon surgit. Il ne posa pas de question, Erica lui raconterait ce qui s'était passé en temps voulu.

Il les salua tous les trois, chacun son tour. Erica eut droit à une bise sur la bouche, Adrian une caresse sur la joue puis il s'accroupit pour saluer une Emma bien sérieuse. Il prit sa main valide et dit :

— Salut, je m'appelle Patrik. Et toi ?

La réponse arriva à retardement.

— Emma.

Puis le pouce retourna dans la bouche.

— Elle se décoincera dans un moment.

Erica tendit Adrian à Patrik et se tourna vers Emma :

— Maman et tante Erica ont besoin de dormir un peu, et c'est Patrik qui va vous garder. Ça te va ? C'est un ami à moi et il est super-gentil. Et si toi aussi tu es super-gentille, je crois bien que Patrik te sortira une glace du congélateur.

Emma regarda Erica avec méfiance, mais la possibilité d'une glace constituait une tentation irrésistible et elle hocha la tête à contrecœur.

— Alors je te les laisse, et on se voit dans un moment. Fais de ton mieux pour qu'ils soient encore en vie quand je me réveillerai, tu seras sympa.

Erica disparut en haut de l'escalier et Patrik se tourna vers Emma, qui le regardait toujours avec méfiance.

— Bon, qu'est-ce que t'en dis ? On se fait une partie d'échecs ? Non ? Qu'est-ce que tu dirais d'un peu de glace pour le petit-déjeuner, alors ? Ça te va ? Bien. Le dernier arrivé au congélo aura une carotte à la place.

Lentement Anna lutta pour remonter à la surface de la conscience. Elle avait l'impression d'avoir dormi pendant cent ans, comme la Belle au bois dormant. En ouvrant les yeux, elle eut tout d'abord du mal à s'orienter. Puis elle reconnut le papier peint de sa chambre de jeune fille et la réalité se précipita sur elle comme une tonne de briques. Elle se redressa d'un coup dans le lit. Les enfants ! Puis elle entendit les cris ravis d'Emma au rez-de-chaussée et se rappela qu'Erica avait promis de s'en occuper pendant qu'elle-même dormait. Elle se laissa retomber et décida de rester profiter de la chaleur du lit encore quelques minutes. Dès qu'elle serait debout, il lui faudrait s'attaquer aux problèmes, et elle s'accorda quelques minutes supplémentaires d'évasion de la réalité.

Lentement sa conscience capta que ce n'était pas la voix d'Erica qu'elle entendait en bas, mêlée aux rires d'Emma et d'Adrian. L'espace d'un instant glacial elle se dit que Lucas était là, mais réalisa qu'Erica aurait préféré l'abattre sur-le-champ plutôt que de le laisser franchir la porte. Elle devina qui était le visiteur et, mue par la curiosité, elle s'avança à pas de loup sur le palier et regarda entre les barreaux de la balustrade. En bas dans le séjour, on aurait dit qu'une bombe avait explosé. Les coussins du canapé, combinés avec quatre chaises de la salle à manger et une couverture s'étaient transformés en cabane et les cubes d'Adrian étaient éparpillés dans toute la pièce. Sur la table, il y avait des emballages de glace dans une quantité qui amena Anna à espérer que Patrik était un gros consommateur de glace. En soupirant, elle comprit qu'il lui serait probablement extrêmement difficile de faire avaler à sa fille un déjeuner, voire même un dîner plus tard. La fille en question était juchée sur les épaules d'un homme brun à l'air sympathique et aux yeux marron chaleureux. La petite riait à s'en étouffer et Adrian partageait manifestement sa joie, allongé sur une couverture par terre juste vêtu d'une couche. Mais celui qui paraissait s'amuser le plus était Patrik et, à cet instant précis, il gagna pour toujours une place dans le cœur d'Anna.

Elle se redressa et se racla légèrement la gorge pour attirer l'attention des trois copains de jeux.

— Maman, regarde, j'ai un cheval.

Emma montra son pouvoir absolu sur "le cheval" en lui tirant fort les cheveux, mais les protestations de Patrik étaient beaucoup trop timides pour que le petit dictateur en tienne compte.

— Emma, fais attention au cheval. Sinon il ne voudra peut-être plus que tu le montes.

Cette remarque provoqua une certaine réflexion chez la cavalière et, par précaution, elle flatta la crinière de Patrik avec sa main valide pour s'assurer de ne pas perdre ses privilèges.

— Salut Anna, ça fait un bail.

— Oui, vraiment. J'espère qu'ils ne t'ont pas totalement vidé.

— Non, on s'est vachement amusés.

Il parut tout à coup un peu soucieux.

— J'ai fait très attention à son bras.

— Je n'en doute pas. Elle a l'air de se porter comme un charme. Erica dort ?

— Oui, elle paraissait si fatiguée quand on s'est parlé au téléphone ce matin que je lui ai proposé de prendre la relève.

— Et tu t'en es bien tiré, apparemment.

— Oui, à part qu'on a mis un peu le bazar. J'espère qu'Erica ne se fâchera pas quand elle va se réveiller et découvrir que j'ai totalement saboté son séjour.

Anna trouva sa mine inquiète très amusante. On aurait dit qu'Erica l'avait déjà mis au pas.

— Je vais t'aider à ranger. Mais il me faut d'abord un café, je le sens. Tu en veux aussi ?

Ils burent le café en bavardant comme de vieux amis. Le chemin pour le cœur d'Anna passait par les enfants et on ne pouvait pas se tromper sur l'adoration dans les yeux d'Emma quand elle grimpait sur Patrik, qui balaya d'une main les tentatives d'Anna de dire à sa fille de le laisser tranquille. Quand Erica descendit une heure plus tard, du sommeil plein les yeux, Anna avait questionné Patrik sur tout, depuis sa pointure de chaussures jusqu'à la raison de son divorce. Lorsque Patrik finit par dire qu'il était obligé de partir, l'ensemble des filles protestèrent et Adrian aurait sans doute protesté lui aussi s'il ne s'était pas endormi pour une sieste, totalement épuisé.

Dès qu'elles entendirent sa voiture partir, Anna se tourna vers Erica, les yeux grands ouverts.

— Mon Dieu ce qu'il a changé, il est carrément devenu le gendre idéal maintenant. Tu sais s'il a un petit frère ?

Erica lui répondit en arborant un sourire heureux.

Patrik avait eu quelques heures de sursis avant de s'atteler à la tâche qui l'attendait et qui avait contribué à sa nuit presque blanche passée à se tourner et se retourner dans le lit. Rarement il avait autant appréhendé quelque chose qu'il savait être une partie inévitable du métier qu'il avait choisi. Il tenait la réponse d'un des deux meurtres, et ce n'était pas une réponse qui le réjouissait.

Patrik conduisit lentement de Sälvik vers le centre. Il voulait repousser le plus possible ce qu'il avait à faire, mais la distance à parcourir était réduite et il arriva plus vite qu'il aurait voulu. Il se gara au parking de l'épicerie d'Eva et fit à pied les dernières dizaines de mètres. La maison se trouvait tout en haut d'une des rues qui descendaient en pente raide vers les cabanes des pêcheurs au bord de l'eau. C'était une belle maison ancienne, mais elle semblait avoir été négligée pendant de nombreuses années. Avant de frapper à la porte, il respira à fond, mais dès que ses jointures eurent touché le bois, seul le professionnel subsista en lui. Aucun sentiment personnel ne devait intervenir. Il était policier et en tant que tel il était obligé de faire son boulot, quel que soit son sentiment personnel.

Vera ouvrit presque immédiatement. Elle le questionna du regard, mais fit tout de suite un pas de côté quand il demanda s'il pouvait entrer. Elle le précéda dans la cuisine et ils s'installèrent à la table. Patrik fut frappé par le fait qu'elle ne demande pas ce qu'il voulait et, un instant, il pensa qu'elle le savait peut-être déjà. Quoi qu'il en soit, il était obligé de trouver un moyen de présenter ce qu'il avait à dire de la manière la plus douce possible.

Elle laissa calmement ses yeux reposer sur lui, mais il vit des cernes sombres en dessous, signe du deuil qu'elle portait de son fils. Sur la table, il y avait un vieil album de photos et il devina que s'il l'ouvrait, il verrait des photos d'Anders quand il était enfant. C'était dur de se trouver ici, chez une mère qui pleurait un fils mort depuis seulement quelques jours, mais de nouveau il dut écarter son instinct naturel protecteur pour se concentrer sur la mission qui l'amenait. Découvrir la vérité sur la mort d'Anders.

— Vera, la dernière fois que nous nous sommes vus, c'était dans des circonstances très tristes et je voudrais commencer par dire que je suis sincèrement désolé que votre fils soit mort.

Pour toute réponse elle hocha la tête et attendit en silence qu'il poursuive.

— Mais j'ai beau comprendre à quel point c'est difficile pour vous, c'est mon boulot d'enquêter sur ce qui est réellement arrivé à Anders, j'espère que vous le comprenez ?

Patrik parlait distinctement, comme à un enfant. Il ne savait pas très bien pourquoi, mais il sentit que c'était important pour lui qu'elle comprenne réellement ce qu'il voulait dire.

— Nous avons instruit la mort d'Anders comme s'il s'agissait d'un meurtre et nous avons aussi cherché le lien avec le meurtre d'Alexandra Wijkner, une femme qui, nous le savons, avait une liaison avec lui. Nous n'avons pas trouvé la moindre trace d'un meurtrier éventuel et nous n'avons pas non plus réussi à élucider comment le meurtre avait été commis. Ça nous a carrément fait tourner en bourrique, pour tout dire, et personne n'a su avancer d'explication vraiment plausible de ce qui s'est passé. Mais ensuite j'ai trouvé ceci chez Anders.

Patrik posa la photocopie de la feuille du bloc-notes sur la table de cuisine, devant Vera et avec le texte tourné dans son sens. Une expression de surprise glissa sur le visage de la femme et son regard allait et venait entre le papier et le visage de Patrik. Elle saisit le papier et le retourna. Toucha les lettres avec ses doigts et le reposa ensuite sur la table, un air toujours déconcerté sur le visage.

— Où avez-vous trouvé ça ?

Sa voix était rauque de chagrin.

— Chez Anders. Vous êtes surprise parce que vous pensiez avoir emporté le seul exemplaire de cette lettre, n'est-ce pas ?

Elle hocha la tête. Patrik continua :

— En un certain sens, vous l'avez effectivement emporté. Mais j'ai trouvé le bloc-notes qui a servi à Anders quand il a écrit la lettre. Quand il a appuyé le stylo sur le papier, ça a laissé des empreintes sur la feuille en dessous. C'est cela que nous avons pu décrypter.

Vera sourit ironiquement.

— Oui, je n'aurais jamais pensé à ça, évidemment. Vous êtes futé, de l'avoir trouvé.

— Je pense que je sais à peu près ce qui est arrivé, mais j'aimerais vous entendre le raconter avec vos propres mots.

Elle tripota le papier un instant et tâta les mots du bout des doigts, comme si elle lisait un texte en braille. Elle poussa un profond soupir puis accéda à la demande courtoise mais ferme de Patrik.

— Je suis allée chez Anders avec un sac de provisions. La porte n'était pas fermée à clé, mais c'était presque toujours comme ça, alors j'ai juste appelé son nom et puis je suis entrée. Tout était calme, c'était silencieux et tranquille. Je l'ai vu immédiatement. C'était comme si mon cœur s'était arrêté à ce moment-là. J'ai vraiment eu cette impression. Comme si mon cœur avait cessé de battre et que plus rien ne bougeait dans ma poitrine. Il balançait un peu. D'un côté, puis de l'autre. On aurait dit qu'un vent soufflait dans la pièce, mais je savais bien que c'était impossible.

— Pourquoi n'avez-vous pas appelé la police ? Ou une ambulance ?

Elle haussa les épaules.

— Je ne sais pas. Ma première réaction a été de me précipiter pour essayer de le descendre, mais dès que je suis entrée dans le séjour j'ai vu que c'était trop tard. Mon fils était mort.

Pour la première fois depuis qu'elle parlait, un léger tremblement de sa voix se fit entendre, mais ensuite elle déglutit à plusieurs reprises et se força à continuer avec un calme sinistre.

— J'ai trouvé la lettre dans la cuisine. Vous l'avez lue vous-même, vous savez ce qu'il y dit. Qu'il n'avait plus la force de vivre. Que la vie n'était qu'une longue souffrance pour lui et cette fois il n'avait plus la force de lutter. Toutes ses raisons de continuer s'étaient envolées. Je suis restée là dans la cuisine près d'une heure je crois, peut-être même deux, je ne sais pas très bien. Glisser la lettre dans mon sac à main s'est fait en un clin d'œil et ensuite je n'ai eu qu'à prendre la chaise qu'il avait utilisée pour monter jusqu'au nœud coulant et à la remettre à sa place dans la cuisine.

— Mais pourquoi, Vera ? Pourquoi ? A quoi ça pouvait servir ?

Le regard était stable mais Patrik vit à ses mains qui tremblaient légèrement que son calme extérieur était trompeur. Il pouvait aisément imaginer l'horreur que ça devait être pour une mère de voir son fils pendu au plafond avec la langue épaisse et bleue et les yeux exorbités. Lui-même avait eu du mal à le supporter et maintenant la mère d'Anders allait vivre le reste de sa vie avec cette image sur la rétine.

— J'ai voulu lui épargner davantage d'humiliation. Durant toutes ces années, les gens ici l'ont regardé avec mépris. Les gens l'ont montré du doigt en rigolant. Ils l'ont regardé de haut et se sont toujours sentis supérieurs à lui. Qu'allaient-ils dire en apprenant qu'Anders s'était pendu ? J'ai voulu lui épargner cette honte et je l'ai fait de la seule manière que j'ai trouvée.

— Mais je ne comprends toujours pas. Pourquoi est-ce que ce serait pire s'il s'était suicidé que s'il était assassiné ?

— Vous êtes trop jeune pour comprendre. Le mépris pour ceux qui se donnent la mort est toujours bien ancré chez les gens d'ici, sur la côte, surtout chez les anciens. Je n'ai pas voulu que les gens parlent comme ça de mon petit garçon. On a suffisamment entendu de ragots sur lui sans ça.

La voix de Vera était dure comme du fer. Durant toutes ces années, elle avait consacré son énergie à protéger et à aider son fils et même si Patrik ne comprenait toujours pas sa motivation, c'était peut-être tout naturel qu'elle continue à le protéger même quand il était mort.

Vera se tendit pour attraper l'album sur la table et l'ouvrit de façon qu'ils puissent voir tous les deux. A en juger par les vêtements, Patrik estima que les photos dataient des années soixante-dix, et le visage d'Anders, ouvert et insouciant, lui souriait sur tous les clichés légèrement jaunis.

— N'est-ce pas qu'il était beau, mon Anders ?

La voix de Vera était rêveuse et elle passa son index sur les photos.

— C'était un garçon tellement gentil. Il n'y avait jamais de problèmes avec lui.

Patrik regarda les clichés avec intérêt. C'était incroyable de se dire qu'il s'agissait de la même personne que le débris humain qu'il avait rencontré. Heureusement, le garçon qu'il voyait avait vécu dans l'ignorance du sort qui l'attendait. Une des photos éveilla un peu plus son intérêt. Une fille blonde et maigre se tenait à côté d'Anders, juché sur un vélo bricolé avec selle et guidon de vélomoteur. Elle n'affichait que l'esquisse d'un sourire et regardait timidement en baissant les yeux.

— C'est Alex, n'est-ce pas ?

— Oui. Le ton de Vera était sec.

— Ils jouaient souvent ensemble quand ils étaient petits ?

— Pas souvent. Mais c'est arrivé. Ils étaient dans la même classe après tout.

Avec prudence Patrik entra sur ce terrain sensible. Il tâta mentalement du bout des orteils avant chaque pas qu'il faisait.

— Si j'ai bien compris, ils ont eu Nils Lorentz comme professeur pendant quelque temps ?

Le regard de Vera devint très attentif.

— Oui, c'est possible. C'était il y a si longtemps.

— J'ai cru comprendre que les gens parlaient pas mal de Nils Lorentz. Surtout après sa disparition.

— Les gens parlent de tout et de rien ici à Fjällbacka. Alors je suppose qu'ils ont parlé de Nils Lorentz aussi.

Manifestement, il touchait maintenant à une plaie suppurante, mais il était obligé de continuer à fouiller dedans.

— J'ai parlé avec les parents d'Alex, et ils ont avancé certaines affirmations concernant Nils Lorentz. Des affirmations qui concernaient Anders aussi.

— Ah bon.

Elle n'avait manifestement pas l'intention de lui faciliter les choses.

— D'après eux, Nils Lorentz avait abusé d'Alex et ils m'ont appris qu'Anders aussi avait été victime de ses abus.

Vera était assise raide comme un piquet au bord de la chaise et elle ne répondit rien à l'affirmation de Patrik, affirmation qu'il avait posée comme une question. Il décida d'attendre et de l'avoir à l'usure et, après un moment de lutte intérieure, elle referma lentement l'album de photos et se leva.

— C'est de l'histoire ancienne, je ne veux pas en parler. Je veux que vous sortiez maintenant. Si vous voulez prendre des mesures par rapport à ce que j'ai fait quand j'ai découvert Anders, vous savez où me trouver, mais je n'ai pas l'intention de vous aider à fouiner dans des choses qu'il vaut mieux laisser enterrées là où elles sont.

— Juste une question : est-ce que vous avez parlé de ça avec Alexandra ? D'après ce que j'ai compris, elle avait décidé de s'attaquer à ce qui s'était passé et il aurait été normal qu'elle vous en parle aussi.

— Oui, elle m'en a parlé. J'étais chez elle une semaine environ avant sa mort, et j'ai entendu toutes ses idées naïves sur le passé auquel il fallait régler son compte, sortir tous les vieux squelettes du placard et ainsi de suite à ne plus en finir. Du blabla des jeunes d'aujourd'hui, à mon sens. De nos jours, tout le monde semble obsédé par l'idée de laver son linge sale en public et trouve très sain d'exhiber ses secrets et ses péchés. Mais certaines choses doivent rester privées. Je le lui ai dit aussi. Je ne sais pas si elle m'a écoutée, mais je l'espère. Sinon, tout ce que j'ai récolté pour la peine de rester là dans sa maison glaciale, c'est une cystite dont je n'arrive pas à me débarrasser.

Là-dessus, Vera signala clairement que la discussion était close et elle se dirigea vers la porte d'entrée. Elle l'ouvrit à Patrik et lui dit au revoir très sèchement.

A nouveau dehors dans le froid, le bonnet rabattu sur les oreilles et les moufles aux mains, il ne sut littéralement pas sur quel pied danser. Espérant se réchauffer rapidement, il rejoignit sa voiture d'un pas énergique.

Vera était une femme compliquée, il avait au moins compris ça pendant leur entretien. Elle était d'une autre génération, même si à de nombreux égards elle s'opposait aux valeurs de cette même génération. Pendant toute la vie de son fils, elle les avait fait vivre, elle et lui, et même quand il était devenu adulte et aurait dû pouvoir se débrouiller seul, elle avait continué à le soutenir. En un certain sens, elle était une femme libérée qui s'était débrouillée sans homme, mais en même temps elle était entravée par toutes les règles de sa génération qui existaient pour les femmes, et pour les hommes aussi d'ailleurs. Malgré lui, il ne put s'empêcher de ressentir une certaine admiration pour elle. C'était une forte femme. Une femme complexe, qui avait enduré plus que ce qu'un être humain devrait avoir à endurer dans sa vie.

Il ne savait pas quelles seraient les suites pour Vera après sa tentative de maquiller le suicide d'Anders en meurtre. Il serait obligé de livrer cette information au commissariat, mais il ignorait totalement ce qui se passerait ensuite. S'il avait son mot à dire, ils fermeraient les yeux là-dessus, mais il ne pouvait pas le garantir. D'un point de vue juridique, il y avait la possibilité de la mettre en examen pour entrave à enquête en cours par exemple, mais il espérait de tout son cœur qu'ils n'en arriveraient pas là. Il aimait bien Vera, il ne pouvait pas le nier. C'était une battante, et il n'y en avait pas beaucoup.

En s'installant dans la voiture, il alluma son téléphone portable et vit qu'il avait reçu un message. Erica l'avait appelé. Elle disait que trois dames et un tout petit, petit monsieur espéraient qu'il viendrait dîner avec eux. Patrik regarda sa montre. Il était déjà cinq heures et il décida, sans trop de palabres avec lui-même, qu'il était déjà trop tard pour retourner au poste et qu'il n'avait rien à faire chez lui. Avant de démarrer la voiture, il appela Annika au poste et lui fit brièvement un point, sans développer les détails puisqu'il voulait rendre compte de toute l'histoire quand il aurait Mellberg en face. Il tenait à tout prix à éviter qu'on se méprenne sur la situation et que Mellberg déclenche une énorme opération rien que pour son plaisir personnel.

Tandis qu'il roulait vers chez Erica, ses pensées déviaient sans cesse vers le meurtre d'Alex. C'était frustrant d'être tombé encore une fois sur une voie de garage. Deux meurtres signifiaient deux fois plus de chance que le tueur ait commis une erreur. Maintenant il était de retour à la case départ et pour la première fois la pensée lui vint à l'esprit qu'il ne trouverait peut-être pas la personne qui avait tué Alex. Cela le rendit bizarrement triste. D'une certaine façon, il avait l'impression de mieux connaître Alex que quiconque d'autre. Ce qu'il avait appris sur son enfance et sa vie après les viols le touchait profondément. Il voulait trouver son assassin.

Mais il devait se l'avouer, il était arrivé dans une impasse, et il ne savait pas où se diriger, où chercher. Patrik décida de laisser tomber pour la journée. Maintenant il allait voir Erica, sa sœur et les gamins, et il sentit que c'était exactement ce qu'il lui fallait ce soir. Tant de malheur le déchirait intérieurement.

Mellberg tambourina impatiemment avec les doigts sur le bureau. Où était ce foutu blanc-bec ? Qu'est-ce qu'il croyait que c'était ici, une putain de crèche ? Où il pouvait aller et venir à sa guise ? D'accord, on était samedi, mais celui qui croyait qu'il pouvait s'octroyer des congés avant que cette affaire soit terminée, il se gourait d'un bout à l'autre. Bon, il allait vite lui apprendre à travailler, à ce gars-là. Dans son commissariat, ce qui prévalait, c'était des règles strictes et une discipline claire et nette. Avec un boss indiscutable. L'époque l'exigeait, et si quelqu'un était né pour être boss, c'était bien lui. Sa mère avait toujours dit qu'il allait devenir quelqu'un, et même s'il était obligé de reconnaître que ça commençait à tarder à venir, plus même qu'ils avaient cru tous les deux, il n'avait jamais mis en doute que ses capacités hors pair allaient se montrer payantes tôt ou tard.

D'où l'énorme frustration de s'être apparemment embourbés dans l'enquête. Il sentait que l'opportunité était si près qu'il pouvait en flairer l'odeur, mais si ses nullasses de collaborateurs ne commençaient pas bientôt à livrer des résultats, sa promotion et sa mutation il faudrait qu'il aille les chercher on ne sait où. Des glandeurs, tous. Des policiers de la cambrousse qui auraient du mal à trouver leur propre cul même en s'aidant des deux mains et d'une lampe de poche. Il avait mis un certain espoir dans le jeune Hedström, mais tout l'amenait à penser que ce gars-là aussi allait le décevoir. Il n'avait en tout cas pas encore donné de ses nouvelles depuis son saut à Göteborg, et apparemment tout ce qui en ressortirait serait des frais supplémentaires inutiles. Il était maintenant neuf heures dix et Hedström n'avait toujours pas montré le bout de son nez.

— Annika !

Il cria en direction de la porte ouverte et il sentit l'irritation monter d'un cran quand elle mit une bonne minute avant de daigner se lever pour répondre à son appel.

— Oui, qu'est-ce qu'il y a ?

— Tu as eu des nouvelles de Hedström ? Il fait la grasse mat' ou quoi ?

— Ça m'étonnerait. Il a appelé pour dire qu'il avait des problèmes pour faire démarrer sa voiture ce matin, mais il est en route.

Elle regarda sa montre.

— Il devrait arriver d'ici un quart d'heure environ.

— Merde, il pourrait venir à pied de chez lui.

La réponse tarda et il fut surpris de voir un petit sourire titiller les coins de la bouche d'Annika.

— Ben, je crois qu'il n'était pas chez lui.

— Et il était où alors ?

— Tu lui demanderas, dit Annika et elle lui tourna le dos et retourna dans son bureau.

Le fait que Patrik semblait avoir une raison valable d'arriver en retard agaça encore davantage Mellberg. Rien n'empêchait d'être un peu vigilant et de prévoir une marge le matin, au cas où la voiture serait récalcitrante.

Un quart d'heure plus tard, Patrik entra après avoir d'abord frappé discrètement à la porte ouverte. Il avait les joues rouges et semblait hors d'haleine et il avait le toupet d'être d'une bonne humeur expansive alors qu'il avait fait attendre son chef pendant près d'une demi-heure.

— Tu crois qu'on travaille à mi-temps ici ou quoi ? Et tu étais où hier ? Göteborg, c'était avant-hier, non ?

Patrik s'assit sur la chaise des visiteurs de l'autre côté du bureau et répondit calmement à l'offensive de Mellberg.

— Je suis désolé d'arriver en retard. La voiture a refusé de démarrer ce matin, il m'a fallu une bonne demi-heure pour la mettre en marche. Oui, j'étais à Göteborg avant-hier et je pensais parler de ça d'abord avant de raconter ce que j'ai fait hier.

Mellberg grogna un acquiescement récalcitrant. Patrik raconta ce qu'il avait appris sur l'enfance d'Alex. Aucun détail nauséabond ne fut laissé de côté et en apprenant que Julia était la fille d'Alex, Mellberg sentit ses mentons tomber vers sa poitrine. Jamais auparavant il n'avait entendu une histoire pareille. Patrik poursuivit en parlant du transport d'urgence de Karl-Erik à l'hôpital et comment il avait fait analyser au pied levé une feuille de papier prise dans l'appartement d'Anders. Il expliqua qu'il s'agissait de la lettre d'un suicidé, ce qui l'amena tout naturellement à évoquer ce qu'il avait fait la veille et pourquoi. Patrik résuma ensuite devant un Mellberg étonnamment muet :

— Conclusion, l'un de nos meurtres se révèle être un suicide et pour ce qui est de l'autre, nous n'avons toujours pas la moindre idée de qui et de pourquoi. J'ai le sentiment qu'il y a un rapport avec ce qu'ont raconté les parents d'Alexandra, mais je n'ai absolument aucune preuve ni aucune donnée pour l'étayer. Voilà, maintenant tu en sais autant que moi. Est-ce que tu as une idée de comment on va poursuivre ?

Après un moment de silence, Mellberg réussit à retrouver ses esprits :

— Eh bien ! ça c'est une histoire incroyable. Pour ma part, je parierais plutôt sur le quidam avec qui elle forniquait, plutôt que sur des fonds de tiroirs datant d'il y a vingt-cinq ans. Je propose que tu parles avec le prince charmant d'Alex en serrant un peu plus les vis cette fois-ci. Je pense que ce sera une bien meilleure utilisation de nos ressources.

Immédiatement après que Patrik l'avait informé de qui était le père de l'enfant, il avait placé Dan en haut de la liste des suspects.

Patrik hocha la tête, aux yeux de Mellberg avec un empressement louche, et se leva pour partir.

— Euh, eh bien, du bon boulot, Hedström, se força à dire Mellberg. Tu te charges de ça, alors ?

— Absolument, patron, considère que c'est déjà fait.

N'y avait-il pas un ton ironique ? Mais Patrik le regarda avec une mine innocente et Mellberg balaya son soupçon. Le gars avait sans doute suffisamment de bon sens dans le crâne pour reconnaître la voix de l'expérience quand il l'entendait.

La finalité du bâillement est d'augmenter l'apport d'oxygène au cerveau. Patrik douta énormément que cela fonctionnât pour lui. La fatigue de la nuit passée chez lui à se tourner sans trouver le sommeil l'avait rattrapé et comme d'habitude chez Erica, la tendance avait été pour la nuit blanche. Il regarda épuisé les piles de documents archi-connus sur son bureau et dut résister à l'impulsion de les flanquer à la poubelle. Il en avait plus que marre de cette enquête maintenant. Il avait l'impression que des mois s'étaient écoulés, alors qu'en réalité il s'agissait de quatre semaines tout au plus. Tant de choses étaient arrivées, et pourtant il stagnait. Annika, qui était passée devant son bureau et l'avait vu se frotter les yeux, entra avec une tasse de café bienvenue qu'elle posa devant lui.

— Tu rames ?

— Oui, je dois avouer que l'affaire est coriace. Mais il n'y a qu'à reprendre depuis le début. La réponse se trouve quelque part dans ce tas, je le sais. La seule chose dont j'ai besoin, c'est un tout petit indice que j'ai loupé jusqu'à présent.

Il jeta son crayon sur une des piles en un geste d'abandon.

— Et sinon ?

— Comment ça ?

— Ben, comment va la vie si on met le boulot de côté ? Tu sais très bien de quoi je parle…

— Oui, Annika. Je sais exactement de quoi tu parles. Qu'est-ce que tu veux savoir ?

— Tu es toujours sur une série de quines ?

Patrik n'était pas sûr de vraiment vouloir le savoir, mais il demanda quand même, malgré lui :

— Une série de quines ?

— Oui, tu sais. Au loto, cinq bons numéros…

Puis elle referma la porte, un sourire taquin aux lèvres.

Patrik gloussa tout seul. Oui, on pouvait peut-être appeler ça comme ça.

Il força ses pensées à revenir vers le travail et se gratta pensivement la tête avec un stylo. Quelque chose ne collait pas. Quelque chose que Vera avait dit ne collait pas. Il sortit le bloc-notes qui lui avait servi pendant l'entretien avec elle et passa méthodiquement en revue ses notes, mot par mot. Une idée prit lentement forme. Rien qu'un petit détail, mais qui pouvait avoir son importance. D'un geste habitué il tira un papier d'une des piles devant lui. L'impression de désordre était trompeuse. Il savait exactement où se trouvait chaque document.

Patrik relut aussi soigneusement cette feuille tout en réfléchissant, puis il tendit la main pour attraper le téléphone.

— Oui, bonjour, ici Patrik Hedström de la police à Tanumshede. C'était pour savoir si vous êtes chez vous en ce moment, j'ai besoin de vous poser quelques questions ? Oui, c'est possible ? Bien, alors j'arrive dans une vingtaine de minutes. Vous habitez où exactement ? Juste à l'entrée de Fjällbacka. A droite après le raidillon et ensuite la troisième maison à gauche. Une maison rouge aux angles blancs. Comme toutes les autres, ha ha ! D'accord, je dois pouvoir la trouver. Sinon je vous rappelle. A tout à l'heure, alors.

A peine vingt minutes plus tard, Patrik se trouva devant la porte. Il n'avait pas eu de problèmes à trouver la petite maison où il devinait qu'Eilert avait habité de très nombreuses années avec sa famille. A peine avait-il frappé à la porte qu'elle fut ouverte par une femme au visage pointu et amer. Elle se présenta de façon très volubile comme Svea Berg, la femme d'Eilert, et le fit entrer dans un petit séjour. Patrik comprit que son coup de téléphone avait déclenché une activité fébrile. Le service du dimanche était sorti sur la table et sept variétés de petits gâteaux avaient été disposées sur un plat à trois niveaux. Cette enquête allait lui laisser des bourrelets considérables autour de la taille avant d'être terminée, soupira Patrik intérieurement.

D'emblée, il détesta Svea Berg, en revanche son mari lui plut tout aussi vite lorsqu'il vit ses yeux bleus et vifs et sentit sa poignée de main solide. Il sentit les cals dans les mains d'Eilert et comprit que le bonhomme avait travaillé dur toute sa vie.

Eilert avait froissé la housse du canapé en se levant et, le front marqué d'une ride profonde de mécontentement, Svea s'empressa de la lisser, tout en jetant un coup d'œil chargé de reproches à son mari. Toute la maison était rutilante et irréprochable, et on avait du mal à croire que quelqu'un y habitait. Patrik plaignit Eilert. Il avait l'air perdu dans sa propre maison.

L'effet fut presque comique lorsque Svea passa ainsi rapidement entre un sourire cajoleur adressé à Patrik et une grimace de reproche lancée vers son époux. Patrik se demanda ce que l'homme avait pu faire pour causer une telle irritation, mais il se dit que la seule présence d'Eilert devait être source de ressentiment pour Svea.

— Allez, monsieur l'agent, asseyez-vous et prenez un peu de café et des gâteaux.

Patrik s'assit docilement sur la chaise qui donnait sur la fenêtre et Eilert s'apprêta à s'installer sur la chaise à côté.

— Pas là, Eilert, tu devrais le savoir. Mets-toi là.

Avec autorité, elle indiqua la chaise au bout de la table et Eilert obtempéra gentiment. Patrik regarda autour de lui tandis que Svea se démenait comme une âme en peine pour servir le café tout en lissant des plis invisibles sur la nappe et les rideaux. Cet intérieur était de toute évidence agencé par quelqu'un qui voulait faire croire à une prospérité qui n'existait pas. Tout n'était que pâles copies de matières nobles, des rideaux façon soie, avec moult volants et rubans audacieusement arrangés, jusqu'à la grande quantité de babioles en imitation argent et or. Eilert avait l'air d'un oiseau perdu dans toute cette splendeur en toc.

Non sans frustration, Patrik dut attendre avant de pouvoir aborder la raison de sa venue. Svea n'arrêtait pas de babiller tout en buvant bruyamment son café.

— Ce service à café, vous voyez, c'est ma sœur en Amérique qui me l'a envoyé. Elle a fait un riche mariage là-bas et elle m'envoie tout le temps de très beaux cadeaux. C'est de la porcelaine fine, elle coûte une fortune.

Pour souligner son affirmation, elle leva la tasse au décor en arabesques. Patrik était très sceptique quant à la valeur du service, mais il eut la sagesse de ne pas faire de commentaires.

— Oui, moi aussi je serais bien allée en Amérique, si je n'avais pas eu la santé aussi fragile. Sans ça, je pense que moi aussi je me serais trouvée bien mariée là-bas aujourd'hui, alors que là, ça fait cinquante ans que je suis coincée ici dans cette bicoque minuscule.

Svea lança un œil accusateur sur Eilert qui laissa passer le commentaire avec flegme. Il avait probablement déjà entendu la chanson des centaines de fois.

— C'est la goutte, vous voyez, monsieur l'agent. Mes articulations sont à bout et j'ai mal du matin au soir. Heureusement je ne suis pas de celles qui se plaignent. Avec la migraine qui me tourmente aussi, j'en aurais de quoi me lamenter, mais je ne suis pas comme ça, vous voyez, je ne suis pas du genre à me plaindre. Non, il faut supporter ses douleurs avec philosophie. Je ne sais pas combien de fois on m'a dit : Tu es vraiment forte, Svea, d'arriver à supporter tous ces maux jour après jour. Mais c'est moi, je suis comme ça.

Elle baissa timidement les paupières tout en se tordant les mains qui, aux yeux de Patrik, n'étaient certainement pas affectées de la goutte. La reine des emmerdeuses, pensa-t-il. Maquillée et attifée, couverte de bijoux de pacotille et d'une couche épaisse de fard. Le seul point positif qu'il trouvait à dire à son sujet était qu'au moins elle était en harmonie avec l'ameublement. C'était incroyable qu'un couple aussi mal assorti qu'Eilert et Svea ait pu rester marié pendant cinquante ans. Sans doute une question de génération. Cette génération-là ne divorçait que pour des raisons bien plus graves qu'une histoire d'incompatibilité. Mais c'était quand même dommage. Ça n'avait pas dû être drôle tous les jours pour Eilert.

Patrik se racla la gorge pour interrompre le flot incessant de Svea. Elle se tut docilement et resta suspendue à ses lèvres pour entendre les nouvelles excitantes qu'il allait apporter. Dès qu'il aurait franchi la porte et serait parti, radio-caniveau allait sûrement pouvoir émettre.

— Eh bien, j'ai quelques questions concernant les journées qui ont précédé votre découverte d'Alexandra Wijkner. Quand vous êtes passé vérifier la maison.

Il se tut et regarda Eilert dans l'attente de sa réponse. Mais Svea fut plus rapide.

— Alors là, dites donc. Quelle tristesse cette histoire. Et que ce soit mon Eilert qui la trouve. On n'a parlé que de ça ces dernières semaines.

L'exaltation faisait flamboyer ses joues et Patrik dut réprimer l'envie de la remettre à sa place. Au lieu de cela, il afficha un sourire perfide et dit :

— Sans vouloir vous offenser, j'aimerais pouvoir parler un moment avec votre mari sans que nous soyons dérangés. On procède ainsi dans la police, on ne prend les dépositions que quand il n'y a pas de tierce personne présente.

Pur mensonge, mais il constata satisfait que, bien que déçue d'avoir été écartée du centre des événements, elle accepta son autorité en la matière et se leva à contre-cœur. Patrik fut immédiatement gratifié d'un regard amusé et plein d'estime de la part d'Eilert qui avait du mal à cacher sa joie maligne de voir Svea se faire si piteusement sonner les cloches. Quand elle fut partie dans la cuisine en traînant la patte, Patrik poursuivit :

— Où en étions-nous ? Oui, est-ce que vous pourriez commencer par me parler de la semaine qui a précédé la dernière fois où vous êtes allé dans la maison d'Alexandra Wijkner ?

— Quelle importance ça a ?

— Je ne sais pas très bien au juste. Mais ça peut en avoir. Alors essayez de vous souvenir d'autant de détails que possible.

Eilert réfléchit en silence un instant et profita de ce temps pour méticuleusement bourrer sa pipe de tabac d'une pochette marquée de trois ancres. Lorsque sa pipe fut tranquillement allumée et qu'il en eut tiré quelques bouffées, il prit la parole.

— Voyons voir. Je l'ai trouvée le vendredi. J'y allais toujours le vendredi pour vérifier que tout allait bien avant son arrivée dans la soirée. Alors la fois d'avant, c'était donc le vendredi de la semaine précédente. Non, attendez, on était à l'anniversaire des quarante ans de notre fils le vendredi, et j'y suis passé dès le jeudi.

— La maison était comment à ce moment-là ? Avez-vous remarqué quelque chose de particulier ?

Patrik avait du mal à cacher son excitation.

— Quelque chose de particulier ?

Eilert tira paresseusement sur sa pipe pendant qu'il réfléchissait.

— Non, tout allait bien. J'ai fait un tour dans la maison et dans la cave, mais tout était en ordre. J'ai bien refermé à clé derrière moi. Elle m'avait donné une clé.

Patrik se sentit obligé de demander carrément, de poser la question qui l'avait rongé.

— Et la chaudière. Elle fonctionnait ? La maison était chauffée ?

— Mais oui, parfaitement. Elle n'avait rien, la chaudière, à ce moment-là. Elle a dû tomber en panne après mon passage. Je ne comprends pas quelle importance ça a ? Je veux dire, de savoir quand la chaudière s'est arrêtée ?

Eilert sortit momentanément la pipe de sa bouche.

— Pour être tout à fait franc, je ne sais pas si ça a une importance. Mais merci beaucoup pour votre aide. Si ça se trouve, ça nous sera utile.

— Par pure curiosité seulement, vous auriez pu tout aussi bien me poser la question au téléphone ?

Patrik sourit.

— J'aime bien faire les choses à l'ancienne, je suppose. J'ai l'impression que j'en tire plus quand je parle à quelqu'un directement, face à face, que quand je l'ai au téléphone. Parfois je me demande si je n'aurais pas dû naître il y a cent ans, avant toutes les inventions modernes.

— N'importe quoi, mon garçon. Ne croyez pas ceux qui affirment que c'était mieux autrefois. Le froid, la pauvreté et trimer du matin au soir, ça ne peut faire rêver personne. Moi je me sers de toutes les inventions modernes possibles. J'ai même un ordinateur avec Internet. Qu'est-ce que vous en dites, vous n'auriez pas cru ça d'un vioque comme moi ?

Il pointa sa pipe sur Patrik.

— Non, je ne peux pas dire que je sois vraiment étonné, en fait. Bon, il faut que j'y aille maintenant.

— J'espère que j'ai été de quelque utilité, que vous ne soyez pas venu pour rien.

— Soyez rassuré, j'ai obtenu exactement ce que je cherchais. Et j'ai pu goûter aux super gâteaux de votre femme aussi.

Eilert respira bruyamment par le nez, malgré lui.

— Oui, question gâteaux, elle se défend, je dois l'avouer.

Puis il s'enfonça dans un silence qui semblait contenir cinquante ans de privations. Svea, qui s'était probablement tenue de l'autre côté, l'oreille collée à la porte, fut incapable d'attendre plus longtemps, et vint les rejoindre.

— Booon, est-ce que vous avez obtenu ce que vous cherchiez ?

— Oui merci. Votre mari a été tout à fait prévenant. Alors, merci pour le café et les gâteaux, ils étaient vraiment délicieux.

— Oh, mais de rien. Je suis contente que ça vous ait plu. Allez Eilert, commence à ranger pendant que je raccompagne monsieur l'agent.

Docilement, Eilert se mit à débarrasser les tasses de café et les assiettes tandis que Svea, dans un flot constant de paroles, accompagnait Patrik à la porte d'entrée.

— Il faut bien refermer la porte. Je ne supporte pas les courants d'air, vous comprenez.

Patrik poussa un soupir de soulagement quand la porte claqua derrière lui. L'horrible bonne femme ! Mais il avait obtenu la confirmation qu'il cherchait. A présent, il était relativement sûr de savoir qui avait tué Alexandra Wijkner.

Pour l'enterrement d'Anders, le temps n'était pas aussi beau que pour celui d'Alex. Le vent fouettait les parties exposées de la peau et rosissait les joues. Patrik s'était habillé aussi chaudement que possible, mais cela ne suffisait pas face à ce froid impitoyable, et il grelotta devant la tombe tandis qu'on faisait lentement descendre le cercueil. La cérémonie à l'église avait été brève. Seules quelques rares personnes s'étaient déplacées et

Patrik lui-même s'était installé discrètement sur le banc tout au fond. Au premier rang, il n'y avait que Vera.

Il avait hésité à venir pour l'inhumation proprement dite, mais avait décidé au dernier moment que c'était le moins qu'il puisse faire pour Anders. Vera n'avait pas bronché pendant tout le temps qu'il l'avait observée, mais il ne pensait pas que son chagrin fût moindre pour autant. Elle était simplement une femme qui n'aimait pas montrer ses sentiments en public. Patrik pouvait le comprendre. De ce point de vue-là, il l'admirait. C'était une forte femme.

A la fin de l'enterrement, les rares participants partirent chacun de son côté. Vera marcha lentement, la tête baissée, dans l'allée gravillonnée qui remontait vers l'église. Le vent froid fouettait sévèrement et elle avait noué un foulard sur sa tête. Patrik hésita une seconde. Après une lutte intérieure qui augmenta la distance en mètres entre lui et Vera, il se décida et hâta le pas pour la rattraper.

— Une belle cérémonie.

Elle sourit amèrement.

— Vous savez parfaitement que l'enterrement d'Anders a été aussi pathétique qu'une bonne partie de sa vie. Mais merci quand même. C'est gentil de le dire.

La voix de Vera était lourde de nombreuses années de fatigue.

— Je devrais peut-être être reconnaissante, en fait. Il n'y a pas si longtemps, il n'aurait même pas été enterré dans le cimetière public. Il aurait eu une place à part, à l'extérieur de la terre sacrée du cimetière, à l'endroit réservé aux suicidés. Beaucoup parmi les anciens pensent encore que les suicidés ne vont pas au paradis.

Elle se tut un instant. Patrik la laissa parler.

— Est-ce qu'il va y avoir des suites judiciaires pour ce que j'ai fait après le suicide d'Anders ?

— Non, je pense pouvoir garantir qu'il n'y en aura pas. C'est regrettable que vous l'ayez fait, et bien sûr il y a des lois contre ça, mais non, je ne pense pas qu'il y aura des suites judiciaires.

Ils dépassèrent le foyer de l'église et se dirigèrent ensuite lentement vers la maison de Vera, située quelques centaines de mètres plus loin seulement. Patrik avait réfléchi toute la nuit à la démarche à suivre et avait fini par trouver une solution, cruelle certes mais qui pourrait se révéler efficace avec un peu de chance. De façon nonchalante, il dit :

— Le plus tragique dans cette affaire, en plus de la disparition d'Anders et d'Alex, c'est qu'un enfant aussi ait trouvé la mort.

Vera se tourna vivement vers lui. Elle s'arrêta net et le saisit par la manche.

— Quel enfant ? De quoi est-ce que vous parlez ?

Patrik se félicita que cette information-là avait pu rester confidentielle, contre toute attente.

— L'enfant d'Alexandra. Elle était enceinte quand elle a été assassinée. De trois mois.

— Son mari…

Vera bégayait, mais Patrik continua en s'obligeant à geler tous ses sentiments.

— Son mari n'y était pour rien. Ils n'avaient apparemment plus de vie intime depuis plusieurs années. Non, il semblerait que le papa soit quelqu'un qu'elle rencontrait régulièrement ici à Fjällbacka.

Vera tenait sa manche d'une prise si ferme que ses jointures blanchirent.

— Mon Dieu, oh mon Dieu.

— Oui, c'est vraiment cruel. Tuer un enfant qui n'est pas encore né. Selon le rapport d'autopsie, c'était un petit garçon.

Cela lui fit saigner le cœur mais il se força à ne plus rien dire, et à attendre que vienne la réaction escomptée.

Ils se trouvaient sous le grand marronnier, à cinquante mètres de la maison de Vera. Quand soudain elle partit comme une fusée, cela le prit par surprise. Elle courut étonnamment vite pour son âge et il fallut quelques secondes à Patrik pour réagir et se lancer à sa poursuite. Quand il arriva à la maison, il trouva la porte grande ouverte et il entra doucement. Des bruits de sanglots lui parvinrent de la salle de bains donnant dans le vestibule, puis il entendit des vomissements spasmodiques.

Il se sentit gauche de rester comme ça dans le vestibule, le bonnet à la main, à l'écouter rendre tripes et boyaux, alors il ôta ses chaussures mouillées, suspendit son blouson et entra dans la cuisine. Quand Vera arriva quelques minutes après, la machine à café crépitait et deux tasses étaient sorties sur la table. Elle était pâle et pour la première fois il vit des larmes. Seulement une esquisse, comme un scintillement au coin de l'œil, mais ça suffisait. Vera s'assit toute raide sur une des chaises.

En quelques minutes seulement, elle avait pris plusieurs années et elle bougeait lentement, comme une femme beaucoup plus âgée. Patrik lui laissa encore un moment dc répit, pendant qu'il leur servit le café, mais à l'instant où il se rassit, il lui fit comprendre d'un regard exhortant que l'instant de la vérité était arrivé. Elle savait qu'il savait, et il n'y avait pas de retour possible.

— J'ai donc assassiné mon petit-enfant ?

Patrik prit cela pour une question purement formelle et ne répondit pas. S'il répondait, il serait obligé de mentir, pour l'instant. Arrivé à ce stade, il ne pouvait plus faire marche arrière. Elle finirait par apprendre la vérité. Mais d'abord c'était à Patrik d'avoir la sienne.

— J'ai compris que c'était vous qui avez tué Alex, quand vous m'avez dit que vous y étiez allée la semaine avant sa mort. Vous avez dit que vous aviez eu très froid dans sa maison glaciale, mais en réalité la chaudière n'est tombée en panne que la semaine d'après, la semaine où elle est morte.

Vera contemplait un point droit devant elle et ne semblait même pas entendre ce que disait Patrik.

— C'est étrange. Ce n'est que maintenant que je réalise que j'ai ôté la vie à un être humain. La mort d'Alexandra n'a jamais été très réelle pour moi, mais l'enfant d'Anders… J'arrive presque à le voir…

— Pourquoi fallait-il qu'Alex meure ?

Vera leva une main suppliante. Elle allait raconter, mais à son rythme à elle.

— Ça aurait causé un scandale à l'époque. Tout le monde aurait montré Anders du doigt et aurait parlé de lui. J'ai fait ce qui me semblait juste à ce moment-là. Je ne pouvais pas savoir qu'il allait quand même devenir la risée de tous. Que mon silence allait le ronger de l'intérieur et lui prendre tout ce qui comptait pour lui. C'était si simple pourtant. Karl-Erik est venu me voir et a raconté ce qui s'était passé. Il avait parlé avec Nelly avant de venir me voir et ils étaient d'accord.

Rien de bon ne ressortirait si tout le village était mis au courant. Cela resterait notre secret et si je voulais le bien d'Anders, je me tairais. Alors je me suis tue. Je me suis tue pendant toutes ces années. Et chaque année qui passait détruisait Anders un peu plus. A chaque année, il dépérissait dans son enfer privé et j'ai choisi de ne pas voir la part que j'y avais. Je faisais le ménage derrière lui et je le soutenais de mon mieux, mais il était trop tard pour faire machine arrière. On ne peut jamais reprendre le silence.

Elle avait avalé son café en quelques goulées avides et tendit sa tasse vide à Patrik. Il se leva pour aller chercher la cafetière et lui en remplit une autre. C'était comme si l'habitude de boire du café l'aidait à garder une prise sur la réalité.

— Parfois j'ai l'impression que le silence était pire que les abus. Nous n'en parlions jamais, même pas entre ces quatre murs, et c'est seulement maintenant que j'ai compris ce que cela a dû lui faire. Peut-être qu'il a interprété mon silence comme un reproche. C'est la seule chose que je n'arrive pas à supporter. Qu'il ait pu croire que je l'accusais de ce qui s'est passé. Je n'ai jamais eu une telle pensée, pas une seconde, mais maintenant je ne saurai jamais s'il le savait.

L'espace d'une seconde, Patrik vit la façade se fissurer, puis Vera se redressa et se força à continuer. Il ne put qu'imaginer l'énormité de l'effort que cela exigeait.

— Avec les années, nous avons trouvé une sorte d'équilibre. Même si la vie était misérable pour nous deux, nous savions ce que nous avions et nous étions deux. Bien sûr que j'étais au courant qu'il rencontrait Alex de temps en temps et qu'ils avaient une drôle d'attirance l'un pour l'autre, mais je croyais quand même que nous allions pouvoir continuer comme nous l'avions toujours fait. Puis Anders a eu le malheur de me dire qu'Alex voulait divulguer ce qui leur était arrivé. Qu'elle voulait sortir les vieux squelettes du placard, je crois qu'il l'a dit comme ça. Pour sa part, il semblait presque indifférent en le disant, mais pour moi, c'était comme si j'avais reçu une décharge électrique. Ça changerait tout. Rien ne serait pareil si Alex sortait de vieux secrets après tant d'années. A quoi bon ? Et qu'est-ce que les gens allaient dire ? En plus, même si Anders essayait de faire comme s'il s'en fichait, je le connaissais mieux que ça et je pense qu'il ne voulait pas plus que moi qu'elle raconte tout. Je connais – je connaissais – mon fils.

— Alors vous êtes allée la voir.

— Oui. J'y suis allée ce vendredi soir-là dans l'espoir de pouvoir lui faire entendre raison. De lui faire comprendre qu'elle ne pouvait pas prendre seule une décision qui allait nous toucher tous.

— Mais elle n'a pas compris.

Vera sourit amèrement.

— Non, elle n'a pas compris.

Elle avait bu aussi sa deuxième tasse de café avant que Patrik n'ait avalé la moitié de la sienne, mais cette fois elle la posa simplement et croisa ses mains sur ses genoux.

— J'ai essayé de la supplier. J'ai expliqué à quel point ce serait difficile pour Anders si elle racontait ce qui s'était passé, mais elle m'a regardée droit dans les yeux et a prétendu que je pensais à moi, pas à Anders. Il allait être soulagé si tout était enfin divulgué, disait-elle. Il n'avait jamais demandé qu'on se taise et elle m'a aussi dit que moi, Nelly, Karl-Erik et Birgit, nous n'avions pensé qu'à nous-mêmes quand nous avions décidé de garder le secret. Notre seule préoccupation avait été de garder notre réputation irréprochable. Elle avait le toupet de dire ça, vous vous rendez compte ?

La rage qui s'alluma un instant dans les yeux de Vera s'éteignit tout aussi soudainement qu'elle était apparue et fut remplacée par un regard indifférent et mort. Elle continua sur un ton uniforme :

— Quelque chose s'est rompu en moi quand je l'ai entendue affirmer une telle énormité. Que je n'aurais pas fait tout ce que j'avais fait avec le bien d'Anders comme seul but. Je pouvais presque entendre le déclic et j'ai agi sans penser. J'avais mes somnifères avec moi dans mon sac à main et quand elle est allée dans la cuisine, j'ai émietté quelques comprimés dans son verre de cidre. Elle m'avait servi un verre de vin quand j'étais arrivée et quand elle est revenue de la cuisine, j'ai fait semblant d'accepter sa proposition et j'ai demandé qu'on trinque en amies avant que je parte. Elle semblait reconnaissante et elle m'a accompagnée. Au bout d'un moment, elle s'est endormie sur le canapé. Je n'avais pas réfléchi à ce que j'allais faire ensuite, les somnifères c'était une inspiration du moment, mais la pensée m'a traversée que je pourrais maquiller ça en suicide. Je n'avais pas assez de comprimés avec moi pour lui faire prendre une dose mortelle de force, la seule chose qui m'est venue à l'idée était de lui tailler les veines. Je savais que beaucoup de gens faisaient ça dans la baignoire, alors ça m'a paru une bonne idée, et réalisable.

Sa voix était monotone. On aurait dit qu'elle racontait un banal incident de tous les jours, pas un meurtre.

— Je l'ai entièrement déshabillée. J'avais pensé que j'aurais assez de forces pour la porter, toutes ces années à faire le ménage m'ont musclé les bras, mais je n'y suis pas arrivée. Alors j'ai dû la traîner dans la salle de bains et la hisser dans la baignoire comme j'ai pu. Puis je lui ai ouvert les veines des deux bras avec une lame de rasoir que j'ai trouvée dans l'armoire de toilette. Après avoir fait le ménage dans la maison une fois par semaine pendant des années, j'étais comme chez moi. J'ai lavé mon verre, j'ai éteint la lumière et fermé à clé derrière moi, et j'ai remis la clé à sa place.

Patrik était ébranlé, mais il s'obligea à paraître calme.

— Vous comprenez que vous devez venir avec moi maintenant. Je n'ai pas besoin d'appeler des renforts, n'est-ce pas ?

— Non. Ça ne sera pas nécessaire. Laissez-moi simplement rassembler quelques affaires.

Il hocha la tête.

— Oui, bien sûr, allez-y.

Elle se leva. A la porte, elle se retourna.

— Comment aurais-je pu savoir qu'elle était enceinte ? C'est vrai qu'elle n'a pas pris de vin, je l'ai remarqué, mais j'ignorais totalement que c'était pour ça. Elle aurait tout simplement pu ne pas aimer le vin, ou elle s'apprêtait à prendre le volant. Comment aurais-je pu le savoir ? C'était impossible, non ?

Sa voix était suppliante et Patrik se sentit seulement hocher la tête, muet. En temps utile, il l'informerait que l'enfant n'était pas d'Anders, mais pour l'instant il n'osait pas déranger l'équilibre de la confiance qu'elle lui avait témoigné. Elle allait devoir raconter son histoire à bien d'autres avant qu'ils puissent mettre un terme à l'affaire Alexandra Wijkner pour de bon. Mais quelque chose le gênait. Son intuition lui disait que Vera n'avait pas tout raconté.

Une fois installé dans sa voiture, il sortit la copie de la lettre qu'Anders avait laissée, comme un dernier message au monde. Lentement il lut ce qu'Anders avait écrit et, encore une fois, Patrik se sentit touché par la puissance de la douleur qui émanait des mots sur le papier.

6

"J'ai souvent été frappé par l'ironie de ma vie. Le don que j'ai de créer de la beauté avec mes doigts et mes yeux, alors qu'autrement je ne sais créer que la laideur et la destruction. C'est pourquoi mon dernier acte sera de détruire mes tableaux. Pour arriver à une forme de cohérence dans ma vie. Mieux vaut être cohérent et ne laisser que de la merde derrière moi que d'apparaître comme plus complexe que je le mérite.

En réalité, je suis très simple. La seule chose que j'ai toujours voulue, c'est effacer quelques mois et événements de ma vie. Je ne trouve pas que ce soit beaucoup demander. Mais j'ai peut-être mérité ce que j'ai eu dans la vie. J'ai peut-être commis quelque horreur dans une vie antérieure qui m'a obligé à payer le prix dans celle-ci. Ce n'est pas que ça ait une quelconque importance. Mais j'aurais bien aimé savoir pour quoi j'ai payé dans ce cas-là.

Vous vous demandez peut-être pourquoi je choisis ce moment justement pour quitter ma vie, qui a été dépourvue de sens depuis si longtemps ? Allez savoir. Pourquoi fait-on quelque chose à un moment donné ? Est-ce que j'ai aimé Alex au point que la vie a perdu son tout dernier attrait ? C'est sans doute une des *explications que vous allez chercher. Je n'en sais rien, pour être tout à fait franc. La pensée de la mort est une amie qui m'accompagne depuis longtemps, mais ce n'est que maintenant que j'ai l'impression d'être prêt. C'est peut-être justement le fait qu'Alex soit morte qui a permis ma propre libération. Elle a toujours été l'inaccessible, celle avec une carapace hermétique à la moindre égratignure. Qu'elle puisse mourir a tout à coup ouvert ma propre possibilité de suivre le même chemin. J'ai toujours été prêt, les bagages étaient faits, ne restait plus qu'à me lancer.*

Pardonne-moi maman.

Anders"

Il n'arriverait jamais à se défaire de l'habitude de se lever tôt, ou au milieu de la nuit comme diraient certains. Ce qui dans le cas présent se révéla très utile. Svea ne réagit pas quand il sortit du lit à quatre heures du matin, mais par précaution il descendit doucement l'escalier en portant ses vêtements à la main. Eilert s'habilla sans faire de bruit dans le séjour, puis il sortit la valise qu'il avait soigneusement cachée tout au fond du garde-manger. Il planifiait ceci depuis des mois et rien n'avait été laissé au hasard. Aujourd'hui était le premier jour du reste de sa vie.

La voiture démarra à la première tentative malgré le froid et à quatre heures vingt il quitta la maison où il avait vécu ces cinquante dernières années. Il traversa un Fjällbacka endormi et n'appuya sur l'accélérateur qu'une fois le vieux moulin dépassé quand il tourna vers Dingle. Göteborg et l'aéroport de Landvetter étaient à plus de deux cents kilomètres mais il avait tout son temps. L'avion pour l'Espagne ne partait qu'à huit heures.

Enfin il allait pouvoir vivre sa vie comme il l'entendait.

Il avait projeté ceci pendant des années. Ses petites misères n'avaient fait que s'aggraver d'année en année, tout comme la frustration de cette vie avec Svea. Eilert trouvait qu'il méritait mieux que ça. Sur Internet, il avait déniché une petite pension de famille dans un village de la Costa del Sol. Un peu à l'écart des plages et des touristes, ce qui rendait le prix raisonnable. Il avait envoyé un mail et vérifié qu'il pourrait y rester à l'année s'il voulait, la propriétaire lui ferait alors un rabais. Il avait fallu un bon bout de temps pour économiser suffisamment d'argent, compte tenu de la stricte surveillance de Svea de tout ce qu'il faisait, mais il y était enfin arrivé. Il comptait pouvoir vivre environ deux ans sur ses économies actuelles en faisant attention, et ensuite il aviserait tout simplement. En cet instant, rien ne pouvait refréner son enthousiasme.

Pour la première fois en cinquante ans, il se sentait libre et il poussa les gaz de la vieille Volvo par pur plaisir. Il laisserait la voiture au parking longue durée, Svea finirait bien par apprendre où elle était. De toute façon, ça n'avait aucune importance. Elle n'avait jamais passé son permis de conduire, elle avait toujours utilisé Eilert comme chauffeur non payé quand elle devait se rendre quelque part. La seule chose qui pesait un peu sur sa conscience, c'était les enfants. D'un autre côté, ils avaient toujours été plus les enfants de Svea que les siens et à son grand regret ils étaient devenus aussi pingres et bornés qu'elle. Ce dont il était sans doute responsable aussi, puisqu'il avait eu de longues journées de travail et avait tout fait pour trouver des excuses et se tenir ainsi à l'écart de la maison. Mais il avait quand même décidé de leur envoyer une carte postale de l'aéroport pour dire qu'il disparaissait de son plein gré et qu'ils n'avaient pas à s'inquiéter. Il n'avait surtout pas envie qu'ils lancent une vaste opération de recherches pour le retrouver.

Les routes étaient vides dans la nuit, et pour pouvoir jouir du silence il n'alluma même pas la radio. Sa vie commençait.

— J'ai du mal à le concevoir. Que Vera ait tué Alex pour l'empêcher de parler d'un abus sexuel qu'elle et Anders ont subi il y plus de vingt-cinq ans.

Erica fit pensivement tourner un verre de vin dans sa main.

— Il ne faut pas sous-estimer le besoin qu'ont les gens de ne pas trancher sur la masse dans une petite localité. Si cette vieille histoire de viol était rendue publique, ils auraient une nouvelle raison de montrer du doigt. Par contre, je ne la crois pas quand elle dit l'avoir fait pour Anders. Elle a peut-être raison quand elle dit qu'Anders non plus ne voulait pas que tout le monde apprenne ce qui leur était arrivé, mais je pense que c'était surtout elle qui ne supportait pas l'idée que les gens chuchoteraient dans son dos s'ils savaient que non seulement Anders avait subi des viols, mais qu'elle n'était pas intervenue, au contraire même, qu'elle avait aidé à poser un couvercle par-dessus. Je pense que c'est cette honte-là qu'elle n'aurait pas supportée. Tuer Alex a été une inspiration du moment quand elle a compris qu'Alex restait inflexible. Elle a suivi son impulsion, avec méthode et sang-froid.

— Comment elle prend la chose maintenant ? D'avoir été démasquée, je veux dire ?

— Elle est d'un calme surprenant. Je crois que son soulagement a été immense quand on lui a dit qu'Anders n'était pas le père de l'enfant et qu'elle n'avait donc pas tué son petit-fils pas encore né. Ensuite, c'est comme si elle se fiche de ce qui va lui arriver. Et je peux comprendre ça. Son fils est mort, elle n'a pas d'amis, pas de vie. Tout est dévoilé, et il ne lui reste plus rien qu'elle pourrait perdre. Seulement sa liberté, qui ne semble pas représenter grand-chose pour elle.

Ils étaient chez Patrik et partageaient une bouteille de vin après avoir dîné ensemble. Erica appréciait le calme et le silence. Elle adorait avoir Anna et les enfants à la maison, mais par moments ça en faisait trop et aujourd'hui était un de ces jours. Patrik avait été occupé au poste toute la journée, puis il était venu la chercher, elle et son petit baise-en-ville, et maintenant ils étaient blottis dans le canapé, comme un vieux couple rodé.

Erica ferma les yeux. Cet instant était merveilleux et effrayant à la fois. Tout était si parfait, mais en même temps elle ne put s'empêcher de se dire que ça signifiait peut-être qu'à partir de maintenant ça ne pouvait que dégringoler. Elle ne voulait même pas imaginer ce qui se passerait si elle retournait à Stockholm. Elle et Anna avaient tourné autour de la question de la maison pendant plusieurs jours et comme par un accord tacite, Patrik et elle avaient choisi de ne pas l'aborder encore. Erica ne croyait pas non plus qu'Anna soit encore en état de prendre de décisions et elle avait laissé la question en attente.

Ce soir elle ne voulait pas penser à l'avenir. C'était mieux de sortir le lendemain de son esprit et d'essayer de jouir de l'instant autant que possible. Elle s'obligea à quitter ses idées sombres.

— J'ai parlé avec l'éditeur aujourd'hui. A propos du livre sur Alex.

— Ah oui, qu'est-ce qu'ils ont dit ?

L'ardeur dans les yeux de Patrik lui plaisait.

— Ils ont trouvé l'idée géniale et ils veulent que j'envoie au plus vite tout ce que j'ai comme matériau. Il faut que je termine le livre sur Selma, mais ils m'ont donné une rallonge d'un mois, et j'ai promis de l'avoir terminé pour septembre. Je crois que je vais pouvoir écrire les deux bouquins en parallèle. J'ai bien réussi jusque-là à le faire, à peu près.

— Et qu'est-ce qu'ils ont pensé de l'aspect juridique ? Est-ce que tu risques d'être attaquée en justice par la famille d'Alex ?

— La loi sur la liberté de la presse est assez explicite. J'ai le droit d'écrire là-dessus, même sans leur accord, mais j'espère évidemment qu'ils vont se joindre à moi, si seulement ils me laissent expliquer le projet et comment j'imagine le livre. Je n'ai vraiment pas envie d'écrire un livre à sensation dépourvu de substance, je veux écrire sur ce qui s'est réellement passé et sur la personne qu'était Alex.

— Et le marché ? Ils pensent qu'il y a un intérêt pour ce type de livres ?

Les yeux de Patrik brillaient et Erica se réjouit de sentir qu'il l'admirait. Il savait tout ce que ce livre signifiait pour elle et il traitait le sujet en conséquence.

— Là aussi, on se disait qu'il devrait y avoir un intérêt. Aux Etats-Unis, la demande d'histoires de "true-crime" est énorme. Les livres d'Ann Rule, la reine du genre, se vendent par millions. Ici, le genre en est encore à ses balbutiements. Il existe quelques rares livres qui suivent un peu cette ligne, par exemple celui qui est sorti il y a quelques années sur la confrontation entre un médecin et un médecin légiste, mais il n'y a rien qui soit aussi clair et net. Comme Ann Rule, j'aimerais consacrer plus d'énergie à la recherche de faits. Tout vérifier, m'entretenir avec tous les protagonistes et ensuite écrire un livre aussi véridique que possible sur ce qui s'est passé.

— Tu crois que la famille d'Alex va accepter de se faire interviewer ?

— Je ne sais pas.

Erica entortilla une mèche de cheveux autour de son doigt.

— Je ne sais vraiment pas. Mais en tout cas je vais poser la question, et s'ils n'acceptent pas, j'essayerais de les contourner d'une façon ou d'une autre. J'ai un énorme avantage du fait que je connais déjà beaucoup de choses sur eux. C'est vrai que j'appréhende un peu de demander, mais je saurai faire face. Si le livre se vend bien, je crois que j'aimerais continuer à écrire sur des affaires juridiques, alors autant m'habituer à faire intrusion dans la vie des familles. Ça fait partie du jeu. Je crois aussi que les gens ont besoin qu'on les entende, ils ont besoin de raconter leur histoire. Que ce soit selon la perspective de la victime ou du coupable.

— Autrement dit, tu vas essayer de parler avec Vera aussi.

— Oui, absolument. J'ignore totalement si elle acceptera, mais je tiens à essayer. Elle voudra peut-être raconter, peut-être pas. Je ne pourrai pas la forcer.

Elle haussa les épaules dans un geste qui exprimait l'indifférence, mais de toute évidence le livre ne serait pas aussi bon si elle ne s'assurait pas de la coopération de Vera. Ce qu'elle avait écrit jusque-là n'était qu'une ossature, maintenant il allait lui falloir travailler dur pour étoffer son livre.

— Et toi ?

Elle se tourna dans le canapé et étendit ses jambes sur les genoux de Patrik, qui comprit le message et se mit docilement à lui masser les pieds.

— Comment a été ta journée ? C'est toi, le héros du commissariat maintenant ?

Le lourd soupir de Patrik indiqua que tel n'était pas le cas.

— Non, tu ne crois quand même pas que Mellberg laisse l'honneur à qui de droit. Il a fait la navette toute la journée entre la salle d'interrogatoire et divers entretiens avec la presse. "Je" est un mot qu'on a beaucoup entendu quand il a parlé avec les journalistes. Je serais étonné qu'il ait même ne fût-ce que prononcé mon nom. Cela dit, qu'importe ? Qui tient à voir son nom dans les journaux ? J'ai arrêté une meurtrière hier et ça me suffit amplement.

— Rien que de très nobles sentiments, hein ?

Erica le boxa un peu sur l'épaule pour jouer.

— Reconnais que tu aurais vraiment aimé te tenir devant le micro d'une grande conférence de presse pour bomber la poitrine et raconter à quel point tu as été génial quand tu as compris qui était le meurtrier.

— Oui, bof, c'est vrai que ça aurait été sympa d'avoir un tout petit peu d'attention dans la presse locale. Mais c'est comme ça, voilà. Mellberg récupérera toute la gloire pour lui et je n'y peux strictement rien.

— Tu penses qu'il aura la mutation dont il rêve tant ?

— Si seulement ça pouvait être aussi bien. Non, je crains que la direction à Göteborg soit très satisfaite de le savoir là où il est, et j'imagine qu'on va se le trimballer jusqu'à sa retraite, qu'on le veuille ou non. Et tout porte à croire que c'est une date très lointaine en ce moment.

— Pauvre Patrik.

Elle lui caressa sa tignasse et il le prit comme un signal pour se jeter sur elle et la clouer sous lui dans le canapé.

Le vin avait rendu ses membres pesants et la chaleur du corps de Patrik se transféra lentement en elle. La respiration de son homme avait changé de caractère et devenait de plus en plus lourde, mais elle avait toujours quelques questions à lui poser. Elle se força à se redresser et repoussa Patrik dans son coin avec douceur mais fermeté.

— Mais toi, tu te sens satisfait avec ça ? La disparition de Nils, par exemple. Vera ne t'a rien appris de plus ?

— Non, elle prétend qu'elle n'en sait rien. Malheureusement je ne la crois pas. Je crois que si elle protégeait Anders, ce n'était pas par crainte que les gens apprennent que Nils l'avait violé mais pour une raison beaucoup plus importante. Je crois qu'elle sait exactement ce qui est arrivé à Nils et c'est un secret qu'il lui faut préserver coûte que coûte. Mais je dois reconnaître que ça m'énerve de n'avoir que des suppositions. Les gens ne s'envolent pas comme ça en fumée. Nils se trouve quelque part et de plus il existe quelqu'un ou plusieurs personnes qui savent où. Disons en tout cas que j'ai une hypothèse.

Pas à pas il exposa tout un déroulement possible et les éléments sur lesquels il basait son idée. Erica se sentit frissonner, malgré la chaleur de la pièce. Ça paraissait incroyable, et pourtant croyable, d'un autre côté. Elle comprit aussi que Patrik ne pourrait jamais prouver quoi que ce soit de ce qu'il avançait. Et ça ne servirait peut-être pas non plus à grand-chose. Tant d'années avaient passé. Tant de vies avaient déjà été détruites qu'elle avait l'impression qu'il ne servirait à rien d'en détruire une de plus.

— Je sais que ceci ne mènera jamais à rien. En même temps, j'ai envie de savoir, pour moi. J'ai vécu avec cette affaire pendant tant de semaines maintenant que je dois la terminer.

— Mais qu'est-ce que tu vas faire ? Qu'est-ce que tu peux faire, d'ailleurs ?

Patrik soupira.

— Je vais tout simplement demander quelques réponses. Si on ne pose pas les questions, on n'apprend jamais rien, n'est-ce pas ?

Erica l'examina du regard.

— Je ne sais pas si c'est une très bonne idée, mais c'est toi qui sais le mieux.

— Oui, j'espère. Maintenant, est-ce qu'on pourrait laisser la mort et la misère de côté pour le reste de la soirée et plutôt s'occuper l'un de l'autre ?

— Voilà qui me paraît une excellente idée.

Une nouvelle fois, il pesa de tout son poids sur le corps d'Erica et cette fois-ci elle ne songea pas à le repousser.

Quand il partit de chez lui, Erica était toujours dans le lit. Il n'avait pas eu le cœur de la réveiller, et s'était levé en douceur, s'était habillé et était parti.

Il était vaguement sceptique mais aussi dans une attente prudente lorsqu'il avait fixé ce rendez-vous. La condition avait été qu'ils se voient discrètement et cela n'avait posé aucun problème à Patrik qui avait accepté. C'est pourquoi il était maintenant debout à sept heures un lundi matin et dans l'obscurité sur la route de Fjällbacka il ne croisa que quelques rares voitures. Il tourna à un panneau indiquant Väddö, et se gara en premier sur le parking légèrement en retrait de la route. Puis il attendit. Au bout de dix minutes, il vit une voiture entrer sur le parking et se garer à côté de la sienne. Le conducteur descendit, ouvrit la porte du passager de la voiture de Patrik et monta. Patrik laissa le moteur tourner à vide pour que le chauffage marche, sans quoi ils seraient très bientôt complètement gelés.

— Ça ressemble à un polar, se rencontrer comme ça en cachette et dans le noir. La question est juste de savoir pourquoi ?

Jan avait l'air totalement décontracté bien que légèrement perplexe.

— Je croyais que l'enquête était terminée maintenant. Vous tenez la meurtrière d'Alex, pas vrai ?

— Oui, c'est vrai. Mais il y a toujours quelques morceaux qui ne s'emboîtent pas tout à fait et ça m'agace.

— Ah bon, et on peut savoir lesquels ?

Le visage de Jan ne révélait aucun sentiment. Patrik se demanda si en fin de compte il ne s'était quand même pas levé à l'heure du laitier pour rien. Sauf que maintenant il était là, alors autant terminer ce qu'il avait entamé.

— Comme tu le sais peut-être, ton frère adoptif, Nils, abusait sexuellement d'Alexandra et d'Anders.

— Oui, j'ai entendu ça. C'est terrible. Surtout par rapport à mère.

— Mais ce n'était peut-être pas une nouvelle pour elle. Elle était déjà au courant.

— C'est vrai. Elle avait géré la situation de la seule façon qu'elle connaissait. Avec la plus grande discrétion. Il faut évidemment protéger le nom de la famille. Tout le reste vient en second.

— Et toi, qu'est-ce que ça te fait ? Que ton frère était un pédophile et que ta mère le savait et le protégeait ?

Jan ne se laissa pas ébranler. Il brossa quelques grains de poussière invisible du col de son manteau et se contenta de hausser un sourcil en répondant après quelques secondes de réflexion.

— Je peux évidemment comprendre mère. Elle a agi de la seule façon qu'elle pouvait et le mal était déjà fait, non ?

— Oui, c'est une manière de voir les choses. La question est seulement de savoir ce qu'est devenu Nils ensuite ? Personne dans la famille n'a eu de ses nouvelles ?

— Dans ce cas, en bons citoyens nous aurions bien entendu informé la police.

L'ironie était si habilement insérée dans le ton qu'elle était à peine perceptible. Il poursuivit après une seconde de silence :

— Mais je comprends qu'il ait choisi de disparaître. Qu'est-ce qui restait ici pour lui ? Mère avait appris ce qu'il était réellement et il ne pouvait plus travailler à l'école, mère s'était au moins employée à ça. Alors il est parti. Probablement dans un pays chaud, où l'accès aux petites filles et petits garçons est facile.

— Je ne le crois pas.

— Ah bon, pourquoi ? Tu as trouvé le vrai squelette dans un placard quelque part ?

Patrik ignora le ton railleur.

— Non, nous ne l'avons pas trouvé. Mais tu vois, j'ai une théorie…

— Excitant, vraiment.

— Je ne pense pas que Nils se soit contenté d'abuser d'Alex et d'Anders. Je pense que sa première victime était celui qu'il avait juste sous la main. Celui qui était le plus accessible. Je pense qu'il abusait de toi aussi.

Pour la première fois, Patrik eut l'impression de voir une fissure dans la façade lisse et propre de Jan, mais la seconde d'après, l'homme avait à nouveau le contrôle, fût-il seulement apparent.

— C'est une hypothèse intéressante. Sur quoi est-ce que tu la bases ?

— Pas sur grand-chose, je dois le reconnaître. Mais j'ai trouvé un point commun entre vous trois, un lien. De votre enfance. J'ai vu un petit bout de cuir dans ton cabinet de travail quand je suis venu te voir. Il représente beaucoup pour toi, n'est-ce pas ? Il symbolise quelque chose. Une alliance, une appartenance, un lien de sang. Tu le gardes depuis plus de vingt-cinq ans. Anders et Alex avaient fait pareil avec le leur. Au dos des trois morceaux de cuir, il y a une empreinte digitale floue dans du sang, c'est pourquoi je pense que vous vous êtes créé un lien de sang, à la manière démesurée des enfants. Puis il y avait trois lettres gravées sur le devant. "L.T.M." Je n'ai pas réussi à trouver ce que ça signifie. Tu peux peut-être m'aider sur ce point.

Patrik vit littéralement comment deux volontés s'affrontaient en Jan. D'un côté, la raison lui dictait de ne pas dire un seul mot, d'un autre côté il ne fallait pas sous-estimer le désir de raconter, de se confier à quelqu'un. Patrik se fiait à l'ego de Jan et paria qu'il ne saurait résister à la tentation de soulager son cœur et de raconter à quelqu'un qui l'écoutait avec intérêt. Il décida d'essayer de lui faciliter la tâche.

— Tout ce qui sera dit ici restera entre nous. Je n'ai ni la force ni les moyens de reprendre la piste de quelque chose qui a eu lieu il y a vingt-cinq ans, et je ne pense pas que je pourrais trouver des preuves même si j'essayais. C'est pour moi, personnellement. J'ai besoin de savoir.

La tentation fut trop grande pour Jan.

— "Les Trois Mousquetaires", c'est ça les initiales "L.T.M.". C'était du romantisme idiot et puéril, mais c'est comme ça qu'on se voyait. C'était nous contre le monde. Quand nous étions ensemble, nous pouvions oublier ce qui s'était passé. Nous n'en parlions jamais entre nous, mais ce n'était pas non plus nécessaire. Nous comprenions quand même. Nous avons conclu un pacte de toujours être là l'un pour l'autre. Avec un bout de verre que nous avions trouvé, chacun de nous s'est coupé un doigt et nous avons mélangé notre sang et imprimé notre emblème avec.

— J'étais le plus fort. J'étais obligé d'être le plus fort. Les autres pouvaient au moins se sentir en sécurité chez eux, alors que moi, je devais toujours faire attention, et le soir je tirais ma couverture jusqu'au menton pendant que je guettais les pas qui je savais allaient venir, d'abord dans le vestibule et ensuite s'approchant de plus en plus.

C'était comme un barrage qui avait cédé. Jan parlait sur un rythme enragé, et Patrik ne dit rien pour ne pas risquer d'interrompre le flot de paroles. Jan alluma une cigarette, baissa un peu la vitre pour laisser s'échapper la fumée, et poursuivit :

— Nous vivions dans notre propre monde. Nous nous retrouvions quand personne ne nous voyait pour trouver une consolation et une sécurité les uns auprès des autres. Le plus étonnant c'est que, alors qu'en nous voyant, nous aurions dû faire fonction de rappel réciproque du mal, ce n'est qu'ensemble que nous pouvions nous évader un moment. Je ne sais même pas comment nous avions su. Comment ça s'est fait que nous nous soyons rapprochés. Mais d'une façon ou d'une autre, nous savions. C'était inévitable que nous nous trouvions. C'est moi qui avais eu l'idée que nous allions résoudre le problème à notre façon. Alex et Anders l'ont pris comme un jeu au départ, mais je savais que ça finirait par devenir sérieux. Il n'y avait pas d'autre issue. Par une froide journée d'hiver, nous sommes allés sur la glace, mon frère adoptif et moi. Ça n'a pas été difficile de le persuader de venir. Il était ravi que je prenne l'initiative et se réjouissait de notre petite excursion. J'avais passé de nombreuses heures sur la mer gelée cet hiver-là et je savais exactement où il fallait l'emmener. Anders et Alex m'y attendaient. Nils a été surpris en les voyant, mais il était tellement arrogant qu'il n'a même pas senti la menace. Nous n'étions que des enfants, après tout. Le reste était facile. Un trou dans la glace, une main dans le dos et il n'était plus là. D'abord nous avons été soulagés. Les premiers jours étaient merveilleux. Nelly était folle d'inquiétude pour Nils, mais dans mon lit le soir, je souriais. Je guettais l'absence de pas. Ensuite c'est l'enfer qui s'est déclenché. Les parents d'Alex avaient appris quelque chose, je ne sais pas comment, et ils sont allés trouver Nelly. Alex n'a sans doute pas su résister à toutes les questions et autres pressions et elle a tout raconté, sur moi aussi et sur Anders. Pas ce que nous avions fait de Nils, mais tout ce qui s'était passé avant. Si j'avais espéré bénéficier de compassion de la part de ma mère adoptive, j'ai bien appris la leçon cette fois-là. Nelly ne m'a plus jamais regardé dans les yeux. Elle n'a jamais non plus demandé où était Nils. Parfois je me demande si elle se doutait de quelque chose.

— Vera aussi avait appris les viols.

— Oui, mais mère était habile. Elle a joué sur le besoin de Vera de protéger Anders et de conserver les apparences, et elle n'a même pas eu à la payer, ou à la soudoyer avec un bon boulot pour la faire taire.

— Tu penses que Vera a fini par apprendre ce qui est arrivé à Nils aussi ?

— J'en suis persuadé. Je ne pense pas qu'Anders ait pu se taire devant Vera pendant toutes ces années.

Patrik réfléchit à haute voix.

— On peut donc raisonnablement penser que Vera a tué Alex non seulement pour que les viols ne soient pas rendus publics, mais aussi parce qu'elle avait peur qu'Anders soit accusé de meurtre.

Le sourire de Jan était presque malsain.

— Ce qui est presque comique quand d'une part on sait que le meurtre est prescrit, et d'autre part que personne ne se donnerait la peine d'intenter un procès contre nous maintenant, tant d'années après, vu les circonstances et vu que nous n'étions que des enfants à l'époque.

Malgré lui, Patrik fut obligé de lui donner raison. Il n'y aurait pas eu de suite si Alex était allée voir la police pour raconter ce qui s'était passé, mais Vera ne l'avait probablement pas compris, elle avait estimé que le risque était réel qu'Anders soit mis en prison pour meurtre.

— Vous avez gardé le contact ensuite ? Toi et Alex et Anders ?

— Non. Alex a déménagé avec ses parents presque immédiatement et Anders s'est retiré dans son monde. Bien sûr qu'on se voyait de loin parfois, mais ce n'est qu'après la mort d'Alex qu'on s'est parlé pour la première fois en vingt-cinq ans, quand Anders m'a appelé au téléphone pour hurler et gueuler que c'était moi qui l'avais tuée. Je l'ai nié, évidemment, je n'avais aucun rapport avec sa mort, mais il n'a rien voulu entendre.

— Tu ne savais donc pas qu'Alex avait eu l'intention d'aller voir la police pour parler de la mort de Nils ?

— Pas avant qu'elle soit tuée. Anders me l'a dit après sa mort.

Jan souffla nonchalamment quelques ronds de fumée dans la voiture.

— Que se serait-il passé si tu avais su ?

— On ne le saura jamais, n'est-ce pas ?

Il se tourna vers Patrik et le regarda avec ses yeux bleus et froids. Patrik frissonna. Non, ils ne le sauraient jamais.

— Mais comme je viens de le dire, personne ne se serait donné la peine de nous coincer pour ça. Ensuite il faut reconnaître, et je l'admets, que cela aurait quelque peu compliqué la relation entre moi et ma mère.

Ensuite, Jan changea de sujet.

— Ils sortaient apparemment ensemble, Anders et Alex, d'après ce que j'ai entendu. Tu parles, la Belle et la Bête. J'aurais peut-être dû tenter ma chance aussi, au nom d'une vieille amitié…

Patrik n'eut pas la moindre sympathie pour l'homme à côté de lui. Certes, il avait vécu un enfer quand il était enfant, mais il y avait autre chose aussi chez Jan. Quelque chose de mauvais et de pourri qui suintait de ses pores. Sur une impulsion, il demanda :

— Tes parents sont morts dans des circonstances tragiques. Tu en sais plus que ce que l'enquête a révélé ?

Un sourire jouait dans les coins de la bouche de Jan. Il baissa encore la vitre de quelques centimètres et lança avec dextérité le mégot par l'ouverture.

— Un accident est si vite arrivé, n'est-ce pas ? Une lampe qui se renverse, un rideau qui bouge. De petites circonstances qui mises bout à bout se transforment en un grand manque de chance. Ensuite on peut évidemment trouver que c'est une véritable bénédiction de Dieu que des accidents arrivent aux gens qui le méritent.

— Pourquoi est-ce que tu as accepté de me rencontrer ? Pourquoi tu racontes tout ça ?

— Ça m'a surpris moi-même. En fait, je n'avais pas l'intention de venir, mais la curiosité a pris le dessus, j'imagine. Je me demandais ce que tu savais vraiment et la part de suppositions. Et puis aussi nous sommes tous habités par le besoin de raconter nos méfaits et nos actes à quelqu'un. Surtout lorsque ce quelqu'un ne peut rien faire en apprenant ces méfaits et ces actes. La mort de Nils remonte à longtemps, ce serait ma parole contre la tienne et je crains que personne ne te croie.

Jan descendit de la voiture puis il se retourna et se pencha à l'intérieur.

— Je suppose que le crime paie effectivement pour certains. Un jour, je vais hériter d'une fortune considérable. Si Nils avait vécu, je doute fort que je me serais trouvé dans cette situation-là.

Il fit un salut facétieux en posant deux doigts contre sa tempe, ferma la portière et se dirigea vers sa voiture. Patrik sentit un ricanement de joie maligne s'étaler sur sa figure. Jan ne connaissait apparemment pas la relation de Julia avec Nelly, ni le rôle qu'elle allait jouer le jour où le testament serait ouvert. Les voies de Dieu étaient vraiment impénétrables.

La brise chaude caressait ses joues ridées tandis qu'il était assis là sur son petit balcon. Le soleil chauffait et guérissait ses articulations douloureuses et il bougeait avec davantage de facilité de jour en jour. Il se rendait quotidiennement à son travail au marché aux poissons où il aidait à vendre les prises arrivées tôt le matin avec les bateaux de pêche.

Ici, personne n'essayait d'enlever aux personnes âgées leur droit de se rendre utiles. Au contraire, il se trouvait plus respecté et apprécié que jamais auparavant dans sa vie, et lentement mais sûrement il avait commencé à se faire des amis dans le petit village. Certes, il avait encore quelques problèmes avec la langue, mais il se rendait compte qu'on pouvait très bien s'en tirer au moyen de gestes et de bonnes intentions, et son vocabulaire grandissait peu à peu. Un petit verre de gnole ou deux après une bonne journée de travail aidait aussi à débloquer la timidité et il découvrait à sa grande surprise qu'il était en train de se transformer en un véritable moulin à paroles.

Assis là sur son balcon en train de regarder une végétation luxuriante qui s'étendait jusqu'à l'eau la plus bleue qu'il ait jamais vue, Eilert sentit qu'il était très près du paradis, aussi près qu'il pouvait arriver.

Un autre piment dans l'existence était la cour quotidienne qu'il faisait à Rosa, l'hôtesse exubérante de la pension, et par moments il s'autorisait la pensée qu'avec le temps cela pourrait évoluer vers quelque chose de plus qu'un flirt innocent. L'attirance était là, aucun doute là-dessus, et l'homme n'était pas fait pour vivre seul.

Un instant, il pensa à Svea restée en Suède. Puis il écarta cette pensée désagréable, ferma les yeux et se laissa aller à une sieste bien méritée.

BABEL NOIR

Extrait du catalogue

COÉDITION ACTES SUD – LEMÉAC

Ouvrage réalisé
par l'Atelier graphique Actes Sud.
Achevé d'imprimer
en avril 2012
par Normandie Roto Impression
61250 Lonrai
sur papier fabriqué à partir de bois provenant
de forêts gérées durablement (www.fsc.org)
pour le compte
des éditions Actes Sud
Le Méjan
Place Nina-Berberova
13200 Arles.

Dépôt légal
1re édition : mai 2012
N° impr. : 121112
(Imprimé en France)